Halldór Laxness
Die glücklichen Krieger

Halldór Laxness

Die glücklichen Krieger

Aus dem Isländischen
von Bruno Kress

Mit einem Nachwort
von Hubert Seelow

Steidl

Titel der isländischen Originalausgabe:
Gerpla, 1952

CIP-Titelaufnahme der Deutschen Bibliothek

Halldór Laxness:
[Werkausgabe]
Band ... der Werkausgabe / Halldór Laxness. Hrsg. von Hubert Seelow. – Göttingen : Steidl.
ISBN 3-88243-126-1
NE: Halldór Laxness: [Sammlung < dt. >]

Halldór Laxness:
Die glücklichen Krieger / Halldór Laxness. Aus d. Isländ. von Bruno Kress ; m. e. Nachw. von Hubert Seelow – Göttingen : Steidl, 1991
(Band ... der Werkausgabe / Halldór Laxness ; Bd. 5)
ISBN 3-88243-173-3

1. Auflage Januar 1991

Erstes Kapitel

Von allen Helden in den Westfjorden haben wohl zwei den größten Ruhm erlangt, als da sind die Schwurbrüder Thorgeir Havarsson und Thormod Bessason. Wie nicht anders zu erwarten, wird am Djup, wo sie aufwuchsen, viel von ihnen erzählt, und ebenfalls in den Jökulfjorden und an den Hornstranden; denn in allen diesen Gegenden haben sie Ruhmestaten vollbracht. Es ist noch nicht lange her, seit dort im Westen kenntnisreiche Männer und Frauen mit gutem Gedächtnis Dinge von diesen Gesellen zu erzählen wußten, die nie zur Aufzeichnung gelangten; und doch sind viele ausgezeichnete Bücher über diese beiden Männer aus den Westfjorden verfaßt worden. Die meisten Erzählungen, die von diesen Helden handeln, dünken uns so bemerkenswert, daß sich manche schlaflose Nacht verlohnt, die Erinnerung daran wieder einmal aufzufrischen. Deshalb haben wir die Berichte vieler Bücher über ihre Taten an einer Stelle zusammengetragen, und es gebührt sich, jenes Werk zuerst zu nennen, das die Große Schwurbrüdersaga betitelt ist; des weiteren sehr aufschlußreiche Abschnitte, nachzulesen in den isländischen Pergamenthandschriften, die jahrhundertelang in Büchersammlungen im Ausland vergraben lagen; und schließlich zahlreiche alte ausländische Bücher, die besonders für den späteren Verlauf der Geschichte wichtig sind; in ihnen finden sich manche wahrheitsgemäße und sehr ausführliche Berichte. Zweitens haben wir viele Auskünfte von zuverlässigen Leuten erhalten, welche die Hornstrande bewohnten, bis der Bezirk verödete, oder die Jökulfjorde im Westen, wo die Siedlungen verlassen werden, während wir dieses schreiben; die Ursache dafür ist, daß es dem kraftlosen Geschlecht unserer Tage vor der gewaltigen Landschaft jener Gegenden graust. Wir haben also aus vielen verborgenen Quellen einige Berichte über diese Schwurbrüder herangezogen, die uns nicht unwahrscheinlicher dünken als manches, was der Allgemeinheit aus den früheren Büchern besser bekannt ist; und nach diesen Helden werden wir das vorliegende Buch betiteln und es »Die glücklichen Krieger« nennen. Und willkommen sei uns ein jeder, Mann oder Frau, der reichere Kenntnis oder ein besseres Gedächtnis hat als wir und das, was hier zu Papier gebracht wurde, der Wahrheit näher bringen möchte.

Von jeher ist es bei Gelehrten Brauch gewesen, an erster Stelle die Vornehmen namentlich aufzuführen, die an Orten großer Begebenheiten Macht besaßen, und ihrem Beispiel werden wir hier folgen; es ist so leichter zu verstehen, wie sich die Ereignisse entwickelten, von denen in diesem Buch die Rede ist.

Zu jener Zeit herrschte über die südlichen Westfjorde an der Küste des Breidafjords Thorgils Arason; er saß auf dem Herrensitz Reykjaholar. In jungen Jahren hatte Thorgils Seefahrt und Handel betrieben und es aus dem Nichts zu Geld gebracht; er hielt den Frieden für gewinnbringender als den Krieg; mit Silber hatte er seinen Wohnsitz und seine Thingherrschaft gekauft. Er war kein großer Opferer, wie es bei Menschen häufig ist, die weit gereist sind und allerlei Götter kennengelernt haben; doch als das Christentum ins Land kam, nahm er zwei kostbare Gegenstände aus seinen Truhen, ein schönes Kreuz mit dem gekrönten Christus, dem Freund der Kaufleute, und ein Bildnis der Muttergottes, denn sie ist Seefahrern ein großer Stern.

Über die nördlichen Westfjorde, das Isafjardardjup, die Jökulfjorde und Strande herrschte Vermund Thorgrimsson; er wohnte im Vatnsfjord. Er war Heide, von urtümlicher Sinnesart und stammte von nordischen Edlen ab; er ließ sich die Pachten mit lebendem Vieh bezahlen und besaß gute Butterkeller. Er war ein tüchtiger Wirtschafter und hatte viel Gesinde; ein kluger Mann, doch etwas streitsüchtig; er hatte viele Frauen gehabt und manche zum Kebsweib genommen; einige von ihnen kamen immer wieder angereist, um ihn zu besuchen, und manche wären vortreffliche Heiraten gewesen, doch die beste war die Frau, die er rechtmäßig geehelicht hatte, Thorbjörg die Dicke; über sie ist in anderen Büchern um so mehr zu finden, je weniger sie in dieser Geschichte vorkommt.

Die Geburt dieser beiden westfjordischen Edlen fällt genau in die ersten Jahre der Herrschaft des Jarls Hakon Sigurdsson über Norwegen; und als der dänische König nach dem Fall Olaf Tryggvasons Norwegen in Besitz nahm, waren Thorgeir und Thormod junge Burschen in den Westfjorden.

Von Havar Kleppsson, dem Vater des Kämpen Thorgeir, weiß man eigentlich nur, daß er die kleine Wirtschaft Jöklakelda im Mjoafjord am Djup besaß, den nächsten Hof zu dem des Goden am Vatnsfjord und auf dessen Land gelegen. In der ersten Zeit König Olafs des Dicken gab es wieder Wikingerfahrten nordischer Männer auf die Britischen Inseln, nachdem sie einige Menschenalter lang geruht hatten. Doch solche Fahrten brachten zu dieser Zeit kaum jemandem Gewinn, und es heißt, daß Havar bei einer Wikingerfahrt mittellos nach Island verschlagen wurde; mit anderen Obdachlosen, seinen Kumpanen, suchte er Vermund auf; sie baten ihn, für sie Rat zu schaffen. Vermund nahm die Leute auf und machte die einen zu seinen Knechten, die anderen zu seinen Zinsbauern. Außer Bauer Havar selbst gab es niemanden, der über dessen Heldentaten auf Wikingerfahrten berichten konnte; nach allgemeiner Ansicht schätzte er die Arbeit der Bauern gering gegenüber den Taten, die einen stolzen, unerschrockenen Sinn erfordern, und er hielt es für ehrenvoller, Menschen zu erschlagen als Fische zu fangen; dennoch gehörte ihm, als er aus seinen Kriegszügen kam, als einzige Waffe nur eine Keule. Havars Frau hieß Thorelf, sie war nahe verwandt mit Thorgils Arason auf Reykjaholar, eine kluge und tüchtige Frau und so kenntnisreich, daß sie die meisten Lieder vortragen konnte, die über Helden der Vorzeit und über Könige, die sich Länder unterworfen haben, gedichtet worden sind.

Bauer Havar erwies sich bald als unverträglicher Nachbar; er tötete fremdes, auf sein Land geratenes Vieh und schnitt Hühnern und Gänsen den Kopf ab, wenn er sie zu fassen bekam; Leute, die sich ihm widersetzten, bedrohte er mit seiner Keule; da liefen die meisten fort und retteten so ihr Leben; viele jedoch suchten Vermund auf und beklagten sich bei ihm. Wenn Bauer Havar draußen bei der Arbeit war, hörte Thorgeir, sein Sohn, zu Hause den Gedichten der Mutter zu, und beschirmt von ihr sah er nur jene Welt, die Helden etwas bedeutet: da überragen behelmte Kämpen das Volk, dienen edlen Königen und strecken Räuber und Zauberer zu Boden, oder sie fechten Zweikämpfe mit ihresgleichen aus, und ihr Ruhm bleibt sich gleich, ob sie siegen oder fallen. Des Abends, wenn der Bauer nach Hause gekommen war, erzählte er seinem Sohn, wie er im Dänenreich allein gegen zwölf Berserker gekämpft hatte; entweder hatte er drei von ihnen gefällt, ehe die anderen flohen, oder alle mußten durch sein Schwert ins Gras beißen, einmal so, das andere Mal so; er schilderte auch, wie er den Berserker Soti östlich von Ösel im Holmgang getötet hatte, da gab es lange Geschichten; ferner hatte Bauer Havar in der Schar des Königs Adils von Uppsala an achtzehn Großschlachten in England teilgenommen; das war ein Kapitel für sich. Schon früh schien Thorgeir, daß sein Vater den Recken gleichkäme, die in den Erzählungen seiner Mutter die erste Stelle einnahmen.

Über die Händel Havar Kleppssons mit den Leuten am Djup wird in diesem Buch nicht geschrieben; es kam so weit, daß der Gode Vermund meinte, sich nicht länger gegen die Klagen der Leute am Djup taub stellen zu können; er lud Thorgils Arason vor und erklärte, daß seine Thingmannen wegen dieses Verwandten von Thorgils für ihre Hühner fürchten müßten und verlangte, daß ihm woanders ein Wohnsitz zugewiesen würde; »es ist ein großes Unheil«, sagte er, »wenn einer mit leeren Händen von Kriegszügen heimkommt, sich in einem friedlichen Gebiet niederläßt und anderer Leute

Hühner abschlachtet, um sich Ersatz für die Ruhmestaten zu verschaffen, die in anderen Ländern zu vollbringen ihm nicht vergönnt war.«

Thorgils Arason nahm diese Dinge gut auf und sagte, er kenne Havar Kleppsson vom Hörensagen, »und es ist wahrlich das größte Unglück«, sagte er, »daß sich eine so kluge Frau wie meine Base Thorelf so unter ihrem Stande verheiratet hat.«

Thorgils war es nicht geheuer, diesen angeheirateten Verwandten in seinem Herrschaftsbereich am Breidafjord zu haben, und auf dem nächsten Althing kaufte er von Leuten aus dem Borgarfjord ein kleines Stück Land, ließ dort für Havar ein Gehöft errichten und Vieh beschaffen; im selben Sommer verlegte Havar seinen Wohnsitz zum Borgarfjord, an den Ort, der seitdem Harvarsstadir heißt, südlich vom Hafnarfjall.

Es zeigte sich schnell, daß die Leute im Borgarfjord über den Zuzug Havar Kleppssons wenig erfreut waren. Der Borgarfjord ist ein ausgedehnter, blühender Landstrich, und es gab dort viele mächtige Leute. Sie beratschlagten untereinander darüber, wie man von einer so ausgezeichneten Gegend derart unerhörte Dinge abwenden könne wie die, daß unredliche Leute oder Übeltäter aus anderen Landesteilen hierhergeschickt wurden.

Hier ist damit fortzufahren, daß nördlich vom Hafnarfjall in Skeljabrekka ein Mann namens Jödur seinen Wohnsitz hatte; er war der Sohn eines Klaeing. Von Jödur wird erzählt, daß er nie klein beizugeben pflegte, wenn sich etwas von Bedeutung in der Gegend ereignete; er zeigte sich unverträglich gegenüber jedermann, war ein guter Krieger und büßte Totschlag selten mit Geld; er erfreute sich des Beistands der Großen. Er hatte eine kleine, kärgliche Wirtschaft, und man wußte nicht genau, woher er etwas zu beißen und zu brennen bekam. Er besaß einen prächtigen Hengst.

Havar Kleppsson hatte wenig Gesinde und nicht viel Vieh. Er besaß einen braunen Arbeitsgaul, den er aus dem Westen mitgebracht hatte; der fühlte sich wohler im Grasgarten und am Haus als in den Bergen.

Nun trug es sich eines schönen Tages im Herbst zu, daß Bauer Jödur auf Skeljabrekka sich mit seinem halbwüchsigen Sohn und einem Knecht auf den Weg nach Akranes machte, um Mehl zu kaufen. Als sie unterwegs bei Harvarsstadir rasteten, schwang Havar vor seinem Hof die Pferdeklapper, und es gab einen schrecklichen Lärm; da lief der Hengst Jödur und seinen Begleitern auf und davon, hin zum Berg; und sie konnten ihn nicht wieder einfangen. Der Braune des Bauern Havar döste an der Grasgartenmauer und ließ die Flappe hängen; der Gaul war sehr schläfrig.

Jödur sprach: »Nehmt den Gaul da und bindet ihn an meinen Lastzug, ich will mein Mehl aus Akranes holen.«

Sein Sohn und der Knecht taten, wie er ihnen befohlen hatte.

Am Abend zogen sie mit ihren mehlbeladenen Packpferden den Weg am Hof entlang, heim nach Skeljabrekka. Bauer Havar stand draußen. Er erkannte sofort sein Pferd unter den Mehlsäcken der Leute von Skeljabrekka. Er holte seine Keule hervor, die er aus seinen Kriegszügen mitgebracht hatte, ging hinunter vor den Grasgarten und stellte sich den Männern in den Weg.

Er sprach: »Gebt sofort das Pferd wieder zurück! Ihr seid dreiste Leute, daß ihr den Bauern vor ihren Augen die Tiere wegnehmt, ohne zu fragen. Solche Späße war ich nicht gewöhnt, als ich in den Westfjorden wohnte.«

Jödur sprach: »Uns ist nur bekannt, daß du wegen übler Taten und Hühnerdiebstahls aus dem Westen fortgeschickt wurdest, und es ist unerhört, wenn Zuzügler im Borgarfjord, wie du einer bist, sich gegenüber uns Einheimischen so aufblasen.«

Bei diesen Worten zerschnitt Bauer Havar mit dem Messer den Zaum seines Pferdes, trennte es von dem Lastzug und führte es zu seinem Hof. Jödur befahl seinen Begleitern, ihm zu folgen; er sagte, er wolle versuchen, den Hochmut dieses Hergelaufenen zu dämpfen, der sich hier anschicke, das Mehl der Leute aus dem Borgarfjord zu rauben. Er brauchte ihnen das nicht zweimal zu sagen. Sie überließen den Lastzug sich selbst, ritten hinter Havar her und holten ihn alle zugleich ein; Jödur schwang die Axt und hieb sie dem Bauern in den Hinterkopf, so daß er stolperte, und Grim, Jödurs Sohn, stieß ihm den Spieß in die Seite; beides geschah gleichzeitig. Bauer Havar fiel vor seinem Pferd zu Boden. Jödur Klaeingsson sprang vom Pferde und hieb nach nordischem Brauch schnell und oft mit der Axt auf den Mann ein, der da hingestreckt lag, so daß Blut und Hirn herausquollen; Havar Kleppsson war schon längst ohne Leben, als Jödur Klaeingsson mit den Hieben aufhörte.

Als Bauer Jödur glaubte, genug getan zu haben, befahl er seinem Knecht, Havars Pferd zu nehmen und es wieder hinten an den Lastzug zu binden, denn wackere Männer erachten den Totschlag gering, bei dem nicht etwas Beute herausschaut. »Nun werden ich und mein Sohn hingehen und den Totschlag kundtun«, sagte er.

Thorgeir Havarsson saß auf der Grasgartenmauer und hatte mit angesehen, wie sein Vater erschlagen wurde. Jödur Klaeingsson ritt nach vollbrachter Tat an den Knaben heran und sprach: »Geh nach Hause, kleiner Knabe, und sage deiner Mutter, daß dein Vater nicht wieder die Klapper gegen die Pferde von uns Leuten aus dem Borgarfjord schwingen wird.«

Danach ritt Jödur Klaeingsson fort. Es war gegen Sonnenuntergang. Der Knabe stand auf, als Jödur fortgeritten war, ging dorthin, wo sein Vater über den Weg hingestreckt lag, und betrachtete die Leiche. Blut und Hirn quollen wie Brei aus dem gebrochenen Schädel, und das Gesicht hatten die Axthiebe unkenntlich gemacht; der eine Arm zuckte noch im Schultergelenk, als der Mann im Tode erschlaffte, und das war seine letzte Bewegung. Der Knabe wunderte sich, daß sein Vater so leicht umzubringen war, wo er doch mit Berserkern in Dänemark gekämpft und mit Feuer und Schwert auf den Britischen Inseln geheert hatte; der Knabe hatte stets fest daran geglaubt, daß sein Vater einer der größten Recken im Norden wäre. Thorgeir Havarsson stand lange draußen, ehe er sich anschickte, es seiner Mutter zu sagen. Dann ging er ins Haus. Damals war er sieben Jahre alt.

Zweites Kapitel

Vermund, der Gode, hatte einen Verwandten namens Bessi; er war der Sohn eines Halldor; er wohnte auf Laugabol, in der Nachbarschaft vom Vatnsfjord. Bessi konnte dichten und war gesetzeskundig, allgemein beliebt, doch nicht wohlhabend. Über ihre Verwandtschaft hinaus waren er und Vermund gute Freunde; Bessi begleitete Vermund oft auf Aufsichtsreisen und wenn er zum Althing ritt. Bessis Frau lebte nicht mehr, als diese Geschichte begann, doch er hatte einen jungen Sohn namens Thormod; diesen hielt man schon früh für klug, aber auch für scharfzüngig. Die Dichtkunst und anderes lernte er von seinem Vater; schon in jungen Jahren kannte er viele Erzählungen von jenen Königen und Jarlen, die sich durch Schlachten und andere treffliche Taten in den nordischen Ländern hervorgetan hatten, wie auch von Asen, Völsungen, Ylfingen und jenen berühmten Helden, die mit Trollweibern gerungen hatten; ferner wußte der Knabe viel von der großen Liebe, die Männer von Frauen zu Beginn der Welt erlangen konnten, als Brynhild auf dem Berge schlief; weiter wußte er von den Schwänen zu erzählen, die von Süden geflogen kamen und sich auf einer Landzunge niederließen, ihre Schwanengewänder ablegten und Schicksalsfäden zu spinnen begannen. Er kannte auch die wundersamen Geschichten, die vom Ende der Welt und vom Untergang der Götter künden.

Thormod Bessason fand es zu Hause bei seinem Vater langweilig; schon als Junge hielt er sich gern dort auf, wo es lustig zuging, wo Wurst gekocht oder Hochzeit gemacht oder ein Leichenschmaus abgehalten oder Weihnachten gefeiert wurde, aber auch auf Fischfangplätzen oder an anderen Orten, wo viele Leute zusammen arbeiteten. Man gewann ihn dann dazu, die Leute zu unterhalten, denn in den Westfjorden herrschen lange Winter und große Dunkelheit. Thormod begann früh damit, selber zu dichten, wenn sein Vorrat an Liedern ausging; er brachte es darin zu solcher Fertigkeit, daß man keinen Unterschied zwischen seinen und den Liedern anderer Dichter fand.

Der Gode Vermund im Vatnsfjord hatte viel Gesinde und zahlreiche Sklaven; an ihn wandten sich auch Bettler und Geächtete; Besucher und Gäste kamen aus vielen Orten der Fjorde, um Vermund ihre Angelegenheiten vorzutragen und Rat von ihm zu erbitten. Thormod war häufig Gast im Vatnsfjord; er fand es dort vergnüglicher als zu Hause in Laugabol; bei vielen Leuten auf dem Hof Vermunds war er gern gesehen, wenngleich er von den Hausherren nur kühl aufgenommen wurde; man hatte Vergnügen an den Gedichten, die der Bursche spätabends in der Halle vortrug.

Dort war zu Besuch eine Frau aus den Jökulfjorden, Kolbrun mit Namen, mit ihrer Tochter Geirrid, die noch ein Kind war. Kolbrun stammte aus Norwegen; nach Island war sie mit Schiffsleuten gelangt und hatte mitsamt ihrem Mann, der auf dem Schiff Steuermann gewesen war, bei Vermund Winterquartier genommen. Der Norweger starb im Winter eines plötzlichen Todes, und man nahm an, daß Kolbrun ihn umgebracht hätte. Danach wurde sie eine Zeitlang die Geliebte Vermunds, doch als der Gode sich im Alter eine andere, junge Frau nahm, trennte er sich von Kolbrun und wies ihr einen Wohnsitz am Hrafnsfjord zu; dieser Fjord ist einer der ödesten unter den Jökulfjorden. Vermund gab Kolbrun einen norwegischen Sklaven namens Lodin zur Gesellschaft; der war ein kräftiger Mann und recht verschlossen, hatte langes Haar, einen starken Bart, buschige Brauen und blickte gewöhnlich nicht auf; doch einige Leute glaubten gesehen zu haben, daß seine Augen wie die einer Schlange funkelten, wenn er zufällig den Blick hob. Mutter und Tochter ritten gegen Ende der Heuernte stets ans Djup, alte Bekannte zu besuchen; der Sklave Lodin schritt vor ihren Pferden einher. Er hatte auch ein gutes Messer in Verwahrung, das der Herrin gehörte; sie hatte die Gewohnheit, ihm das Messer wegzunehmen, wenn sie in lustige Gesellschaft gerieten. Kolbrun war eine Frau, die bei Kraftproben kaum ihresgleichen fand; sie war stämmig von Wuchs, hatte jedoch ein hübsches Gesicht, sehr schöne Augen und dunkle Brauen; man hielt sie für ziemlich boshaft, wenn ihr etwas nicht gefiel, für hartherzig gegenüber Leuten, die nicht nach ihrem Sinn waren, und besonders gegen ihre Liebhaber. Aus diesen Gründen fanden sich mehr Männer bereit, mit ihr zu scherzen als um sie zu freien; auch war sie keine reiche Frau.

Einmal hatte Thormod in der Halle auf Vatnsfjord nach der Arbeit lange vorgetragen: Gedichte über treffliche Könige, berühmte Schlachten und viele mannhafte Totschläge. Doch wie es an späten Abenden oft geschieht, legten die Leute den größten Wert darauf, Geschichten von der Liebe zu hören, die Männer in alter Zeit von Schildmaiden erfuhren.

Da sagte ein Mann: »Es ist doch sonderbar«, sagte er, »daß wir ständig davon hören, wie Frau Sigrun in die Unterwelt ging, den toten Helgi zu küssen; oder wie Freya ihren Schenkel über Loki legte; und auch davon, wie Sigurd die Jungfrau in ihrer Rüstung auf dem Berg schlafend fand und wie er ihre Brünne bis in den Schoß hinunter aufschlitzte und sie beschlief, ehe sie aufwachte; doch nie wird ein brauchbares Liebesgedicht über die großartigen Frauen vorgetragen, die wir hier bei uns in den Westfjorden haben. Mir schiene es passender, wenn wir ein Gedicht über das Gerücht hörten, wonach die Herrin im Hrafnsfjord den Sklaven Lodin zweimal im Jahr in ihr Bett holt, das erste Mal, wenn der Winter noch neun Nächte dauert und die Raben Eier gelegt haben, und das zweite Mal gegen Ende des Sommers, wenn die Leute ihr Heu eingebracht haben.«

Viele bekräftigten, wie notwendig es wäre, eine so treffliche Hausherrin wie Kolbrun im Hrafnsfjord zu bedichten; doch zu jener Zeit war ein Gedicht der größte Schimpf, den man einer Frau zufügen konnte; es galt als Schandtat, eine Frau anzudichten, und die Verwandten der Frau hatten in einem solchen Fall das Recht zum Totschlag.

»Wenig verstehe ich mich auf Liebesgedichte«, sagte der Skalde Thormod, »auch ist es sinnlos, Frauen ohne Grund Schmach anzutun.«

Die Zuhörer in der Halle sagten, es wäre nicht nötig, den Namen einer Frau in ein Gedicht einzuflechten, es ginge auch so, man könnte die Anspielung trotzdem verstehen.

Kolbrun, die Hausherrin vom Hrafnsfjord, fauchte zornig bei diesen Reden und sagte, daß nur solche Männer Liebesgedichte zu machen pflegten, die auf keine andere Weise Frauen zu Gefallen sein könnten.

Thormod sprach: »Das hat mir mein Vater, Bessi Halldorsson, gesagt, daß es einem tapferen Mann nicht ansteht, über Frauenliebe zu dichten: solche Gedichte verfertigen nur Feiglinge und Trottel, die in den Küchenecken herumliegen und am Quarkbeutel lutschen.«

Damit endete an diesem Abend das Gespräch in der Halle zu Vatnsfjord, und die Leute gingen schlafen.

Doch am nächsten Abend, als man bereits eine Weile in der Halle gesessen hatte, trat Thormod vor und bat um Gehör; er sagte, daß er das Gedicht über Frau Kolbrun im Hrafnsfjord fertig habe, das die Gäste in der Halle von ihm erbeten hätten.

Da hatten schon viele den Spaß vom vorigen Abend vergessen, und sie nahmen ihn nicht wieder in der alten Stimmung auf; sie waren auch spät zu Bett gegangen, waren müde, hatten viel saure Molke getrunken und kämpften nun mit dem Schlaf. Doch einige fanden sich bereit, das Gedicht anzuhören, und der Name des Skalden wurde erweitert; er wurde Thormod Kolbrunarskalde genannt. Einige Frauen aber meinten, er hätte es eher verdient, Schwarzarschskalde zu heißen, und sie würden diesen Namen vorziehen, wenn sie später von ihm hörten. Man weiß nicht mehr genau, wie das Gedicht beschaffen war, das Thormod in seinen jungen Jahren dieser Frau darbrachte; es ist in den meisten Büchern ausgestrichen oder ausradiert worden; man dürfte es in früheren Zeiten für etwas unschicklich angesehen haben; wahrscheinlich ist auch, daß darin mehr kindlicher Übermut waltete als der Ernst erwachsener Männer, die deshalb dichten, weil sie eine Frau gegen Recht und Gesetz lieben. Hingegen ist in den meisten Büchern ein und derselbe Bericht darüber enthalten, daß Kolbrun vom Hrafnsfjord das Gedicht weder getadelt noch gelobt habe; doch als der Knabe in das Außenhaus schlafen ging, in dem sein Verwandter Vermund arme Leute, Übeltäter und Hunde unterbrachte, streifte er die Kante des Bettes, in dem

Mutter und Tochter aus dem Hrafnsfjord schliefen; die Frau lag vorn, das Mädchen hinter ihr an der Wand. Die Frau bat den Knaben, stehenzubleiben. »Wie alt bist du, Skalde Thormod?« fragte sie.

Er nannte sein Alter, und die einen meinen, daß er damals vierzehn Jahre war, die anderen sagen zwölf.

Sie griff nach dem Skalden und setzte ihn zu sich ins Bett. Und es heißt, der Knabe habe bis dahin nicht gewußt, daß es eine so große Frau auf der Welt gäbe.

»Es ist unerhört«, sagte sie, »daß ein so junger Mensch Frauen mit Gedichten angeht; mit der Sache, gegen die wir uns am wenigsten wehren können; es ist wohl auch ohne Beispiel in der ganzen Welt, daß ein kleiner Knirps eine Frau mit Worten narrt; für uns Frauen ist es schon Schande genug, Gedichte von Männern zu bekommen, die mehr vermögen als du. Dennoch wird sich hier der Spruch bewahrheiten, daß Worte mächtiger sind als Taten, und von dieser Stunde an sollst du mir nicht entrinnen können; das ist mein Dichterlohn; ich erlege dir auf, daß du, wenn du zum Mann geworden bist, Thormod, dich stets dort einfinden mußt, wo ich bin, welche Fahrt auch immer du unternimmst, und mir doch niemals näher kommen wirst als bei unserer ersten Begegnung.«

Und als die Frau diese Worte gesprochen hatte, ließ sie den Skalden für dieses Mal frei.

Drittes Kapitel

Thorelf, Thorgeir Havarssons Mutter, stammte aus Hördaland; das Land ist karg und arm. Dort war es lange Zeit Brauch gewesen, daß Söhne, die zu Hause kaum zu Wohlstand gelangen konnten, in andere Länder fuhren, um sich Hab und Gut durch Raub zu verschaffen, die einen nach Osten, die anderen nach Westen übers Meer. Wer nie auf Wiking gewesen war, wurde in Hördaland geringgeachtet. Keiner aber kannte ruhmreichere Geschichten von den Mutproben, Schlachten und Seefahrten der Wikinger als die Daheimgebliebenen, und am meisten wußten die Ammen. Sie feierten mit schönen Gesängen den Ruhm der Wikinger, die Tapferkeit, die edle Gesinnung und die Heldenhaftigkeit, die Männer in fernen Ländern beweisen, doch um so seltener, je näher sie Frauen sind. Solche Kunde war die Wegzehrung und Aussteuer, die Häuslerssöhne in Hördaland in jungen Jahren von ihren Müttern erhielten; demgemäß hatte Frau Thorelf nur wenige Liebesgeschenke für ihren Sohn, außer Geschichten von ruhmreichen Kämpfen der Vorzeit und Lobpreisungen von Königen, die sich strebsame Häuslerssöhne durch Freigebigkeit zu Freunden machen und Tapferkeit mit schweren Goldringen belohnen.

Nie kam Frau Thorelf darauf zu sprechen, wie Havar Kleppsson an der Grasgartenmauer fiel, ohne sich zu wehren, ein Wikinger aus Hördaland; sie sprach von ihm immer nur als von einem furchtlosen Recken, der mit Feuer und Schwert Länder verheert und in den Schlachten trefflicher Könige in vorderster Reihe gekämpft hatte. Was seinen Vater betraf, so hörte Thorgeir nichts anderes von ihm als Geschichten von seinen Kriegszügen; der Knabe zweifelte nicht daran, daß die Könige in allen Stücken auf seinen Vater angewiesen gewesen waren, daß sie ihn in Schicksalsstunden zu ihrem Vertrauten gemacht hatten und daß in Bauer Havar jener Mann verkörpert war, der in der Dichtkunst Furchterwecker heißt und dem man Namen gibt, die aus den Wörtern Schwert und Mord gebildet sind. Frau Thorelf lehrte ihren Sohn, daß Geschwätzigkeit Kindern und jenen Weibern eigen ist, die von Haus zu Haus betteln gehen; sie sagte, daß Wörter zu keiner Sache taugten außer zu dem Lob, das Königen, dem Schwert und dem Kampf gebührt; ein Held äußert sich über die wenigsten Dinge, und man bekommt von ihm weder Lob noch Tadel zu hören, sondern nur das Wort, dem mit der Waffe Nachdruck zu geben er zu jeder Zeit bereit ist; bei jeder Sache werden gehörige Antworten nur mit dem Wahrspruch der Schwerter erteilt. Der Wert eines Mannes liegt in seiner Tüchtigkeit im Krieg, in seiner Tapferkeit und Verschlagenheit. Ob er lange oder kurze Zeit lebt, ob er im Kampf siegt oder fällt, das gilt gleich, wenn nur der Glanz des Ruhmes auf seine Taten fällt. Es war ebenso eine Tugend, angesichts einer Übermacht nicht um sein Leben zu fürchten, wie seinen nichtsahnenden schwächlichen Gegner zu erschlagen. Es war vornehmer Leute Art, von niemandem einen Vorwurf hinzunehmen, sich für Herabsetzungen zu rächen, es zu verstehen, arglistige Widersacher zu offenen Feinden zu machen und dem anderen mit der Axt zuvorzukommen. Seine Mutter sagte, daß ein rechter Mann dem freigebigsten König am treuesten sein solle; mit einem solchen König sei das Glück; doch solle man ihm die Treue brechen, wenn es ihm an Geld fehle. Nie solle ein rechter Mann die Schande begehen, Frieden zu wählen, wenn Krieg zu haben sei. Seine Mutter sagte auch, ein guter Wikinger verschone auf Kriegszügen weder Frauen noch Kinder. Und der Name eines jeden, der diese guten Ratschläge befolge, werde unter den Menschen leben, solange die Midgardschlange gefesselt bleibe.

Trotz ihrer Armut versorgte Thorelf den Knaben, so gut sie nur konnte, bediente ihn wie einen erschöpften, hochwillkommenen vornehmen Gast, von dem Ansehen und Glück des Geschlechts abhingen. Sie bevorzugte ihn bei den wenigen guten Dingen, die an einem solchen Ort anfallen können; fand sie am Hang eine Erdbeere, so brachte sie diese für ihn nach Hause. Sie zog ihn zu keiner Arbeit heran, sondern lehrte ihn, daß nur geringe Leute sich mit Landarbeit abplakken und daß Fischfang Knechtsarbeit sei. Dennoch ließ sie ihn sich darin üben, ein Schiff zu steuern und zu segeln, denn das ist der Anfang der Seefahrtskunst.

Es war Frau Thorelfs größter Kummer, daß sie keine Waffen besaß, um sie ihrem Sohn zu schenken, außer der Keule des Bauern Havar. Und als Thorgeir fragte, warum sein Vater keine guten Waffen besessen habe, wo er doch ein solcher Held gewesen sei, gab Frau Thorelf zur Antwort, sein Schwert sei im Meer versunken.

Es gilt für sicher, daß, wenn auch welschen Schwertern nirgends größeres Lob gezollt wurde als in der isländischen Dichtung, hierzulande, als die Schwurbrüder aufwuchsen, eine solche Armut herrschte, daß kaum jemand im Lande ordentliche Waffen besaß, außer reichen Leuten, die sie im Ausland aus Prahlsucht gekauft oder von großen Herrschern geschenkt bekommen hatten.

Als Thorgeir Havarsson zwölf Jahre alt war, schickte ihn seine Mutter nach Westen zu ihrem Vetter Thorgils auf Reykjaholar, damit der Knabe die Sitten der Vornehmen kennenlernen sollte. Auf Reykjaholar herrschte wenig Freude, als Pferdehändler aus dem Südland den Knaben ablieferten. Thorgils Arason besaß viele Gehöfte, auch Kauffahrteischiffe; es blieb ihm nur wenig Muße, sich mit seinem Verwandten abzugeben, der hier plötzlich auftauchte; er ließ den Schaffnerinnen bestellen, daß dieser Gast bei den Knechten wohnen solle.

Am Morgen sagte der Vormann, Thorgeir solle mit den anderen Jungen die Schweine füttern gehen. Thorgeir gab keine Antwort und blieb sitzen; und auch weiterhin widersetzte er sich und rührte sich nicht, wenn ihm etwas aufgetragen wurde. Als Thorgils von der Arbeitsscheu seines Verwandten erfuhr, ließ er ihn zu sich rufen und sagte ihm, die Knechte meinten, er sei allzu schwer zur Arbeit zu bewegen, »oder möchtest du, mein Vetter, daß ich selber dir die Arbeit zuteile?«

Thorgeir antwortete: »Meine Mutter hat mir nicht gesagt, daß ich Schweine füttern soll.«

»Was will sie, daß du tun sollst?« fragte Thorgils.

»Mit Waffen töten«, sagte Thorgeir Havarsson.

»Und wo willst du beginnen?« fragte Thorgils.

»Danach brauchst du wohl nicht zu fragen«, sagte Thorgeir.

»Deiner Mutter ist doch wohlbekannt, daß mit den Leuten im Borgarfjord schon lange ein Vergleich wegen des Totschlags an deinem Vater geschlossen wurde; sie haben Bußgeld dafür bezahlt«, sagte Thorgils. »Es widerstrebt mir, Menschen zu töten; es ist nicht mehr so wie einst, daß Unfrieden einen voranbringt.«

»Jetzt weiß ich, daß du wenig von einem Häuptling an dir hast«, sagte Thorgeir Havarsson. »Ich werde nach Hause zum Borgarfjord zurückkehren.«

»Das ist nicht ratsam«, sagte Thorgils. »Wenn du Schweine nicht leiden kannst, dann geh dorthin, wo Seehunde gejagt oder Wale zerlegt werden, wo Sumpferz geschmolzen oder Holzkohle gebrannt wird; oder wo Schmiede Eisen bearbeiten; sie sind tüchtig. Wir haben uns nämlich vorgenommen, Christus eine Kirche zu errichten, dem Herrn, der in den Ländern, wo wir Handel treiben, mit Kaisern verglichen wird. Nicht zuletzt wollen wir seine Freundschaft deshalb gewinnen, weil seine Mutter sich allen Kaufleuten gegenüber hilfreich erweist und eine viel bessere Frau ist als deine Mutter, unsere Base Thorelf. Such die Zimmerleute dort auf, wo sie Bauholz für die Kirche bearbeiten, und nimm eine Säge oder einen Hobel zur Hand. Oder willst du zum Schiff gehen und bei den Kaufleuten Lasten tragen? Hier sind viele Leute, alte und junge, mit nützlicher Arbeit beschäftigt. Waffengeklirr liegt uns nicht.«

Die Dinge nahmen ihren Lauf, wie sie begonnen hatten; zwischen den Vettern entstand keine allzu warme Zuneigung; dennoch warnte Thorgils seine Vorarbeiter davor, sich gegen den Knaben zu stellen oder ihn zu reizen. Thorgeir änderte sein Verhalten nicht, er zeigte keine Lust zur Arbeit und versuchte nicht, sich bei den Leuten beliebt zu machen. Doch wenn die Schmiede Eisen heiß machten und behämmerten, war er ihnen behilflich, den Blasebalg zu ziehen; sie erlaubten ihm auch manchmal, den Hammer zur Hand zu nehmen. Thorgeir fand so großen Gefallen an Eisen, daß er rostigen Schrott, den er auf den Wegen fand, mit nach Hause in sein Bett nahm und darauf schlief. Damals war es Brauch, daß den Knechten Hartfisch und Butter für eine Woche auf einmal zugeteilt wurden. Thorgeir verkaufte seinen Butteranteil gegen Eisen; er sagte, es sei kleiner Leute Art, Butter zu essen, »uns ist Eisen lieber«. Er fühlte sich zu denen hingezogen, die Waffen trugen, und fand sich immer dort ein, wo Kampfspiele stattfanden; bald nahm er mit ganzer Kraft an vielen Spielen teil. Es war nie zu erkennen, ob ihm etwas gut oder schlecht gefiel, und nie sah man ihn sich über etwas freuen wie andere junge Leute.

Zwischen der Pferchzeit der Lämmer und der Heuernte kam eines Morgens eine Schar Männer aus dem Norden über die Hochflächen geritten; es war Vermund Thorgrimsson, der Gode vom Vatnsfjord, auf dem Weg zum Althing. Er und sein Gefolge übernachteten auf Reykjaholar bei Thorgils; die großen Herren, die beide einen Teil der Westfjorde unter sich hatten, standen gut miteinander. Wie gewöhnlich gehörte Bessi Halldorsson von Laugabol zum Gefolge seines Verwandten Vermund und war immer an dessen Seite. Thormod Bessason nahm an dieser Reise als Pferdeknecht teil. Auf Reykjaholar wurde er in aller Frühe geweckt, um Pferde zu hüten, als die Sonne noch im Norden stand und Tau auf den Wiesen lag; die See war spiegelglatt, und weißer Dampf kräuselte sich in der Stille der Nacht über der heißen Quelle. Als er mit verschlafenen Augen aus der Haustür blickt, sieht er einen Mann von jungen Jahren auf dem Hofplatz stehen, der sich ein Haifischmesser umgegürtet hat, ein Fleischbeil auf der Schulter trägt und einen Holzdeckel vor sich hält. Dieser Mann war ebenso schlecht gekleidet, wie er gut bewaffnet war. Thormod hingegen hatte nichts als eine schlechte Peitsche und Zaumzeug in den Händen. Augenblicklich verließ ihn der Schlaf, als er auf diesen gleichaltrigen Jungen stieß, der an einem so schönen Morgen wie diesem zum Krieg gerüstet war; er ging zu ihm hin, wo er mit seinen Waffen stand, und betrachtete ihn genau. Der Gewaffnete schien nicht gewillt, Worte an den Gast zu verschwenden, sondern tat, als bemerkte er ihn nicht.

Thormod begrüßte ihn und fragte: »Warum bist du nachts wach, Freund, wenn die meisten den Schlaf für das allerbeste halten?«

»Deshalb«, antwortete der Krieger, »kann ich nicht schlafen, weil ich darüber nachdenke, wo die Männer jetzt sein mögen, die wert sind, daß ich sie erschlage.«

Thormod fragte: »Bist du der, welcher erlittenes Unrecht rächen will?«

Thorgeir antwortete: »Das wissen wir nicht ganz so sicher, wie daß du jener Thormod bist, der zu der Alten ins Bett stieg; und niemand kann verstehen, warum du ein Scheusal bedichtet hast, statt jene Frauen aus dem Süden zu rühmen, die in Schwanengestalt hoch oben am Himmel fliegen und das Schicksal der Menschen bestimmen.«

Thormod sagte: »Jenes Gedicht wird dem nicht im Wege stehen, daß wir über eure Heldentaten dichten, wenn sie bekannt werden; wegen meiner Jugend konnte ich einer Frau keine andere Gunst erweisen als ein Gedicht.«

Thorgeir sagte: »Wenn du erfährst, daß wir solche Taten vollbracht haben, die euch mit einem Gedicht nicht überbelohnt erscheinen, wollen wir euer Freund sein.«

»Erlaubst du mir, deine Waffen kurze Zeit in die Hand zu nehmen?« fragte Thormod.

»Meine Waffen könnten besser sein«, sagte Thorgeir. »Ich habe diese Axt selber zusammengehämmert. Doch es wird dazu kommen, daß ich den Beistand eines Königs gewinne, der mir ein welsches Schwert schenkt.«

»Hast du dir schon einen König ausgesucht?« fragte Thormod.

»Ich werde den König unterstützen, der mit größter Grausamkeit und stolzem Sinn sich in nordischen Landen Reiche erobert«, sagte Thorgeir.

»Es scheint mir«, sagte Thormod da, »daß mit dir, Thorgeir Havarsson, ein großer Held zur Welt gekommen ist. Ich gelobe, wenn du deine erste Ruhmestat vollbracht hast, die einer Odinsgabe wert ist, werde ich von zu Hause weggehen, um dich zu treffen, wo du auch sein magst, und dir ein Gedicht vortragen; von da an werden wir unseren Bund nicht wieder lösen und beide zusammen den Ringebrecher suchen, von dem wir wissen, daß er der edelste ist, und ihm unsere Dienste anbieten.«

Mehr ist von diesem Gespräch der beiden nicht überliefert.

Viertes Kapitel

In Ögur am Djup wohnte eine Witwe namens Katla; ihr Mann war auf See umgekommen. Sie war eine recht vermögende Frau. Zu Beginn dieser Geschichte war ihre Tochter noch klein; das Mädchen hieß Thordis, es wurde nach seiner Mutter Thordis Kötludottir genannt. Bei Frau Katla stand ein Norweger namens Skati in Diensten, er hatte sein Schiff versäumt und war Knecht bei der Witwe geworden; er war ein strebsamer Mann und wurde bald Aufseher über ihre Wirtschaft. Skati trieb Gesinde und Sklaven zur Arbeit an und war bei ihnen nicht sehr beliebt. Viele Leute meinten, daß er als Lohn für seinen Dienst bei Katla nichts weiter erstrebe als die Freude daran, den Reichtum des Anwesens zu mehren.

Skati war redegewandt. Er kannte viele Geschichten aus der Heerfahrt und erzählte gern von seiner Tapferkeit auf Kriegszügen; er hatte Seekönige auf Wikingerfahrten begleitet, und sie hatten in vielen Schlachten den Sieg errungen, sowohl in Rußland wie in Irland.

Thordis Kötludottir lauschte Skatis Erzählungen mit dem größten Vergnügen; Skati hatte das Mädchen oft auf dem Schoß, wenn er des Abends in der Kammer der Witwe saß, und hielt ihre Knöchel umfaßt. Er erzählte, wie Wikinger in fremden Ländern erbeutetes Vieh am Strand abschlachteten, wie sie die Häuser der Menschen in Asche legten und alle wehrfähigen Männer, von denen ihnen Gefahr drohte, niedermachten, ebenso wie alte Leute und Wickelkinder und andere Menschen, die ihnen beschwerlich waren; doch kein Raub brachte so hervorragenden Gewinn wie lebende Frauen; mit diesem Gut kauften sie in England und Dänemark Silber. Weiter erzählte Skati von mörderischen Kämpfen, die er auf Wikingerfahrt erlebt hatte; sie dauerten an, bis alles Gefolge gefallen war und nur noch er und der König am Leben waren; schließlich wurden sie beide gefangengenommen und gefesselt in einen Kerker geworfen; und dann konnte man nur noch auf die Hilfe hoffen, die den Menschen von Feen erwiesen wird oder von gütigen Frauen im Ausland, die Prinzessinnen heißen. Oft schlief das Mädchen auf dem Schoß des Wikingers ein, bevor es soweit war, daß Skati und der König aus dem Gefängnis befreit wurden; es gefiel ihr, während der Geschichten des Mannes zu schlafen, von dem sie fest glaubte, daß er der größte Held im Norden wäre.

In Ögur gab es einen jungen Sklaven namens Kolbak; er war irischer Herkunft. Katlas Mann hatte auf einer seiner Fahrten diesen Burschen im Ausland gekauft, als er zehn Jahre alt war. Seitdem waren sieben Winter vergangen. Kolbak war rothaarig und schieläugig, von kleinem Wuchs, doch wohlgestalt, breitschultrig und schmalhüftig, gelenkig und feingliedrig, doch nicht stark; dennoch ging ihm die Arbeit leichter von der Hand als kräftigen Männern; er war beim Fischfang mit der Angelleine am erfolgreichsten und konnte Schafe in den Bergen am schnellsten einholen. Von sich aus trieb er mit niemandem Scherz; er war freimütig in seinen Worten und freundlich zu jedermann, der ihn anredete; aber wenn er allein war, verdüsterte sich sein Gesicht, als ob er über Dinge nachdächte, von denen andere Leute nichts wußten.

Einige Freigelassene ärgerten sich darüber, daß dieser Sklave, der kaum aus dem Kindesalter heraus war, die meisten Arbeiten schneller und besser als sie verrichtete; es verdroß die Leute, neben einem Sklaven zu angeln und keinen Biß zu verspüren, während er einen Fisch nach dem anderen fing; es verdroß sie auch, daß er über Steilhänge lief, wozu ihnen der Mut fehlte; aus Neid wurde er oft mißhandelt. Der Aufseher Skati war dem irischen Knaben feindselig gesinnt; er mußte oft daran denken, daß edle Häuptlinge aus Irland vertrieben worden waren und jetzt in Island hinter Rindsärschen stehen mußten, und daß ihr Reich, das sie sich mit Mut und stolzem Sinn in Irland erobert und nach Recht und Gesetz regiert hatten, zerstört war. Die trefflichen Menschen, die nicht erschlagen oder vertrieben worden waren, mußten nun ihren Nacken unter den Stiefelabsatz der Iren beugen. Für Skati bedeutete es eine Genugtuung, wenn der Sklave Kolbak an sich selber einiges von dem erfuhr, was die Iren nach Skatis Meinung den

Nordländern angetan hatten, als sie diese aus ihrem Lande jagten.

Als Thordis Kötludottir noch sehr klein war, machte es ihr Spaß, wenn Kolbak gequält wurde, und sie lachte fröhlich, wie es Kinder beim Mißgeschick anderer zu tun pflegen. Dem Norweger Skati wiederum bereitete es Vergnügen, es dem Mädchen recht zu tun. Er hatte ständig etwas an Kolbaks Arbeit auszusetzen; es brauchte nur an einem Trockentag ein Zinken an dessen Harke abzubrechen, dann packte er den Sklaven, warf ihn zu Boden und bedachte ihn mit vielen höhnischen Worten. Es geziemte sich nicht für Nordländer, für einen geprügelten Sklaven Partei zu ergreifen, und die meisten taten, als sähen sie es nicht. Laut lachten nur Kinder, sonst lachte niemand.

Doch als die Zeit verging und das Mädchen heranwuchs, wurde es anspruchsvoller und hatte nicht mehr so viel Spaß wie früher daran, wenn der Sklave verprügelt wurde; ihr Sinn wandte sich dorthin, wo Aussicht auf ergötzlichere Kurzweil bestand.

Am Djup ging die Rede davon, daß im Laugatal ein prächtiger Sproß aufwuchs, nämlich der Skalde Thormod Bessason, und daß er die Leute mit Gedichten unterhielt und die Freundschaft der Großen und die Gunst der Frauen besaß.

Weiter wurde erzählt, daß der Sohn Havar Kleppssons vom Isafjord, den die Leute aus dem Borgarfjord erschlagen hatten, Thorgeir mit Namen, nach Reykjaholar gekommen und schon in jungen Jahren ein so großer Held sei, daß er Tag und Nacht vor Waffen strotzte und mit niemandem sprach; man meinte, daß ein Kampf mit ihm selbst kräftige Männer teuer zu stehen käme, und man glaubte, daß die Feen diesem Burschen großen Ruhm zugedacht hätten.

Eines Tages im Frühsommer trug es sich zu, daß Leute von den Hornstranden kamen, um Hengste zu kaufen. Kolbak war auf den Berg geschickt worden, um eine Pferdeherde für sie herunterzutreiben. Und als sie bei der Sammelhürde standen und darauf warteten, daß ihnen die Herde zugetrieben würde, brach ein Junghengst aus, offensichtlich das prächtigste Tier von allen, und lief mit lautem Brunstgewieher von den anderen Rossen fort, zurück zum Berg. Kolbak ritt ihm eine Weile nach, doch kehrte er schließlich um, weil man dort, wo der Hengst den Berg hinaufstürmte, nicht reiten konnte.

Außer den Leuten von den Stranden standen auch viele Einheimische an der Hürde, um sich zu vergnügen, Frauen und Kinder; und das Fell der prallen Pferde, die gerade aus der Mauser waren, glänzte im Sonnenschein. Das Mädchen Thordis Kötludottir hatte sich ebenfalls eingefunden, zusammen mit anderen Frauen.

Dem Sklaven Kolbak gelang es nicht, den Hengst einzufangen, und er ritt unverrichteter Dinge nach Hause zurück. Als er an die Hürde kam, lief ihm der Aufseher Skati in den Weg, fiel dem Pferd in die Zügel, riß den Jungen aus dem Sattel, gab ihm Ohrfeigen und warf ihn zu Boden; er zog dem Sklaven die Kleider über den Kopf, riß ihm die Peitsche aus der Hand und schlug damit einige Male auf den bloßen Rücken des Jungen; dann warf er sie auf den am Boden Liegenden.

Der Norweger Skati war ein wohlgestalter, stattlicher Mann mit hübschem Gesicht, heller Haut und schönen Augen.

Vom Sklaven Kolbak ist zu berichten, daß er sich erhob, als er annehmen konnte, daß Skati sich satt geprügelt hatte; er gürtete eilends seine Hose, und seine Wangen röteten sich vor jugendlichem Schamgefühl; er lächelte entschuldigend den Leuten zu, die in der Nähe standen und Augenzeugen des Vorgangs gewesen waren. Dann fuhr man fort, Pferde zu handeln.

Am späten Nachmittag ging das Mädchen Thordis nach Hause; sie hatte sich mit ihren Spielgefährtinnen den Tag über bei den Pferden vergnügt, und sie dachte nicht mehr an den Vorfall, von dem eben berichtet wurde. Kolbak war vor dem Abend mit einem greisen Knecht hinausgerudert, um unter Land Fische zu fangen; sie legten gerade in dem Augenblick an, als das Mädchen Thordis durch den Grasgarten nach Hause ging. Kolbak brachte ein Bündel Fische vom Meer mit. Das Mädchen blieb im Grasgarten stehen und sprach ihn an.

»Warum läufst du hinter Pferden her oder fängst Fische, Kolbak«, sagte sie, »wo es dir besser anstünde, ein Held und ein Dichter zu werden?«

»Ich bin ein Sklave«, sagte er.

»Wie kommt es«, fragte sie, »daß du ein Sklave bist, ein so schöner Mann, und andere dich nach Belieben schlagen dürfen?«

»Helden und Dichter haben mich aus meiner Heimat in Irland fortgeschleppt.«

»Warum weinst du nicht, wenn du geschlagen wirst?« fragte das Mädchen.

»Darum weine ich nicht, junge Frau«, sprach er und hatte die Fische ins Gras gelegt, während er mit dem Mädchen redete, »darum weine ich nicht, weil Helden und Dichter mein Haus niederbrannten, meinen Vater auf dem Acker erschlugen und meinen Großvater, einen hinfälligen Greis, mit dem Spieß durchbohrten. Meine Großmutter lag auf den Knien und pries den guten Kolumkilli, ihren treuen Freund, und ein Mann schlug ihr mit dem Axtrücken auf den Kopf; deswegen weine ich nicht. Dann nahmen sie meinen kleinen Bruder, wickelten ihn aus seinen Windeln und warfen ihn nackt auf ihren Spießen hin und her; meine Mutter und meine junge Schwester schrien laut, als man sie fort aufs Schiff zerrte; und darum, junge Frau, weine ich nicht.«

Das Mädchen sah den Sklaven Kolbak eine Weile an und sagte nichts mehr; dann ging sie.

Fünftes Kapitel

Am nächsten Tag suchte der Norweger Skati die Hausherrin in ihrer Kammer auf und übergab ihr gutes Silber: »Das habe ich dir für die Pferde eingehandelt.«

»Du bist eine Perle«, sagte die Frau. »Setz dich. Ich will dir etwas Leckeres zubereiten.«

Sie verrührte Eier und mischte sie mit Wein und Honig.

In der Kammer war auch das Mädchen; es stand am Fenster und sah hinaus; es hatte den Kalbshautrahmen zur Seite geschoben und hörte dem Gezwitscher der Vögel zu. Es blickte sich nicht um, obwohl der Norweger in die Kammer getreten war.

Er sagte: »Warum lächelt meine Nixe nicht wie sonst ihrem Wikinger Skati zu? Oder will sie heute abend nicht auf dem Schoß des Kämpen sitzen – die Geschichte war noch nicht zu Ende, als ich mit den Wenden kämpfte und sie mich in Ketten legten.«

Das Mädchen gab keine Antwort. Da sagte Frau Katla: »Tu wie sonst, Kind, und setz dich auf Skatis, deines Ziehvaters, Schoß, und murre und ziere dich nicht, solche Sinnesart gehört sich nicht für kleine Mädchen.«

Das Mädchen antwortete: »Ich werde tun, was du willst, Mutter, am meisten steht doch für dich auf dem Spiel, denn ich mag keine Kindermärchen mehr.«

Skati lachte und nahm das Mädchen auf den Schoß und tätschelte es. Dann begann er davon zu erzählen, wie die Wenden ihn gefangennahmen und in Ketten legten. In der Geschichte ging es vor allem um die Stätte schwerer Träume, ein dunkles, stinkendes Verlies; dort krochen Ottern, Kröten und anderes giftiges und zottiges Getier über Boden und Wände; für einen Kämpen ziemt es sich jedoch nicht, Schauder zu empfinden, wenn er von den schlimmsten Orten berichtet, an denen er geweilt hat. Skati sagte nichts weiter, als daß der Aufenthalt dort ziemlich öde gewesen sei. Schließlich glaubte er, in der Finsternis einen seltsamen Klang zu vernehmen; und als er in seinen Fesseln dicht an die Mauer kroch und das Ohr darauflegte, konnte er hören, daß tief unten in der Erde jemand Geige spielte und eine Frau mit wunderschöner Stimme dazu sang.

Früher war das Mädchen eingeschlummert, wenn es auf dem Schoß des Norwegers saß, sich an ihn lehnte und seine Hand an ihrem Knöchel fühlte, während er erzählte, doch jetzt geschah es, daß sie sich schreiend seinen Armen entwand, ihm zornig mit den Fäusten drohte und ihn mit Schimpfworten überschüttete.

Ihre Mutter fragte, was diesen Zornesausbruch verursacht habe.

Sie antwortete: »Er hat mein Knie angefaßt.«

Frau Katla hörte auf, die Milch zu schlagen, und sah ihren Vorarbeiter an.

Er sagte: »Ich wußte bisher nicht, daß das Mädchen empfindlich ist wie eine Frau – bisher war es ihr gleich, wo ich meine Hand hatte.«

»Laß deine Klaue da, wo es sich eher gehört«, sagte Thordis. »Von nun an sollst du mich nicht mehr anrühren. Ich gehe jetzt zu Kolbak, er ist ein viel besserer Mann als du.«

Als das Mädchen die Kammer verlassen hatte, sagte Frau Katla zu ihrem Norweger: »Nun ist es offensichtlich, daß meine Tochter mannbar geworden ist; und die Zärtlichkeiten, die du ihr erweist, haben mir schon lange nicht gefallen; sie fühlt besser, als ich es sehen kann, wie die Dinge liegen; dennoch wirst du ihr näherkommen, wenn du hier zu lange hängenbleibst, und du bist ein treuloser Mann« – und bei diesen Worten hob die Hausherrin ihren Quirl, mit dem sie Eier und Honig geschlagen hatte, und schlug ihn dem Wikinger auf den Schnurrbart.

Der Sklave saß auf der Grasgartenmauer bei seinen Hunden; es gehörte zu seinen Aufgaben, vor Anbruch der Nacht die Schafe aus dem Grasgarten zu scheuchen. Das Mädchen ging zu ihm und setzte sich neben ihn auf die Mauer; sie hielt den Blick gesenkt und rupfte Gras. Er fragte, was sie hätte. Sie hob langsam den Kopf, sah ihm in die Augen und sagte:

»Ich möchte dich um eine Kleinigkeit bitten.«

Er fragte, was es sei.

Sie sagte: »Ich will, daß du den Norweger tötest.«

»Ich hätte nicht gedacht, daß du ihn so sehr liebst«, antwortete der Sklave Kolbak.

Sie fragte, warum er solchen Unsinn rede.

Er antwortete: »Meine Verwandten haben mir erzählt, wenn eine Nordländerin einen Mann über alles auf der Welt liebt, dingt sie durch Beischlaf einen Meuchelmörder, der ihren Liebsten umbringt, und dann gibt sie sich dem Totschläger zu eigen.«

Sie lachte und antwortete: »Es mag sein, daß wir Frauen, wenn uns zwei Männer zu Gebote stehen, lieber denjenigen haben möchten, den wir weniger lieben. Wenn wir unsere Geliebten umbringen lassen, dann vielleicht deshalb, weil sie anderen Frauen näherstehen als uns. Doch weiß ich nicht, ob ich Skati so sehr liebe, daß ich mich jenem Mann zu eigen geben würde, der ihm den Tod bringt. Kurz und gut, ich habe es satt, davon zu hören, wie er Wenden und Kuren in Stücke gehauen hat; und meine Mutter sitzt dabei und bekommt heiße Wangen und wartet darauf, daß ich bei seinen Erzählungen einschlafe. Jetzt ist es so weit, daß ich um so weniger von ihm wissen will, je mehr er auftischt; und wenn fortan einer die Hand auf mein Knie legen darf, sollst du dieser Mann sein; dazu bin ich fest entschlossen.«

»Weder der einen noch der anderen Gefahr will ich mich aussetzen«, sagte der Sklave Kolbak. »Ich will weder dein Knie berühren noch euren Norweger erschlagen und wegen so unnützer Dinge vogelfrei werden.«

»Willst du dich denn weiter schlagen lassen, sagte das Mädchen, »und nie mehr dein Haupt erheben?«

»Es macht nichts, wenn ich geschlagen werde«, sagte er. »Wer lebt, kriegt die Kuh.«

»Das sind keine heldischen Lehren«, sagte das Mädchen, »wo hast du sie gelernt?«

»Wenn wir fischen fahren, erteilt mir der alte Grimnir Lehren, die nicht so kriegerisch sind, daß sie die Fische verscheuchen: der Hinkende reitet, der Handlose hütet.«

Sie antwortete: »Ich möchte diese Lehren von dir lernen und noch andere, die du weißt; du brauchst auch den Norweger nicht zu töten, wenn du nicht willst.«

»Warum sollte ich mich in die Gefahr begeben, dir Lehren zu erteilen?« fragte er.

Sie sagte: »Willst du, daß ich zum Norweger gehe und ihm sage, daß es sich für Helden gehört, Leute mit dem Schwert zu durchbohren statt mit der Peitsche zu schlagen?«

»Du kannst deine Worte wählen, junge Frau«, sagte er. »Doch ich werde nur solche Arbeiten für dich ausführen, die einem Gefangenen anstehen.«

Sie sagte: »Meine Mutter hat mir eine Dachkammer einrichten lassen, und mein Fenster sieht aufs Gebirge. Aber der Rahmen sitzt so fest, daß man ihn nicht bewegen kann. Ich will in meiner Kammer ein loses Fenster haben, wie meine Mutter es hat, und es nach Belieben vor die Öffnung schieben können. Nun möchte ich dich bitten, mein Fenster herauszulösen und mir ein Schiebefenster zu machen, damit ich des Abends das Gezwitscher der Vögel hören kann.«

Er sagte: »Es könnten Aasvögel hineinfliegen.«

»Was durch mein Fenster fliegt, geht dich nichts an«, sagte sie. »Kurz und gut, mir ist zuwider, nachts durch die Haustür zu gehen.«

»Ich hätte nicht gedacht, daß du, eine so schöne Frau, Hexenritte machst«, sagte er.

»An allem ist zu merken, daß du meine Freundschaft mißachtest und mich kränken willst«, sagte das Mädchen; und bei diesen Worten verzog sie den Mund zum Weinen. Dann sah sie auf, blickte ihn scharf an und erhob die Stimme:

»Ich möchte in meiner Kammer ein Schiebefenster haben«, sagte sie, »denn ich will mit meinen Fäden hinauskönnen, um zu fliegen; ich weiß, wo an der Küste zwei junge Helden wohnen; der eine hämmert Eisen zu einem Schwert, der andere malt alte Geschichten auf einen Schild. Dort werde ich auf einer Landzunge mein Schwanenkleid ablegen und ihnen ihr Schicksal bereiten.«

Er antwortete: »Dein Fenster kann ich herausnehmen, damit du fliegen und ihnen ihr Schicksal bereiten kannst.«

Sechstes Kapitel

Eines Tages trat Thorgeir Havarsson in die Stube seines Vetters Thorgils auf Reykjaholar, um mit ihm zu sprechen; er hatte ein schlechtes Kurzschwert umgegürtet, hielt einen Spieß in der Hand und einen Schild vor sich. Er blieb vor seinem Vetter stehen und sah ihn auf eine Weise an, die man damals verwegen nannte.

»Begrüßt du uns, deinen Vetter, nicht?« sagte Thorgils Arason und lachte ihn an. »Oder soll ich aufstehen und euch dienen?«

»Ich halte es für einen ziemlich schäbigen Brauch, Leute zu grüßen«, sagte Thorgeir Havarsson. »Du kannst über mich lachen, soviel du willst. Du hast mich wegen unserer Verwandtschaft in der Hand, da du ein mächtiger Mann bist.«

Thorgils sagte, daß es sicherlich eine große Zierde für ihren Stammbaum sei, solche Sprosse wie Thorgeir zu tragen – »oder willst du, daß wir mit gezückten Waffen miteinander sprechen?« Er griff nach einem großen und schönen Schwert auf einem Wandbrett, zog es und richtete es von seinem Sitz aus auf seinen Vetter. Thorgeir war starr vor Staunen, als er eine so prächtige Waffe erblickte. »Oder«, sagte Thorgils, »wollen wir uns wie gesittete Menschen benehmen und Waffenruhe halten, während wir sprechen?«

Thorgeir legte seine Waffen auf der Seitenbank ab, und Thorgils steckte das Schwert in die Scheide und legte es auf das Wandbrett.

Thorgeir sagte: »Jetzt habe ich eine Zeitlang den Spott von euch Leuten auf Reykjaholar, meinen Verwandten, ertragen; und manch einer wird sagen, daß ich kein streitsüchtiger Mensch bin, weil ich mir so etwas so lange habe gefallen lassen; mir wurde hier Unterkunft nur immer nächst euren Hofhunden zugewiesen, und außer den Kleidern, die ich euren Sklaven wegnahm, habe ich keine erhalten. Jetzt ist die Stunde gekommen, in der ich mich für erwiesene Gastfreundschaft bedanke. Ich habe die Absicht, nach Süden in den Borgarfjord zu gehen.«

»Was willst du da?« fragte Thorgils Arason.

»Ich habe dort noch alte Schulden zu begleichen, für meine Mutter und für mich. Meiner Mutter ist es nicht recht, daß einige Leute, die uns ganz fern stehen, etwas bei uns guthaben.«

»Du brauchst nicht weiterzusprechen«, sagte Thorgils Arason. »Es ist leicht zu merken, daß du väterlicherseits von Toren abstammst, wenn du glaubst, durch Totschlag könntest du ein tüchtiger Mann werden. Als ich auf den Orkney-Inseln war, sagte mir ein Diener des Königs Christus aus Rom, sein Herr werde Heldensinn und die daraus entspringenden Kriegszüge abschaffen und den Menschen Reichtum und Glück bringen durch Handel, Segnungen, Taufen, Kirchenbau, Landerwerb, Gesinde und Gesang. Es würde dir mehr Glück bringen, Holz für die Wandverkleidung zu schneiden und für meine Kirche, an der wir schon seit ein paar Jahren für Christus bauen, Altartafeln zu hobeln, als um Mordes und Totschlags willen ins Südland zu trotten. Im Winter werde ich Geistliche hierherkommen lassen, die uns die Messe lesen und diejenigen taufen, die sich bisher aus Dummheit und Kleinmut einer so großen Wohltat entzogen haben.«

Thorgeir antwortete: »Von meiner Mutter habe ich erfahren, daß viele hervorragende Männer den Weißen Christ zum Zweikampf herausgefordert haben, doch er hat mit keinem zu kämpfen gewagt. Sicher ist er feige, und jedem anderen König will ich lieber dienen als ihm. Meine Mutter hat auch gesagt, daß die Kraft, die in Menschen und Göttern lebt, Erdkraft heißt und verquickt ist mit der Härte der Steine und dem Saft der Pflanzen wie auch mit dem Grimm, der im Zahn des Wolfes steckt; und ich bin davon überzeugt, daß Christus nichts von dieser Kraft besitzt und daß andere Götter verwelkten und verdorrten, als sie ihnen verlorenging; so wird es auch den Menschen ergehen.«

Das Gespräch zwischen den Vettern wird in diesem Buch nicht weiter verfolgt. Doch von Thorgeir Havarsson ist zu sagen, daß er seine Reise nach Süden in den Borgarfjord antrat. Er besaß kein anderes Reisegut als seine keineswegs guten Waffen und seine schlechte Kleidung. Der Winter nahte, und Flüsse und Seen waren zugefroren. Von seiner Wanderung hören wir erst, als er spätabends auf Skeljabrekka ankam, wo die Leute gerade schlafen gehen wollten. Er klopfte an die Tür. Ein Knecht ging nach vorn und fragte, wer draußen sei, und bat den Gast einzutreten; doch Thorgeir sagte, daß er Sklaven nicht seinen Namen nenne und von ihnen auch keine Einladung annehme, »aber wo ist der Bauer Jödur?«

»Was willst du von ihm?« fragte der Knecht.

»Ich habe bei ihm eine alte Schuld zu begleichen«, sagte Thorgeir.

Der Knecht ging nach hinten und sagte, daß draußen ein fremder Mann steht, der Bauer Jödur eine Schuld bezahlen möchte, aber nicht auf Einladung Untergebener das Haus betreten will. Jödur bat seinen Sohn, ihn zu begleiten; beide hatten Äxte in der Hand. Sie gingen zur Tür. Aber weil im Haus Licht gebrannt hatte, konnten Vater und Sohn nichts im Dunkel sehen, als sie in die Tür traten; Thorgeir aber war die Dunkelheit gewohnt und konnte die Gestalt des Bauern in der Tür erkennen. Mit voller Wucht stieß er dem Mann den Spieß in den Leib; der Bauer fiel nach hinten, seinem Sohn in die Arme. Thorgeir fackelte nicht lange, sondern hieb die Axt dem Sohn des Bauern in den Kopf, so daß der Schädel brach. Und als er die beiden dort in der Tür niedergemacht hatte und sie regungslos dalagen, schlug er weiter auf sie ein, damit sie dem Tod nicht entgehen sollten; es war ein beliebter Brauch nordischer Männer, ihre schlecht geschmiedeten und weichen Waffen als Knüppel zu gebrauchen, wenn sie nicht mehr scharf genug waren. Nachdem Thorgeir ausgiebig gewütet hatte, ist von ihm zu sagen, daß er in der Nacht seinen Weg fortsetzte, bis er zu Hause bei seiner Mutter auf Havarsstadir anlangte; das war kurz vor Tagesanbruch.

Thorelf empfing ihren Sohn freudig und fragte nach Neuigkeiten; doch er wußte kaum welche.

»Warst du auf Skeljabrekka?« fragte die Frau.

»Mein Weg führte an ihrem Grasgarten vorbei«, sagte er.

»Hast du dort mit jemandem gesprochen?« fragte die Frau.

»Das ist kaum der Rede wert«, sagte er, »doch meinen Spieß und meine Axt habe ich sprechen lassen.«

Dann bat er sie, mit ihm unter das Licht zu treten, und da konnte sie sehen, daß seine Kleider, seine Waffen und Hände mit Blut besudelt waren; auch sein Gesicht war mit Blut beschmiert, das unter seinen Hieben aus den Körpern der Leute von Skeljabrekka gespritzt war; er berichtete jetzt seiner Mutter, daß er Vater und Sohn erschlagen habe. Bei dieser

Nachricht umarmte und küßte Thorelf ihren Sohn; dann forderte sie ihren Knecht auf, ein Lamm zu schlachten; sie sagte, sie wolle ihrem Sohn einen Festschmaus bereiten.

Nach dem Gesetz war ein Totschläger verpflichtet, den Totschlag noch am selben Tage vor Sonnenuntergang kundzutun; andernfalls galt er als Mörder und stand außerhalb des Gesetzes; er mußte zur nächsten Wohnstätte gehen, an der er sich seines Lebens sicher glaubte, und einem Ansässigen den Totschlag melden.

»Hier fehlt es an Männern und an Reichtum, um dich länger als einen Tag vor den Bewohnern des Bezirks zu beschützen«, sagte Thorelf, »iß du jetzt von dem Geschlachteten, soviel du willst, und von dem, was übrigbleibt, bereite ich dir deine Wegzehrung; kehre schnellstens nach Westen zu meinem Vetter Thorgils zurück; er wird dich wegen der Verwandtschaft wiederum aufnehmen, obwohl ihr nicht gut miteinander steht. Leute aus den Borgarfjordtälern sind hier mit einem Schiff auf dem Weg nach Westen zum Gletscher, um Hartfisch zu kaufen; sie haben wegen Gegenwind eine Zeitlang in einer verlassenen Hütte gehaust, doch jetzt, denke ich, kommt Tauwetter und leichter Südwind; ich werde sie um Fahrgelegenheit für dich bitten, und du tust demjenigen, den ihr als ersten westlich der Myrar antrefft, den Totschlag kund; für die dortigen Bewohner ist die Nachricht unbedeutend. Dann bring dich über den Breidafjord zu deinem Vetter auf Reykjaholar in Sicherheit.«

Von Thorgeirs Fahrt nach Reykjaholar ist nichts bekannt. Thorgils Arason machte große Augen, als er seinen Vetter wiedersah; dessen Ankunft ließ nichts Gutes ahnen. »Was hast du angestellt?« fragte er.

Thorgeir berichtete ohne Umschweife, daß er seinen Vater gerächt habe.

»Längst ist diese Sache beigelegt und Sühnegeld empfangen worden«, sagte Thorgils Arason. »Soll ich mich etwa jetzt in Rechtshändeln wegen nächtlichen Totschlags im Lande herumtreiben – für dich Dummkopf?«

Thorgeir antwortete: »Es hat sich gezeigt, daß mir die Waffen nützen, Vetter, auch wenn die Schneide Scharten hat.

Auch hat ja meine Mutter gesagt, daß ich Männer niedermachen soll.«

»Daran ist nicht zu zweifeln«, sagte Thorgils, »denn Wikingergeist und Heldensinn gedeihen besser bei alten Weibern in abgelegenen Tälern als bei anderen Leuten; in unserer Zeit gilt es nicht für eine Ehre, in die Fußstapfen längst verstorbener Seekönige aus Norwegen zu treten; es ist dienlicher, dem Friedensfürsten von Rom zu gleichen, der den Menschen gebietet, mit Frieden Gewinne zu erzielen. Manch einer aber wird meinen, daß du Nachsicht verdienst, ein so dummer Mensch, wie du bist, für das, was du getan und hier erzählt hast.«

Siebentes Kapitel

Weithin im Lande erfuhr und rühmte man die Neuigkeit, daß ein Jüngling zu abendlicher Stunde einen solchen Kämpen wie Jödur Klaeingsson zu Boden gestreckt hatte und dazu noch dessen Sohn, einen vielversprechenden Mann, und somit die urheilige Pflicht erfüllt hatte, seinen Vater zu rächen. Es dauerte nicht lange, bis die Nachricht von Thorgeirs großer Tat nach Laugabol am Djup im Westen gelangte. Auf den Skalden Thormod machte die Tat tiefen Eindruck; er setzte sich gleich hin und dichtete die »Thorgeirsrache«, ein Preisgedicht von zwanzig Strophen. Er bat seinen Vater um Erlaubnis, nach Reykjaholar im Süden gehen zu dürfen, um Weihnachten zu feiern und seinem Freund das Gedicht vorzutragen. Bessi sagte, er möge dieses Mal seiner Wege gehen, und sprach von seiner Ahnung, daß Thormods Tun woanders ebenso unnütz sei wie daheim.

Thormod war schon fast erwachsen, als er diese Reise nach Reykjaholar unternahm. Zu jener Zeit waren die meisten Männer in Island klein von Wuchs und krummbeinig, ausgemergelt und steifgliedrig, gekrümmt und krüpplig vor Gicht, blau und runzlig im Gesicht; das Land war rauh, die Menschen waren viel im Freien und bei gefährlicher Arbeit auf See und im Gebirge bösem Wetter ausgesetzt; und fettes Essen stand dem gemeinen Volk nicht zu Gebote. Thormod Kolbrunarskalde aber war hochgewachsen und schlank; er hatte geschmeidige Glieder, gerade Beine, einen leichten Gang, blasse Haut, starke Augenbrauen und schwarzes Haar; er hatte als Kind nicht zu arbeiten brauchen. Er war freundlich zu jedermann und bei Frauen um keine Antwort verlegen.

Als Thormod nach Reykjaholar gekommen war, trug er die »Thorgeirsrache« vor aller Ohren vor; niemand äußerte sich über das Gedicht außer Thorgeir selbst; er meinte, daß es leben würde, solange Menschen in den nordischen Ländern lebten, und beklagte sehr seine Armut, die ihm nicht gestattete, den Dichter nach Verdienst zu belohnen; doch versprach er als Gegengabe seine Freundschaft, solange sie beide lebten. Die Freunde fanden, daß die Leute ihnen nicht die gleiche Achtung zollten wie sie einander.

Oft, wenn sie draußen saßen, kamen ihnen die Könige vergangener Zeiten in den Sinn, die den Göttern geweiht waren, Ermanarich der Gotenkönig, Helgi der Hundingstöter und Sigurd der Drachentöter, die Halfsrecken und andere berühmte Männer. Da geschah es auch, daß Nornen in Schwanengestalt vorüberflogen und die Hälse streckten und Laute von sich gaben; sie horchten auf die Töne und glaubten, daß einige ihnen galten. Auch Adler flogen vorüber.

Sie sprachen oft über den erbärmlichen Zustand, der in Island eingetreten sei, daß freie Männer sich dazu hergaben, Fische zu fangen oder Schafe zu hüten, statt sich Geld durch Heerfahrten, Tapferkeit und Totschlag zu verschaffen oder etwas anderes zu vollbringen, das es wert war, in Gedichten gefeiert zu werden, wie es ihre Ahnen in Norwegen getan hatten. Ihr Leben schien ihnen schlimmer als keines, wenn sie nicht Taten vollbringen würden, die Geborenen und Ungeborenen denkwürdig erschienen. Sie nannten es eine beispiellose Schande, daß hier ein Land ohne König war und niemand imstande, ein Heer aufzustellen und auf Langschiffen in See zu stechen. Sie beschlossen, ein heldisches Leben zu führen und sich nicht darum zu kümmern, was Bauerntölpel und

Sklaven dazu sagen mochten; sich nach rechter Männer Art Feinde zu machen und sich mit stolzem Sinn Geld zu verschaffen; nie einen Vorwurf hinzunehmen und niemanden zu verschonen, auch in der Ferne nicht, der sich stark genug dünkte, ihnen die Stirn zu bieten, oder sich für ihresgleichen hielt.

Doch hier wie auch sonst stand denen ein schwerer Weg bevor, die aus eigener Kraft emporsteigen wollten, und es war ihnen nicht ganz klar, wie der Ruhm zu erlangen war, der ihnen am meisten am Herzen lag. Es schien ihnen ratsam, sich einen Schiffsplatz bei Kaufleuten zu verschaffen und zu Wikingern oder Königen zu gelangen, denen zu dienen in Ost und West eine Ehre war. Zu jener Zeit gab es in Norwegen keinen berühmten König; dort herrschten nach dem Fall Olaf Tryggvasons dänische Jarle über das Land und einige einheimische Bauern, die sich Kleinkönige nannten, unter dem Schutz der dänischen Jarle standen und ihnen aus der Hand fraßen; die Isländer hielten es für wenig rühmlich, diese ihre alte Heimat aufzusuchen. Und in Irland waren die nordländischen Häuptlinge dem Sturz nahe; die beiden Gefährten stammten von Leuten ab, die dort eine Zeitlang seßhaft geworden, doch vor den Iren zurückgewichen waren. Manch einen Mann aus dem Norden kam es bitter an, das gute Leben in Irland aufzugeben, nachdem man dort durch Tapferkeit ein Reich erworben hatte, um dann freudlos in das Land verschlagen zu werden, das steil und einsam aus dem Weltmeer emporragt.

Eines Tages suchten die Gefährten Thorgils Arason auf.

Er fragte, was sie auf dem Herzen hätten.

Sie sagten: »Wir machen uns wenig daraus, ruhmlos in Island zu leben; uns steht der Sinn nach höheren Ehren. Wir möchten, daß du uns hilfst, zu einem der edlen Männer im Ausland zu gelangen, der den Beistand tapferer Burschen zu schätzen weiß.«

Thorgils sagte: »Es hat immer nur zu Schaden und Unglück geführt, wenn Kämpfer und Skalden zusammenkamen, und freie Männer ohne Anwesen haben es nötiger, sich am Heilbuttfang oder an der Seehundsjagd zu beteiligen als am Waffengeklirr und Wortgeklingel.«

Sie sagten, daß ihnen diese Antwort nicht genüge und ihrer Not damit nicht abgeholfen sei.

»Wenn ihr die Mannen ausländischer Herren werden möchtet, dann sucht den König auf, dem ich hier auf Reykjaholar ein geweihtes Haus habe errichten lassen. Ich gebe euch den guten Rat, wenn ihr schon einem König dienen wollt, dann dient ihm. Er ist ein so großer Fürst, daß selbst der Kaiser von Byzanz sich zu seinem Diener gemacht hat. Ich schlage euch deshalb vor, euch von den Hunden zu trennen und statt dessen bei meinem Priester zu wohnen.«

Damals war es schon einige Zeit Gesetz, daß die Isländer als Christen angesehen werden sollten; die führenden Männer hatten sich gegenüber ausländischen Fürsten und Kaufleuten verpflichtet, das Volk taufen zu lassen; für dieses Werk wurden Priester ohne Amt und Wanderbischöfe angeworben, welche die Kaufleute in anderen Ländern antrafen. Der Papst hatte verfügt, daß Island zum Erzbistum Bremen gehören solle. Doch damals war es im Norden wenig üblich, daß Legaten Briefe mit sich führten, zumal von seiten des Papstes das Briefschreiben sehr vernächlässigt wurde und unsere Landsleute auch das lateinische Alphabet noch nicht kannten, so daß niemand mit Sicherheit zu sagen vermochte, welche Stütze jene Priester, die die Kaufleute von fremden Märkten mitbrachten, am Erzbischöflichen Stuhl oder dem Herrn Papst hätten; es nützte auch wenig, wenn diese Männer Schriftstücke vorlegten, um ihre Aussagen zu beweisen, denn zu jener Zeit waren die meisten Briefe, die von Land zu Land gingen, gefälscht; auch konnte sie kaum einer lesen; in jenen Tagen wurde die Verkündigung des Christentums – wie so oft – mehr von Sonderlingen und Abenteurern als von wahren Sendboten der heiligen Kirche betrieben. Die Isländer hatten nur die Wahl, die Landstreicher für glaubhaft zu halten oder ungetauft zu bleiben. Nicht selten erwiesen sich diese Gottesmänner als Totschläger und Diebe oder waren in Bann getan; manche waren Engländer oder Iren, andere Sachsen, und einige nannten sich Armenier; diese waren schwarz und häßlich und trieben es mit jeder Frau, derer sie habhaft werden konnten. Man sagt auch, daß sie Ketzer gewesen seien. Diese Kleriker führten häufig eine Schar von Gewalttätern mit sich, die ihnen bei Taufen und Messen und den dazugehörigen Erpressungen, Totschlägen und anderen Schurkereien ihre Unterstützung liehen. Und so blieb es, bis angesehene Männer im Borgarfjord auf dem Hof Baer eine Priesterschule einrichten ließen und Hrodolf aus Rouen, einen ehrenwerten Franzosen, dafür gewannen, einheimische Priester in Bücherweisheit und Tonkunst zu unterrichten.

Zu der Zeit begann der alte Glaube rasch zu schwinden, und die Menschen kehrten sich dem neuen zu; die meisten wurden den alten Göttern untreu. Vornehme Leute wetteiferten darin, Kirchen zu errichten und so viele Menschen wie nur möglich zur Taufe zu bewegen, um ihre Thinggefolgschaft zu vergrößern. Sie versprachen jedem armen Bauern nach seinem Tod vielerlei schöne Dinge im Himmelreich, wenn er nur in die Kirche kommen wollte, um das Paternoster anzuhören und etwas von den Kämpfen des Weißen Christs zu erfahren.

Wenn auch das Paternoster und andere heilige Verkündigungen anfänglich aus Mangel an Priestern wenig zur Geltung kamen und im Munde ausländischer Kleriker unverständlich blieben, so waren die Häuptlinge doch eifrig bemüht, zur Erbauung der Menschen an ihren Kirchen Glocken und Kreuze anzubringen; einige stellten ein Bildnis des Kämpen Johannes des Täufers vor der mittleren Stirnwand der Kirche auf, an dem Platz, den früher der Donnergott Thor im Tempel innehatte. Die Iren und solche, die bei ihnen gelebt hatten, verehrten Patrick und Kolumkilli oder Kolumban mehr als andere Kämpen, ebenso auch die wunderschöne Cecilia und die Mägdlein Sunniva und Belinda; Maria aber wurde zu jener Zeit vom Herrn Papst weniger geliebt, als es später geschah. Es galt als Pflicht, in allen Kirchen an der Giebelwand oder vor dem Eingang ein kostbares Kruzifix anzubringen. Damals war es noch nicht Brauch, den Gekreuzigten mit nacktem Körper und unglücklicher, verzagter Miene darzustellen, wie es später üblich wurde, sondern er war mit einem schönen Purpurmantel geschmückt, der bis an die Knie reichte, hatte prächtige Langstrümpfe aus Korduanleder an, und auf dem Haupt trug er eine sehr hohe Kaiserkrone; er stand mit beiden Füßen auf einem Sockel am Kreuz, sah gebieterisch aus wie ein Gutsherr oder grimmig nach dem Vorbild von Heerkönigen.

Viele Leute meinten, daß Christus den Menschen keineswegs weniger nützen könnte als die Götter, die sie aus Norwegen mitgebracht hatten, als da waren: Thor der Donnerer, König Frey mit den großen Hoden oder der böse Odin aus Asgard; denn sie alle hatten den Menschen am wenigsten beigestanden, als es am meisten darauf ankam. Viele Bauern sagten, es mache ihnen nichts aus, an die Götter zu glauben, die ihnen die führenden Männer des Landes empfahlen, wenn sie nur unbehelligt die Felsen und Steine, Klippen und Gipfel, Hügel und Buckel verehren dürften, in die ihre toten Väter eingegangen waren. Weiter gab es welche, die auf ihre eigene Kraft und Stärke vertrauten und der Ansicht waren, daß sie nur durch ihr eigenes Vermögen große Leute geworden seien. Dann waren noch einige, die an ihr männliches Vieh glaubten, an Hengste, Stiere, Böcke oder Eber, und einige glaubten auch an Raben; sie meinten, daß die Götter in diesen Tieren wiedergeboren wären. Doch die Leute, die Reisen über das Meer gemacht hatten, hielten es für viel einträglicher, mit Ausländern in Frieden statt auf Kriegszügen zu tun zu haben und auf diese Weise ihre Freundschaft als Zugabe im Handel zu erwerben; diese aber konnten sie nicht gewinnen, solange sie nicht getauft waren, denn Christen war es verboten, mit Heiden Umgang zu haben; sie sagten wie aus einem Munde, daß im Ausland diejenigen für reine Toren gehalten würden, die nicht wüßten, daß der Weiße Christ die höchste goldene Krone von allen Königen trage; sogar die Kaiser von Byzanz hätten ihren Nacken unter seinen Fuß gebeugt.

Der Priester Jörund hatte auf Reykjaholar eine Vorratshütte als Wohnstätte; an der Innenseite war eine erhöhte Diele, darauf stand sein Bett. Er war ein Mann von kaum mehr als zwanzig Jahren, war Schafhirt gewesen und hatte kurze Zeit Unterricht bekommen; ein englischer Wanderbischof gab ihm die Priesterweihe für Thorgils und brachte ihm einige Buchstaben und einen Wechselgesang bei; nach dieser Melodie sang er alle Verse, die er konnte und die zu singen unbedingt notwendig war, wie das Paternoster und das Credo. Priester Jörund besaß eine Stola oder brokatene Binde, die er sich über die Schultern legte, wenn er Gottesdienst hielt; andere Meßgewänder hatte er nicht; er besaß auch ein abgegriffenes, zerlesenes Buch, das Thorgils ihm gekauft hatte; darin stand der Psalter geschrieben, und dahinter stand ein kurzer Abschnitt mit Wundern und Gesprächen des Papstes Gregorius des Heiligen mit Petrus Diaconus; das Ende des Textes fehlte, doch das schadete nichts, denn Priester Jörund konnte nicht lesen, obwohl er oft lange über das Buch gebeugt saß und sich den Kopf zerbrach.

Damals war das Christentum in Island noch arm und schwach, ohne eigenen Besitz und Bischofsstuhl, für die Jugend ohne Reiz; die Söhne besserer Leute hatten wenig Verlangen nach der Priesterwürde; diesen Beruf ergriffen bescheidene Männer, Söhne von Freigelassenen, Sklaven oder Häuslern; sie traten in den Dienst vornehmer Laien, die Gotteshäuser errichten ließen; dort hielten sie Messen ab, so gut sie konnten, und bekamen ihren Lohn in Hartfisch oder Speisetang; man durfte sie ungestraft prügeln wie andere geringe Leute, wenn sie träge wurden.

Der Priester Jörund war gutmütig und schwächlich und machte nicht viel von sich her; ihm wuchs kein Bart. Er hatte sich selbst ein Kruzifix aus einem Baumstamm geschnitzt; der an dem Kreuz hing, sah kläglich aus; er hatte eine niedrige, schlechte Krone und einen schmalen Backenbart; der Gott, der da am Kreuz Himmel und Erde beherrschte, war mager und abgehärmt und hatte einen sehr einfachen Kittel an; der Rumpf des Gottes war gerade stark genug, dem Schwert, das Römer dem Friedensfürsten ins Herz stießen, eine Fläche zu bieten. Priester Jörund hatte da eine Wunde ins Holz geschnitzt und mit roter Farbe bemalt. Allgemein wurde gesagt, daß dieses Bild weniger Christus dem Himmelskönig gliche als dem Vater des Priesters Jörund; und der war Sklave.

Die Schwurbrüder sollten in einem Bett und der Kleriker in einem anderen schlafen; die Hausgenossen hatten kein Zutrauen zueinander und wechselten anfangs nur wenige Worte. Thorgeir Havarsson hatte die Gewohnheit, nachts nicht im Liegen zu schlafen, sondern im Bett zu sitzen; während er schlief, hatte er seinen Schild am Tragriemen umgehängt und hielt ihn mit der einen Hand; mit der anderen umfaßte er das Heft seines Kurzschwerts; die Axt hatte er auf dem Schoß. Er war überzeugt, daß Helden in dieser Stellung schliefen und sich nicht hinlegten.

Dem Priester Jörund war aufgetragen, zweimal in der Nacht aufzustehen, Licht zu machen, für seinen Freund Christus Mariensohn Psalmen zu singen, feierlich des Umstands zu gedenken, daß der Herr im Mutterleib gezeugt wurde, und die Worte nachzusprechen, die der Erzengel Gabriel und die edle Elisabeth, die Mutter des Kämpen Johannes des Täufers, der Jungfrau einprägten, als sie bei ungezücktem Glied schwanger wurde.

In der ersten Nacht, in der die Gesellen bei dem Priester schliefen, wachten sie durch lauten und schrillen Gesang in lateinischer Sprache auf; und man kann glauben, daß sie zu diesem unheimlichen Getue nicht stillschwiegen.

Thorgeir sagte: »Wir haben sagen hören, daß Christus in der Schlacht feige ist.«

Der Priester beendete seine Mette und bekreuzigte sich umständlich; dann fragte er die beiden: »Seid ihr nicht getauft?«

Sie sagten, daß sie nicht genau wüßten, was die Priester ihnen vorgegackert hätten, als sie Säuglinge waren. »Wo hatte der Weiße Christ seine Hauptschlacht?« fragten sie.

Der Priester Jörund beugte sich über seine Truhe, holte das Kruzifix heraus, hielt es ihnen vor und sprach: »Dieses war seine Hauptschlacht. Und diese Wunde, aus der Blut und Wasser fließen, bedeutet seinen Sieg.«

»Es ist wenig rühmlich zu sterben, ohne vorher einen anderen in den Tod geschickt zu haben. Welche Schlacht schlug er, von der er selber berichten konnte?« fragten sie.

Der Priester sagte: »Tot stand er auf und war lebendiger denn je. Denn obwohl er Verwundungen und den Tod erlitt, konnte keine Kreatur ihm ein Leid antun, da er im Anfang alles selber gemacht hatte, als er in seiner Jugend das Himmelreich baute. Er ist ein so guter Baumeister, daß er die ganze Welt aus nichts geschaffen hat. Doch wenn auch sein Reich auf Erden gewiß gut ist, so ist es doch nur eine dünne Seifenblase gegenüber dem Reich, das er im Jenseits besitzt; dort leuchtet ein Licht, schöner als die Sonne.«

Thorgeir fragte: »Wie ging er mit seinen Feinden um, als er vom Galgen herabsprang?«

Der Priester sagte: »Wenn Christus auch von Übeltätern ans Kreuz genagelt und mit einem Spieß gestochen wurde, so konnte ihn doch niemand für länger in die Hölle schicken, als er selber wollte. Er hat alle Menschen zu seinen Söhnen gemacht, gute und schlechte. Und deshalb zürnt er seinem Werk nicht, wenn es ihn mißhandelt, sondern hat Mitleid mit ihm.«

»Wieviel Frauen hat er gehabt?« fragte Thormod.

»Die Seelen von Männern und Frauen entsprangen seinem Haupt und spielten im Himmelreich ihm zu Füßen, als er im Hochsitz saß, um sich zu vergnügen, ehe die Welt geschaffen wurde«, sagte der Priester.

Thorgeir sagte: »Unsere Mutter hat gesagt, daß nur die Worte wahr sind, die sich auf das Schwert stützen, und nur der ein großer Mann ist, dessen Feind ihm tot zu Füßen liegt oder den er zu seinem Sklaven macht.«

»Größer als der Sieg jener Könige, die Menschen in die Knechtschaft zwangen, war der Sieg Christi, des Sohnes der Jungfrau, als er alle Menschen sich ebenbürtig machte, und als er im Anfang den Menschen Seelen gab und für Könige und Sklaven gleich kostbaren Stoff verwendete, war das eine größere Tat, als auf Menschen loszugehen und sie niederzumachen.«

Thorgeir sagte: »Weder Christus noch andere Zauberer haben unserer Mutter Thorelf eine Seele geschaffen, und doch hat sie einen furchtlosen Sohn geboren.«

»Geschrieben steht in heiligen Büchern«, sprach der Priester Jörund, »daß der alte Loki, den wir Magister und die Großbauern Luzifer nennen, weil wir ihn für den lausigsten aller Gelehrten halten, daß also er die Seelen durch Schliche an sich gezogen und sie mit Heuchelei betört hat. Und als nun die Seelen der Menschen sich in nächtliche Totschläge und andere Morde zu verstricken begannen und Frauen ihre Ehemänner doppelt und dreifach betrogen, da zeigte Christus voll und ganz seine Großmut und bewies, wie freigebig er mit seinem großen Reichtum umging, als er beide mit dem gleichen Lösegeld freikaufte, den König und den Sklaven, die Gebrechlichen und Beladenen aufrichtete und sie viele blütentragende Hymnen lehrte.«

Da sprach Thormod zu Thorgeir: »Ob es nicht besser für uns ist, bei den Kötern deines Vetters Thorgils zu liegen und Pamps zu schlabbern, als die Nacht bei diesem Scheusal zu verbringen und sich sein Geschwätz anzuhören?«

»Sei gepriesen für deine Worte«, antwortete Thorgeir und hatte sich bereits in voller Rüstung erhoben. »Uns wurde keine geringe Schmach angetan, als man uns bei diesem widerlichen Kerl beherbergte, der die hohe Gesinnung edler Männer der Bosheit von Sklaven gleichstellt.«

Thormod meinte, daß Thorgils recht geschähe, wenn sie seinen Priester totschlügen.

»Nicht doch«, sagte Thorgeir, »damit würden wir uns vor Thorgils, meinem Vetter, ins Unrecht setzen. Vielleicht ist es besser für uns, wenn wir hier in den Westfjorden über kurz oder lang einen Zufluchtsort haben. Doch eine Lektion könnten wir dem Pfaffen erteilen.«

Sie ergriffen den Priester Jörund und zogen ihm die Hosen herunter; aber da der Mann schwächlich und arm war und geflicktes sackleinenes Unterzeug trug, hatten sie keine Lust, ihn in der Nacht lange zu verprügeln; auch brannten ihnen die Fingerspitzen wie von Nesseln, wenn sie ihn berührten. Dann gingen sie hinaus unter den freien Himmel; über den Westfjorden war der Himmel still und sternenklar.

Achtes Kapitel

Als es auf Weihnachten zuging, entschlossen sich die beiden Gefährten, die Bänke und Tische anderer Leute in den Westfjorden zu besetzen, besonders aber die Bauern aufzusuchen, die etwas darstellten und Freunde eingeladen hatten; die beiden luden sich stets selber ein. Thormod führte das Wort für sie, und wie schon früher hatten die Leute Spaß an seinen Reden; dennoch war ihr Bleiben nicht allen gleich lieb; es war auch nicht leicht, es ihnen recht zu machen, und sie nahmen sich ziemlich viel heraus und rasselten mit ihren Waffen.

Sie pflegten die Leute, bei denen sie sich aufhielten, zu Kraftproben herauszufordern, und darin ging Thorgeir voran. Einige forderten sie zum Handhakeln auf und zogen sie von ihren Bänken herunter; darauf stand das Recht zum Totschlag, wenn man es auch gegen sie nicht wahrnahm. Andere holten sie zum Rohhautspiel; diese Kurzweil nennen manche Eckhautspiel. Das Spiel verläuft folgendermaßen: In jede Stubenecke wird ein Mann gestellt, und der fünfte steht mitten im Raum; er ist, wie man sagt, draußen. Dann nimmt man eine noch nasse, rohe Rindshaut, wickelt sie zu einem Ball zusammen und wirft sie von einer Ecke zur anderen; der Draußenmann versucht, sie zu fangen. Es ist ein Ballspiel und Tauziehen zugleich, oft von Püffen und Schlägen begleitet; man kann auch in schwere Atemnot geraten, wenn einem die nasse Haut um den Kopf gewickelt wird; doch Waffen sollen bei diesem Spiel nicht gebraucht werden. Derjenige behält schließlich die Haut, der durchgehalten hat und nicht zu Boden geworfen werden konnte. Bei diesem Spiel trugen die Gesellen stets den Sieg davon; Thormod war so wendig, daß man ihn nicht zu Fall bringen konnte, und Thorgeir so stark, daß er fast jeden umwarf, und so grob, daß die Leute oft bei seinen Schlägen in Ohnmacht fielen und aus Mund und Nase bluteten. Mit Vergnügungen dieser Art verbrachten die beiden Weihnachten.

Bauer Bessi, Thormods Vater, war über ihre Fahrten in der Umgebung wenig erfreut; er ließ ihnen mitteilen, daß sie auf

Laugabol freie Beköstigung und Unterkunft haben könnten, statt sich bei fremden Leuten als ungebetene Gäste herumzudrücken. Dort aber verliefen die Tage der Kämpen recht freudlos; das Tal liegt weit vom Meer entfernt und wird im Winter wenig begangen, und die Bauernkerle waren ziemlich stumpfsinnig und wenig für Leibesübungen und heldisches Wesen zu haben. Die Gefährten schliefen lange in den Tag hinein, und wenn sie wach waren, kam ihnen am ehesten in den Sinn, Gedichte über Helden der Vorzeit herzusagen oder immer wieder ihr Gelübde zu besprechen, vor keinem Feind zurückzuweichen, nie den kürzeren zu ziehen und ihre Feinde nie um Gnade zu bitten, sondern bis zur letzten Entscheidung zu kämpfen.

Es war in jedem Winter Brauch, daß sich die jungen Leute aus der Gegend, wenn die Sonne höher stieg, zu Spielen auf dem See trafen, der im unteren Laugatal liegt, dicht bei Laugabol. So war es auch dieses Mal. Es herrschte schönes Wetter, Frost des Nachts, doch Sonnenschein am Tage; das Eis des Sees hielt sicher. Man veranstaltete mancherlei Spiele, Ringkampf, Pferdehatz, Eisball, Rindshautziehen. Viele ältere Männer begleiteten ihre Söhne und achteten darauf, daß die Spieler die Regeln einhielten. Dort saßen auch junge Frauen auf dem Wiesengrund oder am Hang und genossen die Mittagssonne; einige hatten ihren Kopfputz angelegt; sie wurden begleitet und behütet von ihren Müttern, Ziehmüttern oder Mägden. Als eine Pause im Spiel eintrat, ging der Skalde Thormod zu diesen Frauen, begrüßte sie und scherzte mit ihnen. Unter ihnen befand sich ein Mädchen mit schönen Augen; sie hatte rosigere Wangen als andere Frauen. Sie betrachtete den Gast eingehend, doch mit einiger Vorsicht, als ob sie abwarten wollte, wie es weiterging, ehe sie ihm zuviel antwortete; sie tat auch etwas neckisch, als ob sie Spaß an dem schlanken und redegewandten Spieler hätte, ohne ihm jedoch alles zu glauben. Da wurde vom Eis her gerufen, daß Thormod und ein anderer Mann zum Spiel an der Reihe seien. Indem er Anstalten machte wegzugehen, wandte sich Thormod an das Mädchen und fragte, ob er recht sähe. »Ist das nicht meine Nachbarin aus Ögur?« sagte er.

Sie bejahte es und sagte lachend, es habe lange gedauert, bis er sie erkannte.

Er nahm sie bei der Hand und zog sie aus der Frauenschar und sagte zu ihr, als sie gerade den Leuten den Rücken zukehrte: »Du bist die Frau, der allein ich ein Gedicht darbringen möchte.«

»Tu so etwas nicht«, antwortete sie schnell und ziemlich leise, und ihre Augen wurden feucht, »denn«, sagte sie, »mein Sklave Kolbak wird dich umbringen; er sitzt dort hinten am Hang und sieht uns sprechen. Auch sagen die Leute, daß du dich übernommen hast, als du das Kolbrunlied dichtetest.«

»Du sollst ein größeres Gedicht von mir bekommen und ein besseres«, sagte er.

»Das wäre eine große Schande«, sagte sie, und ihre Augen glühten.

»Dann werde ich dich ein andermal lieber selber aufsuchen«, sagte er.

Sie antwortete: »Du bist unerhört dreist, vor aller Leute Augen mit mir allein zu sprechen und uns ins Gerede zu bringen.«

»Dann werde ich das nächste Mal heimlich mit dir sprechen«, sagte er.

»Deine Wege stehen nicht in meiner Macht«, sagte sie. »Und beschreite nur solche, auf denen du dich nicht größerer Gefahr aussetzest als mich, jetzt, da der Frühling kommt und die Nächte heller werden; doch ich will keines Mannes Buhlin sein.«

»Nur der sichere Tod kann mich hindern, dich zu treffen«, sagte er.

Gerade als er diese Worte sprach, rief Thorgeir Havarsson den Namen Thormods, damit er das Spiel nicht versäumte. Als Thormod Kolbrunarskalde die Stimme seines Schwurbruders hörte, gehorchte er sofort und verließ das Mädchen.

Damals gab es am westlichen Djup viele gute Spieler; es gefiel ihnen nicht gerade gut, daß sie gegenüber Auswärtigen den kürzeren ziehen sollten, die, wie Thorgeir Havarsson, zufällig am Spiel teilnahmen; daher griffen sie ihn mit aller Härte an. Thorgeir schonte seine Kräfte nicht. Sie balgten sich heftig auf dem Eis, und er schlug verschiedene Männer bewußtlos. Einige Bauernsöhne wollten, daß alle Männer zu den Waffen griffen und daß man diesen Kerl mit Schilden bedrängte. Doch da sich geachtete und wohlmeinende Leute für ihn einsetzten, gelang es, Streitigkeiten zwischen Thorgeir und den angeseheneren Einheimischen zu verhindern.

Vermund, der Gode auf Eyri, vergnügte sich den Tag über bei den Spielen, doch als ihm die Grobheit der jüngeren Männer das zulässige Maß zu übersteigen schien, rüstete er zum Aufbruch und rief Bessi, seinen Verwandten, herbei, der mit ihm zum Schiff reiten sollte.

Er sagte: »Es scheint mir ratsam, Vetter, daß dein Sohn Thormod sich seine Gefährten nicht aus anderen Bezirken holt, wenn sich nur solche Leute finden, wie wir sie vordem wegen Unfriedens hier aus den Westfjorden gewiesen haben, oder solche, über deren Haupt ein Schuldspruch wegen Totschlags schwebt. Ich würde es gern sehen, wenn du Thorgeir Havarsson fortschicktest; er ist ein noch größerer Streithammel, als es sein Vater war, und hat keinen guten Einfluß auf deinen Sohn Thormod.«

Nach Spielschluß ging Thormod dorthin, wo die Frauen saßen, in der Hoffnung, das Mädchen dort zu treffen, doch sie war fort. Er fragte, wo Thordis Kötludottir aus Ögur sei.

Sie sagten, daß der Sklave Kolbak ihr Pferd hergeführt, sie in den Sattel gehoben und nach Hause geleitet habe.

Als Thormod dort auf dem Eis gegenüber der Frauenschar herumlungerte, ging Thorgeir Havarsson, sein Gefährte, vorbei.

»Was suchst du in der Schar dieser Weiber?« fragte Thorgeir.

»Eben noch war hier eine Frau, doch nun ist sie fort«, sagte Thormod. »Und jetzt scheint mir dieser Tag jeden Glanz verloren zu haben.«

»Machen wir uns nicht lächerlich für etwas Glanz«, sagte Thorgeir.

»Ich will über diese Frau dichten«, sagte Thormod.

Thorgeir sagte: »Die früheren Skalden hätten es für liederliches Tun angesehen, dienende Töchter von Bauernkerlen zu besingen und die Frauen nicht zu sehen, die in Schwanengestalt am Himmel leuchten.«

»Es ist jetzt dahin gekommen«, sagte Thormod, »daß ich die Frauen, die in der Luft fliegen, nicht mehr so liebe.«

»Das wird dich reuen«, sagte Thorgeir Havarsson, »denn der ist am tiefsten gesunken, der vor Weibern kriecht.«

Da blickte Thormod Kolbrunarskalde seinen Freund Thorgeir Havarsson an und lächelte. »Du hast es nicht nötig, mir Übles zu prophezeien«, sagte er, »denn deinen Kopf werde ich preisen, wie er es verdient, wenn wir dem Ende näher sind.«

Nach den Spielen machte man sich auf den Heimweg. Der Bauer Bessi Halldorsson ging dorthin, wo die Gefährten standen; er führte ein Pferd am Zaum. Er sagte zu Thorgeir:

»Großartig hast du gespielt, Thorgeir, und beides ist sicher: daß du ein Draufgänger bist und daß dich großer Ruhm erwartet. Doch von uns Leuten am Djup ist zu sagen, daß hier nur Bauern und Fischer ihr Leben fristen, die kaum dazu neigen, aus Ehrgeiz Mutproben mit Helden zu bestehen. Wir würden es gerne sehen, wenn du von deinen Heldentaten bei uns abließest, zumal nicht abzusehen ist, wohin es führt, wenn die Zeit anbricht, in der die Söhne der Leute bei Belustigungen von Auswärtigen bewußtlos geschlagen werden. Ich will dir dieses Pferd und meinen guten Umhang dazu geben, wenn du noch heute nacht nach Süden über die Hochflächen gehst. Um deiner Freundschaft mit Thormod willen bitte ich dich einzuwilligen; so bewahrt ihr mich vor Schwierigkeiten, die mir euretwegen gemacht werden könnten. Es war ja auch im Vergleich zwischen dem Goden Vermund, unserem Verwandten, und deinem Vater Havar festgelegt, daß euer Geschlecht südlich der größeren Fjorde heimisch werden sollte; und dazu haben Ereignisse geführt, die jetzt nicht aufgezählt zu werden brauchen.«

Die beiden Gefährten verspürten nicht mehr die Kraft, wie bisher die Westfjorde unsicher zu machen, zumal wenn die führenden Bauern sich zur Wehr setzten; Thorgeir nahm Pferd und Umhang an und rüstete sich, nach Süden zu reiten. Thormod begleitete ihn ein Stück des Weges.

»Was wollen wir anfangen, wenn der Frühling kommt?« sagte Thormod Kolbrunarskalde. »Wollen wir Sommerknechte werden und mit unserer Arbeit Butter und Dörrfisch verdienen?«

Thorgeir antwortete: »Wenn man uns verwehrt, die Gastfreundschaft der Bauern zu genießen, weiß ich besseren Rat: Wir wollen durch die Landstriche ziehen und fordern, was wir brauchen. Doch wahrscheinlich wird es nichts mit großen Taten, solange wir keine Schiffe haben, und da fällt mir ein, daß mein Vater ein Boot besaß, das jetzt allerdings morsch und leck ist. Doch wenn es ausgebessert ist, wollen wir Ledige zusammenziehen und hier im Westland auf Wiking gehen. Auf dieser Halbinsel gibt es viele enge Fjorde mit steil ins Meer abfallenden Felsen dazwischen, die Gehöfte sind menschenarm und weit verstreut, und es ist schwierig, gegen Wikinger eine Mannschaft zu sammeln. Wir werden uns auf mannhafte Weise Tauschwaren verschaffen, von den Bauern Dörrfisch, Tran, Pelze, Lodenstoff und Walroßzähne verlangen, und diejenigen, die dergleichen besitzen, müssen sich den Frieden mit wertvollen Dingen, mit Gold und Silber erkaufen. Und wenn wir gute Beute gemacht haben, werden wir unsere Gefolgsleute erschlagen und uns mit unserem Gut einen Anteil an einem Schiff und Waffen kaufen und dann in andere Länder fahren.«

In mondheller Nacht stiegen sie aus dem Laugatal über den Paß Thernuvikurhals; über den Steilhang Kleif, einen der steilsten Gebirgspfade in den Westfjorden, führten sie das Pferd; dann nahmen sie den Weg über Harsch und Eis der Kollafjordheide nach Süden zum Breidafjord. Sie nahmen sich vieles vor und waren in ihrem Vorhaben um so entschlossener, je mehr sie sich der Schwierigkeiten bewußt wurden. Am Abend des nächsten Tages kamen sie nach Reykjaholar, und man gab ihnen zu essen, doch kaum jemand bot ihnen einen Willkommenstrunk; in dieser Nacht schliefen sie. Am Morgen riefen sie Männer als Zeugen für ihren Schwur herbei, denn sie wollten unter das Rasenband gehen. Die Erde war tief gefroren, und es gelang nicht, neuen Rasen für sie zu stechen; man lieh ihnen gefrorene Rasenstücke von einem Heuschober, unter die sie krochen. Sie ritzten sich die Haut, mischten ihr Blut und sprachen dazu die Formel, daß sie sich Blutsbrüderschaft schwüren und von nun an für alles die gleiche Verantwortung trügen und daß sie alles Gut, das sie sich auf mannhafte Weise im Kampf mit anderen Leuten verschafften, zu gleichen Teilen miteinander teilen würden. Derjenige, dem ein längeres Leben vergönnt wäre, sollte den anderen rächen und dabei keine Mühe scheuen. Die Christen lachten darüber und sagten, es sei unerhört, daß diese Frostrasenmänner eine Gütergemeinschaft bezüglich der Läuse eingingen, die auf ihnen herumkröchen, und daß solche Wichte kaum je anderes Gut zu teilen haben würden.

Danach trennten sich die Schwurbrüder; Thorgeir Havarsson ging nach Süden zum Borgarfjord zu seiner Mutter, um sich ein Schiff zu verschaffen; Thormod Kolbrunarskalde wandte sich nach Westen zum Djup.

Neuntes Kapitel

Von Thormod ist zu berichten, daß er auf demselben Weg nach Norden über die Hochflächen zurückritt und am Isafjord übernachtete; er schlief bis in den Tag hinein und machte sich dann auf den Weg nach Laugatal. Das Wetter blieb ruhig. Als er am Abend fast bis nach Hause gekommen war, ließ er sein Pferd laufen und ging den Berg hinauf, ohne sich zu Hause zu melden. Es war kurz nach Neumond. Auf dem Berg war ein See; der war zugefroren. So leichtfüßig war der Mann, daß er in der Nacht mehr über den Berg flog als ging. Er lief am Fluß entlang, der aus dem See kommt, hinunter ins Ögurtal; es ist ein selten begangener Weg.

Auf Ögur lag der Eingang zum Meer hin; das Djup ist dort die Straße und der Nährvater der Menschen. Er kam aus der Schlucht hinunter zur Rückseite des Hauses und tastete sich vor, bis er ein nicht gerade großes Fenster fand, das zum Berg hinaufsah; es bestand aus acht mit Sehnen aneinandergehefteten Fruchtblasenhäuten. Er erklomm die Fensternische und sagte einige Male den Namen des Mädchens und trommelte gegen die Häute. Sie schrak aus dem Schlaf auf und fragte, wer draußen sei.

Thormod sagte seinen Namen.

»Was willst du?« fragte sie.

»Ich habe dir ein Preislied gedichtet«, sagte er, »laß mich bitte hinein.«

»Ich bin doch kein Jarl, geh mir mit deinen Liedchen aus dem Wege«, sagte sie. »Nie werde ich Großtuer und Händelsucher in mein Haus lassen oder solche, die Frauen mit Liebesgedichten belästigen.«

»Das Lied ist sehr gut gedichtet«, sagte er.

Sie sagte: »Nie werde ich meiner Mutter die Schande antun, dein Gedicht zu der Tageszeit anzuhören, die für uns Frauen die allergrößte Schmach bedeutet, und jetzt bewahrheitet sich, was sie immer gesagt hat, nämlich daß du ein schlimmer Lüstling bist.«

»Jetzt geht es darum, das Fenster zu öffnen und den Mann zu erproben«, sagte er.

»Kolbak wird von deinem Lärm wach werden und kommen, um dich umzubringen« sagte sie.

»Mehr fürchte ich deinen Willen als deinen Sklaven«, sagte er. »Oder willst du, daß ich dir das Gedicht hier draußen vor dem Fenster darbringe?«

»Meine Schande wird dadurch nicht geringer, daß du mit deinem Übermut meine Mutter und unser Gesinde weckst«, sagte sie.

»Soll ich mit meinem Messer die Fensterhaut etwas aufschneiden?« fragte er.

»Es war ein Unglückstag, als ich dich erblickte«, sagte sie. »Warum bist du nicht mit dem Tölpel Thorgeir, deinem Freund, mitgegangen?«

»Darum«, sagte er, »weil ich dich mehr liebe als ihn.«

Sie sagte: »Womit habe ich es verdient, daß du des Nachts über die Berge zu mir kommst, um mich zu belügen und mich zum Weinen zu bringen, du Kumpan Thorgeirs und Geliebter der Frau mit dem schwarzen Arsch? Geh und komm nie wieder.«

»Wenn du mich einläßt, werde ich es dir ins Ohr flüstern«, sagte er, »und dann werden weder der Sklave Kolbak noch deine Mutter noch die Leute wach, und du schläfst über meinem Gedicht ein.«

Das Mädchen antwortete: »Niemals soll jemand sagen können, daß Thordis in Ögur des Nachts ihr Fenster für Gäste öffnet, und du bist der größte Unmensch, daß du von einem einfältigen Mädchen das verlangst, was nur Huren zuzumuten ist!« – und bei diesen Worten zog das Mädchen die Fensterriegel zurück, die Kolbak für sie angefertigt hatte, und nahm den Mann zu sich hinein. In ihrem Zimmer waren Götterbilder in Pfeiler und Balken geschnitzt, doch sie waren nicht vollendet worden, denn bevor der Meister seine Arbeit beendet hatte, war das Christentum nach Island gekommen. Im schwachen Licht des neuen Mondes schimmerten die halbfertigen Rachen der Katzen, die Freya über den Himmel lenkt. Das Mädchen zog die Schuhe aus, nachdem es das Fenster geöffnet hatte, schlüpfte wieder in ihr Bett und kauerte sich in eine Ecke. Doch das Gedicht ließ auf sich warten; er glaubte, zuerst vieles andere besprechen zu müssen. Sie sagte, sie wolle nur das Gedicht hören, nichts anderes – »und das ist ein gemeiner Betrug«.

Er sagte: »Uns Skalden dünkt vieles notwendiger, wenn wir bei Frauen sitzen, als ihnen Preislieder vorzutragen, die wir dichteten, als sie fern von uns waren. Wir ziehen es vor, die Hand auf euer Knie zu legen.«

»Ich bin schon lange eine erwachsene Frau«, sagte sie, »und doch habe ich noch nie etwas so Ungeheuerliches gehört, wie du es jetzt aussprichst, daß nämlich ein Mann seine Hand einer Frau aufs Knie legen soll, und es ist die größte Unverschämtheit, so etwas zu verlangen – aber dennoch will ich es dir gestatten, und derweilen sollst du mir das Gedicht aufsagen.«

Doch als er mit dem Gedicht begonnen hatte, schien ihm, als rege das Knie sich kenntnisreich, so als wäre es nicht das erste Mal, daß ein Mann es berührte – »oder was hat das zu bedeuten?« fragte er. Das Mädchen schwieg lange in der Dunkelheit und weinte ein bißchen. Doch als er in sie drang, antwortete sie kalt: »Das werde ich niemandem sagen.«

Er wurde mißgestimmt, sprang auf und sagte, kein Mann solle Frauen trauen. Sie wischte sich mit Arm und Handrükken die Tränen ab und erhob sich.

»Warum fragst du nicht lieber, wie mir das Gedicht gefallen hat?« sagte sie.

»Sag es, wenn es dir etwas wert zu sein scheint«, antwortete er.

»Es wird darin weniger von der Frau gesprochen, die in Schwanengestalt am Himmel leuchtet und einem guten Mann das Schicksal bereitet, als von den Hexen, die Männern Zügel anlegen und sie zum Hexenritt gebrauchen, wenn es Nacht wird; und eine solche Frau bin ich nicht.«

Zehntes Kapitel

Es wurde Sommer; Thorgeir Havarsson blieb im Süden, und die Wikingerfahrt der Schwurbrüder verzögerte sich. Auf dem Althing geschah es, daß Thorgeir wegen des Totschlags an den Leuten von Skeljabrekka verklagt wurde und sein Vetter Thorgils Arason die Verteidigung übernahm; es gelang nicht, Thorgeir zu ächten; der Totschlag wurde zur entschuldbaren Tat erklärt, da Vater und Sohn vorher durch den Totschlag an Havar ihr Recht verwirkt hätten; dennoch sollte für beide Männer volles Wergeld gezahlt werden. Thorgils gab das Geld.

Als der Sommer fortschritt, begann Thormod Bessason sich nach seinem Schwurbruder zu sehnen. Für einen tapferen Mann, der nach Ruhm strebt, schien sich zu Hause im Laugatal wenig zu ergeben. Er war kein arbeitsamer Mensch und wurde deswegen von den Leuten getadelt; damals wurde jedem eine Arbeit zugeteilt, die ihm seinen Unterhalt sicherte, abgesehen von den Kerlen, die auf den Außenschären hausten und Vögel aßen oder auf den Gebirgspässen saßen und die Spuren der mit Dörrfisch beladenen Lastpferde verfolgten, abgesehen auch von den verwöhnten Frauen, die sich aus lauter Vornehmheit nicht die Finger beschmutzten.

Frau Katla in Ögur pflegte im Sommer die Arbeit der Leute zu beaufsichtigen und an Schönwettertagen den Heumacherinnen zu helfen, besonders nachdem sie ihrem Aufseher, dem Norweger, gekündigt hatte. Ihre Tochter Thordis entrahmte zu Hause Milch oder spann. An Hochsommertagen, wenn die Katze auf den Steinen vor dem Haus alle viere von sich streckte und die Leute bei der Heuernte waren, kam Thormod Kolbrunarskalde über den Berg, um das Mädchen zu besuchen, und saß lange bei ihr, ohne daß andere wußten, worüber sie sprachen.

Eines Tages hatte Thormod wieder Thordis aufgesucht und ziemlich lange bei ihr verweilt; es traf sich so, daß am Abend, als Thormod aus dem Hause ging, die Arbeiter von der Heuwiese nach Hause kamen. In der Tür stieß er auf Frau Katla. Sie war eine sehr tatkräftige Frau. Er grüßte sie. Frau Katla erwiderte seinen Gruß, fragte, wie es ihm ginge, und lud ihn ein, mit ihr in die Stube zu kommen. Er ging mit ihr. Sie bat ihn, sich zu setzen.

Dann sagte sie: »Deine Besuche hier, Thormod, haben jenes Maß erreicht, wo es von meiner Seite so nicht weitergehen kann. Jeder kann sehen, daß du Thordis verführst. Es kommt dir zugute, daß wir, Mutter und Tochter, keine Verwandten haben, die uns beschützen, wenn wir beleidigt werden; du selber aber hast vornehmen Beistand durch euren Vetter Vermund, wenn du Witwen und geringe Leute bedrängst.«

Er antwortete: »Ich wollte dich und Thordis nicht belästigen, doch es stimmt, daß ich mir viel aus Thordis mache.«

Katla sagte: »Du hast die Wahl, Thormod, dir das Mädchen zur Frau zu nehmen: Hier im Tal sind große Ländereien, ausgedehnte Heuwiesen, Waldbestände, Matten und fettes Vieh; unsere mausgrauen Rinder aus dem Besitz der Meermenschen; Daunen und Eier im Frühjahr; Fische in den Seen und im Meer; Heilbuttfang und Seehundsjagd im Herbst. Oder aber du läßt ab von deinen Besuchen und verdirbst das Mädchen nicht mehr, als du sie bereits verdorben hast.«

Thormod antwortete: »Ich bin kein wohlhabender Mann. Alle Leute würden finden, daß es eine ungleiche Heirat wäre, wenn ich eine so vortreffliche Frau wie Thordis bekäme und weder einen Mann erschlagen noch Schiffsfahrten unternommen hätte. Für mich wäre es schicklicher, im Gefolge eines Königs Schlachten zu schlagen und auf einen würdigen Gegner zu treffen, ehe ich daran denke, einen Hausstand zu gründen.«

Dann ging er heim nach Laugabol.

Einige Tage später, als er sein Haus verließ, um über den Berg zu gehen, ereignete es sich, daß Bessi, sein Vater, ihn vom Hofplatz aus anrief und mit ihm zu sprechen wünschte. Thormod kehrte um und ging zu seinem Vater in den Grasgarten.

Bessi sagte: »Als ich jung war, hielt man es nicht für sehr mutig, bei Nacht zu Frauen zu gehen, und noch viel weniger am hellichten Tag; man meinte, daß so etwas jungen Männern keinen Ruhm bringe und ihrer Mannhaftigkeit schade.«

»Ich denke, ich habe das Alter erreicht, mein Vater, in dem man über seine Taten selbst bestimmt«, sagte Thormod.

»Von meinen Eltern habe ich nicht gehört, daß Begegnungen mit Frauen sich für Junge eher schicken als für Alte«, sagte Bessi. »Es ist guter Männer Art, sich zu beweiben, doch Frauen nicht zu lieben. Für die Brautwerbung sollst du meine und meiner Verwandten Unterstützung haben, wenn du willst. Doch gegen Katlas Mordbuben erhältst du weder von mir noch von anderen Hilfe.«

Bessi ging fort, nachdem er seinen Sohn zurechtgewiesen hatte; Thormod aber blieb am Rand des Grasgartens sitzen und dachte über sich nach; ihm schien, daß seine Lage besser gesichert wäre, wenn er in dieser Sache seinem Vater gegenüber nachgäbe. Es betrübte ihn, wie sich Thorgeirs Ankunft verzögerte; er beklagte die Untätigkeit, die durch den Mangel an Schiffen in ländlichen Gegenden verursacht wurde, und schlief im Grasgarten ein.

Doch als er aufwachte, erlebte er wie so oft, daß die Vorsätze ihre Kraft verlieren, während sie schlafen; auch war weder Bauer Bessi noch sonst jemand in der Nähe, und die Sonne stand im Nordwesten auf Grönland zu; die Kühe brüllten elfmal hintereinander, das bedeutete schönes Wetter. Thormod nahm seine Axt aus dem Gras auf. Dann ging er auf den Berg zu.

Es war schon schummrig, als er ans Ögurtal kam. Er wartete, bis man in den Wohnstätten zu Bett ging, dann stieg er den Berg hinab. Er trat an das Fenster des Mädchens, als die Leute schlafen gegangen waren; sie nahm den Rahmen heraus und ließ ihn herein. In Thordis' Giebelkammer sprachen sie leise und lange miteinander. Doch als die Nacht fast vorüber war, geschah es, daß jemand in Ögur vom Hof ritt und der Hahn dazu krähte. Als Thormod den Hufschlag hörte, sprang er auf und fragte, wer da zu dieser Tageszeit reite.

Das Mädchen antwortete: »Kolbak, unser Sklave, wird fortgeritten sein, um für meine Mutter Einschlaggarn in den Mjoafjord nach Heytal zu bringen; dort gibt es gute Weber, und dort ist ein Gewebe für sie in Arbeit.«

Wenig später schien die Sonne in das Fenster des Mädchens. Er sagte, er wolle nun nach Hause gehen. Sie sagte: »Ich möchte, daß du einen anderen Weg heim zu dir nach Laugabol nimmst, daß du unten am Hang an der Bucht entlang gehst und nicht über den Berg.« Sie sagte, ihr sei etwas im Traum erschienen.

Er sagte, er würde den gewohnten Weg gehen, er hätte weder Angst um sein Leben, noch nähme er Träume ernst.

»Willst du für mich einige Stränge blauer Wolle zum Mjoafjord mitnehmen?« fragte sie.

»Es kann gut sein«, sagte sie, »daß auch mir ein Flicken Lodenstoff fehlt; es haben Frauen hier im Westen von Skalden ein Lobgedicht bekommen, obwohl sie Gesäßkeile in ihre Hosen eingenäht hatten.«

Er sagte, sie solle ihren Willen haben. Sie stopfte die Wollstränge zwischen seine Kleider und wickelte sie sehr sorgfältig fest.

In einer Senke vor einer steilen Geröllhalde am Berg stand am frühen Morgen ein alter Klepper mit einem schlechten Sattel und einem Halfter aus Roßhaar; er knabberte lustlos am taufrischen Gras. Thormod konnte nirgends den Mann entdecken, der diesen Gaul geritten hatte: Doch als er die Halde hinaufzuklettern begann, kamen ihm von oben kleine und große Steine entgegen; sie schlugen im Flug gegeneinander, es gab Funken, Feuergeruch und Rauch. Thormod konnte sich denken, daß diese Steinwürfe etwas auf sich hatten und daß es ihm als Feigheit angerechnet würde, wenn er auswiche; er behielt also seine Richtung den Hang hinauf bei. Am Bergesrand lag ein recht großer Felsbrocken; dahinter lugte ein Mann hervor. Es war Kolbak. Er hatte mit den Steinschlägen aufgehört und sich den Felsen zur Brustwehr genommen; von dort drohte er mit dem Spieß. Thormod ging von unten an den Felsen heran und schlug den Spieß des Wegelagerers vom Schaft. Dann erhob er seine Axt gegen den Sklaven und hieb sie ihm auf die Schulter; doch die Waffe schnitt nicht bessser, als hätte man mit einem Stück Walbarte zugeschlagen. Kolbak schlug mit seiner Axt auf Thormods Brust, doch es entstand keine größerer Schaden, als wenn man auf einen gestopften Wollsack klopft. In diesem Kampf trat das Wunder zutage, daß beide Männer gegen Eisen gefeit waren. Da warf Thormod die Axt von sich und unterlief den Wegelagerer; sie packten sich mit festen Griffen und rangen eine Weile miteinander; sie waren beide behende junge Männer, und keiner war dem anderen überlegen. Doch bei der Raufferei zerriß der Kittel des Sklaven, und darunter war blaue Einschlagwolle zu sehen. Da lachte Thormod und sagte: »Setzen wir uns und legen wir unsere Wolle ab.« Sie hörten mit der Schlägerei auf und setzten sich. Kolbak legte seinen Kittel ab und zog zwanzig Stränge Garn hervor. Thormod zog sein Obergewand aus und wickelte ebenso viele von sich ab. »Es hat wohl dieselbe Norne für uns beide gesponnen«, sagte er.

Kolbak antwortete nicht, sondern riß einen Sauerampfer aus dem Geröll und kaute daran. Sein Spieß lag zerbrochen dicht neben ihm und die Axt zwischen den Steinen; die Wolle lag wie Kraut und Rüben um sie herum.

Thormod sagte: »Du bist ein mutiger Mann, daß du, obwohl du so ungeschickt mit den Waffen bist, dich mit mir in einen Kampf einläßt; und ich bringe es nicht fertig, dich zu erschlagen, obwohl ich es in der Hand habe; daran ist das Garn schuld, das hier liegt. Ich möchte, daß wir uns vertragen. Doch zuerst sollst du mir sagen, was zwischen dir und Thordis gewesen ist.«

Kolbak erwiderte ihm: »Ich bin Sklave. Sie ist eine Frau.«

»Hast du mit ihr etwas gesprochen, das andere Leute nicht hören dürfen?« fragte Thormod.

Kolbak antwortete: »Der Bauer Holmkell kaufte mich auf den Hebriden, als ich zehn Winter alt war. Sie war noch nicht alt genug, um den Unterschied zwischen einem Freien und einem Sklaven zu kennen. Als Kinder spielten wir zusammen.«

»Bist du in ihrer Giebelkammer gewesen, seit sie erwachsen ist?« fragte Thormod.

»Ich habe ihr das Fenster gemacht, durch das du spätabends schlüpfst«, sagte Kolbak.

Thormod fragte: »Hast du da etwa deine Hand auf ihr Knie gelegt?«

»Ich bitte dich nicht um Schonung« sagte Kolbak und kaute am Stengel.

»Denke daran, daß du Sklave bist und daß dein Leben in meiner Hand liegt«, sagte Thormod.

»Ich bin nicht auf die Gunst der Menschen angewiesen«, sagte Kolbak. »Einer ist, der nicht nur Gefesselte lösen, sondern auch Tote auferstehen lassen wird.«

Thormod fragte, wer das sei.

»Er heißt Josamak Dii«, antwortete Kolbak. »Ihn werden alle Gebundenen freudig begrüßen, denn in loderndes Feuer wirft er die Menschen, die andere unterdrücken.«

»Wie ist wohl der Narr, den du da genannt hast, mit dem feigen Magdsohn versippt, der in einem Schloß in Rom wohnt und einen Galgen als Hochsitz hat?« fragte Thormod.

»Ich bin Ire«, sagte der Sklave. »Es ist mir gleich, wo das Schloß steht, das du genannt hast, und wer da bestimmt. Hingegen weiß ich, daß Josamak Dii eine reiche Auswahl an Heerführern hat, die für ihn kämpfen, den Bauern Patrick wie den Priester Kolumkilli, den Seefahrer Kolumban wie den Dichter Kilian. Seine herrlich verzierten Hochkreuze überragen bei mir zu Hause in Irland die Berge.«

»Das sind Neuigkeiten«, sagte Thormod Kolbrunarskalde und wurde nachdenklich. »Oder«, sagte er, »willst du vielleicht bei diesem Josamak, dem dicken, schwören, daß du niemals durch das Fenster geschlüpft bist, das du dem Mädchen gemacht hast?«

»Erschlage ihren Sklaven hier, wenn du willst«, sagte Kolbak, »und ich werde als ihr König auferstehen.«

Thormod Kolbrunarskalde betrachtete den Sklaven lange, verwundert über solche Worte. Dann stand er langsam auf und war müde; er sprach kein Wort mehr zu dem Sklaven, sondern machte sich auf den Heimweg; seine Axt ließ er liegen, wo sie lag. Kolbak blieb auf dem Stein sitzen und kaute Sauerampfer; vor ihm lagen ihre stumpfen Waffen und die blaue Wolle. Als Thormod außer Sicht war, stand er auf, suchte das Gesponnene aus dem Geröll zusammen und nahm es auf den Rücken.

Elftes Kapitel

Als Thormod eine kleine Weile gegangen war, spürte er an seinem Bein ein Prickeln, keinen eigentlichen Schmerz; er war nicht mehr gut zu Fuß, auch wurde ihm übel. Es kam ihm sonderbar vor, daß er einen nassen Fuß hatte, als wäre er in eine warme Schlammquelle getreten. Auf dem Berg setzte er sich hin, um nachzusehen, woran es läge, und da war sein Schuh voller Blut und sein Strumpf schwarz von geronnenem Blut. An seiner Wade war eine nicht gerade kleine Wunde; es hatte sich Fleisch vom Knochen gelöst, als bei dem Geröllhagel ein Stein sein Bein traf. Er riß einen Streifen aus seinem Leinenzeug und verband das Bein; er kroch den Berg hinab und gelangte mit Mühe und Not unter starkem Blutverlust nach Hause.

Wegen dieser Verletzung war Thormod lange bettlägerig, denn die Wunde heilte schlecht; er konnte erst aufstehen, als der Winter kurz bevorstand, aber sein Bein blieb lahm. Er machte sich große Sorgen wegen des Ausbleibens Thorgeir Havarssons; er vermeinte, daß der Kämpe entweder außer Landes oder tot wäre; wie es aussah, war es um seinen Ruhm schlecht bestellt. Kaum war er einigermaßen auf den Beinen, da trachtete er danach, seine Geliebte in Ögur aufzusuchen, um bei ihr Unterstützung und Trost zu finden und die ausgebliebenen Heldentaten durch Frauenliebe zu ersetzen; neun Wochen waren vergangen, seit er bei dem Mädchen gewesen war. Im Herbst herrschte rauhes Wetter mit andauerndem Seewind und Schneegestöber. In einer Unwetternacht konnte er es nicht mehr aushalten; als alle Leute schliefen, nahm er das Reitpferd seines Vaters und ritt nach Ögur. Er ging hinter das Gehöft und pfiff am Fenster des Mädchens. Sie wachte auf und erschrak; sie fragte, wer bei solchem Wetter draußen wäre.

»Wer wohl, denkst du?« fragte er.

»Es kann manch einer sein«, sagte das Mädchen.

»Mir ist kalt«, sagte er, »laß mich hinein.«

»Warum eher dich als den Wind?« sagte sie, doch öffnete sie im Sturm ihr Fenster, und er schlüpfte hinein. Sie schloß das Fenster und zündete die Leuchtpfanne an, die in einem Pfosten steckte, aber sie sprach nicht mit ihm. Sie war mit einem langen Hemd bekleidet. Er fragte, warum sie betrübt sei. Sie weinte schmerzlich auf ihrem Stuhl und verbarg ihr Gesicht.

»Warum muß ich dich wiedersehen, wo ich doch den Sklaven so sehr gescholten habe, daß er dich nicht erschlug«, sagte sie.

Er fragte, warum sie mit solcher Kälte zu ihm spreche.

»Die schlimmste Kränkung, die du mir zugefügt hast, habe ich noch nicht genannt: daß du den Sklaven nicht erschlugst und dich statt dessen zum Gespött der Gegend machtest, ein solcher Held, wie du zu sein glaubst.«

»Du brauchst dich nicht zu wundern«, sagte er, »daß ich den Sklaven nicht getötet habe, noch er mich, da du uns doch beide mit der gleichen Wolle umwickelt hast. Und es geschah nicht aus Feigheit, daß ich ihn nicht tötete, sondern deshalb, weil ich es vorzog, den lebenden Sklaven mit dir zusammen je zur Hälfte zu besitzen, statt ihn als Toten ganz dir zu überlassen.«

Sie sprach: »Jetzt weiß ich, daß du mich nicht liebst, da du ihn verschont hast. Ich werde den Sklaven freilassen und ihn dir gleich oder sogar überlegen machen.«

»Weine nicht so sehr«, sagte der Dichter. »Eines Tages, wenn die Sonne auf Land und Meer scheint und Frau Katla mit allen ihren Leuten zu Hause ist, werde ich durch das Haupttor in Ögur reiten.«

Das Mädchen wischte sich mit dem Handrücken die Tränen ab. »Reitest du dann allein?« flüsterte sie. »Meine Mutter wird die Hunde auf dich hetzen.«

»An dem Tag werde ich in guter Begleitung sein«, sagte er, »mein Vater und Gode Vermund von Vatnsfjord werden mir zur Seite reiten. Sie werden deine Mutter zu sprechen wünschen, und sie wird uns in die Stube bitten und uns Bier vorsetzen. Sie werden ihre Sache vorbringen und alle ihre Worte nach dem rechten Brauch setzen und für mich um ihre Tochter anhalten; Vermund wird von unserer Seite viele Ländereien und bewegliches Gut dazu geben.«

»Erstaunlich, wie gut du lügen kannst«, sagte sie. »Doch es soll ja ein Zeichen der Liebe sein, wenn ein Mann eine Frau belügt und nicht die Wahrheit sagt; und eine Frau liebt einen Mann dann, wenn sie ihm glaubt, obwohl sie weiß, daß er lügt; und es ist schön, dich lügen zu hören. Lüg!«

»Unser Heiratsvertrag wird mit klugen Worten und durch Handschlag geschlossen«, sagte er.

Da waren die Tränen des Mädchens fast getrocknet.

»An dem schönen Tag«, sagte sie, »wenn du durch das Haupttor zu uns reitest und Bessi, dein Vater, und Vermund dich begleiten und mir alle Herrlichkeiten von Ögur als Mitgift übergeben werden – ob du mich an dem Tag liebst, Thormod?«

»An dem Tag wird kein leeres Geschwätz begonnen«, sagte er.

»Wirst du mir dann solche Gedichte bringen«, fragte sie, »von denen ich sicher weiß, daß sie an mich und keine andere Frau gerichtet sind?«

»Männer heiraten, um Dichtung unnötig zu machen«, sagte er. »Von dem Tag an wird weder dir noch deiner Mutter eine Schande zugefügt werden.«

Das Mädchen war jetzt getröstet, stand von seinem Sitz auf und umarmte ihn sanft. Sie sagte: »Ich habe Frauen sagen hören, daß es besser sei, mit einem Mann verheiratet zu sein als von ihm Gedichte zu bekommen, das ist sicher wahr. Von der Stunde an will ich von dir keine Gedichte mehr erbitten.«

Sturmböen schlugen mit dumpfem Rauschen auf Gebirge und Meer, und Wolken bedeckten den Mond. Mitten in einem Schneeschauer ging die Tür des Gehöfts auf, es pfiff im Haus wie von einer Pfeife, und im Eingang erhob sich lautes Getöse. Das Mädchen meinte, es kämen Gäste – »schlüpf schnell durch mein Fenster hinaus«, sagte sie, sprang in ihr Bett und zog sich die Bettdecke über den Kopf.

Er sagte: »Hier bleibe ich sitzen und laufe vor keinem weg.«

Von unten konnte man Waffengeklirr und Wortwechsel, vermischt mit dem Heulen des Windes, vernehmen; ein verängstigter Hausbewohner wurde gefragt, wo das Bett der Bauerntochter zu finden sei; man konnte hören, wie jemand in hartgefrorenen Schuhen die Treppe heraufkam.

Der Gast, der die Giebelkammer des Mädchens betrat, glich eher einem Meeresungeheuer als einem Menschen; er war völlig mit Schnee und Gischt bedeckt, und unter seinen Hufen dröhnte das Haus. Sein Spieß war bis zur Spitze vereist. Thormod stand mit erhobener Axt vor dem Fenster. Doch als der Gast seine eisverkrustete Kappe lüftete und das Licht auf sein jugendliches, noch bartloses Gesicht schien, da fiel dem Skalden Thormod die Axt aus den Händen; er lief dem Gast entgegen und begrüßte ihn.

Als das Mädchen gewahr wurde, was vorging, schlug sie die Vorhänge ihrer Bettstatt zurück und streckte ihre langen Beine unter der Bettdecke hervor; sie stand auf und strich ihr Hemd glatt; sie war bis zu den Brustwarzen entblößt, und das Haar wogte ihr um die Schultern; aus ihren Augen loderte Feuer, als sie dem Gast dieses Wort entgegenschleuderte: »Mann des Todes.«

Wer gehängt werden soll und darauf wartet, daß der Galgen errichtet wird, kann das blühende Leben nicht sehen; es wird in seinen Augen zu etwas unerhört Lächerlichem; so nahm auch Thorgeir Havarsson die Gegenwart der Frau, die er aufgesucht hatte, in keiner Hinsicht zur Kenntnis, sondern sagte zu ihrem Geliebten: »Hier«, sagte er, »bin ich, Thormod, mit einem Schiff, dich abzuholen.«

Thormod antwortete: »Manchen Schönwettertag habe ich im Sommer auf dich gewartet, so daß nicht einzusehen ist, warum wir bei scheußlichem Wetter zur Herbstzeit fahren sollen; dennoch will ich mein Wort und meinen Schwur nicht brechen – sag mir, was du vorhast, und der Skalde wird dem Helden folgen wie stets.«

Thorgeir sagte: »Manche dunkle Nacht bin ich aufgestanden, wenn andere Leute schliefen, und habe meine Waffen geschwungen und in den Schildrand gebissen in unbezähmbarer Begierde nach dem Ruhm, den man erwirbt, wenn man Menschen tötet und über die Welt bestimmt, oder aber, wenn man ehrenvoll fällt. Hier ist jetzt endlich ein Schiff. Ich habe es größtenteils selbst ausgebessert, denn ich hatte kein Geld, Handwerker zu bezahlen; und ich habe einige ungebundene Männer angeheuert, die mit uns fahren und sich einen Namen machen wollen. Ich möchte, daß wir in die Jökulfjorde und an die Hornstrande fahren und dort alle die umbringen, die behaupten, keine Angst vor uns zu haben. Und wenn das erledigt ist, werden wir dort im Norden ungestört tun können, was wir wollen. Ich habe gehört, daß es in jenen Gegenden einen großen Kämpen gibt, der Butraldi heißt und der Sohn eines Brusi ist, und er soll gesagt haben, daß er niemanden fürchtet und jeden Prahler und Großtuer in den Westfjorden schließlich zu Boden strecken wird. Es scheint mir sicher zu sein, daß uns von diesem Kämpen keine geringe Gefahr droht, solange er am Leben ist; daher lautet mein Rat, daß wir uns noch heute nacht auf den Weg zu ihm machen, uns mit ihm verfeinden, mit ihm bis zu seinem Ende kämpfen und uns keine Ruhe gönnen, bis wir den Sieg über ihn errungen haben, damit alles Volk sehen kann, wie mächtig wir sind.«

Das Mädchen äußerte sich so: »Es ist eine große Schuftigkeit, sich lieber bei Nacht in gefahrvolles Wetter zu begeben, um am Horn im Norden Strauchdiebe aufzustöbern und Schiffbruch zu erleiden und von Fischen gefressen zu werden, als bei seinem Glück zu verweilen.«

Thormod zog den Leibriemen fest und sagte dabei: »Dadurch werden Männer zu Skalden und Helden, daß sie nicht bei ihrem Glück verweilen. Die Geschichte von uns Schwurbrüdern wird sich nie ereignen, wenn ich in dieser Nacht bei dir bleibe.«

Da trat das Mädchen zu Thorgeir Havarsson und schlug ihm mit der Faust ins Gesicht. »Der Troll soll dich holen, und dein Ruhm wird am größten sein an dem Tage, an dem Hunde und Raben dich zerfetzen.«

Thorgeir lächelte dazu und beachtete das Mädchen nicht.

Thormod sagte zu ihr: »Aus Liebe bin ich über den Berg zu dir gekommen. Und so froh ich auch manche Nacht über unser Beisammensein war, so liebe ich dich doch am meisten in dieser Nacht, da ich von dir gehe.«

Zwölftes Kapitel

Thormod stellte keine weiteren Fragen, sondern ging mit seinem Schwurbruder Thorgeir zum Schiff. Der Schneesturm hatte aufgehört, doch eine dunkle Wolkenbank zog draußen auf dem Meer heran; schwere See; der Mond schien auf bereifte Holme und Riffe. Am Landeplatz wartete ein nicht gar zu großes Schiff und schaukelte in der Dünung hin und her, denn es hatte wenig Ballast. Dort standen von der See gepeitschte Männer mit Eis im Bart und in den Augenbrauen und brachen das Eis von Rahen und Tauen. Über sie gab Thorgeir diese Auskünfte: da waren Vater und Sohn, beide ohne festen Wohnsitz, die bei Bauern für das Essen zu arbeiten pflegten, beheimatet auf Kjalarnes im Süden; des weiteren ein Dieb namens Tjörvi, ein vogelfreier Mann aus dem Südland. Thorgeirs vierter Schiffsmann hieß Oddi, genannt Lusoddi; er war nicht recht bei Verstand, hatte die meiste Zeit seiner armen Mutter in Akranes zur Last gelegen, doch als Thorgeir ihn anheuerte, hatte er gerade zu betteln begonnen.

Thorgeir richtete folgende Worte an diese Männer:

»Hier ist Thormod Bessason, mein Schwurbruder; ihm gehört alles im Schiff zur Hälfte, ebenso wie mir. Er ist ein größerer Skalde als andere Männer, die jetzt in den Westfjorden leben. Ihr sollt seinem Gebot und Verbot Folge leisten genauso wie dem meinen, denn wir sind uns in jeder Hinsicht einig. Trinkt jetzt von diesem Tranfäßchen, soviel ihr wollt; dann werden wir nach Westen um Rytagnup herumsegeln und zunächst im Norden in der Adalvik landen; von dort ist mir Kunde gekommen über die Gewalttaten des Kämpen, der sich für den größten in den Westfjorden hält, des Butraldi Brusason. Wir werden ihn überfallen und töten.«

Die Kumpane meinten, Thorgeir habe großartig gesprochen, und sie taten, wie er sie geheißen. Thorgeir setzte sich ans Steuer, gleich nachdem sie aus dem Landschutz heraus waren, und Thormod befehligte die Fahrt; sie segelten mit halbem Wind und setzten volles Segel; sie fuhren schnell. Das Schiff schoß über die Wogen, es holte stark über, so daß die See auf der Leeseite hereinschlug und die Mannschaft mit allen Kräften schöpfen mußte.

Doch als sie noch nicht sehr lange gesegelt waren, brach ein dichter Schneeschauer mit schweren Sturmböen und Sturzseen über sie herein; Gischt sprühte über das Schiff wie Schneetreiben. Thormod holte jetzt das Segel ein; sie ließen sich vor dem Wind treiben; es herrschte pechschwarze Finsternis; bei dem wütenden Sturm verloren sie die Gewalt über die Dinge. Es krachte in Planken und Spanten, das Schiff schlug immer wieder voll bis zum Rand, alles Lose spülte über Bord, und allein die Schöpfbütten in den Händen der Schiffsmannschaft sprachen miteinander; niemand wußte, was zuerst geschähe, ob das Schiff nun zerschellte oder unterging.

Als der Himmel wieder durch das Schneetreiben schimmerte und der Mond schwaches Licht spendete, befanden sie sich am Geirsfjall vor der westlichen Snaefjallaströnd; über ihren Köpfen glitzerte eine gischtbespritzte Felswand voller Eiszapfen.

Sie versuchten, das Schiff weiter nach draußen zu steuern, damit es nicht an der Felswand zerschellte; sie bemühten sich, nach Nordwesten aufs Meer hinaus zu kreuzen und sich so um Rytagnup herumzukämpfen; doch kaum waren sie von den äußersten Felsen der Snaefjallaströnd freigekommen, als sich der Himmel wieder verdunkelte und ein neues Unwetter hereinbrach; es war ein viel längerer Schneeschauer als der vorige, und da zerbrach das Steuer; sie trieben einen großen Teil der Nacht steuerlos vor dem Wind, bis allmählich die See ruhiger wurde und kurze Wellen schlug; und als es sich schließlich aufklärte, hoben sich auf beiden Seiten die Umrisse verschneiter Berge vom Himmel ab. Thorgeir fragte seinen Schwurbruder, ob ihm diese Berge bekannt seien.

Thormod sprach: »Ich meine, daß wir nicht schlimmer daran sind, wenn wir uns noch eine Weile in derselben Richtung treiben lassen; doch ahnte ich nicht, daß ich diese Berge heute nacht zu sehen bekäme.«

Bald danach wurde es so klar, daß sie die drei Gürtelsterne des Orion am späten Morgenhimmel sehen konnten. Es hatte sie in einen engen Seitenfjord mit schmalem Unterland verschlagen; am Ende des Fjords erhoben sich hohe Berge, die so steil waren, daß sie mit ihren häßlichen blauen und nackten Felsgürteln überzuhängen schienen; unten Furten bei Ebbe; ein Fluß mündete ins Meer. Stallgeruch stieg ihnen in die Nase und der Rauch einer menschlichen Siedlung. Da, wo sie anlandeten, zogen sie ihr Schiff auf; sie hatten jetzt nichts Brauchbares mehr an Bord außer dem Tranfäßchen, das an einem Tau im Heck befestigt war, und den Waffen, die sie an ihrem Körper festgebunden hatten.

Thorgeir fragte, ob sein Schwurbruder noch immer wisse, wo sie sich befänden.

»Ich müßte mich weiter verirrt haben, als ich denke«, sagte Thormod, »wenn dieser überhängende Berg da nicht der Gygjarsporshamar ist, wo man im Fels die Spuren des Trollweibs verfolgen kann, und der Fjord dort der Hrafnsfjord, der von den Jökulfjorden am weitesten landeinwärts liegt; mir ist dieser Ort oft im Traum erschienen.«

»Schlimm sind wir vom Wege abgekommen«, sagte Thorgeir, »wenn wir hier wirklich Zuflucht nehmen müssen; doch wie ich sehe, haben unsere Gefährten einstweilen wenig Verlangen nach weiterer Seefahrt; auch ist der Mast gebrochen, das Segel verloren und das Steuer entzwei.«

Alle Gesellen waren nach der Fahrt sehr mitgenommen und ihre Kleider ein einziger Eispanzer; der Bursche aus Kjalarnes konnte nicht gehen, und sein Vater hatte Erfrierungen, so daß man beide stützen mußte. Morgendämmerung am Himmelsrand, doch noch lange Zeit bis zum Sonnenaufgang. Weiter seewärts am Fjord fanden sie ein kleines Gehöft; dort war noch niemand aufgestanden. Thorgeir bat seinen Schwurbruder, ans Fenster zu gehen und die Leute zu wecken.

Thormod antwortete: »Du bist unser Anführer und sollst die Leute wecken und ihnen Heil von den Göttern wünschen. Doch wenn du damit kein Glück hast, kannst du mich rufen.«

Thorgeir ging ans Fenster, rief hinein, daß Gäste draußen seien, und sagte, die Bewohner sollten aufmachen.

Eine Frau fragte, wer da sei.

»Kämpen und Krieger« sagte Thorgeir.

»Ihr seid also keine Friedensfreunde?« fragte die Frau.

»Ich vermute, daß wir kaum je das Verbrechen begehen werden, mit Menschen Frieden zu schließen. Wir werden vor niemandem zurückweichen.«

»Um was bittet ihr uns?« fragte die Frau.

»Wir bitten niemanden um etwas«, sagte Thorgeir. »Doch Essen wollen wir haben und Feuer, um unsere Kleider aufzutauen, und Schlaf. Und wenn ihr uns das alles nicht geben wollt, dann schickt einen oder mehrere Männer zu uns heraus, die einiges wert sind, damit sie mit uns kämpfen.«

Die Frau antwortete: »Hier in den Fjorden ist es bisher nicht Brauch gewesen, daß erschöpfte Leute mit den Bauern um Beherbergung kämpfen mußten, und du bist wohl ein Dummkopf, oder wie lautet dein Name?«

»Hier steht«, sagte er, »Thorgeir Havarsson mit seinem Gefolge, und wir fordern die Männer, die hier in den Fjorden etwas taugen, zum Kampf heraus.«

Da sprach Thormod Kolbrunarskalde: »Nun muß ich mich wohl ins Mittel legen, Bruder.«

Dann trat er ans Fenster und wünschte nach altem Brauch Göttern und Menschen Heil.

»Wer ist da?« sagte die Frau.

»Hier ist Thormod Kolbrunarskalde«, sagte der Gast, »und ich weiß mit Sicherheit, daß es hier in den Jökulfjorden Frauen gibt, die von ihm gehört haben.«

Als er diese Worte gesprochen hatte, ging die Tür des Gehöfts weit auf; in der Tür stand eine Frau, die sich einen blauen Mantel übergeworfen hatte; diese Frau hatte schöne Augen und dunkle Brauen; von ihr ging mehr Wärme aus als von anderen Frauen. Sie breitete vor Thormod die Arme aus und küßte ihn innig; sie hieß ihn willkommen und sagte, er könne mit seinem Gefolge hier bleiben, solange er wolle. Sie sagte, sie habe auf diese Stunde über alle Maßen lange gewartet. Sie ordnete an, man solle die Männer, die Erfrierungen hatten und sich nicht selber helfen konnten, hereinbringen und diejenigen, die dem Tode nahe waren, wieder zu beleben versuchen. Es hatte sie an die Wohnstätte von Frau Kolbrun im Hrafnsfjord verschlagen. Der Sklave Lodin kam aus dem Haus, um das Vieh zu versorgen, und grüßte niemanden.

»Jetzt«, sagte Thorgeir, »wird dein Eifer begreiflich, Bruder, in den Fjord zu halten, als wir weitab von den Landzungen hätten segeln sollen. Frauen hier im Westen in den Schoß zu steuern, das wäre mir am allerwenigsten in den Sinn gekommen, als ich aus dem Borgarfjord fuhr.«

»Nur dadurch«, sagte Thormod, »wird deine Saga länger werden, Bruder, daß ich dich über die Richtung belog, als wir in der schwierigsten Lage waren.«

Thorgeir sagte: »In diesem Haus bestimmen wir, solange wir hier sind, und erbitten nichts von Frauen.«

»Gute Ereignisse sind das«, sagte Frau Kolbrun. »Meine Tochter und ich haben hier allzulange zum Gespött der Leute ein Witwenleben geführt. Es ist gut, daß jetzt Gäste gekommen sind, die ganze Kerle sind, sowohl um uns zu vergnügen als auch um unsere Leiden zu rächen, die wir von bösen Menschen erdulden mußten.«

Nun gingen die Schwurbrüder im Hrafnsfjord ins Haus und schleppten ihre Gesellen, die nicht gehen konnten, hinein. In der Halle wurde für sie ein Holzfeuer gemacht; sie bekamen trockene Kleider, und ihr nasses Zeug wurde getrocknet. Da wurden Kessel hervorgeholt und Frischgeschlachtetes gekocht und heiße Grütze zubereitet; und die entkräfteten Männer begannen sich zu erholen; sie machten sich daran, ihre Waffen zu trocknen, die sie an ihrem Körper festgebunden hatten, und sie von Rost und Salz zu reinigen. Dann brachte man die Männer zu Bett.

Es war spät am Tage, als Thorgeir aus dem Schlaf erwachte; das Wetter hatte sich verschlimmert; Frost und Schneesturm waren stärker geworden. Thorgeir weckte seine Leute und sagte, sie seien nicht dafür angeheuert worden, in den inneren Fjorden auf der faulen Haut zu liegen; woanders warteten ehrenvollere Arbeiten auf sie. Die Hausherrin sagte, das Wetter sei schlecht und es sei unnötig, sich in Gefahr zu begeben; sie seien ihr um so liebere Gäste, je länger sie zu bleiben gedächten.

Thorgeir erklärte, sie machten sich keine Sorgen um das Wetter; es kümmerte sie nicht, ob man das Wetter für gut oder für schlecht hielte. »Uns beißt weder Frost noch Sturm, wir brauchen ja auch nicht für Frauen, Kinder und Vieh zu sorgen.«

Aber da ihr Schiff schwer beschädigt und kaum seetüchtig, zudem unter Schnee begraben war, dort, wo es in einem offenen Schuppen auf der Sandbank Skipeyri stand, und da außerdem der innere Teil des Fjords dick zugefroren war, wurde nichts aus der Seefahrt. Thorgeir sagte, wenn das Eis ihre Fahrt auf dem Meer über Gebühr verzögere, würde er mit seinen Leuten zu Fuß über die Berge nach den Hornstranden gehen. Kolbrun fragte, was sie dort zu tun hätten.

Thorgeir sagte: »Da ist ein Mann namens Butraldi, ein großer Kämpe. Er hat verlauten lassen, daß er vor niemandem zurückweichen würde. Dieser Mann durchstreift die Hornstrande. Ich will ihn angreifen und töten. Ich habe gelobt, jeden zu töten, der sich mir an Tapferkeit gleichstellt.«

Sie fragte, wie es weitergehen solle.

Thorgeir sagte, wenn alle Kämpen und anderen einflußreichen Leute dort im Norden tot wären, hätten sie, die Schwurbrüder, freie Hand, angetriebene Wale und andere große Beute an den Hornstranden zu nehmen.

Da lachte Frau Kolbrun und sagte: »Ihr seid sonderbare Männer, daß ihr erbärmliche Strauchdiebe an den Hornstranden angreifen oder Wale verarbeiten wollt, wo doch in der Nähe ehrenhaftere Taten auf euch warten.«

Sie fragten, was für Taten das seien.

»Es scheint mir doch ehrenhafter zu sein«, sagte die Hausherrin, »freie Gewaltmenschen in den Siedlungen, die Witwen und andere arme Leute bedrängen, zu töten, als Geächtete zu verfolgen oder Wale zu zerlegen.«

Sie fragten, wen sie meine.

Sie antwortete: »Auf der anderen Seite des Fjords, auf Svidinsstadir, wohnen der Bauer Ingolf und sein Sohn Thorbrand. Sie haben ihr Gehöft auf einem Absatz des Berges Lonanup gebaut. Diese Männer lassen Rinder und Schafe bei mir weiden, obwohl sie über ihren Köpfen auf dem Berg ein Stück Wiesenmoor haben. Und in Wurfweite von meiner Hauswiese fangen sie Rochen, Heilbutt und Schollen in Massen.«

Thorgeir sagte: »Wir rechnen es keinem als todeswürdige Schuld an, daß er sich seinen Lebensunterhalt sucht, so er ein geringerer Mann ist als ich und dazu neigt, uns zu fürchten.«

Die Hausherrin sagte: »Es ist noch nicht von dem gesprochen worden, was uns Frauen am schwersten fällt, von Männern hinzunehmen; weil wir so geschaffen sind, können wir uns nicht wehren; und jetzt, Thormod, spreche ich zu dir, der du ein längeres Preislied auf mich gedichtet hast, als es andere Frauen in den Westfjorden bekommen haben, ein Lied, das so gut gemacht war, daß du schon lange seinetwegen tot wärst, wenn ich einen Beschützer gehabt hätte, der mit mir verwandt oder verschwägert wäre; die Sache ist nun die, daß der Bauer Ingolf auf Svidinsstadir mich einmal für kurze Zeit zu sich ins Bett nahm; es war vergangene Weihnachten, als er und sein Sohn meine Tochter und mich antrafen, als wir gerade über unseren Mangel an Bier und Freude weinten, denn wir hatten wirklich nichts, woran wir uns hätten erfreuen können. Und seitdem hat er in dieser Art weitergemacht und nicht davon ablassen wollen, und Thorbrand Ingolfsson hat meine Tochter verführt. Wir beide haben es schon lange satt, und es bedrückt uns, solch entsetzliche Belästigung und Verunglimpfung ertragen zu müssen.«

Als die Hausherrin dieses erzählt hatte, lachte der Sklave Lodin an der Tür. Da sagte Kolbrun zu dem Sklaven: »Nie werde ich dich Feigling so sehr lieben, daß ich Leuten Waffen gebe, dich zu erschlagen! Heb dich fort aus den Augen freier Menschen.«

Thorgeir blickte seinen Schwurbruder Thormod an und fragte stumm, ob er in dieser Sache eine begründete Entscheidung treffen könnte.

Thormod sagte: »Mir ist klar, daß wir eine so rechtschaffene Frau nicht zu lange der Unterdrückung durch schlechte Menschen aussetzen dürfen, und sie hat es nicht um uns verdient, daß wir uns der kleinen Gefälligkeit, um die sie uns bittet, entziehen oder sie auf die lange Bank schieben; es ist höchste Zeit, dieser Frau noch in einigen anderen Dingen als in der Dichtung echte Mannhaftigkeit zu zeigen.«

»Also steht auf, Burschen, und vergeltet der Hausherrin ihre Gastfreundschaft«, sagte Thorgeir Havarsson. Sie erhoben sich, nahmen ihre Waffen und gingen hinaus.

Dreizehntes Kapitel

Sie erreichten Svidinsstadir am späten Abend; die Bewohner waren bereits schlafen gegangen. Das Gehöft kauerte auf einem Absatz am Fuße des Berges; er fiel steil zur See ab; die Gebäude waren von einer niedrigen Mauer umgeben; oben unter dem Bergrand sickerten Rinnsale hervor, die jetzt dicke Eiskrusten bildeten. Thormod ging ans Fenster und wünschte den Leuten ein gutes Jahr und Frieden. Die drinnen fragten, wer da sei und was sie wollten.

Thorgeir Havarsson ergriff das Wort: »Hier sind wir, die Schwurbrüder Thorgeir Havarsson und Thormod Bessason. Es ist unser Anliegen, euch zum Kampf mit uns herauszufordern, denn wir haben erfahren, daß ihr beherzte Männer seid. Wir werden euch hier erschlagen. Dann, wenn ihr tot seid, werden wir eure Rinder losbinden und mitnehmen, und auf euren Pferden werden wir das bewegliche Gut fortschaffen, das wir vielleicht hier finden. Es gilt jetzt, seinen Besitz mit Tapferkeit zu verteidigen, solange das Leben währt.«

Die drinnen im Haus waren, wollten wissen, ob durch Abmachungen mit den Kämpen Schonung zu erwarten sei.

Thorgeir verneinte es, »denn wir haben erfahren«, sagte er, »daß ihr Frauen hier in der Nachbarschaft liebt und euer Vieh bei ihnen weiden laßt, ohne sie zu heiraten; sie wollen eine solche Belästigung nicht länger von euch hinnehmen.«

Der Bauer Ingolf antwortete, daß er und sein Sohn nicht um ihr Leben bitten würden, denn das Leben sei wenig wert, das einem von schlechten Menschen geschenkt werde; und daß sie, wenn der Spruch der Nornen so laute, bereitwillig mit der Waffe in der Hand für ihre zwei Rinder und einen Stapel Rochen fallen würden, den sie als Wintervorrat im Dunghaufen verkäst hätten, und damit seien ihre Besitztümer aufgezählt. Was aber den Frieden der Frauen betreffe, sagte er, so sei es besser, einem kranken Kalb oder einer geringelten Schlange zu trauen, wie es alte Sprüche lehren: Frauen stünden dem Mann an dem Tag am nächsten, an dem sie seine Vernichtung und seinen Tod betrieben. Dann kleideten sich Vater und Sohn an, nahmen ihre Spieße und gingen zur Tür. Sie hatten zwei Hausleute, der eine war ein Sklave und der andere ein gebrechlicher alter Mann, die krochen durch das Aschenloch hinaus; der alte Mann hatte einen Knüppel in der Hand und ging damit auf die Männer Thorgeirs und Thormods los; der Sklave aber lief auf den Berg und wollte nicht kämpfen. Doch als Vater und Sohn hinaustreten wollten, standen die Schwurbrüder vor der Tür und stießen mit ihren Waffen durch die Öffnung hinein; sie gerieten schnell in Raserei und kämpften sich mit aller Macht in den Eingang hinein, bis sie heißes Blut in ihre Gesichter spritzen fühlten. Bald waren Vater und Sohn an den Wänden hingesunken mit dem Geräusch, das tiefe Wunden verursachen; die Schwurbrüder bearbeiteten die Körper der Männer mit ihren Kurzschwertern, bis von ihnen weder Stöhnen noch Husten mehr zu vernehmen waren.

Dann riefen die beiden ihre Kumpane herbei und sagten, Vater und Sohn, Ingolf und Thorbrand, seien tot, und die anderen sollten Frieden haben; der alte Mann hatte sich zu Boden fallen lassen, und der Sklave war auf den Berg geflohen. Der Mond war aufgegangen. Die Schwurbrüder zerrten die Leichen aus dem Hauseingang; es waren blutige Klumpen; sie legten sie auf die Steine vor dem Haus, weihten sie nach altem Brauch Odin und taten es sorgfältig; den alten Mann legten sie in angemessener Entfernung von seinem Hausherrn hin und ließen ihn liegen, ohne ihn durch eine Wunde den Göttern zuzueignen. Kaum waren die Gäste fort, wurde der Alte wieder lebendig, stand auf und ergriff seinen Knüppel. Im gleichen Augenblick, als er sich erhob, kam der Sklave wieder vom Berg herunter.

Vater und Sohn hatten zwei einjährige Kälber im Kuhstall gehabt und einen uralten knochendürrren Gaul, die Schafe aber waren im Freien, denn auf Svidinsstadir war das Land nicht so beschaffen, daß man Futter in nennenswertem Maße hätte einbringen können. Mehr hatten Vater und Sohn nicht besessen, es seien denn die Rochen im Dunghaufen, die ihren Wintervorrat darstellten. Thorgeir sagte, man solle den Gaul mit den Rochen beladen, doch Thormod mahnte zur Vorsicht und meinte, das sei eine allzu erbärmliche Beute, um sie einer so trefflichen Frau, wie Kolbrun es sei, zu bringen; die Sache endete damit, daß sie Kälber, Gaul und Rochen in Svidinsstadir zurückließen und nur ihren Ruhm mit sich nahmen.

Frau Kolbrun und ihre Tochter Geirrid standen draußen vor der Tür, als die Kämpen und ihre Leute zurückkehrten. Sie sagten, sie wüßten, daß sich Gutes ereignet habe, küßten sie und geleiteten sie in die Halle. Die Kämpen erzählten sogleich, was sich auf ihrer Fahrt zugetragen hatte. Auf dem Gehöft befand sich ein ziemlich großer Hallenbau; ehe in diesem Fjord feste Siedlungen entstanden, hatte es hier Fischfangplätze und noch andere Bauwerke gegeben; Mutter und Tochter hatten die Halle mit Wandbehängen ausgekleidet, besonders dort, wo sie baufällig war; und auf dem Boden brannten dicke Kloben aus Treibholz. Mutter und Tochter wuschen ihren Gästen das Blut von Händen und Gesicht und säuberten deren Waffen und Kleider. Sie erkundigten sich nach den Einzelheiten des Kampfes und danach, welche Taten Vater und Sohn in Svidinsstadir vollbracht hätten, ehe sie fielen. Ihnen erschien es lächerlich, daß so freche und lüsterne Männer es nicht fertiggebracht hatten, ins Freie zu gelangen, sondern wie Füchse im Eingang zu ihrem Bau erschlagen wurden. Vielerlei Leckerbissen wurden aufgetragen, um die Schwurbrüder nach vollbrachter Tat zu erfreuen und zu belohnen, gesengte Schafsköpfe, Blut- und Leberwürste, Fleischbrühe, gesäuerte Bruststücke und Bockshoden und schließlich heißes Bier. Frau Kolbrun bediente Thormod und Geirrid Thorgeir.

Die beiden fragten, was Mutter und Tochter nun vorhätten und welche rechtlichen Folgen diese Tat haben werde. Die Frauen sagten, nun seien diejenigen tot, die in den inneren Fjorden den größten Einfluß gehabt hätten, und andere dort Ansässige verlangten sicherlich nicht danach, ihre Kraft an der der Schwurbrüder zu messen. Frau Kolbrun sagte, wenn es ihr paßte, würde sie auf die Reise gehen, um ihren alten Freund, den Goden Vermund, im Vatnsfjord aufzusuchen und ihm für den Totschlag an seinen Thingmannen Ingolf und

Thorbrand Bußgeld zu zahlen, wenn er das annehmen wollte; denn die beiden hatten keine Verwandten. Die Schwurbrüder fragten, wo sie ihr Geld hätte. Sie sagte: »Ich denke, ich habe noch immer Schätze genug, um Vermund für die Männer Buße zu zahlen, die wegen des uns zugefügten Schimpfs nach meinem Willen den Tod erleiden mußten. Doch solange ihr auf meinem Hof seid, wird keiner das Verlangen haben, euch anzugreifen; das bewirkt eure Tapferkeit und meine Freundschaft mit Vermund.«

Da sprang Thorgeir Havarsson von seinem Sitz auf und sprach so: »Ich habe nicht deshalb im Borgarfjord im Süden ein Schiff flottgemacht, damit wir uns jetzt Unterhosen von Frauen zum schützenden Schild nehmen. Wo mag Butraldi sich gegenwärtig aufhalten, Vermunds Verwandter, und was für Waffen trägt er?«

»Das wäre das Neueste hier im Norden, wenn Butraldi Brusason den Leuten nachts den Schlaf raubt«, sagte Frau Kolbrun und lachte dazu. »Fülle dem Kämpen das Horn, Geirrid!«

Thorgeir Havarsson hatte kurze und krumme Beine wie die meisten seiner Landsleute; er hatte blaue Augen, eine rötliche Hautfarbe, braunes Haar, schöne Zähne, auf die das Zahnfleisch weit herabreichte; vor Leuten zog er die Mundwinkel nach unten, und bei Vergnügungen hockte er brummig da; er lächelte nur, wenn er einen Totschlag oder eine andere Großtat im Sinne hatte. Und obwohl das Mädchen Geirrid ihm zu Füßen saß und seine Knie umfaßt hielt und obwohl sein Horn gefüllt war, waren seine Gedanken nicht bei dem Gelage; es drängte ihn vielmehr danach zu erfahren, ob es irgendwo einen Kämpen gäbe, der ihm gleich oder überlegen wäre.

»Warum bist du so still, Thorgeir? Bin ich nicht eine recht schöne Frau?« sagte Geirrid Kolbrunardottir. »Ich bin es nicht gewöhnt, daß Männer sich nichts daraus machen, mich zu kneifen, wenn ich ihnen den Trunk bringe. Und siehst du nicht, wie der Skalde meine Mutter, das alte Weib, bedichtet und dabei männlich seine Stimme erhebt? Um wieviel mehr solltest du mit mir lustig sein, da ich doch die jüngere Frau bin! Leg deinen Kopf auf meinen Schoß, du, ich werde dir die Läuse absuchen; und erzähl mir dabei, wie du Thorbrand, meinen Liebhaber, erschlugst, und ob er schrie, als der Stahl ihn traf.«

Thorgeir sagte: »Deshalb braucht man bei mir keine Läuse zu suchen. Vater und Sohn nahmen ihren Tod aufrecht und mannhaft hin.«

»Hatte Thorbrand keine letzten Worte für mich, als dein Spieß in seinem Leib steckte?« fragte das Mädchen. Sie erhob sich von der Stufendiele, setzte sich auf Thorgeirs Schoß und umarmte ihn.

»Beide, Vater und Sohn, erwiesen sich als tapfere Männer. Sie waren bereit, ihr Eigentum zu verteidigen, wenn es auch nur gering war, und sie hielten im Sterben nicht mit Schmähungen gegen die Frauen zurück, die sie verraten hatten«, sagte Thorgeir.

»Ich weiß nicht, wie tapfer Thorbrand war; es kann mir auch gleich sein«, sagte das Mädchen. »Doch das weiß ich, daß er besser verstand als du, seinen Kopf Frauen in den Schoß zu legen; du taugst wohl eher dazu, unschuldige Männer bei Nacht zu überfallen und zu ermorden, als für Frauen; mit dir habe ich einen schlechten Tausch gemacht.«

Da ließ Thorgeir das Mädchen zwischen seinen Beinen herabgleiten und stieg über sie hinweg, als er von seinem Sitz aufstand; er sagte: »Thorgeir Havarsson wird in künftigen Zeiten nicht deshalb zu Ruhm kommen, weil er mehr als andere Männer Frauen betätschelt hat; Thormod und ich sind übel betrogen worden, indem diese beiden Frauen uns dazu ausgenutzt haben, ihre Liebhaber totzuschlagen, und uns jetzt zu deren Nachfolgern machen wollen. Das alte Wort bewahrheitet sich, daß Frauen stets zu den Männern am schlimmsten sind, die sie am meisten lieben; und mein Rat lautet so, daß wir heute nacht über das Gebirge nach den Hornstranden gehen und nützlichere Taten vollbringen.«

»Sollen wir ein so herrliches Gastmahl abbrechen, Bruder«, fragte Thormod, »und unsere Pflichten gegenüber so trefflichen Witwen nicht erfüllen?«

Thorgeir sagte: »Ich bin nicht schuld, wenn du den Frieden wählst, der mörderischer ist als jeder Unfrieden, und das eben ist der Friede der Frauen; und kein anderer als du wird dafür büßen müssen.«

Thorgeir zog jetzt seine Pelzjacke an und zurrte den Leibriemen fest, er forderte Lusoddi auf, ihm zu folgen, und war aus der Halle verschwunden. Geirrid stand auf der Stufendiele und sah, wie die Tür hinter dem Helden zufiel; bei diesem Anblick stieg dem Mädchen das Blut zu Kopf.

»Thormod«, sagte sie, »geh ihm nach und schlag ihn tot, wenn du kein Feigling bist.«

Er antwortete: »Nicht jeden Tag bin ich meinem Schwurbruder gleich folgsam, doch eine solche Großtat, wie du sie verlangst, kommt mir nicht in den Sinn; einstweilen werde ich mich in eurem Frieden wohl fühlen, und nun wollen wir fröhlich sein.«

Vierzehntes Kapitel

Es herrschte strenger Frost; der Wind fegte Schneewehen zusammen, doch am klaren Himmel flimmerte Nordlicht. Thorgeir Havarsson brach in der Nacht vom Hrafnsfjord auf und ging am Gygjarsporshamar entlang über die Skorarheide nach den Hornstranden. Der Weg war beschwerlich, und Lusoddi neigte dazu, schneefreie Stellen zu suchen, doch Thorgeir Havarsson bezeichnete es als unmännlich, um dünne Schneedecken einen Bogen zu machen; rüstigen Männern gezieme es, geradeaus zu gehen, gleichgültig, ob Schneewehen oder freies Gelände vor ihnen lägen; und als Lusoddi die Wege gar zu steil schienen, fragte Thorgeir, ob er nicht wisse, welchen Weg Hlorridi, der Gott Thor, mit seinen Ziegenböcken entlanggefahren sei.

Sie langten zur Aufstehzeit auf den Hornstranden an und trafen auf ein Gehöft; einige Leute waren schon aufgestanden und in den Ställen tätig. Thorgeir fragte, wo Butraldi sei, der Kämpe. Sie sagten, er sei zum Djup zu seinem Verwandten

Vermund gereist; es sei dies seine Gewohnheit, wenn es hier im Norden Winter werde.

»Was will er dort?« fragte Thorgeir.

Sie sagten, wenn an den Hornstranden der Winter im Anzug sei, hätten Diebe und Geächtete keine Möglichkeiten, auf den Weiden von den Kühen der Leute zu trinken oder in Schafställen zu schlafen.

»Wo mag Butraldi seine Schätze und andere Beute versteckt haben?« fragte Thorgeir.

Sie antworteten, daß er ihres Wissens keine Schätze besitze, es sei denn Vermunds Erlaubnis, im Sommer die Hornstrande zum Leidwesen aller Leute zu durchstreifen und im Winter Fischerknecht auf den Fangplätzen am Arnarfjord im Süden zu sein.

Thorgeir sagte: »Das habe ich bisher nicht gehört, daß Butraldi Brusason auf Fischfang geht; ihr von den Hornstranden seid wohl verlogene Leute.«

Sie lachten laut und antworteten: »Wir wissen nicht sicher, ob es in anderen Gegenden wahrheitsliebendere Menschen gibt, doch das ist gewiß, daß größere Kraftmenschen als wir von den Hornstranden dazu gehören, Butraldi Brusason zu Boden zu strecken.«

Thorgeir fragte, worüber sie so sehr lachten. »Was für eine Waffe hat Butraldi?«

Sie sagten, er habe eine Waffe, die so beschaffen sei, daß die Leute alles herausgäben, was er verlangte; »aber du«, sagten sie, »brauchtest diese Waffe wohl nicht zu fürchten, falls ihr euch begegnet.«

Thorgeir verlangte Essen und eine Schlafstätte und machte sich danach auf, Butraldi zu suchen. Er und Lusoddi wanderten über steile Hochflächen und Gebirgspässe und durch Furten vor gewaltigen Felswänden, denn hier erhebt sich das Land jäher aus dem Meer als sonst irgendwo auf dem Erdenrund. Wenn sie in eine bewohnte Gegend kamen, fragten sie stets nach Butraldi.

Eines Abends gelangten sie zu einem kleinen Gehöft an einem Berg. Drei Fremde standen draußen vor der Tür, sprachen mit dem Bauern und forderten Herberge. Es waren Butraldi Brusason und zwei Verbrecher, die ihn begleiteten. Butraldi verzog zornig das Gesicht, fuchtelte mit der Faust vor dem Bauern und befahl, daß man ein Mastkalb schlachten und ihm und seinen Gesellen ein Mahl bereiten solle; er verlangte auch, wenn Frauen auf dem Hof seien, sollten sie ihnen gefügig sein. Der Bauer war von geringer Herkunft und ziemlich betagt; er sagte, es seien keinerlei Vorräte vorhanden, um solch großen Herren den gebührenden Empfang zu bereiten, Kälber seien nicht mehr am Leben und die Frauen schon recht verwelkt.

»Möchtest du dann lieber, daß ich in deinen Brunnen pisse?« sagte Butraldi.

Bei diesen Worten kam Thorgeir Havarsson samt Lusoddi, seinem Begleiter, dort an. Thorgeir blieb auf dem Hofplatz stehen und schulterte seine Axt nach altem Kämpenbrauch, so daß die Schneide nach oben sah.

Er sagte: »Hier ist Thorgeir Havarsson, und es ist gut, Butraldi, daß wir uns getroffen haben. Ich bin hierhergekommen, um dich zum Kampf herauszufordern und dich zu töten.«

Butraldi Brusason war keine stattliche Erscheinung und hatte sehr krumme Beine; er war auch nicht mehr der Jüngste; seine Wangen bedeckte ein dünner grauer Bart; er hatte hervorstehende Fischaugen, starke Kiefer und einen breiten Mund. Als Waffe benutzte er einen uralten, verrosteten Spieß, der aussah, als hätte man ihn aus der Erde gegraben; seine Kumpane besaßen weiter nichts als Stöcke mit Eisenspitzen. Butraldi trug einen verschlissenen Umhang aus Lammfell, seine Begleiter waren in abgetragene Kittel aus grobem Lodenstoff gekleidet, und alle drei hatten ihre Füße mit Lappen und Fellstreifen umwickelt. Es wird erzählt, daß Thorgeir Havarsson eine starke Erwiderung auf seine barsche Ansprache erwartet habe, doch keineswegs das, was jetzt geschah und hier berichtet wird.

Als Butraldi Brusason dessen gewahr wurde, daß überraschend weitere Gäste auf dem Hof des Bauern eingetroffen waren und sofort den Kampf mit den bereits anwesenden aufnehmen wollten, da erbebte sein Herz nicht einmal soviel wie das einer Maus ob der Worte, die zu ihm gesprochen wurden. Er ließ von seinen Faxen vor dem Bauern ab und streckte Thorgeir Havarsson im Zwielicht des Abends seine Flabbe entgegen; er hatte eine stark nach oben gebogene Stupsnase mit großen Nüstern und wollte den Gast mit gekrauster Nase beschnüffeln; er riß das Maul auf ähnlich einem grasfressenden Klauentier und stieß einen sehr schrillen, erregenden Schrei aus, wie wenn viele brünstige Hengste wiehern, gleich darauf folgte ein häßliches, schallendes Gelächter, und er schnitt wilde Fratzen, die ihresgleichen suchten. Es konnte nicht ausbleiben, daß Thorgeir Harvarsson einen Schreck bekam, als er so gräßliche Laute aus dem Munde eines menschlichen Wesens vernahm. Butraldis Spießgesellen standen ziemlich weit entfernt und stützten sich im Schnee auf ihre Stöcke, doch Lusoddi wollte sich keiner Gefahr aussetzen, sondern flitzte um die Hausecke und stahl sich davon, als er das Gewieher hörte.

Der Bauer aber war über Thorgeir Havarssons Eintreffen so erfreut, daß er unter dessen Waffe lief und ihn in seine Arme schloß; er sagte, es sei nun offenbar, daß Odin ihm Schutz angedeihen lassen wolle, da er ihm, einem alten und untauglichen Mann, zu abendlicher Stunde nicht nur einen, sondern zwei große Herren und Hauptkämpen schicke, ihn zu erfreuen; er bat sie, ins Haus zu kommen, da er hoffe, daß ihre Güte und seine Armut sich die Waage hielten. »Doch bitte ich euch, liebe Leute, als Herbergslohn nur um das eine«, sagte er, »daß ihr in meinem Haus weder Heldentaten vollbringt noch andere Arbeiten ausführt, die den Ruhm von Menschen lebendig erhalten, solange die Welt besteht, denn ich habe keinen Mut und meine Frauen haben auch keinen; wir können kein Menschenblut sehen.«

Die Kämpen wurden samt ihren Mannen geladen, in der Halle zu sitzen; es wurde für sie Licht angezündet, denn der Tag war zu Ende; Thorgeir Havarsson saß am weitesten nach innen auf der Lagerbank und hielt seine Axt geschultert. Im

Hause war es kalt, und Butraldi spielte mit seinen Leuten Handschieben und Schlingenziehen, um sie zu erwärmen, oder veranstaltete mit ihnen Bockspringen, denn auf dem Erdfußboden wurde kein Feuer gemacht; oder aber er schoß Purzelbäume und übte am Gebälk Hangwellen; ab und zu lief er zu Thorgeir, zupfte an dessen Kleidern und winselte. Alte Frauen brachten zwei Teller herein; die beiden Kämpen sollten von dem einen, die Gefolgsleute allesamt von dem anderen essen. Auf dem Teller der Kämpen wurden dargereicht ein Stück harter Käse, nicht leicht zu beißen, und eine kurze Pferderippe. Der Bauer stand in der offenen Tür und wünschte ihnen Heil. Es war alter Landesbrauch, daß man über seiner Mahlzeit das Thorszeichen machte oder aber das Kreuzzeichen, wenn man Christus höher schätzte; doch Butraldi hielt sich damit nicht lange auf, packte sogleich mit beiden Händen die Pferderippe und biß hinein; Thorgeir muße sich mit dem Käse begnügen; das ist in alten Büchern verbürgt. Als sie gegessen hatten, hüllte sich Thorgeir in seine Kutte und setzte sich in eine Ecke hinter seine Axt. Der Bauer brachte ihnen Schafsfelle für das Nachtlager und wollte dann die Leuchtpfanne ausmachen. Thorgeir wünschte, daß es über Nacht in der Halle hell bleiben sollte. Butraldi nahm ein Fell und bereitete sich sein Lager dicht neben Thorgeir; er legte sich rücklings quer über die Lagerbank und ließ den Kopf über den Rand hängen, so daß man ihn leicht mit einem Hieb hätte abschlagen können. Es wunderte Thorgeir sehr, daß Butraldi vor ihm keine Furcht zu haben schien; der Kämpe schlief sofort unter schrecklich lautem Schnarchen ein; es klang, als hätte die Midgardschlange sich losgerissen. Sein Spieß, die erbärmlichste aller Waffen, lag auf dem Boden. Thorgeir kam der Mann nicht geheuer vor, und er beschloß, wach zu bleiben.

Doch als es auf Mitternacht ging, wachte Butraldi auf und begann sich zu räkeln und zu kratzen und laut gähnend um sich zu greifen.

Er sagte: »Eine Kuh brüllt hier hinter der Mauer, und ich bekomme Dunkelangst, es ist wohl eine böse Kuh.«

Thorgeir gab keine Antwort.

»Sollen wir nicht«, sagte Butraldi, »ein Spiel beginnen, um uns die Zeit zu vertreiben; hier an den Hornstranden sind die Nächte lang und öde. Ich schlage vor, daß wir uns daran machen, Flöhe zu fangen. Ich halte es für die beste Kurzweil, daß wir wetten, wer zwischen dem Gebrüll der Kuh in meinem Fell die meisten knackt.«

Dann breitete Butraldi zwischen ihnen das Schafsfell aus, auf dem er gelegen hatte, holte aus seinem Beutel eine blanke Silbermünze hervor und legte sie auf den Längsbalken über ihnen – »hier ist eine gültige englische Silbermünze, die ist eine halbe Mark wert, und was setzt du dagegen?«

Thorgeir hatte sich vorgenommen, nicht mit diesem Mann zu sprechen, es sei denn mit den Wahrsprüchen, die in Spitze und Schneide stecken; und deshalb gab er wieder keine Antwort, doch nichtsdestoweniger starrte er auf die Münze, die der Kämpe hervorgezogen hatte; es war das erste Mal, daß Thorgeir Havarsson geprägtes Silber zu sehen bekam. Nun stützte sich Butraldi über dem Fell auf seine Tatzen und begann sich zu vergnügen; aber da das Licht im Hause recht trüb war und die Tierchen schnell entwischten, kam er mit dem Töten der Flöhe nur langsam voran; dennoch hatte er zwei oder drei erlegt, als die Kuh brüllte.

»Wie viele sind es bei dir?« fragte Butraldi.

Da aber Thorgeir nicht mitgespielt hatte, nahm Butraldi die Silbermünze wieder vom Balken herunter, sagte, er habe sie im Spiel gewonnen, und kreischte dazu. Dann setzte er eine andere Münze, die doppelt so groß wie die vorige war; Thorgeir Havarsson betrachtete sie erstaunt. Es verging eine kurze Weile, bis die Kuh erneut brüllte, und Butraldi strich auch diese Münze unter schallendem Gelächter und Geschrei wieder ein. Nun zog Butraldi einen Fingerring aus seinem Beutel und legte ihn als Einsatz auf den Balken. Und was auch immer die Ursache sein mochte, ob der Mann und sein Vergnügen Thorgeir immer weniger gefielen, je mehr er tötete, oder ob die Kuh gänzlich verstummt war, jedenfalls wurde Thorgeir so müde, daß er sich nicht mehr des Schlafs erwehren konnte; und von dieser Nacht wird hier nichts weiter berichtet.

Am Morgen erwachte Thorgeir Havarsson und schlug die Augen auf; da war er allein in der Halle, und die Axt war ihm im Schlaf entglitten; sie lag zwischen seinen Füßen auf dem Boden. Fort war auch zusammen mit den anderen Männern sein Gefährte Lusoddi. Es war Melkzeit an den Hornstranden; Thorgeir rief den Bauern aus dem Kuhstall und fragte, wo seine Nachtgäste geblieben seien. Der Bauer sagte, sie seien aufgebrochen, noch ehe im Osten der Morgenstern aufging. Thorgeir sagte, er sei durstig und wolle Milch zu trinken haben und dann Butraldi und die anderen verfolgen – »sie haben«, sagte er, »meinen Knappen Lusoddi mitgenommen.«

Der Bauer sagte: »Es gibt diese Neuigkeit von Butraldi: er und seine Kumpane haben heute morgen von meiner Kuh getrunken; und jetzt ist sie ausgemolken.«

Thorgeir sagte: »Dann gib mir Wasser in einer Kanne.«

»Damit sieht es böse aus«, sagte der Bauer. »Butraldi und die anderen haben als Entgelt für die Beherbergung in meinen Brunnen gepißt, so daß wir das Wasser nicht gebrauchen können. Und ich finde es unerhört, daß ein Laufjunge wie Lusoddi bei Butraldi mehr Schutz zu finden glaubt und einen solchen Hauptkämpen, wie Thorgeir Havarsson einer ist, im Stich läßt für einen Kuhtrinker und Brunnenpisser.«

Fünfzehntes Kapitel

Es war spätabends, als Frau Kolbrun den Skalden Thormod zu Bett geleitete. Er wollte der Frau das Knie tätscheln.

Sie sagte: »Ich habe aus dem Djup erfahren, daß dort ein Mädchen allein in einer Dachkammer schläft und du zu ihrem Lob das Jugendgedicht verändert hast, das du über mich gemacht hast. Es schickt sich nicht für ein junges Mädchen, ein Gedicht anzuhören, das an eine mündige Frau gerichtet war, oder zu glauben, sie könne den Genuß davon haben, der einer ungebundenen Witwe zukommt. Und du brauchst in dieser Sache keine langen Überlegungen anzustellen, Thormod: Ich werde diesen Umhang bestimmt nicht so hoch ziehen, daß du mein Knie fassen kannst, es sei denn, du schwörst als Gegenleistung, daß du mich mit keiner anderen Frau betrügst und mir das Gedicht, das du einst für mich gemacht hast, heute nacht mit dem richtigen Wortlaut darbringst.«

Thormod antwortete, daß sie in dieser Sache wahrlich eine Forderung an ihn guthabe, und es verursache wenig Mühe, ein Gedicht umzuändern. Sogleich begann er das Kolbrunlied in seiner ursprünglichen Fassung vorzutragen. Das gefiel der Bäuerin schon besser.

Nun vergingen diese Nacht und der nächste Tag, und der Skalde wurde im Hrafnsfjord gut umsorgt; er bestimmte selbst, ob er den ganzen Tag im Bett bleiben und das Essen gebracht bekommen oder ob er sich in der Halle am Feuer wärmen wollte. Doch als der Tag zu Ende gegangen und er in seiner Bettnische eingeschlafen war, warf sich Frau Kolbrun ihren Umhang um und ging ins Gästehaus; sie öffnete leise die Bettnische des Gastes, faßte ihn bei den Füßen und weckte ihn.

Sie sagte: »Ich bin deshalb so spät unterwegs, um den Gast zu Bett zu bringen, weil meine Tochter mich überwacht; sie ist untröstlich über den Verlust Thorbrands, ihres Liebhabers; und Thorgeir, der ihn erschlagen hat, ist nach den Stranden im Norden fortgelaufen. Doch jetzt werde ich, obwohl es spät ist, deine Sachen ausbessern und deine Kutte bürsten.«

Nachdem sie seine Kleider durchgesehen hatte, saß sie eine Weile auf der Bettkante vor ihm; ihr war kalt am Knie; er wollte seine Hand darauflegen und sie wärmen. Sie sagte, er solle sich nichts einbilden, und weinte bitterlich.

Er fragte, warum sie nicht fröhlich sei.

»Ich erhielt« sagte sie, »eine solche Nachricht über dich, daß ich mich noch immer nicht beruhigen kann.«

Er fragte, was für eine Nachricht das sei.

»Ich habe dies erfahren«, sagte die Frau, »als es dem Mädchen in Ögur schien, mein Gedicht sei genügend auf sie umgeändert, verlangte sie von dir, du solltest ein besonderes

Gedicht für sie dichten und sie darin über alle anderen Menschen preisen, insbesondere deswegen, weil sie in Bettgesprächen viel gescheiter als andere Frauen in den Westfjorden sei.«

Er sagte: »Ich wußte nicht, daß jene Verse bekannt geworden sind, wenn es überhaupt welche gibt, die ich für diese Frau gedichtet habe.«

»Der Sklave Kolbak, ihr Liebhaber, lernte das Gedicht und brachte es seinen Freunden bei«, sagte die Bäuerin, »und seitdem haben sich hier im Westen Fischerknechte, Mägde, Landstreicherinnen und anderes Gesindel, das zum Zeitvertreib bei schlechten Fängen schlüpfriges Geschwätz gebrauchen kann, darüber lustig gemacht.«

Er sagte, es sei zwar wenig höflich, einer Frau kein Liebeslied darzubringen, wenn man mit ihr vertraulich spreche und sie einen darum bitte, aber ein Fehler und Hurerei, wenn eine Frau ein solches Gedicht anderen Männern vortrage. »Ich hätte etwas anderes von Thordis erwartet«, sagte er, »als daß sie mich mit einem Liebhaber betrügt, um mich zu verspotten.«

Die Bäuerin sagte: »Ihr meint, alle Wege stehen euch uns gegenüber offen, ihr Männer, besonders wenn ihr so erwachsen seid, daß keiner mehr die Hand über euch hält; ihr wißt auch, daß ein Frauenknie stets kalt ist; doch du wirst finden, Thormod, daß es schwer ist, mit mir fertig zu werden, wenn du mir deinerseits nicht entgegenkommst.«

Er fragte, was sie verlange.

Sie antwortete: »Du sollst das Gedicht, das du für die Hexe in Ögur gemacht hast, zu meinem Lob abwandeln und mir ins Ohr sagen; wenn du willst, darfst du mir die Hand aufs Knie legen, während du sprichst.«

Diesen Handel schlossen sie miteinander; und Thormod wandelte das Gedicht, das er einst für Thordis gemacht hatte, auf die Bäuerin ab. Mehr trug sich in dieser Nacht und am nächsten Tag nicht zu; und Thormod und seine Gefährten waren in Hrafnsfjord in guter Obhut.

Doch als in der dritten Nacht die Mitternacht näher kam und alle Leute an den Jökulfjorden schlafen gegangen waren, da bemerkte der Skalde Thormod plötzlich, daß Frau Kolbrun auf seiner Bettkante saß und ihren Umhang umgeschlagen hatte, denn es herrschte strenger Frost. Die Frau sah traurig aus. Er fragte, was sie so sehr bekümmere – ob vielleicht ihr Knie so kalt wie neulich sei.

Sie antwortete: »Gewiß ist deine Hand warm, Thormod, und dennoch ist noch nicht erwiesen, ob du geeignet bist, mir das Knie zu wärmen. Das aber kann nicht zurückgenommen werden, daß an demselben Tage, als du hierherkamst, ich euch mit meinen ersten Worten bat, nach Svidinsstadir zu gehen und meinen Liebhaber zu erschlagen; ich schickte euch zu ihm, ohne daß er vorher mit Wolle umwickelt war. Hingegen habe ich aus dem Djup erfahren, daß Thordis Kötludottir ihren Liebhaber erst mit Garnsträngen umwickelt hatte, bevor sie dir Gelegenheit gab, ihn zu erschlagen.«

Thormod fragte, ob die Bäuerin ihm noch eine Aufgabe oder Prüfung zugedacht habe, durch die er ihr seine Treue beweisen könne.

Sie antwortete: »Noch hast du nicht das Gedicht gemacht, das sich auf mich allein bezieht und nicht zum Lob einer anderen Frau umgedichtet werden kann.«

Er erwiderte, er könne sich wahrhaftig nicht vorstellen, wie ein Gedicht auf eine Frau beschaffen sein müsse, das sich nicht nach Belieben auf andere Frauen abwandeln lasse.

Sie sagte: »Ich verlange nicht, daß du die hellen Sterne meiner Augenlider besingst oder die Pracht meines Haares oder meine lustschönen Farben; auch keine Dinge, die anderen Frauen zum Lob gereichen können, mit denen es ein Mann zu tun bekommt; ich weiß wohl, daß meine Augen durchaus nicht hell sind; und obwohl ich früher kohlrabenschwarz war, naht die Stunde, in der ich den Platz grauhaariger alter Weiber einnehme; verschwunden ist auch die Gesichtsfarbe, die ich in der Jugend hatte; und statt der Gestalt, die ihr Dichter mit Espen und anderen schlanken Bäumen vergleicht, wirst du bei mir allzu große Beleibtheit gefunden haben; und deshalb sind alle Gedichte über andere Frauen, die du auf mich abwandelst, Hohn und kein Lob. Ich will mich nicht länger mit solcher Dichtung begnügen noch sie ertragen, und ein lächerlicher Skalde bist du.«

Er sagte: »Es ist nicht Skaldenart, in einem Gedicht die Welt so zu zeichnen, wie sie sich vom Lager bettlägeriger alter Weiber aus ansieht, sondern ein Mann sollte vor allem ein Held und dann erst ein Skalde sein, und die Tapferkeit soll das Gedicht bestimmen.«

»Lieber möchte ich keine Frau sein«, sagte sie, »als eine, die von einem Helden gepriesen wird.«

»Was für eine Frau willst du sein?« fragte er.

Sie sagte: »Nun habe ich so lange bei dir auf der Bettkannte gesessen, daß dir, einem so scharfsichtigen Mann, ein kleines Muttermal an meinem Leib wohl nicht verborgen geblieben ist. Ich möchte dich bitten, daß du ein Gedicht über dieses Mal machst, und ich denke, daß dieses Gedicht nicht zum Lob einer anderen Frau geändert werden kann.«

Er sagte, er sei bereit, dieses Gedicht zu machen, und bat die Bäuerin, nicht fortzugehen, ehe er es zu Ende gedichtet habe. Es gilt für wahr, daß er in dieser Nacht das Muttermalslied dichtete. Als er fertig war, hörte die Frau dankbar das Gedicht an; zum Lohn nannte sie den Skalden ihren Liebling, ihren Schatz und sagte, daß er sich erst in dieser Nacht den Beinamen verdient habe, den ihm die Leute in seinen jungen Jahren gegeben hatten, als sie ihn Thormod Kolbrunarskalde nannten.

Im Dämmerlicht desselben Morgens trug es sich zu, daß Thormod Kolbrunarskalde glaubte, erwacht zu sein und seine Bettnische geöffnet zu haben; er richtete sich im Bett auf und blickte in den Raum; alle Hofleute waren bereits im Hause oder draußen an die Arbeit gegangen. Da wurde es mit einemmal im Hause sehr hell wie nach einem Schneeschauer, doch nicht vom Sonnenschein; mit dem Licht ging starke Kälte einher. Er hatte den Eindruck, zwischen den Wänden und bis zum Dach sei mehr Raum, als er bisher gedacht hatte, und er wunderte sich, welch prächtige Räumlichkeiten in einem so entlegenen Fjord entstanden waren. In das Gebälk der Halle waren Drachen, Vögel, Menschen und andere Lebewesen aus alten Geschichten geschnitzt, die man bunt bemalt hatte. Er begriff nicht, wieso er nicht früher bemerkt hatte, daß er ein Haus bewohnte, welches wahrlich in keiner Hinsicht weniger prachtvoll war als altberühmte Königssitze, in denen sich Ereignisse zugetragen haben, die die ganze bewohnte Welt berühren. Und als er diese hohe Halle betrachtete, hörte er draußen über dem Dach lautes Flügelrauschen. In diesem Augenblick ging die Tür auf, durch die vor einer Weile die Bäuerin hinausgegangen war, und herein kam eine ungewöhnlich große Frau. Sie war blaß und sah ihn mit festem Blick an. Sie hatte eine würdevollere Haltung als alle anderen Frauen, doch schien ihm, daß sie der Maid von Ögur, seiner Freundin, sehr ähnlich sähe. Die Frau war, wie es Walküren zukommt, in einen Kettenpanzer gekleidet, der bis zur Mitte der Schenkel reichte; sie hatte einen Gürtel mit einer großen Spange um, wie ihn Frauen vergangener Zeiten zu tragen pflegten, Stiefel an den Füßen und nackte Knie; ihr Haar fiel ihr bis auf die Schultern. Als Kopfschmuck trug sie einen blanken Helm, in der Hand hielt sie einen goldbeschlagenen Speer und über dem Arm ihr Schwanenkleid.

Die Frau blieb an Thormods Bettkante stehen und sprach so: »Nun hast du mich wieder hintergangen, und dieses Mal viel schlimmer als in der Nacht, da du mit Thorgeir davonliefst. Oder welches Los hast du mir jetzt zugedacht?«

Es beeindruckte den Skalden Thormod sehr, daß ein Mädchen, blutjung, schwach und die schlankste aller Frauen, nun mit einemmal zu einem gewaltigen Erdgeist und einer Beherrscherin der Luft geworden war und gute Waffen trug; doch ihr Antlitz, das vom Weinen geschwollen war, als er sie verlassen hatte, leuchtete jetzt furchterweckend unter dem Helm auf ihn herab.

Er sagte: »Ich bin ein Liebhaber der Frauen, der hilflos ist wie ein Lahmer und Handloser; ist doch die Liebe das einzige Kampfspiel, in dem kein Mann ein Held ist, außer dem, der daran keinen Anteil nimmt; darin unterscheide ich mich von Thorgeir. Doch was ist jetzt zu tun, Thordis?«

Sie antwortete: »Hier wirst du dich, so lange du es selber willst, in den Schlingen dieser bösen Frau winden, die in der

Unterwelt zu Hause ist. Doch ich werde nicht weinen, wenn dich etwas bedrückt, solange mein Gedicht nicht wiederhergestellt ist.«

Nach diesen Worten stieß sie mit dem Speer nach ihm, so daß die Spitze zwischen seinen Augenbrauen steckenblieb; im selben Augenblick verschwand die Erscheinung, und es wurde ihm dunkel vor den Augen; sein Kopf begann so heftig zu schmerzen, daß er glaubte, die Augen müßten herausspringen, und seine Kräfte verließen ihn.

Sechzehntes Kapitel

An dem Morgen, von dem eben berichtet wurde, machten sich Mutter und Tochter, Frau Kolbrun in Hrafnsfjord und Geirrid, auf den Weg zum Goden Vermund; der Sklave Lodin begleitete sie. Die Seen waren zugefroren. Von ihrer Reise wird nichts berichtet, nur daß sie am dritten Tag in Vatnsfjord ankamen.

Vermund saß auf dem Hochsitz und unterhielt sich mit Gästen, als die beiden eintraten; er bat die anderen Leute, sich zu entfernen, während er mit diesen Frauen sprach. Sie traten vor den Greis und küßten ihn; das Mädchen wies er an, sich auf einen kleinen Schemel auf dem äußersten Ende der Stufendiele zu setzen, denn sie war sein Kebskind; die Frau bat er, auf seiner Fußbank zu sitzen, und sie schlang ihre Arme liebevoll um die Beine des Goden. Er fragte sie nach Neuigkeiten.

Frau Kolbrun sagte, in den Jökulfjorden herrsche zur Zeit schlechtes Wetter und Frost; doch noch schlimmer sei es, daß die Bauern in der Gegend die Übergriffe hergelaufener Gewalttäter ertragen müßten; diese Männer hätten sich in einem Felsgürtel am Berghang eingenistet, fischten am Strand der Bauern und hätten kein Weideland für ihr Vieh.

Vermund bezeichnete dies als eine böse Nachricht.

»Doch zum Glück ist einstweilen das Loch gestopft«, sagte die Frau.

Vermund sagte, das höre sich schon besser an, »aber kannst du mir nicht genau berichten, was sich ereignet hat?«

Sie sagte: »Lange Zeit hatten wir recht bedrückende Nachbarschaft zu ertragen durch Ingolf und Thorbrand, Vater und Sohn, denen ihr die Niederlassung auf der Westseite des Hrafnsfjords uns gegenüber gestattet habt, am Bergeshang, wo es kein Weideland gibt.«

Vermund sagte, sie seien zwar Fahrensleute ohne Verwandte und als Schiffbrüchige hierhergekommen, doch seien sie zuverlässige Thingmannen von ihm geworden; er fragte, wie es ihnen gehe.

Kolbrun sagte: »Kurz gesagt, sie sind tot. Ich habe sie töten lassen. Und manch einer wird meinen, daß Geirrid und ich Nachsicht verdienen, da sie solche Gewalttäter waren.«

Er fragte, was sie verbrochen hätten.

Sie sagte: »Sie besaßen zwei Rinder, die sie immer auf mein Land trieben, das du mir gegeben hast. Des Sommers ließen sie ihre Milchschafe bei mir weiden; sie trieben dieses Vieh über das Land anderer Bauern, bis sie auf meinem Grund und Boden angelangt waren, denn sie wußten, daß sich kaum jemand finden würde, der eine arme Witwe in Schutz nimmt.«

Der Gode Vermund nannte es eine große Torheit, so tüchtige Männer aus so geringfügigen Gründen töten zu lassen. »Wen hast du für die Untat dingen können?«

»Dein Neffe Thormod Bessason und sein Schwurbruder Thorgeir gaben mir in dieser Sache ihre Unterstützung«, sagte sie. »Es war redlich gehandelt, einer armen Frau zu ihrem Recht zu verhelfen.«

Vermund sagte, solche Taten würden in seinem Thingbezirk nicht ohne Wergeld hingenommen, ohne Rücksicht darauf, wer sie vollbracht habe. Alle rechtlich denkenden Menschen würden meinen, daß es unter Nachbarn kein Grund zum Totschlag sei, wenn die Rinder des einen die Sumpfwiesen des anderen benagten; alle Bewohner der Westfjorde wären einer vor dem anderen vogelfrei, wenn so etwas Gesetz würde, »und es bringt mich in eine besonders schwierige

Lage, wenn diejenigen, die in mir einen Beschützer zu haben glauben, bei solchen Taten die Anstifter sind.«

Kolbrun sagte: »Noch habe ich die größere Schuld der beiden nicht genannt; ich wollte dich aus Gründen meiner langen Liebe zu dir mit dieser Nachricht verschonen. Von Bauer Ingolf ist zu sagen, daß er seine Besuche in meinem Hause so abzustatten pflegte, daß du, wenn du anwesend gewesen wärst, ihm kaum ein anderes Los zugedacht hättest als ich. Er forderte, ich sollte ihm meine Wirtschaft überlassen und seine Geliebte werden; er wollte mich aber nicht heiraten. Manch einer Frau hätte man es zugute gehalten, wenn sie sich von einem Mann wie Ingolf hätte beflecken lassen, denn er war ein sehr tüchtiger Mann mit feinen, höfischen Sitten, der mit den Jarlen auf den Orkney-Inseln zu Tisch gesessen hatte.«

Vermund sagte: »Als ich jünger war und mehr vermochte als heute, bekam ich von den Frauen, was ich wollte, ohne Männer zu töten, und ich sähe es lieber, daß du deine Liebhaber allesamt behältst, statt daß du sie einander umbringen läßt.«

Kolbrun sagte: »Bisher habe ich es unterlassen, die größte Schande zu erwähnen, die Vater und Sohn uns zugefügt haben, und das war, als sie um Geirrid, deine Tochter, für Thorbrand Ingolfsson anhielten; und kaum hatte Thorbrand die Verlobungsfeier ausgerichtet, als er auch schon das Mädchen in meinem Haus verführte; doch mit der Heirat ließ er sich Zeit.«

»Meine liebe Geirrid«, sagte Vermund, »bist du ein so langweiliges Geschöpf, daß du deinen Verlobten zum Wortbrecher werden läßt?«

»Ich bin unfrei von Geburt und habe meinen Platz bei den Bastarden«, sagte das Mädchen, »und dafür mußte ich leiden. Doch zum Glück ist Thorbrand jetzt tot, denn ich liebte ihn mehr als andere Männer, und ich hatte keine frohe Stunde, seit er mich mied.«

Vermund sagte: »Man wird es mir übel ankreiden, wenn ihr beide mich dazu überredet, euren Herumtreibern, Thormod und Thorgeir, das Leben zu lassen; dennoch werden manche sagen, daß sie bei diesen Taten mehr für deine Hexenkunst als für ihre Dummheit büßen müssen, und es ist schade, daß das Gesetz nicht mehr gilt, wonach Frauen verbrannt werden können.«

»Jetzt kann ich hören, daß du mir böse bist, Vermund«, sagte die Frau. »Willst du denn nicht Wergeld für Vater und Sohn von Svidinsstadir annehmen, aus dem Schatz, den du mir vor langer Zeit geschenkt hast und den ich noch immer bei mir trage?«

Er sagte: »Ich will keine Buße von dir; und den Schatz, der an deinem Gürtel hängt, sollst du einem anderen als mir geben. Doch du sollst wählen. Entweder ich lasse Thormod töten, damit unschuldige Männer in meinem Godentum nicht vor aller Augen ungebüßt bleiben, und Thorgeirs Kopf kommt dazu; und ich lasse es darauf ankommen, daß es mächtigen Leuten zusteht, den Totschlag zu ahnden. Oder aber du wirst Island verlassen und keine Möglichkeit zur Rückkehr haben, solange ich lebe.«

»Ich kann nicht glauben«, sagte sie, »daß du zum Schurken wirst, der seinen Verwandten Thormod umbringen läßt, Vermund, oder daß du Thorgeirs wegen zwischen dir und dem reichen Mann auf Reykjaholar in den Westfjorden Unfrieden stiftest. Und von Thormod ist zu sagen, daß er als ein mutterloser Bursche hier auf deinem Hof umherschweifte, als er mir damals das kleine Gedicht darbrachte und deshalb Kolbrunarskalde genannt wurde; und ich versprach ihm zum Dank dafür, daß er, wenn er einmal des Schutzes bedürfte, ihn bei mir finden könnte. Er ist jetzt mein Hausgenosse. Es ist meine Absicht, ihm, wenn er erst etwas älter ist und ich ein altes Weib bin, unsere Tochter Geirrid zur Frau zu geben.«

»Meine Tochter wird keine so unvernünftige Handlung begehen«, sagte Vermund, »und wahrlich, ungeheuerlich wie stets ist das Verhalten von Frauen. Ich will, daß Geirrid nicht wieder mit dir nach Hrafnsfjord geht, sondern sich hier eingewöhnt und sich bessere Sitten als bisher aneignet. Falls ich aber Thormod nicht in diesem Winter töten lasse, werde ich mit ihm in einer Weise verfahren, die dir noch weniger gefällt: Ich werde ihm eine Frau verschaffen und ihn mit Thordis in Ögur verheiraten.«

Siebzehntes Kapitel

Das Wetter besserte sich, und Thorgeir Havarssons Gefährten verdroß es, ohne Beute und ohne Führer in Hrafnsfjord zu sitzen; auch waren sie um so weniger erwünschte Gäste, je länger sie blieben, bis es dahin kam, daß sie von Frau Kolbrun kein anderes Essen als mageres Walfleisch bekamen; sie begannen nun an den Aufbruch zu denken. Doch da sie nicht den Wagemut besaßen, ohne Führer in See zu stechen und im Winter um das Vorgebirge Horn zu kreuzen, ließen sie ihr Fahrzeug im Schuppen auf der Sandbank Skipeyri zurück, wo es eine Weile gelegen hatte, und machten sich zu Fuß auf den kürzesten Weg nach Norden über das Gebirge, um ihren Führer zu suchen. Von ihrer Wanderung ist nichts zu berichten, bis sie Thorgeir in einer Bucht im Norden an den Hornstranden auffanden; er hatte sich dort in der Wirtschaft eines armen Kätners festgesetzt; der alte Mann war sein Knecht geworden mitsamt drei alten Frauen, die zu ihm gehörten. Thorgeir begrüßte seine Gefährten freudig und ließ sie mit dem bewirten, was im Hause vorhanden war; dann fragte er nach Thormod Kolbrunarskalde, seinem Schwurbruder. Sie erwiderten, er läge im Süden in den Jökulfjorden, ohne Augenlicht, entkräftet und mit Kopfweh, so daß er es nicht vertrage, das Tageslicht durchschimmern zu sehen.

Thorgeir war das Wirtschaften an den Hornstranden leid, sein Sinn stand nach größeren Taten und Bewegung, jetzt, da er seine Mannschaft wieder bei sich hatte: er verlegte sich darauf, den Bauern in den bewohnten Gegenden Besuche abzustatten und zu erproben, welchen Gewinn tapfere Burschen und Wikinger aus dem Besitz der Leute hier im Norden ziehen könnten. Als sie nun die Siedlungen durchstreiften, bekamen sie zwar von den Bauern, was sie verlangten: Essen, Trinken und Beherbergung, doch ob es nun an der Armut der Menschen in diesen nördlichen Niederlassungen lag oder daran, daß die Bauern vor ihnen alle Waren versteckt hielten, die als Zahlungsmittel gelten konnten, jedenfalls erwies sich die Ausbeute für Thorgeir wider Erwarten gering; enttäuschend war auch die Widerstandslosigkeit der Einwohner und ihr mangelndes Verlangen, sich gegen die großen Herren zu behaupten. Hier hatten wackere Burschen oder Männer, die sich Hab und Gut mit stolzem Sinn erwerben wollten, wenig zu suchen. Die Leute an den Hornstranden gaben stets die gleiche Antwort, wenn ihnen angeboten wurde, für ihr Eigentum mit Waffen einzustehen; sie sagten, sie hätten nichts gegen Draufgänger und große Herren zu verteidigen, es sei denn das, was auf ihren Körpern herumkrieche, und den Wind in ihren Därmen; es gäbe auch keine Waffen außer kurzen Fischmessern und Sägen, um angetriebene Baumstämme aufzutrennen; und die Mordäxte, die sie von ihren Vorvätern geerbt hätten, seien nur noch verrostetes Gerümpel.

Nun wendet sich die Erzählung ins Vidital im Nordland, zu dem Gehöft Laekjamot; dort wohnte ein Bauer, der in den meisten Büchern Gils genannt wird; er war der Sohn des Mar. Bauer Gils war ein großer Fischer und Jäger. In jungen Jahren war er Fahrensmann gewesen und galt als tüchtiges Glied der Mannschaft; er hatte ein ansehnliches Vermögen erworben und war einer der trefflichsten Männer seiner Gegend unter denen, die keine Gewalttäter oder Machthaber waren. Er hatte die Gewohnheit, entlegene Fangplätze oder Allmenden aufzusuchen und dort Vögel, Großfische und Seehunde zu fangen.

Nun sprach es sich herum, daß östlich von Horn auf den Allmenden unterhalb der Strandklippen ein Wal angetrieben war; es fügte sich so, daß Gils Masson mit seinen vier Knechten in einem Boot nahe der Stelle war, wo der Wal strandete, und sie waren die ersten, den Wal zu zerlegen. Die Nachricht von dem Wal kam auch Thorgeir Havarsson zu Ohren. Er rüstete sofort ein Schiff mit den nötigen Werkzeugen und anderem Zubehör aus und wollte sich von dem Wal Tran verschaffen, denn Tran war ein gutes Zahlungsmittel. Gils und seine Leute hatten zwei Tage an dem Wal gearbeitet, als Thorgeir landete. Sie begrüßten sich und begannen miteinander zu sprechen.

Thorgeir sagte: »Ihr habt schon viel Wal geschnitten, und es ist an der Zeit, daß ihr euch ausruht und an die Heimfahrt denkt und andere an den Wal laßt.«

Gils Masson antwortete, es wäre ihm wenig daran gelegen, vom Wal fortzugehen, doch sie würden keinem verwehren, mit ihnen gemeinsame Sache zu machen, es sei ein Allmendewal, und jeder solle das haben, was er schnitte.

Thorgeir sagte, der Wal solle mit ihnen geteilt werden, sowohl das, was Gils und seine Leute bereits geschnitten hätten, wie auch das, was noch nicht geschnitten sei.

Gils Masson antwortete: »Den Teil, der bereits geschnitten ist, werden wir euch nicht herausgeben; wer sind übrigens diese Männer?«

Thorgeir nannte seinen Namen und sagte, sie hätten es hier nicht mit Feiglingen zu tun; er und seine Gesellen würden sich von niemandem Dreistigkeiten und Kränkungen gefallen lassen, »doch ihr habt den Teil gewählt, der euch am teuersten zu stehen kommt. Wenn wir euch jetzt freistellen zu kämpfen«, sagte er, »dann wird sich erweisen, wie lange ihr uns den Wal vorenthalten könnt.«

Gils erwiderte: »Wir wundern uns nicht, daß ein Kämpe wie du etwas anderes für seinen Ruhm leisten möchte, als hinter dem Kuhtrinker und Brunnenpisser herzulaufen, dem erbärmlichsten aller Landstreicher, die je die Westfjorde heimgesucht haben, und ihn doch nicht besiegen zu können. Und daran haben die Leute in ganz Island ihren Spaß, daß der Kämpe sich von einem Jämmerling an der Nase herumführen ließ; du mußt ein recht dummer Mensch sein.«

Thorgeir sagte, hinsichtlich seiner Dummheit ginge es wie mit anderen Dingen; die Waffen allein könnten ein gerechtes Urteil fällen.

»Es ist gut, daß es so ist«, sagte der Bauer Gils.

Nun bewaffneten sich beide und rüsteten sich zum Kampf; Thorgeir entschied sich, mit Gils zu kämpfen, denn dieser war in Schlachten erprobt. »Und ich bin neugierig«, sagte er, »an dir zu erproben, wer ich bin.« Er untersagte den anderen, sich in ihren Kampf einzumischen, und wies seine Gefährten zu einer Stelle im Geröll nördlich vom Maul des Wals, wo sie mit Gils' Leuten kämpfen sollten.

Es war ein alter nordischer Brauch – und in Island bei den Männern, die einen Streit austrugen, sehr beliebt –, es so einzurichten, daß man den ersten Hieb hatte; der galt als der wakkerste Kerl, dem es gelang, seinen Gegner zu durchbohren oder ihm den Kopf abzuschlagen, ehe dieser sich dessen versah. Zu jener Zeit erschlug einer den anderen nicht aus Sport, sondern zum eigenen Gewinn, und der Zweikampf wurde nach seinem Ausgang gewertet. Viel später kam in den Heldenliedern der Franzosen die Mode auf, jene Tötungen höher als andere zu schätzen, die kunstvoll und in höfischer Art erfolgten; es war die Zeit der Ritter; zur selben Zeit bekämpften sich die Isländer mit Steinen.

Nun liegen die Dinge bei Kriegszügen nicht immer so glücklich, daß einer den anderen überraschen oder im Bett ermorden kann; auch ist es möglich, daß eine Kriegerschar einem Treffen am hellichten Tage auf freiem Feld nicht auszuweichen vermag, und dann kommt es zur Schlacht. Schlachten wurden in Island nach alter nordischer Gewohnheit geschlagen; jeder suchte sich seinen Gegner aus, und beide schlugen unaufhörlich aufeinander ein, solange die Kraft reichte. Ihre Äxte waren stumpf und schartig, denn die Nordmänner waren schlechte Schmiede und hatten nur schlechtes Eisen; sie konnten auch nicht mit Schwertern fechten, wenn auch reiche Leute solche Waffen aus Großtuerei zu tragen pflegten. Doch wenn ausdauernde Männer mit Äxten in die Schlacht gingen, und besonders, wenn sie in Wut gerieten, vermochten diese Hiebwaffen durchweg mehr als vorzügliche Schwerter, wie sie im deutsch-römischen Reich, in Frankreich oder in Britannien geschmiedet wurden.

Im Kampf kam es sehr darauf an, seinen Gegner in der Flanke zu fassen und besonders im Rücken und ihm dort Hiebe zu versetzen, wo er eine Blöße hatte. Die Schlägerei wurde so lange fortgesetzt, bis einer von beiden vor Erschöpfung umfiel oder die Flucht ergriff. Stets kam derjenige besser davon, der beim Hauen den längeren Atem hatte; wer zuerst ermattete, wurde bewußtlos geschlagen, oder ihm wurde da, wo er saß, lag oder hockte, der Schädel zertrümmert. Und wenn auch in manchen Büchern zu lesen steht, die Nordleute hätten so scharfe Äxte besessen, daß sie Menschen der Länge nach zu spalten vermochten, so wie man einen Baumstamm spaltet, oder daß sie Kopf und Gliedmaßen ohne Hauklotz vom Rumpf trennten oder mit einem Hieb den Gegner im Lauf halbierten, so daß er in zwei Teilen zu Boden fiel, halten wir das für einen Wunschtraum von Leuten, die nur über stumpfe Waffen verfügten.

Der Bauer Gils Masson war nicht mehr der Jüngste und ermüdete schneller als Thorgeir Havarsson; er besaß auch nicht die Riesenkräfte, über die Thorgeir auf Grund seiner Jugend verfügte; es kam dahin, daß der Bauer auf dem Geröll ausglitt, und Thorgeir erhob seine Axt und zerschmetterte ihm den Kopf; Blut und Gehirn quollen aus der Kopfwunde. Es war ein alter nordischer Brauch: wenn jemand seinem Feind so zu Leibe gegangen war, daß dieser sein Leben aushauchen und nie wieder aufstehen würde, hegte man von da an keine Feindschaft mehr gegen ihn, sondern pflegte ihn sorgfältig, während er die letzten Atemzüge tat; das war rechte Mannesart. So tat auch Thorgeir; er hielt den Kopf des Mannes auf seinem Schoß, bis der Tod eintrat.

Sodann sah er sich nach seinen Gefährten um, die er angewiesen hatte, mit Gils' Mannschaft im Geröll nördlich vom Maul des Wals zu kämpfen. Dort traf er alle Männer wohlbehalten an, und aus dem Kampf zwischen ihnen war nichts geworden; sie saßen am Wal und teilten miteinander den Mundvorrat der Männer aus dem Hunavatnsbezirk; da wurden schöne Bissen geräuchertes Bauchfleisch abgeschnitten und Glashai gekaut. Thoreir sagte, in alten Geschichten gäbe es keine Beispiele dafür, daß so erbärmliche Schufte zum Gefolge tapferer Männer gehörten; solche Feiglinge seien rechtlos, die sich den Bauch vollstopften, während ihre Herren miteinander kämpften; es sei von Anbeginn an der Ehrgeiz untergebener Leute gewesen, ihr Leben für ihren Führer einzusetzen.

Sie fragten unter lautem Rülpsen, was sich ereignet habe; wegen ihres Hungers hätten sie keine Lust gehabt, dem Kampf der besseren Leute zuzusehen. Thorgeir sagte, daß der Bauer Gils Masson tot sei. Bei dieser Nachricht wurden die Knechte aus dem Hunavatnsbezirk kleinlaut; sie standen mit vollgestopften Backen auf und legten Äxte, Messer und andere Schneideisen, die sie zum Walschneiden benutzt hatten, Thorgeir vor die Füße.

Thorgeir sagte: »Ich mache mir nichts daraus, solche Jämmerlinge, wie ihr es seid, totzuschlagen, obwohl ihr es verdient hättet; nehmt schleunigst euer Schiff und rudert zum Hunafjord zurück; die Leiche eures Hausherrn Gils dürft ihr mit euch führen, doch nichts vom Wal.«

Sie sagten, ihnen komme zu, zu tun, was er gebiete.

Thorgeir und seine Leute machten sich nun über den Wal her und behielten ihn ganz für sich, geschnitten wie ungeschnitten; die Leute von den Hornstranden wagten sich nicht mehr heran, bekamen auch nichts ab. Thorgeir und seine Mannen verschafften sich Kessel, brieten über Holzfeuer den Speck aus, der nicht von allein Tran hergab, und tauschten bei den Bauern Walfleisch gegen Wollstoff ein.

Achtzehntes Kapitel

Gegen Ende des Winters brach Thorgeir von den Hornstranden auf und ging mit seinen Mannen zu Fuß über das Gebirge in die Jökulfjorde, um sein Schiff zu holen und Thormod Kolbrunarskalde aufzusuchen. Thormod vertrug kein Licht; er glaubte, daß selbst der schwächste Schimmer ihm den Garaus machen würde; er vertrug auch nicht, die Stimme eines Lebewesens zu hören, sondern meinte, davon wahnsinnig zu werden; er nahm nur solche Nahrung auf, die für kleine Kinder gut ist, ein Stückchen Flunder oder gebackenen Sternrochen, und trank dazu warme Milch. Frau Kolbrun bereitete ihm jeden Lebenstrank, den man in den Jökulfjorden oder am Djup kannte. Er hauste den Winter über in einer Schlafkammer; das Bett war verhängt, das Fenster im Dach abgedunkelt, die Tür fest geschlossen. Die Bäuerin wich Tag und Nacht nicht von seinem Bett. Tagsüber saß sie im Dunkeln auf seiner Bettkante und drehte ihre Spindel so leise wie möglich. Er hielt es nicht lange aus, ohne daß sie ihn wie ein betrübtes Kind in die Arme nahm.

Thorgeir und seine Mannen überholten ihr Schiff und brachten es zu Wasser; während sie zimmerten, lag ein riesiges Seehundweibchen auf der Sandbank und sah sie aus keineswegs milden Menschenaugen an. Dann ruderten sie ihr Schiff zum Gehöft und legten unterhalb des Hügels an, der nach dem Trollweib Fljod benannt ist. Da war der Seehund wieder da; er lag auf einem Stein am Strand und ließ sie nicht aus den Augen; es stand für sie fest, daß dieser Seehund böse war. Sie sprachen mit dem Sklaven Lodin. Thorgeir fragte, wo Thormod Bessason sei.

Der Sklave antwortete: »Wir wissen nicht, was für arme Hunde sich in den Kammerecken der Hausherrin verbergen; seht selber nach, statt andere Leute zu fragen.«

Frau Kolbrun hatte den Skalden in ihre Arme geschlossen, als Thorgeir und seine Leute die Tür aufstießen und die Sonne hineinschien. Thormod hatte im Verlauf des Winters seine jugendliche Kraft und Farbe verloren; er war jetzt abgemagert, entkräftet und bleich, die Bäuerin aber war noch strammer und beleibter als früher und sah blühend aus. Beim Eintreffen der Gäste stieg sie aus dem Bett, deckte den Skalden warm zu und begann wieder zu spinnen.

»Tief liegst du, Bruder«, sagte Thorgeir Havarsson.

Thormod sagte: »Gelegen haben größere Männer als ich.«

»Liegen werde ich, wenn ich tot bin«, sagte Thorgeir Havarsson, »doch nie wegen einer Frau!« – und bei diesen Worten nahm er der Bäuerin das Gesponnene aus den Händen und schleuderte Garn und Spindel auf den Boden.

Die Bäuerin erhob sich gemächlich von ihrem Sitz und sagte: »Ich sehe voraus, daß du, Thorgeir Havarsson, am tiefsten wegen der Männer zu liegen kommst, die so ganz und gar erbärmlich sind, daß nie Rache an ihnen genommen werden kann. Doch dir, Thormod, meinem Freund und Skalden, sage ich: Wenn du auch heute diesem Kämpen erlaubst, dich aus meinen Armen zu reißen, und wenn es auch so kommt, daß du ein Glücksmensch oder ein Königsskalde wirst, so haben wir doch diesen Winter so miteinander gesprochen, daß du von nun an keine Zufluchtsstätte haben wirst außerhalb der Arme, in die ich dich geschlossen habe.«

Als die Bäuerin das gesagt hatte, hob sie ihr Gesponnenes vom Boden auf und verließ die Schlafkammer.

»Sie hätte es verdient, daß wir sie totschlagen, diese Hexe; sie hat allzulange dein Blut gesaugt, Thormod«, sagte Thorgeir. »Macht die Türen dieser Herberge auf und haut die Grassode aus dem Fensterloch und geht hin und hakt den Seehund, der hier auf einer Klippe vor der Hauswiese lag, und bringt ihn lebend hierher vor das Bett.«

Und als man den Seehund gefangen und ins Gehöft gezogen hatte, befahl Thorgeir, man solle ihn zur Ader lassen und das Blut in einem Schöpftrog auffangen. Dann gaben sie Thormod von dem Seehundsblut zu trinken; und als der Skalde das heiße Blut durch die Kehle rinnen spürte, verschwand die Wolke vor seinen Augen, Kraft schoß ihm in die Beine, und er zog sich an und nahm die Waffen zur Hand. Thorgeir Havarsson geleitete ihn zum Schiff. In der Stunde, in der der Skalde vom Seehund trank, vergaß er alle Frauen, und ihm stand der Sinn wieder nach wichtigeren Taten. Sie bestiegen das Schiff, setzten das Segel und segelten aus den Jökulfjorden hinaus, kreuzten um Rytagnup herum und steuerten auf Horn zu. Es wird erzählt, daß, als sie kaum ihr Segel gesetzt hatten, Thormod Kolbrunarskalde so weit zu sich kam, daß er wieder Lust zum Dichten verspürte, denn den ganzen Winter über hatte er jedesmal, wenn er dichten wollte, nicht einen klaren Gedanken fassen können. Es gilt für sicher, daß er auf dieser Fahrt das Gedicht wiederhergestellt hat, das er über Thordis in Ögur verfaßt, später aber in den Bettzoll für seine Pflegerin Kolbrun umgewandelt hatte.

Die Zeit, die jetzt anbrach, haben einige Gelehrte die Glückstage der Schwurbrüder genannt; man sagt, ihre Schutzgeister seien ihnen in dieser Spanne günstiger gesinnt gewesen als je zuvor oder danach.

Einmal ging Thormod an die Felsenküste, um Meerbohnen zu suchen; es war heller Sonnenschein, und er wurde schläfrig und setzte sich auf eine Klippe am Strand; da fiel sein Blick auf eine Höhle in der Steilwand, in der saßen zwei Frauen, die waren so sehr beschäftigt, daß sie nicht darauf achteten, was um sie herum vorging. Es waren recht stattliche Frauen; die eine hatte dunkle Brauen und Wimpern, die andere helles Haar; ihm schien die eine ein Trollweib, die andere eine Walküre zu sein. Die Frauen waren damit beschäftigt, einander ununterbrochen ein kleines Ei zuzuwerfen und dabei diesen Kehrreim zu wiederholen:

Mit gütigen Händen
das unstete Leben
des Skalden Thormod
wir werfen uns zu;
für ihn sind wir eine,
der halbe uns beiden.

»Was willst du ihm geben?« sagte die Dunkle, die in der Unterwelt wohnt.

Da antwortete die mit der Farbe der Sonne: »Eine feste Wohnstatt will ich ihm geben, die am Djup mir die trefflichste dünkt, Kerl und Kuh, Haus und Hände; dort gibt es alle guten Dinge Islands. Ich werde ihm zwei Töchter gebären, die eine wird schön sein wie der Mond, die andere schön wie der Abendstern; und selbst werde ich ihm die Sonne sein. Und was gibst du?«

Das Trollweib sagte: »Ich werde ihm die größte Armut geben, wie sie nur am Rande der Welt besteht, und mit ihm die Töchter zeugen, die der Unterwelt am nächsten stehen; sie heißen Nacht, Schweigen und Öde. Doch von meinem Knie wird ihm das Wunder beschert, das Himmel und Erde weder erreichen noch vermehren noch übertreffen können, bis das Weltenende gekommen ist und die Götter tot sind.«

Bei diesen Worten stand das Trollweib auf und ging in den Fels und nahm das Lebensei Thormods, des Kolbrunarskalden, mit sich.

Neunzehntes Kapitel

Sie ließen ihre Leute Fische fangen und allerlei Jagd betreiben; des Abends suchten sie mit ihrem Schiff kleine Buchten auf. Sie begaben sich nie weit vom Schiff fort. Viel Vergnügen bereitete ihnen die Kunst, die Felswände zu begehen und sich Eier und Vögel zu holen: man läßt sich an einem Seil vom oberen Rand herab und sucht auf Vorsprüngen und in Spalten nach Beute; oft handelt es sich um eine Wand von hundert Klaftern oder mehr, an der man sich auf der Vogelsuche herabläßt; die Männer fühlten sich sicherer, wenn sie keinen Halt mehr mit den Zehen hatten und frei in der Luft schwebten, als wenn sie Schritt für Schritt vom Rand hinabstiegen; diese Betätigung ist eins der größten Vergnügen, die es an den Hornstranden gibt.

Sie machten sich Feuer unter vorspringenden Felsen, manchmal auch in freiem Gelände, denn hier gab es mehr als genug Feuerholz am Strand, und schlugen ihre Zelte auf, wenn das Wetter milde war. Kam schlechtes Wetter, so gingen sie auf Bauernhöfe und boten an, um Beherbergung zu kämpfen, doch die Bauern überließen ihnen schweigend die Betten. Junge Männer starrten die Kämpen begeistert an und fanden aus der Nähe wenig Unterschied zwischen ihnen und anderen Männern; die jungen Frauen erboten sich, ihnen die Wäsche zu waschen, und manche auch, ihre Köpfe mit Lauge einzureiben. Aber Taten mit Totschlag und Kriegsbeute blieben aus, da die Bauernkerle an ihrer Armut und niedrigen Gesinnung den besten Schutz besaßen.

Die Schwurbrüder saßen oft an hellen Abenden bei ruhigem Wetter auf den grasbewachsenen Felskuppen von Horn; von dort blickt man nach Nordwesten aufs Meer hinaus zum Ende der Welt. Sie beobachteten die Spur der Großfische an der Meeresoberfläche und die Wassersäulen, wenn die Wale Luft ausbliesen; Tümmler begannen zu springen und junge Seehunde zu spielen; eine Gruppe Schweinswale steuerte geradenwegs nach Norden aufs weite Meer. Sie sprachen oft davon, daß ein Mann, der die Kraft besäße, diese Tiere zu überwältigen und ihren Speck und ihre Zähne zu gewinnen, genügend Tauschware hätte, um sich ein Kriegsschiff zu verschaffen und größeren Völkern Unfrieden zu bringen als dem Volk, das die Hornstrande bewohnte. Es kam auch vor, daß Schwäne mit gestreckten Hälsen vom Meer zum Land geflogen kamen und im Fluge schrien; da wurden die Kämpen still, denn sie wußten, dort waren Odins Schildmaiden unterwegs, die Frauen aller Frauen, die sich Helden für Walhall erwählen, doch Feiglinge niemals beachten. Sie hielten es für die höchste Weisheit in der Welt, den Ruf solcher Vögel zu verstehen und ihren Flug deuten zu können.

Eines Tages, als sie beide am Rande einer Felskuppe saßen und ihre Mannen beobachteten, die vor den Felswänden fischten, kamen sie auf das zu sprechen, was jetzt berichtet wird.

Thormod fragte: »Ob wohl irgendwo in den Westfjorden zwei Männer leben, die so froh und munter sind wie wir?«

»Das weiß ich nicht«, sagte Thorgeir. »Doch erscheint es mir wichtiger, daß nirgendwo zwei ebenso tapfere Männer wie wir gemeinsame Sache machen, weder in den Westfjorden noch an anderen Orten, und daß nie die Stunde kommt, in der einer von uns beiden jemanden um sein Leben oder um Schonung bittet.«

Thormod Kolbrunarskalde fragte weiter: »Ob es wohl einen besseren Ort gibt als den, an dem wir jetzt leben, wo niemand uns anzugreifen wagt und ein jeder ohne viel Worte herausgibt, was wir verlangen, und die Frauen darum bitten, uns die Läuse absuchen zu dürfen?«

Thorgeir sagte: »Für besser als diesen halte ich jenen Ort, an dem wir Feinde finden, die dessen wert sind, daß wir sie töten oder durch ihre Waffen fallen.«

»Dennoch ist es nicht lange her, daß Egil Skallagrimsson, der größte Held und der beste Dichter in Island, bei alten Weibern in der Küche starb«, sagte Thormod.

»Kein Mann ist ein Held, der glücklich verheiratet ist und schöne Töchter hat, wie es bei Egil war«, sagte Thorgeir. »Ein Held ist der, der keinen Menschen fürchtet, weder Götter noch Tiere, auch nicht Zauberei und Trolle, weder sich selbst noch sein Schicksal, und der alle zum Zweikampf herausfordert, bis er durch die Waffe eines Feindes ins Grab sinkt; und Skalde ist nur der, der den Ruhm eines solchen Mannes mehrt.«

Thormod sagte: »Ob wohl irgendwo zwei Männer leben, die so gute Freunde sind, daß nie etwas eintritt, was ihre Eintracht und ihre Schwurbrüderschaft erschüttern kann?«

Thorgeir antwortete: »Keine Freundschaft ist fester als die zweier Männer, die solche Kämpen sind, daß keiner von beiden auf den anderen angewiesen ist, in welcher Sache auch immer, bis einer von beiden gefallen ist; dann wird der andere herbeieilen und ihn rächen. Das ist die Wahrheit.«

An der Steilküste, die aus diesem Meer emporragt, dem äußersten aller Meere, wächst weiter oben an der Felswand auf schmalen, schwer zugänglichen Vorsprüngen eine eßbare Staude, die an Duft, Nährwert und Heilkraft ihresgleichen sucht und weder auf Hauswiesen noch in Gärten zu finden ist; dieses Gewächs hat einen hohlen, übermannshohen Stengel, der oben weich und süß ist und gegen alle Übel hilft; und wegen der Süße, die in der Pflanze steckt, haben die Heiden sie Liebwurz genannt, doch die Christen nennen sie in lateinischer Sprache nach den Engeln und Erzengeln, die im Reich der Wonne dem Thron Christi am nächsten sitzen.

Es war bei den Brüdern Brauch, wenn das Frühjahr vorrückte, auf die Felsvorsprünge hinabzuklettern und Engelwurz zu ernten. Eines schönen Tages, als sie sich dieser Arbeit zu ihrem Vergnügen hingaben, geriet Thorgeir beim Engelwurzschneiden in solchen Eifer, daß er nicht bemerkte, wie unter seinen Füßen der Rand einer Felsspalte zerbröckelte, auf dem er knappen Halt hatte. Erdreich hatte den Felsen so auseinandergetrieben, daß es nur des Gewichts eines Menschen bedurfte, um die Spalte zu sprengen. Er stürzte, doch da noch keine Walküre sich den Helden ausersehen hatte, gelang es ihm, sich im Sturz an einem Liebwurzstengel festzuhalten, der aus einer dünnen Erdschicht in einem Felsenriß hervorwuchs, und dort hing er. Nach unten waren hundert Klafter Felswand, nach oben nur wenige; von dort führte ein schmaler Pfad auf den Bergrand. Der Felsen, an dem Thorgeir hing, hatte weder einen Absatz noch eine Stufe, noch gab es irgendeinen anderen Halt für die Zehen, auch nichts Handfestes, um sich daran hochzuziehen, nur diesen elenden Liebwurzstengel, der jetzt sein Lebensfaden war.

Von Thormod ist zu sagen, daß er auf einen anderen Vorsprung hinabgeklettert war, um Engelwurz zu schneiden; er hielt sich ziemlich lange bei dieser Arbeit auf; sie konnten einander nicht sehen. Als Thormod genug geschnitten hatte, band er die Stauden zu einem Bund zusammen, warf es sich auf den Rücken und kletterte auf Saumpfaden empor zum Bergrand. Das Wetter war ruhig, die See glatt, und die Sonne schien am blauen Himmel. Oben auf dem Berg legte er sich hin und wollte auf seinen Schwurbruder warten; doch durch das Geschrei der Meeresvögel fiel er in Schlaf. Die Entfernung zwischen den Schwurbrüdern war so gering, daß Thormod Thorgeir sehr wohl hätte hören können, wenn dieser nur leise gerufen hätte. Doch alte Bücher stimmen darin überein, daß Thorgeir Havarsson in der Zeit, als er an der Felswand hing, am wenigsten daran dachte, den Namen seines Schwurbruders in den Mund zu nehmen in der Absicht, ihn um Hilfe zu bitten. Thormod schlief nun lange Zeit auf dem Vorgebirge Horn.

Es wird erwähnt, daß er schließlich wach wurde. Er wundert sich jetzt über seinen Schwurbruder und fängt an, vom Rand aus nach ihm zu rufen. Thorgeir gab keine Antwort. Da kletterte Thormod auf einen Vorsprung hinab und rief ihn von dort sehr laut, so daß überall von der Felswand Vögel aufflatterten. Thorgeir antwortete endlich von unten: »Hör auf, die Vögel mit deinen Schreien aufzuscheuchen.«

Thormod fragte, was ihn aufhalte.

Thorgeir gab Antwort und sagte: »Es ist nicht wichtig, was mich aufhält.«

Thormod fragte, ob er nicht genug Engelwurz gesammelt habe.

Da antwortete Thorgeir Havarsson mit den Worten, die in den Westfjorden lange in Erinnerung blieben: »Ich denke, ich habe genug, wenn diese heraus ist, die ich in der Hand halte.«

Thormod begann zu ahnen, daß mit der Engelwurzernte seines Schwurbruders etwas nicht geheuer war; er läßt sich eiligst auf den Vorsprung hinunter, von dem Thorgeir abgestürzt war, und als er vom Rand hinabschaut, sieht er seinen Schwurbruder an der Felskante hängen; die Engelwurzstaude war schon sehr zerquetscht und nahe daran zu zerreißen. Thormod warf seinem Schwurbruder ein Seil zu und zog ihn zu sich auf den Vorsprung. Dann kletterten beide den Pfad zum Bergrand empor.

Für diese Tat dankte Thorgeir Havarsson seinem Schwurbruder nicht, noch gab er ihm auf irgendeine Weise zu erkennen, daß er sie gewünscht hatte; es hatte vielmehr den Anschein, daß er wegen des Geschehenen gegen Thormod einen gewissen Groll hegte, und von da an wurde das Verhältnis zwischen den Schwurbrüdern kühler.

Zwanzigstes Kapitel

Eines Abends geschah es, daß Knechte aus der Siedlung ein kleines Boot an die Felswand ruderten; in dem Boot saßen drei Auswärtige. Thorgeir erkannte in ihnen die Hausleute seines Vetters Thorgils Arason auf Reykjaholar; sie wurden von einem seiner Vorarbeiter befehligt. Die Ankömmlinge begrüßten die Schwurbrüder höflich. Thorgeir Havarsson bat sie zu entschuldigen, daß es hier außer dem vom Meer gepeitschten Geröll keine Bequemlichkeit gebe, forderte sie jedoch auf, sich zu setzen, und befahl einem Burschen, ihnen Seehundsspeck aufzutischen, und einem zweiten, am Strand auf ihr Boot zu achten.

Diese Männer berichteten, sie seien von Reykjaholar aus über Hochflächen und Gletscher geritten und hätten ihre Pferde in der Nähe; Bauer Thorgils auf Reykjaholar habe sie mit der Botschaft hierher in den Norden geschickt, daß Thorgeir Havarsson auf dem Öxarar-Thing wegen des Totschlags an Gils Masson geächtet worden sei; ihm war auferlegt, in diesem Sommer das Land zu verlassen. Sie sagten, daß für die anderen Totschläge der Schwurbrüder Wergeld gezahlt worden sei; die Häuptlinge aus den Westfjorden hätten an dem Vergleich mitgewirkt; Bessi Halldorsson habe Geld für die Beteiligung seines Sohnes an den Taten Thorgeirs gegeben. Die Sendboten brachten auch die Nachricht von Thorgils, daß in Rif im Süden ein Kauffahrteischiff liege, voll ausgerüstet, segelfertig, um nach den Orkney-Inseln in See zu stechen; Thorgils Arason sei daran beteiligt, und es sei sein Wille, daß die Schwurbrüder sofort an Bord gingen und das Land verließen.

»Ist es nicht klar, daß wir den Rat deines Vetters Thorgils befolgen?« sagte Thormod. »Nach dem Gesetz sind wir vogelfrei hierzulande.«

»Wir werden niemandes Rat befolgen«, sagte Thorgeir Havarsson; »hingegen ist es klug, die Gelegenheit beim Schopf zu ergreifen, das Land zu verlassen und in anderen Ländern Könige oder andere angesehene Herren aufzusuchen, die den Dienst von Helden und Skalden annehmen wollen. Mir ist es leid, das Genörgel von Bauernkerlen in einem königslosen Land anzuhören.«

Ihre Waren bewahrten sie in kleinen Hütten aus Steinen oder in Verschlägen aus Treibholz auf: Seehundsspeck, Walfleisch, Tran; des weiteren etwas Wollstoff, den sie den Bauern durch Erpressung abgenommen hatten; Fisch und Seehundsfleisch trockneten sie auf Klippen oder hängten beides auf Gerüste aus Stöcken.

»Hier ist gute Ware; wir können nicht ohne unsere Ausbeute gehen«, sagte Thormod.

Die Sendboten sagten, sie hätten nicht genug Pferde, um Ware über steile Hochflächen und lange Gebirgswege zu befördern. »Und wie wurde diese Ware erworben?«

Thorgeir sagte, hier lagere die Ware, die auf bessere Weise als jede andere erworben worden sei, da man um sie mit Tapferkeit nach rechter Mannesart gekämpft habe und dabei angesehene Männer gefallen seien; doch einiges sei der Fang der Knechte oder von Feiglingen erpreßt worden. Da aber nun der Sinn der Schwurbrüder auf erhabenere Dinge als Stockfisch und Tran gerichtet sei, tue es ihm nicht weh, wenn diese Beute hier für die Möwen zurückbliebe. Doch als sie allesamt das Boot besteigen sollten, setzten sich ihre Gefolgsleute auf Steine und erklärten, daß sie nicht aufstehen, sondern an Ort und Stelle bleiben würden. Diese Männer waren in Lumpen gehüllt und hatten schlechtes Schuhzeug.

Da sagte Thorgeir Havarsson: »Es steht fest, daß ihr nach Sklavenart mehr auf eure Bäuche seht als auf die Ehre, die es euch brächte, Kämpen zu folgen; kein rechter Mann läßt sich durch Vieh festhalten, das er geschlachtet hat, noch durch Tran, der ihm aus den Walen anderer Leute zugeflossen ist. Es gibt keine größere Beute als die, zu wissen, daß wir an jedem Ort jedermann gegenüber die Oberhand behielten und daß wir fortgehen, ohne daß wir mit jemandem Vergleiche und Frieden zu schließen oder auf Bedingungen einzugehen brauchten, die wir nicht selber gestellt hatten.«

Sie antworteten: »Jetzt brecht ihr das Versprechen, das ihr uns gegeben habt, und wollt den Vögeln die Reichtümer überlassen, die wir euch unter großen Mühen eingebracht haben, und wollt uns von allem entblößt mit euch ins Ungewisse schleppen. Wir haben doch unser Leben mit eurem Leben verbunden und unsere Ehre, so gering sie auch ist, aufs Spiel gesetzt; und die Lumpen, in die wir gehüllt sind, sind jetzt zerschlissener als damals, als wir uns euch anschlossen; und da waren sie schon schlecht genug: es gibt auch einige in eurem Gefolge, deren Frostwunden seit dem Winter nicht geheilt sind; ihnen droht der kalte Brand. Jetzt müssen wir es büßen, daß wir nicht so klug waren wie Lusoddi, als er sich entschloß, mit dem Mann hier an den Nordstranden zu fliehen, der klüger war als du, Thorgeir, und der dein Mörder hätte sein können, wenn er Lust gehabt hätte, dich zu erschlagen, als du unter seiner Axt schliefst.«

Thorgeir Havarsson sagte: »Mir scheint es ratsam, daß wir diese Verräter auf dem Felsblock hier köpfen.«

Thorgils Arasons Leute wollten möglichst schnell zu ihren Pferden und sogleich nach Süden reiten und keine Totschläge begehen; sie baten die Schwurbrüder, nicht gegen diese Landstreicher die Waffen zu erheben und dadurch unnötig Zeit zu verlieren; die Dünung an der Felswand nahm auch zu, und die Ruderer hatten alle Mühe, das Boot zu halten. Das Ende war, daß die Schwurbrüder ins Boot stiegen und die verlumpten Kerle, ihre Knappen, für dieses Mal nicht getötet wurden, sondern sich über die Beute hermachten, die jene zurückließen.

Sie ruderten in eine Bucht, wo sie ihre Pferde verwahrt hatten, und ritten dann über Gebirgssättel, Gletscher und Hochflächen, auf Wegen, wo mit Pferden voranzukommen war. Sie übernachteten in Fjorden. In den Siedlungen erregte es großes Aufsehen, als solche Kämpen wie Thorgeir Havarsson und Thormod Kolbrunarskalde durchritten; junge Männer liefen herbei, sie zu betrachten, und Frauen lugten durch den Türspalt.

Man erzählt, daß sie sehr hungrig waren, als sie vom Drangajökul herunterkamen. Im Skjaldfannartal suchten sie sich eine Herberge für die Nacht. In diesem Haus setzte man ihnen äußerst harte Dorschköpfe vor, und die Hausbewohner standen in den Türen und beobachteten ängstlich die Gäste. Diese fanden wenig Eßbares an den Dorschköpfen, und Thormod verlegte sich darauf, schlüpfrige Verse zu sprechen, während er Stücke von den Dorschköpfen abriß, und Thorgeir schleuderte die Schädelknochen und Kiemendeckel mit aller Kraft auf den Boden, so daß sie an den Wänden und bis zum Dach hochflogen. Sie sollten durch dunkle Gänge zu ihrem Schlafraum gehen; sie aber sagten, sie würden da schlafen, wo sie sich befänden; sie behielten ihre Kleider an und standen nicht von ihren Sitzen auf, stellten ihre Schilde auf ihre Knie, schulterten die Äxte und schliefen in dieser Stellung. Kurz vor Mitternacht wachte Thormod darüber auf, daß ihm die Axt aus der Hand auf die Diele fiel; er stand auf und ging hinaus, um zu sehen, was er an Frauen auftreiben könnte.

Doch von Thorgeir ist zu berichten, daß ihn ein dünner Lichtstrahl weckte, der durch das Kalbshautfenster im Dach ihm auf die Nase schien, so daß er laut niesen mußte; in der Halle roch es stark nach der Erde in den Mauern, wie es im Sommer in den Häusern oft der Fall ist; er sah sich um und fand seinen Schwurbruder Thormod nicht im Raum. Da nahm er seine Waffen und ging hinaus. Es war kalt, Tau lag auf dem Gras, und die Sonne ging über dem Gletscher auf.

Die Hausbewohner schliefen noch, nur der Sohn des Bauern war bereits aus dem Haus getreten, um die Milchschafe aus den Nachtgehegen herauszulassen und sie von der Hauswiese fernzuhalten. Sein Blick fiel auf die Rosse der Nachtgäste, die mitten auf der Hauswiese standen; er rief seine Hunde herbei und hetzte sie auf die Pferde; doch diese waren nach dem langen Weg hungrig und hörten nicht auf zu weiden, einige wendeten sich gegen die Hunde. Der Bauernsohn geriet wegen der Pferde in Zorn und schlug ein Pferd mit einem Spieß. Das geschah in dem Augenblick, als Thorgeir Havarsson aus dem Hause trat. Er erhob sofort seinen Spieß und ging hinunter zur Hauswiese.

Thorgeir sagte zu dem Bauernsohn: »Jetzt gilt es, seinen Ger gegen einen Menschen und nicht gegen einen Vierbeiner zu richten.«

Der Bauernsohn hatte nur einen Spieß, der gerade gut genug war, um damit störrische Rinder zu treiben; in einigen Büchern steht, daß es nur ein beschlagener Stock war. Der Bursche besaß keinen Schild, um sich zu schützen. Er versuchte, in einen Lämmerstall zu entkommen, der am Ende der Hauswiese stand.

Thorgeir verfolgte ihn. Hinter dem Lämmerstall befand sich ein Heuschober, der zu Anfang des Sommers leer war;

dorthinein lief der Bauernsohn. Die Öffnung, durch die man aus dem Lämmerstall in den Heuschober gelangte, war für einen so großen Mann wie Thorgeir zu schmal und zu niedrig, auch war er nicht bereit, sich zu bücken. Er wählte den Ausweg, der in alten Geschichten schon immer zum Ziel führte, und riß die Bedachung auf; dort lagen auf Stangen Grassoden, die im Winter das Heu geschützt hatten. Thorgeir Havarsson stand auf der Mauer, der Bauernsohn im Schober; sie stießen mit ihren Spießen durch die Grassoden. Dieses Spiel setzten sie fort, bis der Spieß des Bauernsohns zerbrach; da sprang Thorgeir durch das Loch in den Schober, erhob seine Axt gegen den Burschen und begann auf ihn einzuhauen, als ob es sieben Äxte zugleich wären; der Bursche sank an der Erdmauer nieder und blutete aus vielen Wunden; dort ließ er sein Leben.

Zur selben Zeit kroch Thormod Kolbrunarskalde aus einem Fenster des Gehöfts; er stand auf dem Hofplatz, als Thorgeir von seiner Tat nach Hause zurückkehrte. Sie weckten jetzt ihre Gefährten, meinten, sie seien es leid, im Bau der Bauernkerle zu schlafen, und sagten, sie seien reisefertig. Und als sie im Sattel saßen, bekannte sich Thorgeir vor der Haustür zum Totschlag an dem Bauernsohn und sagte, daß die Begleitvögel von Kämpen, Raben und Adler, ihre Bewirtung bekommen hätten und Rache dafür genommen sei, daß gestern abend Helden und Skalden zugemutet wurde, Dorschköpfe auseinanderzureißen. Dann stiegen sie zu Pferde und ritten ihres Weges.

An diesem Tag war heller Sonnenschein und Wind vom Gletscher; die Schwurbrüder waren in bester Stimmung. Als sie in dichter bewohnte Gegenden kamen, teilten sich die Wege und verliefen in verschiedene Richtungen, so daß sie nicht immer wußten, welcher Weg der richtige war. Die Schwurbrüder ritten ihren Gefährten voraus. An einem Flußufer führten Pfade entlang. Und als sie berieten, welchen Weg sie wählen sollten, sahen sie einen Mann gegen den Sturm gehen, der ein Reisigbündel auf dem Rücken trug; der Wind drückte sehr auf das Bündel, so daß der Mann wankte. Thorgeir Havarsson rief den Mann über den Fluß hinweg an und fragte ihn nach dem Namen und wohin die Wege führten. Doch der Wind und das Rauschen des Flusses verhinderten, daß der Mann die Worte des Reisenden vernahm; er gab auch keine Antwort. Thorgeir rief noch einige Male, doch der Reisigträger setzte seinen Weg fort und antwortete nicht.

Thorgeir sagte: »Der Mann ist ein großer Narr, wenn er sich einbildet, es sei klug, Thorgeir Havarsson und seinen Schwurbruder keines Blickes zu würdigen.«

»Ich befürchte, daß dieser Narr schwachsichtig ist«, sagte Thormod, »denn er scheint mir einen unsicheren Gang zu haben, wie ihn Blinde haben.«

»Warum antwortet er dann nicht, wenn ihn die Männer rufen, die die größten Kämpen in den ganzen Westfjorden sind? Ich werde von diesem Mann keine Kränkung hinnehmen«, sagte Thorgeir.

»Ob er vielleicht taub ist?« sagte Thormod.

Thorgeir sagte: »Wo ist in alten Geschichten davon die Rede, daß es jemandes Rettung war, sich blind und taub zu stellen, wenn ein Übermensch vorbeiritt? Ich denke, daß der Mann uns bestimmt gehört und gesehen hat und es uns als Schwäche anrechnet, wenn wir ihn nicht zur Rede stellen.«

Dann trieb er sein Pferd in den Fluß, ritt zu dem Mann hinüber und stieß ihm den Spieß vor die Brust; der Mann fiel unter seiner Bürde und war verwundet, griff mit der Hand nach der Brust und stöhnte. Thorgeir sprang vom Pferd und begann, dem Mann den Kopf abzuschlagen; es ging äußerst langsam, denn die Waffe war stumpf, wenn auch der Kampfgeist des Kämpen gut war; doch schließlich trennte sich der Kopf vom Rumpf, und der Mann lag in zwei Teilen bei seinem Reisigbündel auf dem Gras und war tot. Danach ritt Thorgeir über den Fluß zurück zu Thormod. In diesem Augenblick kamen ihre Gefährten heran, die Leute von Reykjaholar. Sie sagten, daß Großes geschehen sei, es habe ja auch ein Kämpe daran teilgehabt. Nicht weit entfernt stand ein kleines Gehöft auf einem Hügel; eine Frau war mit der Harke auf der Hauswiese, und Kinder spielten am Bach; sie ritten auf den Hof und taten den Totschlag kund; sie sagten, hier sei der Kämpe mit dem besten Herzen in den Westfjorden. Und so blieb es dabei, daß es die Leute sehr verwunderte, ein wie unerschrokkener und ungewöhnlich kaltblütiger Mann Thorgeir Havarsson war.

Am Abend, als die Reisenden eine Zeitlang am Strand entlanggeritten waren, kamen sie an eine Watstelle unterhalb der Küstenfelsen. Dort verhält es sich so, daß man bei Ebbe trokkenen Fußes unten an der Felswand vorbeikommt, aber bei Flut wird es für Menschen und Pferde unmöglich; und es gibt nur eins von beiden: die Gezeiten abzupassen oder unwegsamen Pfaden über das Gebirge zu folgen. Das Wasser stand bereits sehr hoch, als sie sich der Watstelle näherten. Die Leute von Reykjaholar ritten voraus, die Schwurbrüder ziemlich weit hinter ihnen; sie unterhielten sich über die Dinge, die sie am meisten bewegten; Thormod hielt den Mann für den glücklichsten, der zur Nachtzeit bei Frauenrunen wach ist, doch Thorgeir denjenigen, der am hellichten Tag Todesrunen ritzen kann, und er wiederholte, daß der Mann besser daran sei, der durch die Waffe eines Feindes fällt, als der, welcher einer Frau erliegt.

Und während sie darüber hin- und herredeten, kamen sie an die Watstelle. Sie stiegen von ihren Pferden und zogen die Sattelgurte fester und ließen sie weiden, bis Thorgeir leise sagte:

»Obwohl du ein Frauenliebhaber bist, Thormod, läßt es sich nicht leugnen, daß du von allen Männern, die ich kenne, der waffentüchtigste bist; ich habe es nie erlebt, daß dich jemand zu Fall gebracht hätte, in keinem Kampf, und manchmal denke ich darüber nach, wer von uns Schwurbrüdern den anderen besiegen würde, wenn wir uns messen wollten.«

Da sagte Thormod: »Ich habe nachts manches Mal an deiner Seite gewacht, als du schliefst, Thorgeir, und deine Brust beim Schlag des Herzens beben sehen, von dem ich weiß, daß es das tapferste aller Herzen ist, und ich habe deinen Hals betrachtet; nie hat eine stärkere Säule den Kopf eines Mannes getragen.«

Thorgeir sagte: »Warum hast du mich da nicht geköpft?«

»Unnötig ist es, danach zu fragen, Freund«, sagte Thormod. »Du dürftest noch nicht vergessen haben, als du dorthin kamst, wo ich bei Nacht mit einer Frau sprach, für die ich mehr empfinde als für viele andere Frauen, daß es da nur eines Wortes von deinen Lippen bedurfte, damit ich sie verließ und mit dir das Schiff bestieg, und es war doch kaltes Wetter. Und wenn ich dich im Schlaf betrachte, macht mich die Erscheinung lachen, die mir vom Gott der Speere, dem Freund Mimirs, kam: daß ich mit lebenden Händen eines Tages dein blutiges Haupt umfassen werde; und ich bin sicher, dann werden diese meine schmalen und schwachen Knöchel nach Rache trachten, dem Eid gemäß, den wir der Erde schworen. Und reite du vor mir am Fels vorbei.«

Thorgeir blickte hin und sah, daß die Flut schon sehr hoch stand und ihre Gefährten sich schnell entfernten; er handelte schnell und zwang sein Pferd zwischen die Felswand und eine Sturzsee, die aufs Land zurollte. Thormod verharrte, um zu sehen, wie es seinem Schwurbruder erginge; das Wasser reichte dem Pferd fast sogleich bis über die Lenden, und es mußte schwimmen. Gerade war der Mann hinübergelangt, als auch schon die Sturzwelle am Felsen zerschellte. Jenseits der Watstelle stieg Thorgeir vom Pferd und gab Thormod ein Zeichen, loszureiten. Doch als Thormod aufsteigen wollte, war das Pferd auf den Berg entlaufen; auch war jetzt das Meer zwischen den Schwurbrüdern nicht mehr zu durchreiten. Thormod legte die Hände an den Mund und rief:

»Ich weiß nicht, wer von uns den anderen im Zweikampf besiegen würde; doch die Worte hast du gesprochen, die jetzt unserem Zusammenleben und unseren gemeinsamen Wegen ein Ende setzen; und ich fühle genau, daß du dich mit mir noch nicht ausgesöhnt hast, weil ich dir in diesem Sommer das Leben rettete.«

»Ich habe diese Worte nicht ernst gemeint«, rief Thorgeir Havarsson.

»Es kam dir in den Sinn, während du sprachst«, antwortete Thormod, »und sicher schon oft vorher; und einstweilen trennen sich unsere Wege, und lebe wohl!«

Danach kehrte Thormod um, ging zu einem nahegelegenen Gehöft und ließ sich heim nach Laugabol zu seinem Vater begleiten.

Einundzwanzigstes Kapitel

Von Thorgeir Havarsson ist zu berichten, daß er nach Rif im Süden ritt und sich zur Überfahrt auf das Schiff begab, das dort wartete und von dem Thorgils Arason einen Teil besaß. Es waren Kaufleute von der Art, daß sie mit den Leuten handelten, wo es ihnen angebracht schien, doch nach nordischem Brauch raubten, wo sie auf Leute trafen, die nicht so aussahen, als ob sie ihr Eigentum verteidigen würden. Die ersten Tage hatten sie freundliches Wetter, doch dann nahm der Wind zu, und sie gedachten nach kurzer Seereise auf den Shetland-Inseln zu landen; dort wollten sie für ihre Waren Silber einhandeln. Doch als sie glaubten, dem Land nahe zu sein, ließ der Wind nach, und naßkalter Nebel breitete sich aus; sie blieben lange Zeit ohne jegliche Sicht. Zu jener Zeit war den Fahrensleuten der Kompaß unbekannt, und die Lage wurde schwierig, wenn der Leitstern nicht zu sehen war. Sie verloren die Richtung und ließen sich tagelang treiben, und das Ende der Fahrt war, daß sie auf einem Riff strandeten, ihr leckes Schiff vollief und mit allem Zubehör unterging; viele Männer kamen um, und alle Schiffsführer ertranken. Doch es wird berichtet, daß sieben Männer bei diesem Schiffbruch am Leben blieben; sie wurden in der Nacht an einer öden Schäre angespült, ermattet und von allem entblößt. Thorgeir Havarsson war unter den Leuten, die davongekommen waren; er hatte einen Kittel an und ein kurzes einschneidiges Schwert umgegürtet, von dem er sich nie trennte. Ein Mann fragte ihn in der Nacht nach seinem Befinden.

Thorgeir Havarsson antwortete: »Mir geht es gut, und ich habe genug von allen Dingen, wenn ich mein Schwert habe, um Menschen zu erschlagen, die nicht nach meinem Sinn sind.«

Bei Tagesanbruch lichtete sich das Dunkel, und die Schiffbrüchigen blickten sich um und sahen, daß sie auf einem Felsen in einem Schärengürtel vor einer steinigen Küste standen, doch ziemlich weit vom Land entfernt. In der Schar war ein alter Fahrensmann, der das Land zu kennen meinte; er sagte, es müsse Irland sein. Es schien ihnen aussichtslos, an Land zu schwimmen, so mitgenommen, wie sie waren. Auf der Schäre konnte man kein Feuer anzünden, und sie hatten weder Speise noch Trank. Abwechselnd stellten sie sich auf die höchste Stelle des Felsens und schwenkten ein Tuch; von dort oben konnte man deutlich sehen, daß schmale Rauchfahnen von menschlichen Behausungen aufstiegen, und als die Sonne die Luft erwärmte, schienen die Häuser zu schweben. Prächtige Burgen wurden sichtbar; auch hochragende Türme mit strahlenden Kreuzen. Doch die Bewohner des Landes hatten augenscheinlich Wichtigeres zu tun, als nach gestrandeten Schiffen Ausschau zu halten. Als Thorgeir Havarsson an der Reihe war, die Notflagge zu schwenken, riefen ihn seine Gefährten; er aber sagte:

»Nie wird man über Thorgeir Havarsson zu hören bekommen, daß er mit Tüchern Menschen zuwinkte und um Hilfe bat. Ich möchte lieber auf der Schäre umkommen als auf Menschen angewiesen sein. Mir wurde nicht vorausgesagt, daß mir das Unglück zustoßen würde, von Menschen Mitleid zu erfahren. Ich werde daher lieber auf dieser Schäre sterben als Erniedrigung ertragen.«

So vergingen drei Tage und drei Nächte, ohne daß die Schiffbrüchigen etwas zu essen oder zu trinken hatten. Sie sahen, wie die Leichen ihrer Gefährten auf den Schären rundum angeschwemmt wurden. Auch die auf der Schäre hausten, wurden weniger, bleierner Schlaf überkam sie, während sie nachts zwischen den Felsen hockten, und so fanden sie den Tod.

Als am vierten Tag die Sonne aufging, waren auf der Schäre noch drei Mann am Leben, Thorgeir Havarsson und zwei Kaufleute. Und an demselben Tag wurde an Land ein Boot zu Wasser gelassen. Drei Männer ruderten auf die Schäre zu; der älteste von ihnen befehligte; sie waren ganz mit Schorf bedeckt und ihre Gesichter von Wunden und Beulen entstellt; der Greis jedoch war der schrecklichste von ihnen; sein Gesicht sah aus, als wäre die Kopfhaut eines Löwen nach außen gekehrt. Diese Männer blickten unablässig zum Himmel auf und unterhielten sich beim Rudern, indem sie abwechselnd Verse sangen. Sie legten nun mit ihrem Boot an Klippen an; der Greis umklammerte sein Kreuz, stolperte die Schäre hinauf und wünschte den Schiffbrüchigen Heil; diese aber waren schon längst so erschöpft, daß sie den Gruß der Männer kaum zu erwidern vermochten. Der Greis redete sie in verschiedenen Sprachen an, zuletzt auf nordisch, und fragte, wer sie seien. Sie sagten, sie seien Kaufleute und mit ihrem Schiff gestrandet; einige ihrer Gefährten seien ertrunken und andere seien erfroren und säßen leblos auf der Schäre; in dieser Nacht hätten zwei den Geist aufgegeben. Der Greis bat sie zu entschuldigen, daß man nicht größere Eile aufgeboten habe, sie von der Schäre zu holen und ihnen behilflich zu sein. »Wir haben«, sagte er, »drei Tage gewacht und sehr viel zu tun gehabt, um den Zahn der heiligen Belinda, unserer Beschützerin, zu ehren; vor lauter Weinen, Lobpreisung und Bewunderung dieses gesegneten und glorreichen Zahns vermochten wir uns nicht zu erheben, und eine solche Gedenkfeier veranstalten wir drei Tage und Nächte hintereinander viermal im Jahr. Und da jetzt dieses Gnadenfest vorüber ist, haben wir euch als erstes aufgesucht, um denjenigen von euch, die am Leben geblieben sind, anzubieten, unsere Herrscher zu werden; und wir werden eure Diener sein um Christi, des Mariensohnes, willen, des Gottes, den wir Iren Josa MacDe nennen; und über den Verblichenen werden wir singen, wie es nötig ist.«

Die Kaufleute sagten, es sei kaum nötig, über den Männern zu singen, die tot seien, um so nötiger aber, denen zu helfen, die noch Leben zeigten.

Thorgeir Havarsson sagte: »Ganz gewiß werde ich mich nicht von meinen Gefährten trennen, die sich noch dahinschleppen, doch wissen sollt ihr, daß ich Nordländer bin und aus Island komme. Und wir lassen uns nicht mit Wohltaten kaufen. Wir wissen euch keinen Dank dafür, daß ihr unser Leben gerettet habt, wenn wir danach nicht freie Hand haben wie zuvor. Wir können euch nur raten, uns sogleich niederzumachen, wenn ihr Frieden vor uns haben wollt.«

Während Thorgeir Havarsson sprach, hob der Greis sein Kreuz sehr hoch und sang ihm die Hymne aus heiligen Schriften entgegen, die so beginnt: Liebet eure Feinde; dann küßte er ihn und hieß ihn willkommen, den Gast aus einem Land, über das er in Büchern gelesen hatte, dort scheine des Nachts die Sonne so hell, daß man genug sehen könne, um Läuse in den Hemden zu suchen. Die Schiffbrüchigen erhoben keine weiteren Einwände, sondern stiegen in das Boot, und die Mönche empfingen sie mit Psalmengesang zum Lobe des Herrn; dann griffen sie zu den Rudern.

Doch als sie sich dem Lande näherten, nahm sich die Siedlung weniger prachtvoll aus als in der flimmernden Ferne. Sie sahen viele Ruinen früherer Häuser, und was noch stand, hatte wenig Wert; die meisten Behausungen waren erbärmlich, aus unbehauenen Steinen erbaut, mit steinernen Dächern wie Dörrfischschuppen. Es gab nur ein Hauptgebäude, nämlich eine niedrige Kirche mit einem kegelförmigen Aufsatz, aus dem ein hölzernes Kreuz ragte. Die Kleriker wohnten in den Hütten, die zwischen den Hügeln verstreut lagen. Es gab keine Rinder, doch Ziegen knabberten an Sträuchern und meckerten die Leute an. Die Schiffbrüchigen wurden in einen dunklen, kalten und zugigen Raum geführt; ihnen wurde Ziegenmilch in einer hölzernen Satte und grobes Brot aus Körnern gereicht; andere Speise gab es nicht. Als die Mahlzeit beendet war, sagten die Mönche, sie hätten noch viel zum Lobe Christi zu singen, und meinten, daß sie den Schiffbrüchigen fürs erste nicht weiter behilflich sein könnten; sie luden sie ein, sich draußen an die Südseite des Hauses zu legen und Läuse zu suchen.

Jetzt, als das Leben gerettet war, begannen die Kaufleute zu jammern; sie hatten ihren ganzen Besitz darauf verwendet, die Ladung zu kaufen, die nun versunken war; jeder beklagte seinen Verlust, so laut er nur konnte; der eine hatte eine Frau auf den Shetland-Inseln, der andere Kinder auf den Orkney-Inseln; sie fühlten sich weit von ihren Freunden entfernt. Thorgeir Havarsson sagte, er trage in seinem Herzen einzig Harm darüber, daß er noch keinen König gefunden habe, der grimmig und tatkräftig genug sei, um weder Frauen noch Kinder zu verschonen und Kaufleute in einem grundlosen Sumpf zu versenken. Er sagte, es stünde ihnen besser an, ihren Kummer zu vergessen und statt dessen an die Gemeinheit zu denken, mit der die Mönche drei Tage lang zugesehen hatten, wie ihre Gefährten auf der Schäre verschmachteten, und mit der sie für die Überlebenden Kleie und Schrot zu Brot kneteten und ihnen anboten, sich draußen an die Mauer zu legen; er sagte, es wäre mannhafter, das Münster der Mönche zu zerstören und sie zu erschlagen, als das Verlorene zu bejammern.

Und wenn auch die Kaufleute nicht so große Unruhestifter wie Thorgeir Havarsson waren, wurden sie es doch leid, lange Zeit an Hausmauern zu hocken, außer Ziegen nichts Lebendes zu sehen und dem Gezwitscher der Vögel zu lauschen. Sie erhoben sich und wollten nachsehen, was an diesem Ort an wertvollen Dingen zu finden sei und ob irgendwo Waffen verborgen lägen; doch es fand sich kein Gegenstand, der zu irgend etwas nütze gewesen wäre. In jeder Hütte gab es ein Kreuz, gefertigt aus zwei ungeglätteten Holzstäben, die an der Verbindungsstelle mit Bast umwunden waren, und eine hölzerne Schale. Ruhebetten gab es nicht, nur Erdbänke mit einer Felsplatte als Unterlage und einem Stein als Kissen. Als sie durch die offene Tür in das Münster spähten, sahen sie die Kleriker in einer Seitenkapelle sitzen und singen; den Gefährten kam der Gesang recht traurig vor, auch wußten sie nicht, was er bedeutete. Die Mönche sangen sehr lange, und die Gäste standen draußen vor der Tür und berieten, was sie tun sollten.

Schließlich hatten die Mönche sich satt gesungen und kamen nacheinander aus dem Münster herausgetrottet. Wenn sie auch hager und knochig, mit eitrigen Geschwülsten bedeckt und grau vor Schmutz und Schorf waren, hatten sie doch frohe Gesichter; ein jeder verschwand in seiner Hütte, wie wenn Kröten unter Steine kriechen.

Der Vorsteher kam als letzter aus der Kirche, derjenige, der die Kaufleute am Morgen von der Schäre geholt hatte; er wünschte seinen Gästen alles Gute und lud sie zu sich zum Abendessen ein; sie nahmen es dankbar an. Er bewohnte eine sehr elende Hütte, durch deren Mauern der Wind pfiff; ihre Einrichtung bestand nur aus Steinen. Ein in Lumpen gehüllter Mönch bediente. Der Vorsteher fragte, wie es den Gefährten nach diesem Tag ginge, und Thorgeir antwortete für sie und sagte, ihre Läuse seien allesamt ertrunken. In zwei Schalen wurden Speisen hereingetragen; in der einen Schale war Speisetang, in der anderen blankes Wasser; diese Bewirtung reichte der Mönch mit Gesang und Kniefall dar. Der Vorsteher nahm ihm die Kost ab und dankte seinerseits Christus mit einer Hymne und einer Segnung und anderen Lobpreisungen. Er legte eine Handvoll Speisetang für die Armen beiseite, und dann forderte er seine Gäste auf zuzugreifen.

Die Kaufleute aßen, was aufgetragen wurde; das war ihnen immer noch lieber als zu fasten; sie spuckten jedoch Flohkrebse und allerlei Gewürm aus. Einzig Thorgeir Havarsson saß mürrisch da und sagte, er sei kein Tangesser. Der Vorsteher verzehrte sein Essen mit dem größten Wohlbehagen, wie wenn ein Feinschmecker sich von einer reichgedeckten Tafel Leckerbissen zu Munde führt; er verspeiste den Tang mit allem Drum und Dran, mit Kleingetier und Ungeziefer, und sprach dabei zu seinen Gästen über heilige Schriften; er erzählte besonders davon, wie Christus fünftausend Menschen mit drei Broten und zwei Fischen gesättigt hätte, wobei zwölf volle Körbe übrigblieben. Die Kaufleute äußerten sich beifällig über die Geschichte; Thorgeir Havarsson aber sagte:

»Ich bin nicht hierhergekommen, um alte Geschichten anzuhören, sondern um euch Leben und Geld zu nehmen oder durch eure Hand zu fallen. Ich betrachte alles Gut, das jemand besitzt, als mein eigen, es sei denn, er trüge den Sieg über mich davon. Also, wenn ihr ein Lebensei oder einen Runenstab oder sonstige Zauberdinge besitzt, so gebiete ich euch, sie herauszugeben; ich werde sie zerbrechen, und Schätze, die ihr vor uns verbergt, sollt ihr ebenfalls hergeben.«

»Was wollt ihr Brüder von uns haben?« fragte der Greis.

Thorgeir sagte: »Silber und Gold und Zähne.«

Der Greis sagte: »Wir sind reichlich versehen mit Kostbarkeiten, als da sind unsere Seelen, die Josa MacDe vom Teufel loskaufte und der Gnade Gottes anheimgab; doch an Zähnen besitzen wir nur den einen Zahn, der aus dem Mund der Magd Belinda genommen wurde und dem wir unsere Verehrung erwiesen haben: wir haben ihn heute hinausgetragen und in einen Schrein gelegt, wo er bis nach Weihnachten liegenbleibt.«

»Was für Waffen habt ihr?« fragte Thorgeir Havarsson.

»Nur die Waffe«, sagte der Mönch, »vor der ein jeder Sieger sich wird beugen müssen, und das ist die Armut Christi.«

Thorgeir fragte, welchen Beweis es dafür gebe.

Der Mönch sagte: »Ehe die Römer, die das größte Reich der Welt beherrschten, Christus kreuzigten, zerschnitten sie erst sein Gewand und teilten es unter sich. Doch in derselben Stunde, als Christus nackt an das Kreuz geschlagen wurde, da wurde er nicht nur der Beherrscher des Römerreichs, sondern auch der Signor der ganzen Schöpfung«.

»Nie habe ich meinen Schwurbruder Thormod davon reden hören«, sagte Thorgeir Havarsson, »und doch ist er ein guter Dichter. Und es ist nicht leicht zu erkennen, auf welche Weise ihr über Menschen Siege erringen könntet.«

Der Greis sagte: »Vor Zeiten stand hier das reichste Münster und beste Mönchskloster in Irland, bis die Endlandssöhne unter lohegefärbten Segeln kamen, Nordländer; wir aber nennen sie Scheusale oder Ungeheuer; sie zerstörten unser Kloster und mordeten uns Brüder alle und verbrannten in einer einzigen Stunde unsere Bücher, die wir in fünfhundert Jahren geschrieben hatten; sie zerstörten auch alle unsere Heiligtümer, und alles, was Geldes wert war, nahmen sie mit sich fort. Diese Raubzüge wiederholten die Endlandssöhne achtzehnmal. Schließlich wurde es uns Brüdern leid, das Münster wiederzuerrichten; es kam auch dahin, daß wir daran zweifelten, ob Christus der rechte König des Himmels und der Erde sei, da er sich nicht rührte, wenn seinen Freunden so hart mitgespielt wurde; bis aus dem Himmelreich der Engel herabflog, der Michael genannt worden ist und an seiner Seite steht. Um uns umzustimmen, sprach Michael diese Worte: ›Wissen sollt ihr, daß die Endlandssöhne, die auf schwarzen Schiffen fahren, keine Macht über die Farbe ihres Haares haben; hingegen hat Christus sie zu seinem Hammer gemacht, um dieses Münster achtzehnmal zu zerstören, weil dessen Brüder allzu schwer lernten, seine Liebe zu schätzen. Dieses ist seine Botschaft: Wenn einige seiner Freunde auf Erden sich über Arme erheben wollen, so sollen sie seine Feinde heißen; und ihre Häuser, wie prächtig sie auch gebaut sein mögen, sie sind die Pforte der Hölle, und Christus wird sie zerstören; und ihre Bücher, wie klug und kunstvoll sie auch verfaßt sein mögen, sie sollen verbrennen. Und wenn ihr euch auch mit den Fingerknöcheln der Heiligen brüstet, die vor dem Herrn die treuesten Sachwalter von Königen und Herzögen gewesen sind, und euch des Splitters vom heiligen Kreuz rühmt, den ihr gekauft habt, so wird euch dennoch keine Hilfe zuteil werden, solange ihr euch mit Titeln und Würden über die Armen erhebt. Schickt eure Heiligtümer fort in heidnische Länder, die besten, die ihr habt, damit durch sie bei Übeltätern und Wilden Wunder und Wahrzeichen geschehen können. Und jede Glocke und jedes Bildnis, Buch und Kreuz und Kelch und Schrein vergrabt tief in der Erde; eure Kühe schlachtet für die Bedürftigen. Doch für euch selbst sollt ihr nur den Zahn jener Magd kaufen, die von allen edlen Frauen am wenigsten berühmt ist; als sie im Alter von zwölf Jahren am fleischlichen Auferstehungstag der Mutter Gottes zum Beischlaf gezwungen wurde, schlug sie diesen Zahn in die Nase ihres Beleidigers; dieser Zahn wird im Himmelreich über andere Zähne gestellt, auch ist er drei Daumen lang und vier breit, und die Magd heißt Belinda.‹«

Die Kaufleute bewunderten diese Geschichte sehr und sagten, dieser Zahn sei gewiß äußerst nutzbringend; sie fragten, für wieviel Silber die Brüder den Zahn feilböten.

Der Greis sagte: »Von den Vorzügen dieses Zahns ist schnell berichtet. Ein Jahr, nachdem wir Brüder unseren Besitz weggegeben und den Zahn gekauft hatten, suchten uns Nordländer heim; und als sie hier nichts von Wert fanden und nur Barfüßler antrafen, da köpften sie diejenigen von uns, die zu Alter gekommen waren, und warfen unsere Rümpfe über die Meeresklippen den Haifischen zum Fraß vor; unsere Köpfe aber nahmen sie mit auf ihre Schiffe, denn sie dachten, daß wir ohne Köpfe nicht zu Christus, unserem Helfer, gelangen könnten. Diejenigen aber von uns, die noch im Jugendalter waren, legten sie in Bande und brachten sie in fremde Länder und kauften dafür Waren. Und dieses Mal war, als die Söhne des Endlands fortsegelten, an der Stelle, auf der wir jetzt stehen, nichts übrig als unser Blut auf den Felsen und der Zahn der edlen Belinda.«

Als die Kaufleute hörten, daß der Zahn nicht den Sieg verbürgte, kamen ihnen Zweifel. »Auf welche Weise seid ihr Mönche wieder hierhergekommen«, fragten sie, »wo doch eure Köpfe auf Schiffen fortgebracht wurden?«

Der Vorsteher antwortete: »Der Erzengel Michael kam wieder zu uns, nachdem wir geköpft waren. Er hielt uns eine lange Rede mit Hymnen und Psalmen und sprach also: ›Kein Heiligtum ist so mächtig, daß es den Menschen schützen könnte, der auf sich selbst vertraut, auf seine Stärke und Tapferkeit, Schönheit und Gesundheit, Klugheit und Gelehrsamkeit: Wer darauf am meisten vertraut, der wird zuerst fallen. Denn nur er allein ist es, der schön ist und gesund, klug und gelehrt, tapfer und wirklich stark, und er heißt Josa MacDe. Nun hat man euch entweder einen Kopf kürzer gemacht und den Haifischen vorgeworfen, oder man hat im Ausland mit euch Handel getrieben, und die einen von euch wurden mit Honig und die anderen mit Teer bezahlt. So ergeht es denen, die auf das vertrauen, was für einen sterblichen Menschen den allergeringsten Wert hat. Aber da Christus euch freundlich gesinnt ist, hat er mich zu euch gesandt, auf daß ich euch in seinem Namen die Liebesgabe verheiße, um derentwillen allein sich euch die Tore des Himmelreichs auftun werden.‹«

Die Kaufleute fragten, was für eine Gabe das sei und ob man mit ihrer Hilfe gewinnbringend Handel betreiben könne.

Der Greis sagte: »Jetzt werde ich euch eure erste Frage beantworten: wie wir wieder hierherkamen, nachdem wir doch geköpft oder verkauft worden waren. Dazu ist kurz und bündig zu sagen, daß wir dieselben Leute, die uns heute abend gekauft haben, morgen früh verkaufen werden; und arme Menschen, die ihr bei Sonnenuntergang köpft, sie werden, ein jeder von ihnen, bei Tagesanbruch mit zwei Köpfen auferstehen; und die Menschen, die ihr jetzt in Ketten legt, sie werden bald danach von Flügeln getragen werden. Doch nur dann werden sterbliche Menschen den Sieg über ihre Feinde davontragen, wenn ihr um Christi willen euer Geld und euren Ruhm, eure Schönheit, Gesundheit, Stärke, Klugheit, Gelehrsamkeit und Tapferkeit fahren laßt. Und als wir Brüder hier erneut über dem Zahn Belindas ein Münster errichteten, hat uns der Engel mit den Schwären geschlagen, die Aussatz genannt werden, und das ist die herrlichste Liebesgabe Christi, denn kraft ihrer wurde dem armen Menschen Lazarus an demselben Tage das Paradies aufgetan, an dem der reiche Mann in der Hölle brannte. Und seitdem hat sich keiner der Endlandssöhne an uns herangewagt.«

Bei dieser Geschichte stand Thorgeir Havarsson auf und ging hinaus. Er irrte eine Weile zwischen den Hütten umher, fand aber schließlich einen Weg ins Freie; es schien ihm ein böses Zeichen zu sein, daß schwarze Ziegen hinter ihm her meckerten.

Zweiundzwanzigstes Kapitel

Zu dieser Geschichte gehört der Mann, der Thorkel Strutharaldsson hieß; er wurde »der Lange« genannt. Thorkel war Anführer einer Wikingerschar und befehligte eine Flotte; einige Geschichtenerzähler rechnen ihn zu den Jomswikingern, in englischen Büchern aber gilt er als Schwede. Er war mit seiner Schar weit umhergezogen und hatte viele Schlachten geschlagen, entweder auf eigene Faust oder als Verbündeter fremder Könige und Herzöge; sie nahmen ihren Sold im voraus und ihren Beuteanteil nach dem errungenen Sieg. Wenn sie vorauszusehen glaubten, daß der König, dem sie Beistand leisteten, den kürzeren ziehen würde, so pflegten sie sich mit seinen Feinden zu verbünden und sich ebenso tapfer gegen ihre früheren Freunde zu stellen, wie sie ihnen vorher beigestanden hatten; sie legten es stets darauf an, dort zu sein, wo Beute geteilt wurde.

Thorkel der Lange war in Schlachten stets siegreich, und seiner Schar schlossen sich viele Beutemacher an, die mit wenigen Schiffen fuhren und nicht stark genug waren, dort Strandraub zu begehen, wo es eine Verteidigung gab. Dennoch fehlte es Thorkel oft an Leuten, weil das Leben seiner Mannen kürzer währte als ihr Ruhm; vielen brachten die Unbilden des Wetters und die Entbehrungen den Tod, auch die vielerlei Krankheiten, von denen Schiffsleute befallen werden; manche wurden auf Raubzügen erschlagen oder gefangengenommen, auch wurden viele fahnenflüchtig. Deswegen schickte Thorkel ständig Leute aus, die ihm Mannschaft anwerben sollten, um die Lücken zu füllen. Dabei wurden besonders nordische Vagabunden zusammengetrieben, die auf Abenteuer und Ruhm erpicht waren, jedoch wenig oder nichts besaßen. Und auf diese Art und Weise gelangte der Kämpe Thorgeir Havarsson vom Westen aus Irland in die Schar Thorkels des Langen.

Zu der Zeit herrschte über England der König, der in nordischer Sprache Adalrad genannt wurde. Als Verteidiger der Engländer gegen ihre Feinde war er schwach, dafür aber um so stärker als Steuereintreiber gegenüber seinen Untertanen. Den Engländern schienen nicht alle Steuern gleichermaßen notwendig, die er von ihnen verlangte, und er mußte, wie es manch einem König erging, einige Steuern mit Härte und Folter eintreiben. Wenn fremde Gewalttäter das Land überfielen, pflegte er sich von ihnen freizukaufen; für fremde Banden gab es hier eine sichere Geldquelle. Adalrad liebte Emma, seine Königin, über alles, und in all den Stunden, die er nicht auf

Steuereintreibung verwendete, saß er in seinem Schloß, und wenn er nicht gerade diese Frau betrachtete, schnitzte er Vögel aus Bein.

Es ist nun auf diesen Blättern nicht möglich, allen Händeln zwischen Thorkel dem Langen und Adalrad nachzugehen. Sie waren fast alle von derselben Art. Thorkel wurde nicht müde, mit seinen Mannen nach England hinüberzufahren und Adalrad zum Kampf herauszufordern. Sie gingen stets dort an Land, wo der geringste Widerstand geleistet wurde, und nahmen Geiseln. Dann forderten sie Adalrad auf, die Geiseln auszulösen und Friedensgeld zu zahlen oder zu kämpfen. Wenn Adalrad von einem fremden Heer Bedingungen gestellt wurden, wurde er gewöhnlich von einer schweren Krankheit mit heftigem Erbrechen und schrecklichem Durchfall befallen; von ihm war nichts anderes zu erlangen als die Botschaft, daß er bereit sei, das Friedensgeld zu zahlen, das seine Feinde forderten; solches Geld nennen die Engländer Dänengeld oder Gafol.

Als diese Geschichte bis hierher gediehen war, hatte Adalrad bereits eine Unmenge Dänengeld gezahlt. Es kam so weit, daß die englischen Bauern es müde wurden, ihr Geld an Adalrad abzuführen; sie zogen es vor, ihr Eigentum vor ihm zu schützen, oder sie stellten von sich aus Truppen auf, um Stadt und Land gegen die Räuber zu verteidigen, die ihren König besteuern wollten. Solche Taten bezeichnete König Adalrad als größte Dummheit in England und als Landesverrat. Ihm schien von einem fremden feindlichen Heer geringere Bedrohung auszugehen als von seinen Untertanen, denn er befürchtete, daß diese ihm über den Kopf wachsen, seine Kriegsscharen befehligen, ihn vom Königsthron stürzen und ihm alle Macht nehmen könnten.

Nun trug es sich wie schon öfter zu, daß Thorkel und seine Mannen Adalrad auferlegten, ihnen eine Unsumme in Silber zu zahlen, und um ihrer Forderung Nachdruck zu verleihen, hatten sie auf den Themseufern ein Heer gelandet; wie gewohnt erklärte sich Adalrad bereit, alles zu tun, was sie verlangten, doch hatte er Schwierigkeiten mit der Erfüllung. Und als es den Wikingern mit der Auszahlung zu lange dauerte, erklärten sie, Adalrad habe sie betrogen, und lenkten ihre Mannschaft auf Canterbury, die Hauptstadt des Königs und den Sitz des Erzbischofs. Thorkel hatte dort eine große Streitmacht aus Irland, von den Inseln und aus den nordischen Ländern zusammengezogen; alle Leute in der Mannschaft erhofften sich viel von einem Krieg mit Adalrad, wie schon seit eh und je. Und als Adalrad von ihrem Aufmarsch erfuhr, und daß sie wohl vorhätten, Canterbury zu nehmen, da brach er nicht etwa mit seiner Gewohnheit, sondern bekam zunächst gewaltiges Erbrechen; doch danach sammelte er sein Heer zum Kriegszug. Er zog aber nicht gegen Thorkel und die nordischen Wikinger, seine Feinde, sondern unternahm einen Feldzug gegen die Bauern in Wales, seine Untertanen, in der Hoffnung, daß es gelingen könnte, aus ihnen das Friedensgeld für Thorkel herauszupressen; er selber leitete den Kriegszug und erklärte, die Leute aus Wales seien bestimmt keine richtigen Christen, was auch zutraf; aus diesem Grund wollte er das Geld der Bauern haben, reines Silber, geprägtes und ungeprägtes, verarbeitetes und unverarbeitetes, und andere gute Wertgegenstände, und alle Menschenkinder totschlagen, wenn sie nichts hergeben wollten.

Von Thorkel dem Langen aber ist zu berichten, daß es ihm und seinen Kumpanen leid wurde, untätig auf das Friedensgeld Adalrads zu warten. Sie gingen dazu über, Raubzüge durch die benachbarten Grafschaften zu machen und alle Dinge von Wert wegzunehmen, die ihnen in die Hände fielen, so auch Rinder und Butter, und dennoch machten sie geringere Beute, als sie gehofft hatten; die Bauern waren schon oft ausgeplündert worden, und nichts war mehr übrig als ihre Halsknochen. Und als Adalrad noch immer nicht mit dem Friedensgeld zurückkehrte, kam es dahin, daß es den Wikingern über wurde, Habenichtse zu berauben, und sie beschlossen, Canterbury anzugreifen. Und da für die Verteidigung der Stadt die Zahl der Bürger allzu gering war, die Wikinger aber mit zweihundert zwölfrudrigen Schiffen gekommen waren, eroberten sie Canterbury ohne Kampf und raubten alles, was

Wert hatte; Kirchen und Klöster wie auch die Königsburg legten sie in Asche. Und die Häupter der Geistlichkeit, die ein Born der rechten Lehre und ein Vorbild an Reinheit in England waren, nahmen sie als Geiseln; es war eine große Menge, sowohl Mönche wie Nonnen; sie ergriffen den Bischof Gudvini und die Äbtissin Ljufrun und viele andere hervorragende Leute, wie auch den Burggrafen des Königs, Jarl Alfvard, und eine Anzahl von Ratsherren; und schließlich nahmen sie Herrn Alfegus, den Erzbischof selbst, gefangen, den angesehensten und gelehrtesten Mann und Freund Christi, den es je in England gegeben hat; er war damals achtzig Jahre alt.

In englischen Büchern verlautet, daß danach die Nordländer alle Häuser der Stadt niederbrannten und alle, denen nicht die Flucht gelang, niedermachten; tote Menschen trieben scharenweise die Themse hinunter; das Wasser wie die Erde in der Stadt war von Blut gefärbt, berichten die Bücher; Frauen aber und Jugendliche schleppten die Wikinger auf Schiffe und betrachteten sie als ihre Handelsware. Als endlich Adalrad von seinem Feldzug zurückkehrte, nachdem er aus den Bauern in Wales Geld herausgepreßt hatte, und die Königsburg abgebrannt und die Klöster zerstört fand, da erhöhten Thorkel und seine Mannen ihre Geldforderung auf das Doppelte und verlangten Lösegeld für jede einzelne Geisel. Nun wußte sich Adalrad keinen Rat, wie er einen solchen Aufschlag auf die vereinbarte Summe bezahlen sollte, und bat Thorkel um Schonung; Thorkel jedoch erklärte, er und seine Gefährten seien darauf aus, sich mit ihren Schiffen Geld zu verschaffen, und nicht, sich zu vergnügen; es sei seine Pflicht und Schuldigkeit gegenüber seiner Gefolgschaft, allerorten auf Raub auszugehen, solange noch etwas zu holen war; er sagte, das sei von Anbeginn an die Art von Beutemachern und tüchtigen Kerlen gewesen, und sie seien nicht gewohnt, die Klagen von Leuten zu hören, denen es an Kraft gebreche, das Ihre zu behaupten. Und da Adalrad die Bevölkerung schon bis aufs Hemd ausgeplündert hatte, wußte er jetzt nicht, wohin er sich wenden sollte; und ihn überkam starkes Erbrechen. Wie schon früher wurden Thorkel und seine Mannen des Wartens überdrüssig; Thorkel ließ am Palmsonntag bei Tagesanbruch zu einem Treffen vor der Stadt blasen und befahl, Geiseln aus den Kerkern dorthin zu bringen; die Bewohner der Gegend sollten zu dem Treffen erscheinen, und der König wollte seine Vögte dorthin schicken. Thorkel ließ nun jene Männer aus den Schiffsmannschaften zu sich kommen, die am besten befähigt waren, mit Ahlen, Zangen, Scheren, Messern und Beilen umzugehen; die Folterungen sollte ein Jüngling aus Vestfold in Norwegen leiten; dieser Bursche hatte eine bleiche Gesichtsfarbe, war klein von Wuchs, doch äußerst fett, und hatte größere Hinterbacken als die meisten anderen Menschen, so daß er beim Gehen watschelte. Er hieß Olaf Haraldsson und wurde von den Schiffsleuten »der Dicke« genannt. Dieser Bursche hatte sehr kleine Hände und trug an jedem Finger einen Ring oder sogar zwei und drei; er hatte sich zwei silberne Gürtel umgeschnallt, den einen über den anderen, doch wegen seiner Gestalt waren diese Gürtel gerissen; die Gliederplatten waren mit Schnüren aneinandergebunden.

Jetzt wurden die Geiseln herbeigebracht; da kam eine große Zahl von Männern und Frauen zusammen, und fast alle trugen geistliche Gewänder. Olaf Haraldsson gebot, daß die Menschen je nach ihrem Wert in Silber oder Butter gefoltert werden sollten und in der Reihenfolge aufwärts, wie es ihrem Rang und ihrer Würde entsprach: Als erste und am maßvollsten sollte man die peinigen, die am wenigsten Geld oder Butter einbringen würden, wie Laienbrüder oder arme Nonnen und auch einfache Kleriker; danach folgten Chorbrüder und Kanoniker, und darauf kamen Äbtissinnen, schließlich Äbte und Bischöfe an die Reihe, und mit ihnen Jarle und Ratsherren, wie auch deren Frauen. Die Menschen wurden auf verschiedene Weise verstümmelt, den einen wurden Hände oder Füße abgehauen, den anderen die Nase oder die Ohren abgeschnitten; und wer so verletzt wurde, der wird in nordischer Sprache Stummel oder Stumpf genannt; nicht wenigen Leuten wurden die Augen ausgestochen. Den ganzen Tag über wurden König Adalrad Botschaften gesandt, er möge Lösegeld schicken, doch die Antwort lautete stets unverändert, daß alle Schatzkammern in England leer seien und ebenso die Butterkeller. An jenem Tag verloren Hände, Nasen und Augen: Jarl Alfvard, Burggraf des Königs, und verschiedene andere englische Vornehme, wie auch Bischof Gudvini und Äbtissin Ljufrun und eine große Zahl von Menschen aus dem geistlichen und gelehrten Stand. Nachdem die Geiseln verstümmelt waren, wurden sie weggeführt und zu Adalrad geschickt; von dem Tage an waren fast alle Leute, die in England in größtem Ansehen standen, Stummel oder Stumpfe.

Als letzter wurde Alfegus, Erzbischof von Canterbury, auf den Platz geführt. Er war bereits sehr hinfällig und hatte das Augenlicht verloren; zu seiner Rechten ging ein blasser Jüngling, der mit schriller Stimme in herrlicher Verzückung aus einem Psalter sang.

Thorkel der Lange sagte: »Wir halten es für unnötig, einem blinden und ergrauten Greis wie diesem die Augen auszustechen, und wir erwarten, daß Adalrad darin mit uns übereinstimmt; geht hin und sagt dem König, daß wir diesen Mann unverletzt freilassen werden, doch sollen uns zuerst achtzig Großhundert in Silber als Lösegeld für ihn gezahlt werden.«

Da trat der Mann vor, der im Auftrag König Adalrads verhandelte, er verneigte sich vor Thorkel dem Langen und sagte:

»Der Greis und Meister, der dort in Ketten steht, ist nicht nur der Lehrvater und geistliche Vertraute König Adalrads, sondern auch der Bruder und Gefährte des Apostels Petrus in Rom, der für Christus selbst spricht, und für diesen Mann wird jede Summe gezahlt werden, die ihr nennt; das erklären wir im Namen des Königs und der Heiligen Kirche.«

Diese Worte des Königsmannes wurden von seiten der Wikinger mit großem Jubel aufgenommen; sie sagten wie aus einem Munde, der Erzbischof Alfegus sei wahrscheinlich ein sehr vornehmer Herr; das Rufen und Händeklatschen der Wikinger wollte kein Ende nehmen. Doch als es sich legte, konnte man einen Mann hören, der mit dünner, heiserer und zittriger Stimme sich Gehör zu verschaffen suchte; er bat die Abgesandten König Adalrads, zu verweilen und ihn anzuhören. Da sprach in Ketten Meister Alfegus selber.

»Überbringt diese meine Worte«, sagte er, »König Adalrad, meinem Sohn, und Sergio papae, meinem Bruder: Für mich soll nie und nimmer ein anderes Lösegeld gezahlt werden als das, welches Christus am Kreuz aufbrachte, als er meine Seele von der Hölle loskaufte. Sollte ich für weniger freigekauft werden, so könnte ich nie wieder meine Augen erheben, weder im Diesseits noch im Jenseits.«

Die Mannen im Heer wurden sichtlich unfroher, als sie eine solche Antwort von den Lippen des Erzbischofs hörten, Thorkel der Lange aber sagte, in dem alten Alfegus stecke ein Mann mit einem stolzen Herzen. »Mehr soll jetzt nicht getan werden«, sagte er, »bringt den Alten wieder in seinen Turm.«

Nach vollbrachter Tagesarbeit waren die Nordländer nicht von selber froh, sondern sie ließen sich reichlich berauschende Getränke bringen und viel Geschlachtetes zubereiten; sie veranstalteten dort an den Ufern der Themse ein großes Festmahl und zündeten Feuer an. Während des Gelages kamen sie oft darauf zu sprechen, daß der alte Alfegus wahrhaftig ein gemeiner Kerl sei, da er wackere Männer aus Hochmut um achtzig Großhundert in Silber bringen wolle; sie nannten es eine große Schande, daß lasterhafte Mönche Christus, ihren Galgentoten, als schützenden Schoß betrachteten und rechtschaffene Männer in Geldgeschäften zu übertölpeln versuchten; sie ärgerten sich um so mehr, je länger sie diese Sache beredeten. Schließlich sagten alle wie aus einem Munde, daß sie keine weiteren Herausforderungen von seiten der Christen hinnehmen wollten, um nicht ihren Beuteanteil zu verlieren. Und als sie viel gegessen und getrunken hatten und das Fest seinen Höhepunkt erreicht hatte, erklärten einige treffliche Männer aus der Mannschaft, es sei eine große Dummheit, den alten Narren zu verschonen, der es heute mit ihnen hätte aufnehmen wollen. Die Anführer der Mannschaft befahlen, Erzbischof Alfegus wieder vorzuführen; der Befehl wurde ausgeführt. Der Greis war festlich in einen roten

Bischofsmantel gekleidet und hatte seinen Bart zurechtstutzen lassen; an seiner Seite stand der Jüngling Grimkel und sang. Sie führten Alfegus mitten auf den Platz und rissen ihm den Bischofsmantel von den Schultern; da stand der Greis im bloßen Hemd; es war aus grobem Garn geknüpft und hatte viele Knoten; er trug Ketten an Händen und Füßen. Jetzt begannen sie, den Bischof mit großen Rinderknochen und abgenagten Knorpeln zu bewerfen wie auch mit Kuhhörnern und anderem Zeug, das ihnen geeignet schien. Da erscholl eine Stimme aus der Mannschaft, es war Olaf der Dicke Haraldsson.

Er sagte: »Es soll wahr sein, daß es unter den Wikingern mehr lasterhafte Männer gibt als anderswo; doch wo sind sie jetzt, daß ihr stillschweigt, wenn Knochen und Knorpel einen so mädchenhaften Burschen treffen wie den, der da steht und singt?«

Diese Worte bewirkten, daß einige der Männer den Burschen unter lautem Gelächter von der Seite des Erzbischofs zogen und ihn zwangen, sich zu ihnen zu setzen. Der Greis stand jetzt in Ketten allein auf dem Platz. Zuerst stand er aufrecht und hatte die Augen zum Himmel erhoben, obwohl er blind war, und murmelte etwas, was niemand verstehen konnte; doch als er oftmals von großen Knochen getroffen worden war – so verlautet in englischen Büchern –, sank er auf die Erde; da hatte er schwere Verletzungen an Rumpf und Gliedmaßen, und der Schädel war gebrochen; so schlugen an jenem Tage nordische Männer Alfegum archiepiscopum venerabilem zu Tode.

Dreiundzwanzigstes Kapitel

Es wird berichtet, daß Olaf Haraldsson zwei kleine Schiffe in der Flotte Thorkel Strutharaldssons gehabt habe; er hatte sie zu Hause in Vestfold zum Geschenk erhalten, als er den ersten Zahn bekam. Olaf war seit seiner Kindheit auf See und hatte zuerst die Arbeiten verrichtet, die man jungen Burschen zuzuweisen pflegt; dann, als er aus den Kinderschuhen heraus war, wurde er Anführer einer Mannschaft. Er war mit seinen Schiffen weit herumgekommen und brüstete sich mit Kämpfen von der Ostsee bis nach Spanien; viel später zog er Skalden zu sich heran, die Loblieder über seine Heldentaten in fernen Ländern dichten sollten. Von ihm wird erzählt, daß er Gotland in einer Schlacht eroberte, als er zwölf Jahre alt war, sich dort niederließ und sich die Bewohner untertänig machte. Er behauptete, in Kennemerland mit einem riesigen Reiterheer gekämpft und es besiegt zu haben. Die Wahrheit war jedoch, daß sein Mut für andere Leute wenig offensichtlich war, bis hin zu dem Tag, an dem er sich mit Thorkel Strutharaldsson zusammentat. Die Wikinger, die mit wenigen Schiffen und kleiner Mannschaft fuhren, hatten es immer schwerer, den Sieg über Bewohner der Küsten Europas davonzutragen, denn sie waren nicht stark genug, an den Stellen Strandraub zu begehen, wo etwas zu holen war; dort stießen sie stets auf Widerstand; sie mußten sich damit begnügen, da zu heeren, wo es keine Landesverteidigung gab. Doch hatte die Sache den Haken, daß es an solchen Orten auch kein Geld gab und die jungen Männer so mager und die Frauen so abgearbeitet waren, daß sie als Knechte und für den Sklavenhandel nur geringen Wert hatten. Diese Wikinger mußten es dabei bewenden lassen, Kühe zu rauben, wenn welche da waren, und sie in Fässern einzusalzen, oder Ziegen, und es war schon viel, wenn sie genug für ihre Ernährung erbeuteten; viele Leute aber wurden für den Schiffsdienst untauglich infolge ständigen Mangels an Nahrungsmitteln, und viele starben am Scharbock. Sie hatten auch nur wenig gute Kleidung.

Doch als die Schar Olafs des Dicken zu Thorkel dem Langen stieß, hob die Zeit an, in der seine Mannen satt zu essen hatten; auch war es Gesetz, daß jeder Wikinger die Sachen desjenigen behalten durfte, den er hatte erschlagen können; doch wenn Schlösser oder Kirchen ausgeraubt wurden oder die Schatzkammern von Burggrafen, dann bestimmten die Anführer über die Aufteilung. Wenn die Beute reichlich war, teilten die Anführer Waffen, Kleider und Geld mit der Mannschaft.

Nachdem Canterbury erobert war, konnte man sehen, daß die meisten Männer in der Flotte der Wikinger die Kleider trugen, die sie den Stadtbewohnern abgenommen hatten. Manch grimmiger Wikinger trug da eine Mönchskutte, und einige hatten farbenprächtige goldbestickte Meßgewänder an und benutzten einen Bischofsstab als Spazierstock; Totschläger mit wirrem Haar und struppigem Bart putzten sich mit Bischofsmitren; andere wiederum trugen Goldbänder und anderen Kopfschmuck von Äbtissinnen; die Anführer zogen Goldringe auf ein Band und ließen sie von ihrem Gürtel baumeln, wenn an ihren Fingern kein Platz mehr war.

Eines Tages prüfte Olaf der Dicke die Stärke seiner Mannschaft und musterte ihre Kleider und Waffen. In der Schar befand sich ein Mann, der nicht so verkommen und abgehetzt zu sein schien wie die meisten Herumtreiber und Landstreicher, die hier zusammengekrochen waren; dieser Mann machte einen mannhaften und grimmigen Eindruck, trug jedoch eine grobe Joppe und ärmliche Waffen.

Olaf sagte: »Du hast schlechte Kleider, Freund, und Waffen, die nicht nach Sieg aussehen; wünsche dir von mir, was du willst.«

Der Joppenmann antwortete: »Ich bin kein Bettler und nicht hierhergekommen, um Almosen anzunehmen, sondern um Ruhm zu erwerben.«

»Warum hast du dir da nicht bessere Kleider in Canterbury verschafft?« fragte Olaf Haraldsson.

»Deswegen«, sagte der Joppenmann, »weil man es dort nur mit jenen Männern zu tun hatte, die fast so wehrlos sind wie Frauen und die wir Pfaffen nennen; da waren auch viele Frauen und die meisten schwanger; doch kampffähige Männer waren bei ihrer Arbeit oder auf Kriegszug. Es macht mir wenig Ehre, Mönchen und Nonnen oder Schwangeren die Kleider wegzunehmen und sie anzuziehen. Da will ich lieber meine Joppe tragen, die ich dem Bauern Gils Masson abnahm, als ich ihn an den Hornstranden erschlug; in ihr rettete ich mich in Irland.«

Olaf der Dicke fragte, wer der Mann sei, der so mannhaft redete; der dürfte kein Schwächling sein.

»Thorgeir heiße ich und bin der Sohn Havars, ein Isländer«, sagte er. »Und was den Umhang betrifft, den du mir schenken willst, so haben meine Mutter und mein Schwurbruder Thormod Kolbrunarskalde gesagt, daß sich für einen wackeren Mann nur solche Geschenke ziemen, die ihm ein König nach der Schlacht entsprechend seinem Verdienst gibt. Ich werde in dieser meiner schlechten Joppe kämpfen, bis ich mit meiner Waffe den Umhang verdient habe, den zu tragen einem tapferen Mann zur Ehre gereicht; doch falle ich verwundet, so ist es recht, wenn ich vorher kein größeres und besseres Stück als dieses gehabt habe. Wenn wir das nächste Mal eine Schlacht schlagen, sind hoffentlich die Männer zugegen, von denen meine Mutter gesagt hat, daß sie bereit sind zu kämpfen; dann wird sich zeigen, was für ein Mann in mir steckt, trotz dieser meiner schlechten Kleider.«

Olaf der Dicke sagte: »Sonderbare Menschen seid ihr Isländer, die ihr keinem König untertan seid und nur auf euch selbst vertraut; das ist auf der Welt ohne Beispiel. Welchen König würdet ihr denn über euch setzen, wenn ihr die Möglichkeit hättet zu wählen?«

Thorgeir Havarsson sagte: »So sehr vertraue ich euch, daß ich nur das tun werde, was du mir gebietest.«

»Das ist«, sagte Olaf, »mannhaft gesprochen, und noch niemand hat mir gegenüber solche Worte gebraucht; du wärest sicher ein guter Königsmann. Ich bitte dich, diesen Fingerring von mir anzunehmen, da ich von dir größere Dinge als von anderen erwarte.«

Nachdem nun die Nordländer eine solche Tat wie die Zerstörung von Canterbury vollbracht hatten, stieg ihnen ihr Ruhm zu Kopf, und sie meinten, von nun an stünden ihnen alle Wege in England offen. Sie hielten wichtige Beratungen an den Ufern der Themse ab. Die Reden der Anführer liefen darauf hinaus, daß es jetzt an der Zeit sei, die Aufmerksamkeit stärker als zuvor auf London zu richten; das war der reichste und bevölkertste Ort in England, die Stadt, die noch von keinem fremden Heer erobert worden war. Die Wikinger hatten erfahren, daß dort größere Reichtümer als in anderen Städten angehäuft waren; dort saßen viele angesehene Aldermen und Lords sowie wohlhabende Kaufleute, die Handelsschiffahrt betrieben; dort gab es auch viele Gewerbetreibende und Handwerker, die verschiedene Waren für die Bevölkerung herstellten, Weber, Gerber, Goldschmiede und andere kunstfertige Leute. Nordländer betrachteten auch das als erstrebenswerte Arbeit, die Einwohner zu berauben und ihnen Kostbarkeiten, Waffen und bares Geld wegzunehmen, wie auch Haushaltsgegenstände, Waren und andere Dinge, die den Menschen von Nutzen sind. Thorkel ordnete jetzt an, daß im ganzen Heer die Waffen zu schärfen und zu putzen seien; die Schiffe solle man zum Kampf rüsten und mit ihnen den Fluß hinaufsegeln. Er sagte, er habe dem Heer die Aufgabe zugedacht, London anzugreifen, und versprach jedem Mann die Beute zu eigen, die er zu machen imstande sei, doch nicht mehr, als jeder einzelne zu tragen vermochte; alles hingegen, was von Pferden getragen oder auf Wagen gefahren würde, sollte ungeteilter Besitz des Heeres bleiben und König Thorkel das Verfügungsrecht darüber haben; das war ein Wikingergesetz.

Die Wikinger segelten nun mit der Flotte den Fluß hinauf und gebärdeten sich kriegerisch, stießen in die Hörner, brüllten und schwangen Pferdeknarren. Flußabwärts steuerte ihnen das Heer König Adalrads entgegen und wollte sie aufhalten; doch dem Heer gebrach es an Zorn und Standhaftigkeit; es hatte auch kein Vertrauen zur Fähigkeit seiner Führer, den Wikingern Widerstand leisten zu können; auch war zu der Zeit kein Schiffsheer in Europa imstande, gegen die Seekönige aus dem Norden zu kämpfen; in englischen Büchern wird auch berichtet, daß im Heer der Engländer Zank und Zwietracht herrschten und die Anführer König Adalrads vollauf damit beschäftigt waren, einander zu verdrängen; die einen wollten Freunde des Königs sein, die anderen aber ihn verraten; und englische Kleriker sind davon überzeugt, daß viele gute Männer im Heer des Königs von den Nordländern bestochen wurden; einige wurden sogar ohne Geld und aus eigenem Antrieb zu Hochverrätern, in der Hoffnung, es würde ihnen dann besser ergehen; so lag die Landesverteidigung sehr im argen.

Von König Adalrad ist dieses zu berichten: Als ihm die Nachricht überbracht wurde, daß die Wikingerflotte auf London heranrücke, befiel ihn stärkeres Erbrechen, als man es je bei ihm erlebt hatte, und er legte sich in einem einsamen Haus zur Ruhe. Die Mannschaften Adalrads wurden entweder niedergemacht oder gefangengenommen, außer denen, die an Land flohen und sich in Wäldern und Bauernhäusern verstekken konnten. Die Wikinger setzten ihre Fahrt fort und legten am Abend ihre Schiffe auf dem Fluß vor den Londoner Landebrücken dicht nebeneinander vor Anker; sie bereiteten sich vor, anzugreifen und bei Tagesanbruch über die Stadtmauern zu steigen. Es war kein Heer in der Stadt; die Stadtbevölkerung allein mußte die Verteidigung übernehmen. Und als die Londoner bemerkten, daß ein unüberwindliches Heer heranrückte, da bereitete sich jeder darauf vor, sein Haus und sein Hab und Gut zu verteidigen, ein jeder mit der Waffe, dem Gerät oder Werkzeug, das er bei der Hand hatte. Es gab nur eine geringe Zahl von Waffen, mit denen man im Krieg zufrieden sein konnte, auch waren nur wenige kriegstüchtige Männer in der Stadt; die meisten waffenfähigen Männer waren bei der Arbeit auf den Äckern ihrer Lords oder im Heer Adalrads oder waren in den Dienst anderer Könige getreten oder fuhren als Händler zur See; in der Stadt waren vor allem Greise, Kinder oder ganz junge Menschen, wie auch viele Frauen und Krüppel; ferner viele Aussätzige und Notleidende sowie verstümmelte Lotterbuben und Diebe. Und als zum Angriff geblasen wurde und die Wikinger mit Geschrei auf die Landungsbrücken stürzten und ihre Waffen erhoben und Leitern an die Stadtmauern legten, da stießen sie auf diese Leute. Die legten sich ins Zeug, wie und wo sie nur konnten: die einen kämpften mit Besen, die anderen mit Feuerhaken, manche mit Harken oder Heugabeln, viele mit Keulen und Hämmern; alte Menschen und Bettler wie auch verstümmelte Diebe kämpften da mit ihren Krücken, Kinder mit ihrem Spielzeug; auch überschütteten die Einwohner die Wikinger mit einem Hagel von schweren Steinen; da stürzten sich ehrenwerte Hausfrauen und arme Weiber, manche davon schwanger, auf die Wikinger, manche sogar mit Wickelkindern auf dem Rücken; und Seite an Seite standen reine Jungfrauen und verdorbene Huren und übergossen die Angreifer mit kochender Harnlauge; andere Leute bespritzten sie mit siedendem Teer oder pumpten Wasser aus dem Fluß auf sie; man warf brennende Fackeln auf die Flotte, und an vielen Stellen brachen Feuer aus und verbreiteten sich von Schiff zu Schiff; es dauerte nicht lange, bis die Flotte in hellen Flammen stand und viele Schiffe der Wikinger untergingen. Den Städtern gelang es auch, alle Stege und Leitern zu zerstören, auf denen die Wikinger die Stadt hatten erstürmen wollen. Jeder Wikinger aber, dem es gelang, über die Mauer zu kommen, wurde von der Menge umringt und bedrängt und mit vielerlei unedlem Gerät geschlagen oder mit Schnitz- und Tischmessern, Feilen und Ahlen, Nadeln, Stricknadeln und Scheren gestochen, oder von den Städtern zu Tode gebissen oder bei lebendigem Leibe in Stücke gerissen und den Hunden vorgeworfen.

Als es so weit gekommen war und König Adalrad von diesen Ereignissen erfuhr, bekam er, wie englische Bücher berichten, solche Angst, daß ihm das Erbrochene im Halse steckenblieb, wie wenn eine Lawine in einer zu schmalen Schlucht aufgehalten wird. Denn die Furcht, die fremde Gewalttäter den Herrschenden verursachen, ist gering im Vergleich zu der Furcht, die diese vor ihren Untertanen haben. Und als er erfuhr, daß die Londoner mit großem Eifer die nordische Flotte verbrannten und versenkten und die Wikinger in Harn kochten und sie mit Tischmessern abschlachteten, da kam es ihn hart an, daß der dumme Pöbel, unbewaffnet und ohne Kenntnisse in der Kriegführung, an einem einzigen Morgen die Weisheit kluger englischer Könige die Vorzeit widerlegt hatte, nach der die Nordmänner unbesiegbar waren. Das englische Verteidigungsheer hingegen war in die Wälder geflohen oder hatte sich in Ställen versteckt. Dann stand Adalrad auf und war gesund; er schickte eilends Leute zu Thorkel dem

Langen Strutharaldsson mit der Botschaft, er wolle mit ihm verhandeln und dafür einen Zeitpunkt vereinbaren. Die Wikinger gingen sofort darauf ein und zogen von der Stadt ab; diejenigen Schiffe, die nicht verbrannt oder gesunken waren, ruderten sie stromabwärts. Mit Adalrad verabredeten sie ein Treffen in der Flußmündung. Dort wurde der Vertrag geschlossen, der in den Büchern der Engländer berühmt geworden ist und in dem Adalrad sich verpflichtete, den Wikingern vierhundertundachtzig Großhundert in Silber als Gafol zu zahlen. Da aber Adalrad kein Geld hatte, bot er an, ihnen alle Türen in London öffnen zu lassen; sie sollten die Schutzwache der Stadt heißen. Er versprach, Befehl zu erteilen, daß die Bevölkerung ihnen höchste Achtung erweisen und sie von allen Führern am meisten lieben sollte; alle Herrlichkeiten der Stadt sollten ihnen vor jeder Obrigkeit in England zu Gebote stehen. Und da Thorkel und seine Mannen von Natur aus heimatlose Gesellen waren, kam es ihnen nicht in den Sinn, sich Land und Macht anzueignen; sie waren einzig und allein auf Raub von Geld und Gut aus. Sie beantworteten das Angebot König Adalrads mit dem Versprechen, daß sie fürwahr seine Landesverteidiger gegen seine Untertanen werden wollten, die sich dreist gegen berühmte Heerführer und vornehme Sieger stellten und sie mit Tischmessern und Kellen, mit Besen und Krücken angingen oder ruhmreiche Kämpen mit Harn überschütteten.

Vierundzwanzigstes Kapitel

König Adalrad hatte, wie schon berichtet, eine Frau mit Namen Emma; sie war die allerschönste Prinzessin. Königin Emma war gebürtig aus der Normandie und die Schwester eines großen Edelmannes, von dem hier zu berichten ist, des Jarls Rikard von Rouen; die Geschwister stammten in der männlichen Ahnenreihe von Göngu-Hrolf ab. Jarl Rikard von Rouen war zu dieser Zeit in mancherlei Schwierigkeiten geraten, doch kann in diesem Buch nur sehr wenig davon dargelegt werden; fast alle Gelehrten sind sich aber darüber einig, daß er ein recht kluger Herrscher war.

Gemäß den Verträgen zwischen den Jarlen von Rouen und den Königen von Frankreich, ihren Gebietern, war den zuerst Genannten auferlegt, ständig ein starkes und wohlgerüstetes Heer zu unterhalten, doch nicht, um Rouen zu schützen, sondern um dem König von Frankreich Hilfe zu leisten, wenn dieser andere Fürsten mit Krieg überzog; der Jarl von Rouen bekam den Sold der Mannschaft in Silber ausbezahlt und hatte dadurch große Geldeinnahmen. Jarl Rikard hatte deshalb stets wenig Truppen in seiner Stadt, und es fehlte ihm an Macht, Steuerabgaben und andere Forderungen mit angemessenem Zwang durchzusetzen. Aus diesem Grunde vereinigten sich die Bauern gegen Rikard und beriefen hinter dem Rükken des Jarls eine Versammlung von Abgesandten aus vielen Bezirken ein und berieten darüber, was ihrem Stand zum Guten gereichen könnte. In den benachbarten Ländern, Grafschaften und Herzogtümern hatte Rikard keine guten Freunde; die Fürsten nutzten jede Gelegenheit, ihn nach Kräften durch Rechtsbrüche und Übergriffe zu verdrießen, und ein jeder versuchte, sich auf Kosten des anderen zu bereichern. In dieser Geschichte kommt ein solcher Fürst vor, Odo mit Namen; wir nennen ihn Odd; er herrschte über Chartres.

Jarl Rikard von Rouen hatte folgende Beschuldigungen gegen diesen Fürsten vorzubringen: Odd hatte die Schwester Jarl Rikards, Maud mit Namen, geheiratet; als Mitgift hatte sie einen großen und reichen Bezirk bekommen, der in der Sprache der Franzosen Dreux heißt, in unserer Sprache aber Draugsborg. Als nun Odd eine Zeitlang mit Maud gelebt hatte, wurde er der Frau überdrüssig; ihm gefielen alle anderen Frauen besser. Er schickte Fürstin Maud in ein Kloster und beredete eine heilige Jungfrau, ihr Gift zu mischen. Doch obwohl Fürst Odd sich von der Frau losgesagt und sich andere Frauen genommen hatte, wollte er die Stadt Dreux und das dazugehörige Land seinem Schwager, dem Jarl von Rouen, nicht herausgeben. Rikard forderte nun das Gebiet von Odd und ließ nicht locker, bis es beiden zuviel wurde: Daraus erwuchs Unfrieden zwischen den beiden Fürsten, und sie unternahmen Kriegszüge gegeneinander; Rikard bot ein Heer auf, um in der Grafschaft Chartres zu brandschatzen, und Odd entsandte Kriegsvolk, um die Normandie zu verheeren. Es wurde jedoch nicht bis zur Entscheidung gekämpft, wozu besonders der Umstand beitrug, daß nahezu alle Männer in den Heeren der Fürsten sich verschwägerten, wenn sie nicht schon vorher nahe miteinander verwandt oder versippt waren: Sie gründeten wechselseitig Bauernwirtschaften in diesen Ländern, als ob es eines wäre, obwohl die Fürsten sagten, es seien zwei. Und als die Fürsten zorngeschwollen den Krieg zwischen beiden Ländern erklärten und Kampf, Totschlag und Gerechtigkeit aus Liebe zu Christus verkündeten und Helden darauf in die Schildränder bissen, zog das Volk Trinkgelage, Beischlaf und Kindstaufen vor. Aus diesem Grunde geriet Jarl Rikard von Rouen in nicht geringe Schwierigkeiten, als es darum ging, bei Odd von Chartres, seinem Schwager wider Willen, zu seinem Recht zu kommen.

Nun wendet sich die Geschichte König Thorkel dem Langen und den Wikingern zu. Sie saßen wohlversorgt als Gäste König Adalrads in London und bekamen von jedermann, was sie verlangten; sie leerten die Schatzkammern der Stadt und trugen alles, was Wert besaß, auf ihre Schiffe. Als aber die Biervorräte Londons zur Neige gegangen waren und das Schlachtfleisch der Bürger aufgegessen war und sie diejenigen, die ihnen nicht gefielen, erschlagen und bei den Frauen, aus denen sie sich etwas machten, umsonst geschlafen hatten und als für dieses Mal in der Stadt keine größeren Ruhmestaten auf tapfere Burschen warteten und die Abenteuer seltener wurden, da begannen sie sich sehr zu langweilen; sie verlangten jetzt von Adalrad, er solle sie an Orte schicken, wo Taten zu vollbringen seien; sie sagten, die Biergelage in London seien öde; ihnen stand der Sinn nach größerem Ruhm, sie wollten Gold und Juwelen haben oder dorthin gehen, wo man gegen Waren und Kostbarkeiten und andere Beute, die sie in London gemacht hatten, gängiges Silber eintauschen konnte.

König Adalrad antwortete: »Groß ist euer Mut und euer Vorwärtsstreben, Wikinger, und es bedeutet für mich wahrlich einen schmerzlichen Verlust, wenn ich auf eine solche Wachmannschaft, wie ihr es seid, verzichten muß. Es ist die reine Wahrheit, daß ich von der Zeit an, da ich im Mutterleibe lag, noch nie so gesund gewesen bin wie jetzt, seit ihr in London seid. Ich glaube jedoch zu sehen, daß mir eure Gefolgschaft und Hilfe nicht länger von Gott zugedacht ist, und deshalb will ich jetzt kundtun, welche Abmachung ich mit euch bei unserem Abschied treffen will. Mein Schwager, Jarl Rikard von Rouen, hat mir eine Botschaft geschickt. Er ist in großen Schwierigkeiten, wie sie vielen guten Fürsten durch ihre Feinde im In- und Ausland bereitet werden. Kurz und gut, mein Schwippschwager Odd von Chartres hat Maud, seine Frau, zu einer Äbtissin geschickt und sie ermorden lassen und weigert sich nun, ihre Mitgift an Rikard zurückzugeben. Da Rikard sein Heer an König Rodbert von Frankreich verpachtet hat, fehlt es ihm jetzt an Kriegsvolk, um sich für die Kränkung zu rächen. Er bietet viel und gutes Geld und andere schöne Dinge der Kriegsschar, die willens ist, mit ihm gegen Odd zu ziehen und ihn und sein Gezücht zu töten, das Land auszurauben und Chartres niederzubrennen.«

Als die Wikinger diese Botschaft vernommen hatten, beriefen sie ein Mannschaftsthing ein und berieten, ob sie zusagen und sich gemäß dem Angebot und Ersuchen Jarl Rikards in die Sache der Fürsten einmischen sollten; die klügeren Männer der Mannschaft meinten, daß ein Unternehmen, wie es hier in Aussicht stand, ihnen viel Glück bringen würde; sie schickten einen Eilboten zu Jarl Rikard in Rouen, daß König Thorkel der Lange bereit sei, ihm mit seinen Mannen Beistand zu leisten. Danach rüsteten sich die Wikinger zur Fahrt und ruderten die Themse hinunter; und als sie auf den Ärmelsund hinausfuhren, kam günstiger Fahrwind auf; sie setzten Segel und steuerten in die Seinemündung und von dort den Fluß hinauf, bis sie an die Burg von Rouen kamen; dort legten sie sich vor Anker und ließen dem Jarl sagen, daß König Thorkel Strutharaldsson mitsamt seinen Unterkönigen und seiner erlesenen Mannschaft auf Einladung König Rikards eingetroffen sei.

Die Stadtbewohner überstürzten sich keineswegs, das Heer zu empfangen; doch spät am Tage suchten Legaten des Jarls Thorkel auf und überbrachten die Botschaft, die Räuber sollten ein Bad nehmen, sich die Läuse vom Kopf kämmen und ihre Haare mit Seife waschen, ehe sie Jarl Rikard aufsuchten.

In der Flotte gab es viele treffliche Männer, die sagten, das sei eine beleidigende Botschaft; die Seekönige hielten es zumeist für feiner, goldbestickte Mäntel und eine Menge schwerer Ringe und Edelsteine zu tragen, statt sich wie Weiber und andere Weichlinge einzuseifen und mit Wasser zu begießen. Dennoch wagten die Wikinger nicht, sich dieser Forderung zu widersetzen, zumal sie wußten, daß viele vornehme Barone, Franzosen und Deutsche, zum Gefolge Jarl Rikards gehörten und daß in der Stadt beste höfische Sitte herrschte und die am meisten verspottet wurden, die sich schlecht darin auskannten.

Als Thorkel und seine Mannen in die Stadt hinaufkamen, wurden sie in die Fürstenhalle geführt; dort befand sich Jarl Rikard mit seinen Ratgebern und Bischöfen und anderen Großen des Landes. König Thorkel und seine Mannen hatten keine glatten Gesichter und waren des Gehens auf Steinfußböden ungewohnt; ihre Prachtgewänder hatten viele Falten; hingegen waren sie mit guten und kostbar verzierten Schwertern und vielen anderen Kleinodien behängt; die Schilde, die sie vor sich hertrugen, waren mit Gold belegt. Jarl Rikard ließ die Wikinger nicht weit in seinen Saal hinein, sondern erhob sich von seinem Hochsitz und schritt ihnen mit seinen Marschällen und Bischöfen entgegen. Er war klein und hager von Wuchs und hatte einen trippelnden Gang; er hielt den Griff seines Schwertes mit einer Hand umfaßt, und mit der anderen machte er ununterbrochen das Kreuzeszeichen, während er den Wikingern entgegenging; es war, als ob er sich durch vielfaches Spinngewebe hindurchschlug. Jarl Rikard verbeugte sich nicht vor den Ankömmlingen, noch sie vor ihm; doch hieß er sie in französischer Sprache willkommen; er rief seinen Dolmetsch heran und richtete folgende Ansprache an sie, nahe bei der Tür:

»Ich will euch, Herr Thorkel, und allen Anführern, dartun, daß wir mit Christi Hilfe viele Kriege gegen die Leute im Inland und Ausland führen, die mir und Gott und der heiligen Kirche offene Feindschaft gezeigt haben und uns jetzt bedrängen; ich möchte dazu euren Beistand haben und biete euch Sold im voraus und Beuteanteil nach getaner Arbeit. Wir halten es für dringend notwendig, diesen Grafen Odd anzugreifen, der sich Herrscher von Chartres nennt. Odd von Chartres ist ein ungerechter Fürst: er hat die Gesetze der heiligen Kirche gebrochen, indem er die Frauen verführte, die Christus, der Mariensohn, nicht haben wollte, und diejenigen umbrachte, die Christus haben wollte. Ein solcher Fürst hat seinen Hals verwirkt. Ich will, daß ihr mit mir darangeht, diesen Lotterbuben zu töten und sein Land zu verwüsten, um unserer Liebe zu Christus und der Gerechtigkeit willen, die der selige Johannes Baptista und Gottes Priester Melchisedek in der Welt haben wollen, wie auch die himmlischen Bräute Sunniva und Belinda, die keusches Leben anraten. Doch soll nicht verheimlicht werden, daß wir zu einem so vorzüglichen Werk niemanden in unserer Gemeinschaft haben wollen, der nicht die Taufe und den Heiligen Geist in Wasser und Wort empfangen hat; euch ist die Möglichkeit gegeben, euch sofort taufen und vom bösen Geist reinigen zu lassen. Und wer sich nicht taufen lassen will, der ist ein Feind Christi und unser Feind und ein Feind des Herrn Papstes und aller heiligen Männer und Frauen und der Landgrafen und Könige, der Erzengel und Throne, die zu Recht die Länder im Himmel und auf Erden regieren. Unsere Bischöfe, die neben uns stehen, haben uns nun versprochen, jeden Christen aus den Qualen des Fegefeuers zu erlösen, der bereit ist, mit göttlicher Begeisterung einen so hartgesottenen, reuelosen und böswilligen Schuft wie Odd von Chartres zu verderben.«

Als nun König Thorkel Strutharaldsson und seine Mannen auf die Schiffe zurückgekehrt waren, ließ er die Anführer, die in der Flotte über eigene Mannschaften verfügten, zu sich kommen und redete ihnen zu. Er sagte, daß den Wikingern in dieser Stadt ein fetter Bissen gezeigt werde, Kisten voller Gold, und man ihnen unermeßliche Beute versprochen habe, wenn der Sieg über einen schlechten und unbedeutenden König errungen sei, der sein Reich weiter oben im Land habe; aber der fette Bissen habe einen Haken, sagte Thorkel, der einigen Leuten wenig erwünscht sei. »Der Jarl stellt uns vor die Entscheidung, uns taufen zu lassen oder keine Schlacht unter seinen Feldzeichen zu schlagen.«

Auf diese Mitteilung hin wurden unter den Anführern unterschiedliche Meinungen laut; gewiß hatten sich viele aus der Mannschaft schon früher taufen lassen oder die Primsegnung genommen, damit sie Umgang mit Christen haben konnten, wenn auch nur wenige sich bemühten, in den Glauben einzudringen; der größere Teil der Mannschaft waren Heiden, und einige hielten es für einen ausreichenden Grund zum Totschlag, wenn jemand ernstlich das Christentum pflegte. Einige empörten sich und sagten, nie dürfe es geschehen, daß nordländische Wikinger vor Christen ihren Nacken beugten oder sich ihrem Befehl unterstellten; es läge näher, die Stadt Rouen niederzubrennen und den Jarl und die Bischöfe zu erschlagen.

König Thorkel redete seinen Mannen noch einmal zu. Er bat sie zu bedenken, daß in Rouen gewichtigere Leute die Totschlagsklage führen würden als anderswo; es sei nicht so, wie wenn Vieh und wehrloses Bauernvolk in kleinen Stranddörfern in Friesland oder Jütland und Samland oder weit im Norden in Karelien abgeschlachtet würden; er sagte, Rikard habe ein wohlgerüstetes Gefolge, um seine Burg zu verteidigen, und genieße den Schutz mächtiger Könige im Süden; er halte es für ratsamer, sein Geld unter geringer Gefahr von einem unbedeutenden Landgrafen wie Odd von Chartres zu nehmen, als gegen mächtige Könige darum Schlachten zu schlagen, welche Götter den Menschen am wenigsten vorgaukelten; zudem hätten sie in England und an anderen Orten oft erfahren, daß die Freunde Christi nicht weniger mutig als die Freunde Thors seien. »Im Heer ist auch kein Geheimnis daraus gemacht worden«, sagte Thorkel, »daß ich seit einiger Zeit einen englischen Jüngling in meinen Diensten habe, den wir Grimkel nennen; er diente früher jenem Alfeg, der in England dem Christentum vorstand und den ihr am Ufer der Themse erschlagen habt. Dieser Bursche kann sowohl Träume deuten wie in die Zukunft sehen; und wegen seines zweiten Gesichts weiß er viele verborgene Dinge in und auf der Erde und auch solche, die oben in Hlidskjalf selbst geschehen; weiter weiß er, was es Neues in Niflheim gibt. Dieser Bursche ist ein vertrauter Freund des Kaisers Christus selbst. Ich weiß mit Sicherheit, daß Christus einen heiligen Eid geschworen hat, an uns die Übeltaten zu rächen, die wir seinen Freunden und Gesippen angetan haben, und daß er gelobt hat, mit dieser Rache sollten solche Schrecken einhergehen, wie sie auf der Welt noch niemand erlebt hat, wenn wir ihm nicht in den Dingen nachgeben, die er für wichtig hält. Oder«, sagte Thorkel, »was gefällt euch nicht am Weißen Christ, daß ihr gutes Geld ablehnt und euch seine Feindschaft zuzieht, statt ihn zu unserem Freund zu machen?«

Dank dieser klugen Vorstellungen Thorkels legte sich der Unmut der Anführer, so daß am Ende der Beratung nur noch wenige von ihnen willens waren, das angebotene Geld zurückzuweisen, obwohl Bedingungen daran geknüpft waren. Die übrigen gingen zu den Männern, die sie befehligten, um ihnen klarzumachen, wie gewinnversprechend Taufe und Heiliger Geist seien.

Fünfundzwanzigstes Kapitel

Es wird berichtet, unter den Anführern, die auf dem Schlachtschiff Thorkels des Langen eine Beratung über die Bekehrung der Mannschaft zum Christentum abhielten, sei auch Olaf der Dicke, der Bursche aus Vestfold, gewesen, der in der Flotte über zwei Schiffe verfügte, die er beim ersten Zahn geschenkt bekommen hatte. Damals war er achtzehn Jahre alt. Er hatte seine Schiffe längsseits an andere Schiffe auf der Seine unterhalb der Burg von Rouen gelegt. Als Olaf am Abend an Bord seines Schiffes kam, ließ er die Mannschaft wecken und zum Antreten blasen. Er war beredt wie einer, der oft vor Kriegsscharen zu sprechen hat, und man sagte von ihm, daß er das, was ihm an Waffentüchtigkeit und anderen edlen Fähigkeiten abging, durch wohltönende Reden ausglich, wenn es galt, seine Ziele zu verfolgen.

Er begann seine Ansprache mit den Worten, daß zu dieser Stunde den nordländischen Wikingern eine größere Beute winke als je zuvor seit den Tagen Haralds des Haarschönen; damals waren die Männer aus dem Norden so vom Glück begünstigt und im gleichen Maße berühmt, daß sich ausländische Könige darum rissen, ihnen ihre Länder zu eigen zu geben, und ihnen ihre Töchter zur Heirat anboten, wie König Karl von Frankreich, der Göngu-Hrolf die Normandie schenkte und als Zugabe seine Tochter Popa. »Jetzt hat der Nachfahre Hrolfs in Rouen, Jarl Rikard, erfahren, welchen Ruhm ihr euch in England erworben habt auf Grund eures Mutes, eurer Tapferkeit und der Unbesiegbarkeit, vor der die ganze Welt zittert. Aus Furcht will er euch jetzt seine Länder öffnen und euch erlauben, welsche Fürsten mit Krieg zu überziehen und sie nach Herzenslust zu prügeln und von den Herrlichkeiten des Landes zu nehmen, was ihr wollt, so auch Prinzessinnen und Fürstinnen und andere hochstehende Frauen, je nach Bedarf und ohne Bezahlung. Doch damit ihr ungehindert dem Vergnügen frönen könnt, das ein siegreicher Feldzug mit Mord und Brand, mit Raub und Notzucht bietet, verlangt Rikard als Gegenleistung von euch nur die Kleinigkeit, daß ihr die Taufe und den Heiligen Geist nehmt und Christen werdet.« Dann kam Olaf auf die Beratung zu sprechen, an der er mit den Befehlshabern der Flotte teilgenommen hatte. »Da äußerten ihre Ansicht«, sagte er, »die Männer, die mehr Schiffe besitzen als ich; alle waren sich offensichtlich einig, sowohl diejenigen, die viel zu bestellen haben, wie die anderen, die mit wenigen und kleinen Schiffen fahren.«

Dann setzte Olaf seine Rede vor der Mannschaft fort und sagte: »Um nicht viel Worte zu machen: Ich glaube in vielen

Dingen über das Christentum besser Bescheid zu wissen als andere Männer aus der Schiffsmannschaft hier; das kommt daher, daß ich mehr Geistlichen und Nonnen Nasen und Ohren abgeschnitten und die Zunge herausgetrennt wie auch die Augen ausgestochen habe als andere Nordländer; ich wurde dazu ausersehen, weil man sagte, ich hätte gute Arzthände. Ich habe bisher noch kein Anzeichen dafür gesehen, daß das Herz eines Christen bebte, wenn er verstümmelt wurde, hingegen ließen sich die meisten lachend verwunden; es ist meine Meinung, daß eher Ragnarök über die Welt hereinbricht, als daß man über solche Menschen den Sieg erringen kann. Ich will auch hier vor allen Leuten offen heraus sagen, daß kein Tag vergangen ist, an dem ich nicht an die Mannhaftigkeit des englischen Erzbischofs Alfeg denken mußte, den wir zu unserem Vergnügen mit Knochen und Hörnern bewarfen. Seit wir diesen Kleriker steinigten, kam es mir immer so vor, als seien unsere Waffen und Schiffe nicht mehr so gut wie früher, und doch haben wir breitere Äxte als andere Völker und seetüchtige Kriegsschiffe, wie sie kein König auf der ganzen Welt besitzt. Nun bin ich zwar nicht so klug wie König Thorkel Strutharaldsson, unser Früher, doch weiß ich ebensogut wie er, daß man Einblick in verborgene Dinge, Gelehrsamkeit, Musik, feines Benehmen und schönes Schwerterspiel, und damit die Achtung mächtiger Fürsten aus dem Süden – daß man alles dieses von Christus und nicht von Odin bekommen kann, obwohl letzterer allerdings die Sprache der Vögel versteht und mit dem Haupt Mimirs gesprochen hat. Dann scheint es mir auch an der Zeit, daß die große Lüge zunichte wird, Christus Mariensohn stehe dem Gott Thor an Grausamkeit und Härte und Odin an Verschlagenheit nach. Denn warum hat Thor die Welt nicht seinem Hammer unterworfen, wenn nicht deswegen, weil der Galgen des Mariensohnes eine härtere Schlagwaffe ist, die Olaf Tryggvason, mein Verwandter, am Himmel über Norwegen leuchten ließ? Meine Ahnung sagt mir, daß in Zukunft kein nordischer König siegreich sein wird, wenn er nicht den Beistand der beiden Freunde hat, denn ich weiß bestimmt, daß mein Namensvetter den Ehrenplatz neben Christus einnimmt in jener herrlichen Königsstadt, die Freudenwege heißt und zum Himmelreich gehört. Ich hoffe, daß wir nicht die Torheit begehen, einen Kriegszug auszuschlagen, für den Gold und Silber geboten werden, wenn wir auch für heilige Glaubenssätze werden kämpfen müssen, von denen wir keine Ahnung hatten, als wir ungebildet und unwissend in die Welt hinauszogen, und die wir immer noch nicht ganz verstehen, wie zum Beispiel, welche Frau der alte Odd von Chartres nach dem Willen Christi beschlafen soll. Mir scheint es ratsamer, an Odd wegen seiner Abneigung gegen sein rechtmäßiges Ehegespons die Rache Christi zu vollziehen und uns von der Schlangengrube freizukaufen, die Christus seinen Feinden zugedacht hat, als an den unwirtlichen Küsten im Norden der Welt Menschen zu erschlagen und Rinder einzupökeln, ohne göttliche Lehre, höfische Sitte und frommen Lebenswandel.«

Die Taufe der Wikinger wird in den Annalen von Rouen zu den bedeutenderen Ereignissen gezählt, die in der Stadt stattgefunden haben, nicht zuletzt wegen verschiedener Begebenheiten, die sie zur Folge hatte; doch kann davon nur weniges in dem Büchlein berichtet werden, das hier vorliegt.

Als man in der Burg und in der Stadt von der Bekehrung der Wikinger erfuhr und dieses Ereignis sich in der Umgebung herumsprach, lobte das Jarltum Rouen den Herrn. Und an dem Tag, an dem die große Feier stattfinden sollte, eilte von überallher eine große Menge Volks mit Musik und Gebet in die Stadt, um da zugegen zu sein, wo die Rotte von Übeltätern, die den Leuten als eine der schlimmsten in der Welt bekannt war, sich demütigte und in den Dienst Christi trat. Und am frühen Morgen dieses Tages füllte sich die Hauptkirche mit Leuten; wer zu spät aufgestanden war, kam nicht mehr hinein. Wegen dieses Menschengedränges ordneten die Priester an, daß nur diejenigen zur Taufe in die Kirche geführt werden sollten, die in der Wikingermannschaft Befehlsgewalt und Führerstellung besäßen; die anderen sollten auf dem Kirchplatz unter freiem Himmel getauft werden. Jetzt wurden Kübel voll Wasser auf den Platz gebracht und mit Gesang gesegnet; dadurch verwandelte sich das Wasser und nahm die Kraft und Natur des Jordanwassers an; in heiligen Schriften steht geschrieben, daß der Weiße Christ in diesem Fluß getauft wurde. Auf dem Platz wurden Sperrseile gezogen, und in dem Geviert sollte die Taufhandlung an der Mannschaft durchgeführt werden; das Volk jedoch sollte währenddessen außerhalb stehen und diesem Wunderwerk zusehen.

An diesem Tag hatten die Priester in Rouen genug zu tun. Alle Glocken läuteten, und alle Flöten, die es in der Stadt gab, ertönten; es erhob sich ein schrecklicher Lärm, so daß dadurch Menschen gerührt und erweicht wurden, die vorher nie Rührung empfanden; dann sangen die Mönche Laudes unter großer Erhebung der Herzen. Gleich nach dem Meßgesang erscholl das Tedeum, und jetzt traten, auf ihre Krummstäbe gestützt, die Bischöfe in vollem Ornat aus der Burg; vor ihnen her wurde ein riesiges Kreuz getragen; vor der Bischofsschar ließ man solches Holz brennen, wie es die Weisen aus dem Morgenland dem Weißen Christ als Zahngeschenk dargebracht hatten, als er neugeboren bei Esel und Ochs in der Krippe lag; und Diakone und Akoluthe gingen hinter den Bischöfen und trugen ihre Schleppen. Weiter schritten in der Prozession im Namen Gottes Jarl Rikard und seine Barone und andere Würdenträger in Prachtgewändern; einige trugen Gold und Edelsteine, andere blanke Brünnen und vergoldete Helme; man sah auch mit Gold verzierte, außerordentlich gute Schwerter und überaus schön bemalte Schilde. Als letzte gingen in weißen Gewändern die Anführer der Wikinger, die zur Taufe geführt wurden; sie wurden von Priestern begleitet, die bei ihnen Pate stehen sollten; man konnte manch einen verschmutzten früheren Thorsfreund mit krausem Haar und zottigem Bart sehen, der jetzt ein weißes Kopftuch trug. Auch gab es nicht wenige breitschultrige Männer, die gebeugt gingen, den Kopf vorstreckten, die Stirn runzelten und die Mundwinkel verzogen, wobei sie nach allen Seiten spähten, gemäß den Worten der Edda: Nach allen Türen, eh man tritt, soll sorglich man sehen. Dort waren auch kleine Fettwanste, krummbeinig und steifnackig, mit blondem Haar und roten Wangen;

sie gingen mit wiegenden Schritten und lächelten. Die Menge drängte sich heran, und ihre Zungen priesen den Herrn, und in ihren Augen glitzerten Tränen, weil so gewaltige Räuber und Unruhestifter in den Mantel des Lichts gehüllt waren, bereit, Weihwasser und Salböl zu empfangen und für ihre Schandtaten die Beichte zu nehmen, nachdem sie sieben Menschenalter hindurch Kühe gestohlen und Europa gebrandschatzt hatten.

In der Kirche wurde jedem Anführer außer dem Taufpaten noch ein göttlicher Schutzengel und Heiliger zugeeignet, und jedem wurde der Name seines heiligen Schutzgeistes in Wasser und Salböl gegeben; danach wurden die Männer in den Beichtstuhl gerufen. Im Vertrag mit Jarl Rikard und den Bischöfen war bestimmt, daß die Wikinger ihre Sünde und ihr Vergehen gegen Gott bekennen sollten, wenn sie auch nicht genau verstanden, was für ein Ding es sei, das die Priester Sünde nannten, oder gegen was für einen Gott sie sich vergangen hatten oder wie man sich gegen Götter vergehen kann. Einige heilige Sätze wurden mehr in der Hoffnung auf Beute bejaht als sorgfältig gelernt und durchdacht.

Mit der Mannschaft wurde so verfahren: die Männer wurden auf dem Platz in Reihen aufgestellt, und man befahl ihnen, ihre Herzen zu erheben; dann gingen Priester mit Bütten durch die Reihen und bespritzten die Abteilungen mittels eines Schwamms mit Wasser; so wurden die Leute im großen getauft. Manch einem wurde das Haupt mit geringer Freigebigkeit gesalbt, und jede Reihe mußte sich mit nur einem Engel oder Heiligen begnügen, und viele Männer mußten sich in den Namen und Schutz nur eines himmlischen Geistes teilen; die meisten Namen dieser guten Geister waren lateinisch; deswegen prägten sich die Taufnamen schlecht ein, und viele behielten den Namen, den sie in der Kindheit bekommen hatten, als sie im Heidentum mit Wasser besprengt wurden.

Es wird berichtet, als die Anführer der Schiffsmannschaft ihren Mannen rieten, zur Taufe zu gehen, habe angeblich jeder für sich selbst entscheiden können; hier gingen freie

Männer einen Vertrag mit Jarl Rikard ein, doch war der Hinweis damit verknüpft, daß es jedem, der nicht die Taufe nehmen wollte, freigestellt sei, in die Wälder der Normandie zu gehen und dort Wegelagerer zu werden und die Beute zu machen, die er kriegen konnte; die Erlaubnis, unter den Feldzeichen Jarl Rikards zu kämpfen, werde er aber auf keinen Fall erhalten.

Nun ist nichts davon bekannt, daß es im Heer Männer gegeben hätte, die lieber in die Wälder gegangen wären, als sich Christus, dem Himmelskönig, und Jarl Rikard zu unterstellen; doch nicht gerade wenige gaben an, sie seien schon früher an einem anderen Ort getauft worden, wenn sie auch ihren Namen und Glauben eine Zeitlang vergessen hätten; und einige waren an dem Morgen, als es zur Kirche gehen sollte, nirgends zu finden. Auf den beiden Schiffen Olaf Haraldssons geschah es, daß ein Mann fehlte, als die Mannschaft gezählt wurde; die Anführer konnten sich nicht darauf besinnen, wer es sein könnte, und niemand glaubte einen Gefährten zu vermissen. Und weil alle wegen der bevorstehenden großen Ereignisse sehr aufgeregt waren, geriet der fehlende Mann schnell in Vergessenheit.

Von Thorgeir Havarsson ist dieses zu berichten: Als er erfuhr, daß man sich taufen lassen wolle und sich von diesem Tun Geld und Ruhm verspreche, bezeichnete er so etwas als Unsinn; Christus gefiel ihm jetzt noch weniger als früher, ebenso der Heilige Geist. Diejenigen Männer, die Festgewänder besaßen, holten diese aus ihren Kisten hervor und waren froh darüber, daß man jetzt das tun wollte, was am aussichtsreichsten war, und daß man von den heidnischen Göttern Abschied nehmen würde, die den Menschen nie beigestanden hatten. Während dieses emsigen Treibens in der Nacht schlich sich Thorgeir über Stege und Fallreepe, die sich zwischen den Schiffen auf dem Fluß befanden, und ging auf ein Handelsschiff. Die Wachposten bemerkten ihn nicht, als er auf das Schiff sprang. Thorgeir suchte sich ein Versteck, fand aber keines, das ihm gut genug schien, außer einem bis auf den Boden geleerten Teerfaß; er beschloß, sich dort zu verstekken und auf diese Weise Christus zu entgehen; den Deckel zog er über seinem Kopf auf das Faß. Unten in dem Faß war ein Gestank, wie er ihn noch nie erlebt hatte, doch das war ihm viel lieber, als getauft zu werden.

So verstrich die Zeit; Thorgeir hörte in dem Faß den gewaltigen Lärm, der sich in der Stadt erhob, Flötentöne, Trompetengeschmetter, Glockengeläut und Orgelspiel mit lautem Gesang; ihm war der Lärm ziemlich unangenehm. Und als alle längst in die Stadt gegangen waren und die Taufe stattgefunden hatte, die Glocken nicht mehr läuteten und die Priester die Stillmesse hielten, da wurde auf dem Handelsschiff in der Nähe Thorgeirs eine recht häßliche, heisere, spröde und brüchige Stimme laut; es wurde dort irgendein Gedicht aufgesagt, ständig dieselbe Strophe, doch jedesmal mit verändertem Wortlaut, wie wenn einer dichtet; und diese Strophe wurde um so holpriger und dunkler, je öfter sie umgedichtet wurde.

Soweit Thorgeir verstehen konnte, war es das Anliegen des Gedichts, jene Heldentat König Thorkels des Langen zu rühmen, die alle Taten überragte, welche der König früher vollbracht hatte: seinen Sieg über die Engländer, als er London eroberte und die Zuneigung König Adalrads gewann, nachdem er vorher Canterbury zerstört hatte; diese Schlacht wurde die einundsiebzigste genannte, die Thorkel geschlagen hatte, und die beste von allen. In dem Gedicht wurde erzählt, wie zahllose Männer in einer Morgenstunde durch die blanken Wundenritzer von Thorkels Recken fielen, so daß weder Adler noch Wolf an dem Tage zu fasten brauchten; der Fluß war von Wundschweiß gerötet, als Thorkel die Landebrücken von London zerstörte; der Kampf war, hieß es in dem Gedicht, keineswegs gleich der Freude, die man hat, wenn man eine schöne Braut zu sich ins Bett holt oder eine junge Witwe küßt; auch weinten an diesem frühen Morgen viele Mädchen. So lautet der Kehrrein:

Schlimmen Schrecken verbreitend
Schlug sich Thorkel der Tapfre.

Thorgeir Havarsson hob den Deckel vom Faß und stand auf; er war schwarz. An die Deckladung gelehnt saß ein hochgewachsener Sänger; seine Zähne hatten einen grünen Belag, und durch den Bart schimmerte das Kinn hindurch. Er hatte einen schwarzen, verschlissenen und zerrissenen Mantel an, trug aber auf den bloßen sehnigen Unterarmen zwei schwere und sehr wertvolle Goldringe.

Thorgeir sagte: »Jetzt habe ich genug von deinem Geplärr; du bist ein verlogener Kerl und ein schlechter Skalde, wenn du behauptest, wir hätten London bezwungen; doch wer bist du?«

»Mein Ruhmeslied vom Falle Londons war nicht für deine Ohren bestimmt, doch warum bist du nicht mit den anderen gegangen, um mit Wasser statt mit Teer begossen zu werden?«

»Ich bin Isländer«, sagte Thorgeir Havarsson, »und ich habe kein Verlangen danach, mich nach anderen Leuten zu richten; es mag sein, daß hier in Rouen gute Beute in Aussicht steht, doch bin ich heute Christus ebensowenig zugetan wie damals, als ich mit meinem Schwurbruder Thormod Kolbrunarskalde an den Hornstranden war, wo wir Engelwurz an der Felswand schnitten.«

Da blickte der Graubart auf und sah den Mann fest an; dann antwortete er: »Du sprichst hier mit Thord Jomswikinger, dem Skalden der Strutharaldssöhne. Doch werde ich dich nicht küssen, obwohl wir Landsleute sind; auch bist du voll Teer; mir scheint, du hast recht wenig Glück.«

»Du brauchst mir keine Vorwürfe zu machen«, sagte Thorgeir, »oder mir Böses zu prophezeien, wenn du auch von König Thorkels Ruhmestat in London faselst. Von anderer Art waren die Gedichte meines Schwurbruders Thormod oder jene, die ich auf dem Schoß meiner Mutter lernte. Alle diese Gedichte handelten von wahren Begebenheiten und großen Schlachten, in denen Helden aufeinandertrafen; und sie rühmten unsere Vorfahren, welche die hervorragendsten Männer der Welt waren, wie König Sigurd den Drachentöter und andere Völsungen, so auch die Gjukungen und Helgi den Hundingstöter, und dann Rögnvald, Jarl von Möre, und

König Ragnar Lodenhose. Doch du schwatzt davon, daß wir London durch Tapferkeit erobert hätten; dennoch weißt du besser als sonst jemand, daß wir mit Harn und Pech überschüttet oder mit Schlachtmessern wie Glashai zerstückelt wurden; und diese Taten vollbrachten Frauen und Sieche an uns.«

Der Skalde Thord erwiderte: »Mit Königen verhält es sich wie mit bissigen Hunden: sie legen sich auf den Rücken, wenn man ihnen den Bauch krault; das ist Aufgabe der Skalden. Auch wissen die Großen gut, daß sie am längsten von dem Ruhm zehren, den sie von uns, ihren Skalden, beziehen. Jeder Gefolgsmann hört gern, was zum Lobe seines Anführers gedichtet wird, und ihm ist, als ob etwas von dem Lob, mit dem der König überschüttet wird, auf ihn herabfällt. Hinterher meinen alle Krieger, daß sie tapfer und zu ihrem Ruhm gekämpft hätten, wie große Angst sie auch in der Schlacht hatten und wie wenig auch ihr König taugte; selbst wenn sie mit Harn begossen wurden. Doch welchem Anführer dienst du hier in der Flotte?«

»Demjenigen, von dem ich denke, daß ihm größerer Ruhm zugedacht ist als anderen jungen Anführern, denn er hat in einer Schiffsmannschaft gekämpft, seit er zwölf Jahre alt war, und viele große Schlachten geschlagen; er hat die Friesen besiegt und Gotland beherrscht. Sein Name ist Olaf Haraldsson; ich möchte, daß du ihn besingst.«

Der Skalde Thord sagte: »Ich pflege keine Könige zu besingen, die nur über wenige Schiffe verfügen; Dichtungen für Kleinkönige erweisen sich stets als vergebliche Mühe. Von diesem Olaf habe ich nur erzählen hören, daß die Bauern von Kennemerland ihm zum Strand entgegenritten, um ihm Geschenke zu bringen und mit ihm zu verhandeln; er aber ließ in seinem Übermut alle Männer zur Begrüßung erschlagen, wo diese doch unbewaffnet waren; ihre Pferde aber pökelten seine Leute ein und verpflegten sich damit. Weiter weiß ich von Olaf Haraldsson, daß die Gotländer ihn, den Zwölfjährigen, auf seinem Schiff auspeitschten, als er erschienen war, sie zu berauben; und deswegen behauptet er seitdem, daß er die Gotländer zinspflichtig gemacht und ihr Land beherrscht hätte. Die Skalden nach mir werden ihn preisen, wenn er Erfolg hat. Auch ist es jetzt dahin gekommen, daß mir die edle Kunst entgleitet, Freund, so daß ich künftig kaum mehr die Freunde lobpreisen kann, die dessen am meisten bedürfen. Mich verlangt wieder nach dem Fisch, den ich in meiner Jugend in einem See fing, der zwischen Wiesenland und Heidehügeln liegt und Apavatn heißt; von dort sieht man im Osten die Hekla; und wenn man den Kopf dieses Fisches ißt, wird man ein Skalde. Der ›Ruhm von London‹ wird mein letztes Gedicht, wenn ich es zusammenkriege, denn ich habe meinen Freund Thorkel um Erlaubnis gebeten, nach Island heimkehren zu dürfen, um dort zu sterben; von jetzt an liegt es bei anderen, Könige berühmt zu machen. Und dumm bist du, Thorgeir, daß du nicht in die Stadt gegangen bist, dich taufen zu lassen.«

»Warum bist du nicht selber in die Stadt gegangen?« fragte Thorgeir Havarsson.

»Ich bin ein hinfälliger Mann und habe kein Verlangen, im Alter Odin zu verlassen; ich will heim nach Island gehen, an einen kleinen See im Wiesenmoor, und Fische fangen. Ein anderer Skalde wird an meine Stelle treten und mit Christus den guten Ruf von Königen machen, wie wir es mit Hilfe von Odin und Thor getan haben.«

Sechsundzwanzigstes Kapitel

Die Wikinger fuhren mit ihren Schiffen flußaufwärts ins Land hinein, und Jarl Rikard nahm den Landweg zu Pferde mitsamt seinen Baronen und Bischöfen und dem Gefolge, das er nach Art der Könige stets um sich hatte. Und als die Wikinger in den Fluß Eure gelangten, an dem die Grafschaft Chartres liegt, gingen sie an Land und stellten Wachen für die Schiffe auf. In jener Gegend gibt es weite Ebenen, und auf einer Anhöhe steht eine Kirche, die aus der Ferne gesehen die Flächen hoch überragt; dort erhebt sich die Stadt Chartres, umgürtet von Mauern und Burgen; in alten isländischen

Büchern wird dieser Ort »Hügel in Frankreich« genannt. Da aber Odd von Chartres und der Jarl von Rouen sich kürzlich arg befehdet hatten und den Streit beenden mußten, weil es beiden schlecht erging, versah man sich in der Stadt keinerlei Gefahr. Man erkannte sie erst, als ein unüberwindliches ausländisches Heer vor dem Tor stand. Die Ankömmlinge machten keinen sehr friedlichen Eindruck und gebärdeten sich ziemlich ungestüm; sie bliesen auf Pfeifen und schlugen Trommeln und schwangen Pferdeknarren und andere Klappern; danach stießen sie Schlachtrufe aus und fackelten nicht lange, drangen in die Stadt ein und begannen zu rauben und zu brennen; und wo sich ein Mensch, ein Hund oder sonst ein Lebewesen blicken ließ, fielen sie darüber her.

Es wird berichtet, daß die Kirche von Chartres eines der schönsten Gotteshäuser diesseits der Alpen gewesen sei; dort hatten schon lange die weisesten Priester den Dienst versehen. Diese Kirche hatte einen hohen Turm mit vielen Stockwerken, in denen die Bewohner der Stadt Zuflucht fanden, wenn die Stadt belagert oder wenn in ihr gekämpft wurde; jeder Einwohner nahm dann einen oder mehrere Gegenstände mit, was er für das wertvollste in seinem Besitz ansah, Silber, Gold und Edelsteine. Wenn die Kirche voll war, wurden die Eingänge mit unbezwingbaren Türen verschlossen. Und als die Wikinger zur Kirche vorstießen, waren alle Türen zu. Die Nachricht sprach sich herum, daß sich Odd von Chartres mitsamt seinen Bischöfen und Kebsen und anderen Vornehmen und vielen Kleinodien dort drinnen befand.

Zu jener Zeit waren Baustoff und Ausführung der Kirchen nicht so anspruchsvoll, wie es später der Fall war; damals verstand man noch nicht, die Pfeiler und Träger von Großbauten allein aus Stein zu fertigen, sondern man ließ Balken in die Wände ein, um das Gemäuer zu binden, und stützte Decken und Dächer mit Pfosten. Als nun die Wikinger die Kirche vierundzwanzig Stunden lang belagert hatten und es wieder Abend geworden war, bekamen sie es satt; es wurden Stimmen laut, die sagten, es wäre klüger, den Grafen und andere Leute in der Kirche zu verbrennen, als darauf zu warten, daß der ärgste aller Feinde, nämlich das Volk, sich erhöbe und den Belagerern in der Stadt in den Rücken fiele. In der Schar gab es Männer, die sich einiges vom Christenglauben angeeignet hatten; sie sagten, es sei ein unheilvolles Unternehmen, ein so schönes Gotteshaus in Asche zu legen; Christus würde denjenigen, die eine solche Tat begingen, dereinst nicht gnädig sein. Es waren aber auch andere, nicht weniger christliche Männer darunter, die meinten, es sei ein viel größeres Verbrechen, wenn Graf Odd die Frauen beschlafen würde, die Christus nicht haben wollte, und diejenigen vernachlässigte, die er mit göttlichem Sakrament bekommen hatte; sie erklärten, die Gesetze Christi seien mehr wert als ein irdisches, von sterblichen Menschen erbautes Haus. Und als die Wikinger sich über diese Gottesgelahrtheit eine Weile den Kopf zerbrochen hatten und sich nicht einig werden konnten, sagte König Thorkel, daß man eine solche Sache den Leuten zur Beurteilung übergeben sollte, die am besten die Gedanken Christi kennen dürften, und das seien die Bischöfe. Nun wurden Männer zu den Bischöfen geschickt, um sie um die Entscheidung zu bitten, ob die Kirche verschont werden sollte und damit der Verbrecher, den zu holen sie gekommen waren; »oder will Christus, daß die Kirche mit Mann und Maus eingeäschert wird?«

Seit eh und je ist es die Gewohnheit großer Heerkönige, nie besser zu schlafen, als wenn die Hauptschlacht stattfindet. So war auch Jarl Rikard von Rouen in einem Kastell unweit der Stadttore schlafen gegangen, wie auch sein Erzbischof Hrobjart; er und der Jarl waren Brüder. Sie hatten befohlen, daß man sie nur dann wecken sollte, wenn Odd lebend gefangengenommen wäre; sie wollten zugegen sein, wenn ihm die Glieder abgehauen würden. Doch sie wurden aus dem Schlaf gerissen, als die Abgesandten der Wikinger erschienen und anfragten, ob man die Kirche von Chartres einäschern sollte, samt den Heiligtümern, dem Grafen, den vornehmen Leuten und deren Habe, den Stadtbewohnern, Frauen und Kindern.

Der Jarl stand auf und rief die Gelehrten hinzu, die auch dort übernachteten; sie hielten eine Beratung ab. Aber da es hier an Büchern mangelte und man aus den heiligen Schriften und von den Kirchenvätern keine Auskunft einholen konnte, fällte Hrobjart, Bischof von Rouen, nach eingehender Anrufung des Heiligen Geistes und dem Absingen dreier Vaterunser, item des Marienpsalters, mit flüsternder Stimme, unter Seufzern und Tränen die Entscheidung und sandte seinem Bruder in Christo, König Thorkel dem Langen Strutharaldsson, den Bescheid, der also lautete:

»Christus hält es wahrlich nicht für löblich noch recht, Feuer an Kirchen zu legen und Könige darin zu verbrennen, oder Leute aus dem Volk, Frauen und Kinder und andere Hilflose. Andererseits ist zu bedenken, daß, wenn auch Christus ein großer Fischer ist, er nicht in seinem eigenen Netz gefangen werden kann; er ist ein zu großer Gesetzgeber, als daß er sich selber in den Gesetzen verstricken könnte, die er gegeben hat. Und so setzt er seine Gesetze außer Kraft, im Falle sie dem Widersacher zum Bollwerk werden, der in der Hölle wohnt und so klug, gerissen und hinterlistig ist, daß er oft dessen überführt worden ist, sich in den Mantel des Lichts gehüllt zu haben und mit dem Strahlenkranz um das Haupt, der nur Heiligen verliehen wird, aufgetreten zu sein, um mit gelehrten Männern einen Disput über heilige Sätze anzufangen und sie in einem Streitgespräch zu widerlegen. Auch ist es der größte Irrtum zu glauben, daß Christus je in carne oder in spiritu gesagt oder der Heilige Geist in synodo das Gesetz verkündet habe, daß Kirchen und Heiligtümer, Priester, Frauen und Kinder sowie andere kampfunfähige Menschen unbedingt von der Verbrennung verschont werden sollen, was auch immer vorfalle, wie zum Beispiel, wenn Diener des Satans gute Jarle um ihren Besitz bringen oder sich von sittsamen Prinzessinnen lossagen und dann die Welt mit Eigenlob und Hochmut überfluten. Und in dieser Sache soll eine schnelle Entscheidung gefällt werden: Wenn sich der Satan erhebt, sollen nicht gelten die Worte von Königen, Ratsherren, Gesetzessprechern und Heerführern; weder von Bischöfen und Landpflegern noch von Steuereintreibern, Wächtern und allen anderen Leuten des Königs sowie Gottesmännern. Und die Zehn Gebote, die Gott mit seinem Finger Moses auf steinerne

Tafeln schrieb, sie sollen ebensowenig im Wege stehen, und um Christi Liebe willen sollen christliche Menschen gewißlich Kinder und Frauen und andere Hilflose verbrennen, Tiere und Vögel und Pflanzen ausrotten, Kirchen und Heiligtümer in Flammen aufgehen lassen, wenn dadurch der Sieg über den bösen Feind davongetragen wird. In nomine patris et filii et spiritus sancti.«

Als Thorkel der Lange diese Botschaft erhielt, befahl er, Holz, Heu und Teer an die Kirche von Chartres zu tragen und in Brand zu stecken.

Im Krieg war es ein Brauch der Nordländer, alle Säuglinge, die sie fanden, an einer Stelle zu sammeln, sie aus den Windeln zu wickeln und auf Speerspitzen zu schütteln. Von Anbeginn an hatten die Wikinger die Erfahrung gemacht, daß der Widerstand von seiten der Landbevölkerung um so schwächer war und ihnen Länder und Städte um so bereitwilliger überlassen wurden, je schrecklicher sie sich aufführten. Für die Nordländer war es kein Krieg, wenn es ihnen nicht gelang, auf jeden kampffähigen Mann, den sie erschlugen, drei Dutzend waffenuntüchtige Menschen umzubringen. Und seitdem hat es für schicklich gegolten, dieses Verhältnis beizubehalten in Heeren, die einigen Wert auf Ruhm und Heldentum legen, wenn sie andere Länder mit Unfrieden überziehen.

Und als sie den ganzen Tag in der Stadt geheert und Feuer an die Kirche gelegt hatten, rollten sie am Abend Fässer voll Rotwein auf den Markt und kochten Geschlachtetes zur Feier des Tages. Die Heiterkeit stieg, während das Feuer sich im Gebälk der Kirche weiterfraß. Zur Unterhaltung trug auch das Gedicht bei, das »Ruhm von London« hieß und das Thord, der Skalde der Strutharaldssöhne, zum Lobe Thorkels des Langen darüber gedichtet hatte, wie dieser London eroberte und Adler und Wolf sättigte.

Nach der Gewohnheit guter Leute hatten sich die Wikinger an diesem Tag zu ihrer Kurzweil weidlich in der Stadt umgetan und prunkten bei dem Gelage mit allerlei Schmuckstücken, die ihnen in die Hände gefallen waren. Da hatten einige nach altem Wikingerbrauch viele goldene Ringe an jedem Finger, und manche Männer trugen drei Scharlachmäntel, einen über dem anderen, oder hatten sich zwei Schwerter umgegürtet, obwohl keiner im Wikingerheer diese Waffe handhaben konnte. Einige behängten sich mit schmelzverzierten Krügen und anderen Trinkgefäßen, Rosenkränzen, Bernstein und Korallen, silberbestickten Frauenschuhen, Grauwerk oder gegerbten Fellen wie auch kunstvoll gewobenen, zusammengerollten Wandteppichen; und manche hatten an ihre Gürtel die Köpfe der Frauen gehängt, die sie am Tage vergewaltigt hatten. Die Welt bedeutete ihnen nicht mehr als eine halbe Kalbshaut, und künftige Dinge erschienen ihnen in schönem Licht. Es gefiel ihnen, ihren Ruhm preisen zu hören, während sie aßen, und sie stimmten laut in Kehrreim und Abgesang ein. Sie führten auch große Reden bei Tisch, und jeder wollte der erste sein, auf den Schemel zu steigen und großartige Gelübde abzulegen; einige gelobten, für keinen anderen König mehr als für Christus zu kämpfen, da er ihnen heilige Lehren und Offenbarungen und Sakramente gegeben hatte; ihm mit Waffen zu dienen, statt an der ganzen Küste des Erdteils Kühe einzupökeln, nur um sich den Bauch vollschlagen zu können; sie priesen ihren neuen Gott über alle Maßen für seine Wunderwerke und Großtaten und besonders dafür, daß er sie in eine so reiche Königsstadt wie Chartres geführt hatte; schließlich gab es welche, die gelobten, die Fau zu ehelichen, die sie in ihrer Jugend in einem Tal, auf einer Insel oder Landzunge, wo sie gerade aufgewachsen waren, geliebt hatten, und andere Frauen in England für Teer zu verkaufen, sodann Erbhofbauern, Kleinkönige oder Heilige in Norwegen zu werden.

Die Wikinger meinten, es sei gut für kleine Kinder, auf Speerspitzen zu sterben, wenn ihre Mütter gefangen oder geköpft, ihr Väter erschlagen und ihre Häuser in Asche gelegt waren; solche Kinder wurden bei ihrem Tod Odin, dem Schlachtenlenker, geweiht. Stets wurde der älteste und kinderliebste Mann im Heer damit beauftragt, die Kinder zu hüten; er wurde Kinderkerl genannt; er sollte darauf achten, daß die Kinder so lange lebten, bis die Kämpen satt waren. Später, wenn man zum Spiel bereit war, sollte dieser Mann die Kinder aus den Windeln wickeln und sie einzeln in die Höhe werfen; das Kind sollte dann nackend sein. Und wenn es herunterfiel, sollte ein Wikinger mit erhobenem Speer dastehen und es auffangen. Dann sollte er das Kind dreimal von der Speerspitze hoch und schließlich tot abwerfen; nordische Männer erhoben bei diesem Vergnügen stets ein lautes Geschrei. Neulinge im Heer wurden zuerst zu diesem Spiel aufgefordert, danach die anderen, die in dieser Kunst größere Übung hatten. An diesem Abend in Chartres, als die Hauptkirche in Flammen stand, trug es sich zu, daß Thorgeir Havarsson aufgefordert wurde, den Speer hochzuhalten. Der Isländer erhob sich langsam, er nagte noch an einem Knochen herum.

Er sagte: »Als ich in euer Heer eintrat, dachte ich, ich wäre dorthin gekommen, wo Männer sind, und es lag nicht in meiner Absicht, mich zu vergnügen. Ich halte mich nicht für feiger als die guten Kerle, meine Gefährten, weil mir weniger als euch an den Übungen liegt, bei denen Mannesmut und Tapferkeit aufhören; ich kann nicht einsehen, weshalb es nötig ist, diese Wickelkinder in die Höhe zu werfen. Meine Mutter in Island lehrte mich, daß alles Vergnügen und jeder Spott unnützes Tun sind und achtbaren Männern nicht anstehen; auch ist mir nicht erinnerlich, daß in der Dichtung Thormods des Kolbrunarskalden, meines Schwurbruders, Kämpen gepriesen wurden, die Säuglinge mit dem Speer durchbohrten.«

Ein Mann sagte: »Kaum je wird so trefflichen Baronen wie Christus und Odin genug gedankt für ihre Hilfe, und diese sind gewißlich kleine Menschenopfer gegenüber denen in alter Zeit, als angesehene Männer und Könige für das Wohlergehen der Völker an Bäumen aufgeknüpft oder verbrannt wurden; du bist sicher ein gottloser Mensch.«

Ein anderer Mann sagte: »Ich bin überzeugt, daß es die glücklichsten Kinder sind, die auf Speeren hochgehoben werden; sie lachen froh beim Wurf, bis sie tot und ins Himmelreich gekommen sind, wo Christus sitzt, unser Beschützer, und König Olaf Tryggvason, sein Freund: Du bist sicher ein dummer Mensch.«

Und schließlich sagte ein dritter: »Es wird in der Mannschaft viel darüber gesprochen, daß du Frauen kein Kind machen kannst, Thorgeir Havarsson, und es ist kein Wunder, daß solchen Männern Kinderspiele vergehen: Du bist sicher beides, weibisch und feige.«

Thorgeir Havarsson antwortete diesen Männern und sagte: »Von der Erde bekam ich meine Kraft und Stärke, und wir werden nie zu Späßen aufgelegt sein und uns weder zu Frauen niederbeugen noch Kinder hochheben, und ebensowenig den Göttern opfern noch Hilfe erhoffen von Männern, Frauen oder Göttern, sondern nur von der Erde allein. Ich werde auch nicht kleine Kinder mit Waffen durchbohren noch andere Menschen, denen es an Mannhaftigkeit gebricht, ihren Besitz zu verteidigen. Doch sollte sich jemand im Heer für meinesgleichen halten, so fordere ich ihn zum Holmgang heraus: Ich füge mich keinem Geschwätz, sondern nur dem Wahrspruch der Waffen.«

Es war aber Wikingergesetz, daß im Krieg in den Mannschaften Frieden herrschen sollte und der Neiding genannt wurde, der ihn brach. Die Anführer entschieden, daß Thorgeirs Herausforderung durch die aufreizenden Worte der Männer abgegolten sei, und sie ließen die Sache fallen; sie sagten, man sei hergekommen, den Tod Odds von Chartres zu feiern, und keiner solle anderen die Freude verderben. Es sei auch niemand verpflichtet, Säuglinge auf Speerspitzen zu werfen, wenn er keine Lust dazu verspüre.

Siebenundzwanzigstes Kapitel

Als in der Nacht die Flammen des Doms weithin über die Ebenen von Chartres leuchteten und das Fest seinen Höhepunkt erreicht hatte, konnte man aus dem Dunkel Pferdegetrappel und Trompetenstöße vernehmen: Da nahten einige hochstehende Legaten mit Fackeln und wehenden Fahnen; sie fragten nach dem Nachtquartier des Jarls von Rouen. Zum zweitenmal in dieser Nacht wurde Jarl Rikard geweckt.

Diese Männer überbrachten von seiten Rodbert Capets, des Königs von Frankreich, die Botschaft, daß Graf Odd gestern durch geheime Gänge aus seiner Stadt Chartres geflohen sei, samt seinen Bischöfen, Kebsen und anderen vornehmen Leuten, und sich in ein vortreffliches Kloster begeben hatte, wo er seine Schätze aufbewahrte; von dort habe Odd an Rodbert Capet Nachricht geschickt und ihm geklagt, daß ihn Rikard, Jarl von Rouen, mit Mordbrand, Totschlag und Notzucht angegriffen habe und daß dieser ausländisches Gesindel in Taufgewändern befehlige, das er vorher in Rouen habe nottaufen lassen. König Rodbert ließ Rikard durch seine Boten einschärfen, daß er, Rodbert, alleiniger Oberkönig aller welschen Lande sei und mit Gottes Gnade den Titel und Namen eines Königs von Frankreich trage; seine Unterkönige sollten dessen eingedenk sein, daß sie unter seinem Schutz lebten und ihm aus der Hand äßen und solche Scheißkerle seien, daß sie keinen höheren Titel als Herzog oder Jarl tragen dürften. Weiter ließ der König verkünden, daß der Krieg zwischen den Leuten von Rouen und Chartres aufhören solle und einstweilen keine weiteren Verbrennungen, Totschläge, Vergewaltigungen und andere Heldentaten stattfinden dürften; niemand solle danach trachten, in Chartres etwas zu rauben, was auch nur den Wert eines Schuhflickens habe, noch einem Menschenkind über das Geschehene hinaus ein Haar krümmen; und das Gesindel aus Norwegen, das sich Wikinger nenne, solle verschwinden. Jarl Rikard und dem Grafen Odd bestimmte der König einen Tag, an dem sie nach Paris kommen sollten, nachdem das Land befriedet sei und die Wikinger entweder tot oder außer Landes wären. Er sagte, er wolle dann ihren Streit schlichten und jedem die Lande zuteilen, die er selber für die ihm gemäßesten halte, Dreux jedoch wolle er selbst behalten, das Land, um das sie sich geschlagen hatten, die Mitgift, die Rikards Schwester mitbrachte, als sie sich mit Odd verheiratete. Außerdem erging der Hinweis, daß König Rodbert am Westufer des Flusses ein starkes Heer mit einer vielköpfigen Reiterschar sowie allen Kriegsgeräten, Wagen, Steinschleudern und Griechischem Feuer zu stehen habe.

Nachdem Jarl Rikard noch in der Nacht seinen Marschall mit der Botschaft des Königs von Frankreich zu den Wikingern geschickt hatte, hielt Thorkel Strutharaldsson zuerst in aller Eile mit einigen angesehenen Männern seines Heeres eine geheime Beratung ab, trat dann heraus und sprach laut zum Marschall Jarl Rikards und war jetzt wütend:

»Wie es scheint, sind wir hier in einer schwierigen Lage, da wir uns mitten in Feindesland selbst verteidigen müssen; und Rikard, Jarl von Rouen, hat uns hinters Licht geführt, als er uns zu dieser Fahrt einlud. Betrug ist auch, daß Rikard uns verheimlicht hat, daß Rodbert Capet nicht sein bester Freund ist; und wir sind hier gegen den Willen des Oberkönigs, der einer der mächtigsten und kampfstärksten in der Welt ist. Rikard hat uns welschen Schwertern und Griechischem Feuer ausgeliefert und uns fern von unseren Schiffen zu Fuß aufgehetzt, gegen eine vor Waffen starrende Reiterschar und gegen Mannschaften auf Streitwagen zu kämpfen. Als Rikard uns anbot, aus England hierherzukommen und für ihn zu kämpfen, dachten wir, wir würden uns mit einem Heer verbinden, daß die Leute von Rouen bereitstellten; doch da zeigte es sich, daß der Jarl sein Heer dem König von Frankreich in Sold gegeben hatte, und wir sind in die Klemme geraten, gegen das Heer unseres Herrn zu kämpfen. Wir wissen auch noch sehr gut, daß Jarl Rikard uns Räuber nannte und uns befahl, zu baden und unsere Läuse zu töten, wo er selber in seinem Gefolge nichts als Schildläuse hat, die sich Grafen und Barone schimpfen und sich hüten, Schlachten zu nahe zu kommen. Dann hat Jarl Rikard uns zur Bedingung gemacht, daß wir den Christenglauben annehmen müßten; und es ist eine sonderbare Sache, daß allein wir Wikinger, die wir gestern noch Heiden waren, uns bereit fanden, die Gelder zurückzuholen, die Rikards Schwester dem alten Odd gegeben hat, damit er sie beschlafe; sie ist wohl eine furchtbar häßliche Frau gewesen. Uns scheint, dieser Rikard ist ein kleiner und feiger König, und sagt ihm, es wäre das richtigste, wenn wir einen solchen Milchbart totschlügen und den Glauben ablegten.«

Es gilt als sicher, daß Rikard von allen Jarlen aus dem Geschlecht Göngu-Hrolfs, die über Rouen geherrscht haben, der klügste Staatsmann gewesen ist. Er rief jetzt einige seiner Bischöfe und Grafen aus seiner Begleitung zu sich und beriet sich mit ihnen. Sie kamen überein, daß es für die Wikinger noch genug zu tun gäbe; sie könnten darangehen, die Normandie selbst zu befrieden und dort die Bauern und Landbewohner zu töten, die von Rikard unabhängig zu sein glaubten, wenn auch Rodbert Capet die Weiterführung des Krieges in der Grafschaft Chartres verboten hatte.

Der Jarl ritt also mit seinem Gefolge zu den Wikingern und begrüßte sie inniglich und küßte diejenigen ihrer Anführer, die mutmaßlich etwas zu sagen hatten; dieses Mal redete er mit ihnen in nordischer Sprache; er war glattzüngig und freundlich, nannte sie in jedem Satz seine Verwandten oder Brüder, und Thorkel Strutharaldsson redete er stets mit Sire an; jetzt verlangte er von keinem, er solle die Läuse an seinem Körper töten oder sich den Kopf waschen, bevor er mit ihm spräche.

Er sagte: »Sire Thorkel und unsere anderen Brüder aus dem Norden sind tapfere Wikinger; heute will ich euch zunächst mit Worten danken«, sagte er, »und später mit Gold und Silber und wertvollen Dingen für den Beistand, den ihr uns geleistet habt, als es galt, Odd von Chartres, den größten Hurenkönig, den es je in Welschland gegeben hat, wenigstens etwas zu ducken. Wir werden jedoch einstweilen nicht weitergehen, da Rodbertus Capetus, König der Franzosen und unser Freund, der nach Christus und dem Papst unser Herr und Gebieter ist, nicht will, daß seine Unterkönige niedergemacht werden; der Grund dafür ist seine Besorgnis, daß solche Taten das Volk verderben würden. Wenn es auch bedauerlicherweise so verlaufen ist, daß wir Odd nicht das Leben nehmen konnten und die Kirche von Chartres mit fast allen Leuten, die dort Schutz suchten, niedergebrannt ist, so sollt ihr doch nicht denken, daß jetzt die Ruhmestaten, zu denen ich euch ausersehen habe, zu Ende sind, noch die Gewinnaussichten geschwunden, wenn es auch dieses Mal schlecht ausgegangen ist, obwohl ihr so große Kämpen und mutige Draufgänger seid. Ich habe euch jetzt viel rühmlichere und einträglichere Taten zugedacht als die, welche ihr bereits vollbracht habt. Ich habe gehört, daß euch mein Heer, das ich an die Seite des euren zu setzen hatte, allzu klein erschien, als ihr euch verpflichtetet, Odd von Chartres heimzusuchen. Dazu ist nur zu sagen, daß es hier in der Normandie an waffenfähigen Männern nur solche gibt, die der König von Frankreich nicht mit Beschlag belegt hat, und das sind aufsässige Bauernkerle; sie achten den Weißen Christ gering und vergöttern Kräuterchrist und Zwiebeln; sie ziehen es vor, sich wie Würmer mit Erdarbeiten abzuplagen oder ihren Weibern den Bauch zu tätscheln, anstatt etwas zum Ruhm ihres Königs zu tun. Es macht ihnen nichts aus, wenn Verächter der Sakramente uns Länder und Gelder rauben. Sie sträuben sich, Abgaben an uns zu leisten; sie vergeuden ihre Arbeitskraft bei Bewässerungsanlagen und anderen Grabereien oder bei Mauer- und Brükkenbau und Wegeverbesserungen und vielen erbärmlichen Feldarbeiten, statt meine Barone und deren Burgen zu unterhalten. Wenn es dann und wann einmal gelingt, die Bauern aufzurufen, gegen unsere Widersacher in den Krieg zu ziehen, so lassen sie mich im Stich und nehmen sich Frauen im Feindesland zur Ehe und verehren dort nach ihrer häßlichen kindlichen Gewohnheit ihren Kräuterchrist und ihre Zwiebeln, statt für ihren Fürsten zu kämpfen und zu sterben und mir den Sieg zu bringen. Jetzt haben Anführer der Bauernschaft ohne unser Wissen zu einem Thing geladen, um zu beraten, wie sie am besten ihren Nutzen, aber unseren Schaden befördern könnten. Es ist mein Anliegen an euch, Sire Thorkel, mein Bruder, und an euch, meine Verwandten und Nachkommen Göngu-Hrolfs, meines Urgroßvaters, daß ihr wieder über den Fluß zurückkehrt, heim in die Normandie, um Rache zu nehmen an den Treubrüchigen und Landesverrätern, die sich gegen unser Reich und unser königliches Amt zusammengerottet haben, mit dem wir, die Jarle von Rouen, bekleidet worden sind durch die Eingebung des heiligen Geistes vom König der Franzosen, Carolo simplici, dem Papst und Christus Mariensohn und den Erzengeln, auf daß wir es unter dem

Schutz des allmächtigen Gottes behalten, solange die Welt besteht.«

Und als die Rede beendet war, verging die Wut König Thorkel Strutharaldssons, und die Wikinger hielten jetzt viel mehr von Jarl Rikard als noch kurze Zeit vorher; sie begrüßten es, daß ihnen neue Taten zu ihrem Ruhm übertragen würden, »oder weiß jemand zu berichten«, fragten sie, »daß Wikinger je einen freigebigen König im Stich gelassen haben?« Sie sagten, sie sähen es gerne, wenn Bischöfe sie begleiteten, die bereit wären, ihnen zu sagen, was Christus jeweils für richtig oder falsch halte, zum Beispiel, wann man Kirchen niederbrennen dürfe; oder ihnen die Beichte abzunehmen, wenn sie es widerrechtlich täten.

Achtundzwanzigstes Kapitel

Die Bewohner der Normandie, die wir die Bauern von Rouen nennen, hatten erfahren, daß Jarl Rikard, ihr König, mit einem Wikingerheer nach Chartres gezogen war, um König Odd zu erschlagen. Die Bauern waren unbesorgt, bis der König dieses Heer gegen sie selbst führte und daranging, das Land zu befrieden: die Bevölkerung zu prügeln und zu verwunden, die Häuser niederzubrennen und jene Leute zu hängen, die ihm nicht ergeben zu sein schienen. Anfangs war die Gegenwehr der Bauern nur schwach. Hier hatten die Wikinger so großes Glück, daß sie Honig aus Kellen schleckten. Jeden Gegenstand aus gemünztem oder ungemünztem Silber, aus Walroßzahn oder Elfenbein, den sie in den Häusern fanden, raubten sie und schleppten ihn mit sich fort. Leute von geringem Ansehen folterten sie, damit sie diejenigen angaben, die in der Verschwörung gegen den Jarl größeren Einfluß hatten. Und wenn sie abends an ihr Tagesziel gelangt waren, hatten sie nichts Eiligeres zu tun, als Galgen zu errichten und die Bauern aufzuknüpfen, die sie am Tage gefangengenommen hatten. Sie trachteten sehr danach, in der Nähe von wichtigen

Kirchen oder Klöstern Rast zu machen, und befahlen, die Glocken zu läuten, Trompeten zu blasen und Gottes Wort zu predigen. Das Volk vermied es, dort zugegen zu sein, wo Hinrichtungen stattfanden, doch nicht die Barone des Königs; sie saßen hoch zu Roß in ihren Plattenpanzern, mit geschlossenem Visier und gezogenen, goldbeschlagenen Schwertern; Bischöfe und andere Prälaten standen im Ornat um die Galgen herum und sangen; die niedere Geistlichkeit hatte alle Hände voll zu tun, um den Leuten die Beichte abzunehmen, die dort ihr Leben verloren; es strömten auch schnöde Gaffer herbei, um den Hinrichtungen zuzusehen und den Staat der Barone und Prälaten zu betrachten und die feierlichen Sprüche anzuhören, die dort gebraucht wurden, Gesang und andere Zeremonien; dort war auch allerlei abenteuerliches Pack, Freudenmädchen und Landstreicher, wie auch Augendiener der Großen, die sich in jedem Landstrich schnell zu Hohn und Spott hergeben, wenn Leute gehängt werden,und bereit sind, jedem Beifall zu klatschen, der über Feuer und Galgen verfügt.

Doch den Bauern von Rouen wurde es schließlich leid, daß man ihnen ihre Häuser niederbrannte. Die Nachricht verbreitete sich mit Windeseile, daß ihr König sie mit nordländischen Wikingern angreife – ein auferstandener Göngu-Hrolf. Die Bauern sammelten sich zu Rotten, bewegten sich des Nachts und verbargen sich am Tage in Wäldern, im Schilf oder in Heuschobern; als Waffen hatten sie Prügel, die ihnen stets gute Dienste geleistet hatten, allerlei Keulen und Geräte, die meisten aus Holz, einige jedoch mit Eisen beschlagen. In Kriegsbüchern steht, daß einem wackeren Mann, der ein Schwert oder eine andere edle Waffe führt, nirgendwo solche Gefahr droht, wie wenn ihm ein Bauer mit einem Pfahl oder einem Knüppel entgegentritt; gelehrte Leute halten es für wahr, daß Mjölnir, Thors Hammer, aus Holz ist. Aus alter Erfahrung wußten die Wikinger, daß, wenn auch ihre Waffen zum Stoß länger und zum Hieb stärker als Schwerter waren, es für sie nicht ratsam war, ihre Reihen gegen Rotten vorrücken zu lassen, die mit Knüppeln kämpften.

Es geschah eines Abends, als es dunkel geworden war und man den Fang des vergangenen Tages den Raben in gehöriger Weise am Galgen zum Fraß dargeboten hatte, mit Beichte und letzter Ölung, Paternoster, Marienpsalter, Miserere und anderem heiligen Kauderwelsch, und als die Barone die Leute zum Fest hatten einladen lassen, daß Bauern in Scharen aus dem Wald hervorbrachen; die einen hatten Geräte in Händen, Schaufeln und Heugabeln, die anderen jede Art Keulen, Latten und Zaunpfähle, Fleischklopfer und Holzhämmer, und sie gingen daran, die Wikinger zu prügeln und einige auch zu stechen. Die Wikinger hatten keine Kunde von dieser Zusammenrottung und dachten, eine riesige Menschenmenge käme auf sie zu. Manch einem nordischen Ehrenmann wurde da der Schädel eingeschlagen, oder er wurde zu Brei zerstampft mit einer unedlen Waffe von der Art, die in der Dichtung nie berühmt geworden ist; und über manche Männer wurden Fischnetze geworfen, und als sie sich in den Netzen verstrickt und verwickelt hatten, bearbeiteten Frauen sie mit jenen flüssigen und siedenden Waffen, die viele Wikinger und berühmte Helden in verschiedenen Ländern aufs beste gewärmt haben und nie in Büchern oder anderen Berichten erwähnt werden, wo von großen Schlachten die Rede ist. Da ließen viele wackere Burschen ihr Leben für nichts. Die meisten jedoch beschritten den Weg, der sich für die Wikinger schon immer bestens bewährt hatte, wenn sie in die Klemme geraten waren, nämlich das Schlimmste nicht abzuwarten. Jeder lief, so schnell ihn die Beine trugen, ließ seine Kriegsbeute und seinen Losanteil im Stich und suchte Schutz in der Dunkelheit der Nacht. Selbst die Barone von Rouen gaben ihren Pferden die Sporen und ritten davon; das gleiche tat auch Jarl Rikard. Die Leute, die gekommen waren, sich zu vergnügen, sowohl Landstreicher wie Freudenmädchen, waren mit einem Mal verschwunden; und die Bischöfe waren in die Kirche gegangen, das Completorium zu singen.

Von Thorgeir Havarsson ist folgendes zu berichten: Als die Anführer befahlen: »Rette sich, wer kann!« und alle Fersengeld gaben und verschwanden, da blieb er allein stehen, ruhig, gemäß isländischem Brauch. Und als er eine Weile dort gestanden hatte, sah er Leute mit einer Laterne auf sich zukommen; sie beschimpften ihn, und einige sagten etwas in welscher Zunge; er glaubte zu verstehen, daß sie ihn fragten, wer er sei und warum er nicht fortlaufe wie die anderen. Er rief zurück und antwortete in nordischer Sprache, die er auf dem Schoß seiner Mutter gelernt hatte.

»Ich bin Isländer«, sagte er, »und mir ist nicht erinnerlich, in alten Geschichten davon gehört zu haben, daß wackere Männer im Kampf die Flucht ergriffen. Es war stets unser, der Wikinger, Gelübde und Schlachtruf, wenn wir in den Kampf gingen, daß wir bis zum Ende kämpfen und nicht ablassen würden, solange noch einer von unserer Mannschaft übrig ist. Mögen andere über ihre Taten selbst bestimmen, doch ich bin nicht der Mann, die Worte ins Gegenteil zu verkehren, die ich in der Kindheit von meiner Mutter und von Thormod Kolbrunarskalde, meinem Schwurbruder, und anderen guten Skalden im Norden gelernt habe.«

Und als Thorgeir Havarsson so gesprochen hatte, holte er mit seiner Axt aus und wollte auf die Leute losgehen, doch sie richteten bloß Knüppel und Pfähle auf ihn, lachten über ihn und verspotteten ihn. Und je mehr ihn die Berserkerwut überkam, um so größeren Spaß hatten die Bauern von Rouen an ihm; eine Menge Volks strömte herbei, Frauen und Kinder, um sich zu vergnügen; Thorgeir Havarsson glaubte, in einem bösen Traum befangen zu sein. Und da es keinerlei Anzeichen dafür gab, daß er sich würde besänftigen lassen, drangen sie auf ihn ein, ergriffen und entwaffneten ihn. Seinen Speer und seine Axt schlugen sie vom Schaft; die Schäfte warfen sie fort und behielten das, was an beiden Waffen aus Eisen war; sein Kurzschwert aber, das ihm teurer als alles andere war und das er als einzigen Gegenstand hatte retten können, als er vor Irland Schiffbruch erlitt, das nahmen sie ihm ab; ein Bauer legte es mit der Scheide übers Knie und brach es entzwei. Als sie dies erledigt hatten, ließen sie Thorgeir los; sie befahlen ihm, sich nach Hause zu trollen wie jeder andere streunende Hund und schnipsten mit den Fingern nach ihm. Dann machten sie mit ihren Leuchten kehrt und waren verschwunden.

Er irrte in der dunklen Nacht lange durch unbekanntes Gelände, waffenlos in schwieriger Lage, geriet in einen Sumpf und fiel in einen Graben. Dann landete er in einem großen Dornengestrüpp und versuchte lange vergeblich, sich daraus zu befreien; schließlich gelangte er in einen dichten Wald, wo Brennesseln aus dem Boden wuchsen und Nattern sich im Grase schlängelten. Er wußte nicht, welches Ziel ihm zugedacht war, da er kein Rauschen vom Flug jener Frauen hörte, die Schwanenkleider anlegen, um den Helden ihr Schicksal zu bestimmen. Plötzlich schlang sich eine Viper um seinen Fuß und biß ihn.

Er irrte noch eine Zeitlang im Wald umher, doch der Fuß begann zu schmerzen; jetzt befiel ihn Übelkeit und danach Kummer darüber, in welcher Weise sich die Lehren bewahrheiteten, die er auf dem Mutterschoß empfangen hatte. Schließlich schwanden ihm die Kräfte, und kalter Schweiß bedeckte ihn; er legte sich in einer Lichtung nieder. Ihm schien es ein wenig lächerlich, von einer Giftschlange gebissen und nicht von einer Waffe verwundet am Boden zu liegen, und daß Wölfe bekommen würden, was die Schlange zurückließ.

Neunundzwanzigstes Kapitel

Wie andere Nächte, so verging auch diese Nacht, und über dem Wald von Rouen wurde es Tag. Thorgeir Havarsson wachte davon auf, daß eine große Anzahl Milchschafe über ihn hinwegliefen; ein junger Bursche mit einem langen Stekken trieb sie. Im selben Augenblick sah der Bursche, daß ein Mann von wenig stattlichem Aussehen sich inmitten der Herde erhob und den zur Hölle wünschte, der dummes Vieh über ihn hinwegtriebe. Der Bursche sagte, es sei unerhört, sich auf einen Viehweg zu legen, und der Mann, der das getan habe, solle sich sofort packen. Doch da sie einander nicht verstanden, geschah weiter nichts, als daß sie eine Weile lang wie und was sagten und dann verstummten; der Bursche trieb seine Herde auf die Weide. Als er nach Hause zurückkehrte, sah er den Kämpen zusammengekrümmt an einem Baum lehnen. Da begriff der Bursche, daß der Mann krank war, und hatte um Christi des Mariensohnes willen Mitleid mit dem Fremden, faßte dessen Kittelzipfel und wollte ihn mit sich zum nächsten Haus ziehen. Thorgeirs Fuß war stark geschwollen und sein ganzer Körper durch den Schlangenbiß gelähmt; das kalte Fieber schüttelte ihn heftig; der Bursche mußte den Wikinger stützen. Da ging die Sonne über dem Wald auf. Und als sie auf dem Waldpfad ein Stück gegangen waren, stießen sie auf ein niedriges Bauernhaus unter einem hohen Baum, dessen Laub über dem Dach zitterte; aus dem Schornstein stieg in der Morgenstille langsam und träge Rauch auf, und in der Nachtkoppel käuten mit Tau benetzte Kühe wieder.

Der Bursche zog den Kämpen zum Haus und öffnete die Tür; das Haus bestand nur aus einem Raum. In einer Ecke lag eine riesige Sau schlafend bei ihren Ferkeln, die an ihr saugten; in einer anderen Ecke schlief eine nur mit einem Hemd bekleidete Frau bei ihrem kleinen Kind und hatte neben sich auf gelindem Feuer Kochkäse aufgesetzt. Dicke Butterklumpen lagen auf einem Wandbrett und prächtige Käse; vom Dach herab hingen Bündel von Kräuterchrist und Zwiebeln und schöne Speckseiten.

Der Hirtenknabe weckte jetzt die Bäuerin, zeigte ihr den kranken Mann, den er gefunden hatte, und übergab ihn ihr zur Betreuung; dann ging er seines Weges. Die Fau rieb sich den Schlaf aus den Augen, erhob sich sogleich von ihrem Lager und begrüßte den Gast; sie forderte ihn auf, hereinzukommen und sich zu setzen. Sie zog ihm die Sachen aus und wusch ihn; auf die Geschwulst am Fuß strich sie heilkräftige Salbe, verband ihn dann und bereitete dem Mann ein Lager. Sie brachte ihm Käse und Butter und weiße Rüben, er aber aß keinen Bissen.

Er sagte: »Hier haben die Nordländer wenig Ruhm geerntet.«

Doch die Frau verstand ihn nicht; sie zog ein Überkleid an und ging ihre Kühe melken; sie bat Thorgeir, inzwischen ihren Säugling zu hüten.

Als Thorgeir dort den Tag über todkrank daniederlag, kamen Gäste auf den Hof. Es waren Nachbarn, welche die Bäuerin sprechen wollten. Sie trugen zwischen sich eine Leiche und brachten sie ihr; es war ein Gehängter, und die Schlinge war um seinen Hals gewunden; es war der Mann der Frau. Thorgeir glaubte sich zu erinnern, daß dieser Mann einer von denen war, die von den Königsmannen beschuldigt worden waren, zu dem Bauerntreffen gegangen und damit von Jarl Rikard abgefallen zu sein; den Mann hatten die Wikinger gestern aufgeknüpft. Über diesem Mitbringsel brach die Bäuerin in lautes Weinen aus; es drückte ihr schier das Herz ab; aus anderen Bauernhäusern kamen ihre Nachbarinnen, um an ihrer Trauer teilzuhaben.

Durch den Schlangenbiß war Thorgeir so mitgenommen, daß er sich nicht rühren konnte; er bekam hitziges Fieber mit wilden Träumen und mußte da liegen bleiben, wo er war, und die Wohnung teilen mit dieser Frau und dem Toten, ihrem Säugling und der Sau. Ungefähr um dieselbe Zeit, da der Bauer zu Grabe getragen wurde, erholte sich Thorgeir. Zum Gedenken an den Bauern wurde ein Leichenschmaus veranstaltet; es kamen die Schwäger der Frau, Freunde und Nachbarn, und zur Feier hatten sie Käse und Fleisch, Zwiebeln und Wein. Dem Pflegling der Bäuerin schien, daß man ihm bei diesem Gelage nicht gerade freundliche Blicke zuwarf, und es kam zu einem Wortwechsel zwischen der Witwe und ihren Verwandten; Thorgeir begriff, daß es sich um ihn handelte und daß man beratschlagte, wie man ihn am besten umbrächte; einige Männer zogen blanke Messer und machten Lärm, so daß die Sau aufwachte und zu grunzen begann. Thorgeir dachte bei sich, daß er von den Männern dieser Sippe eher Schwierigkeiten zu erwarten hätte als von den Frauen; einige mit der Witwe verwandte Frauen traten an sein Bett, zogen die Decke fort und sahen sich seinen Fuß genau an und auch, wie der ganze Mann beschaffen war, und sprachen miteinander darüber; ihm wurde dieses Mal nichts zuleide getan. Es war spätabends, als die ausdauernden Gäste der Witwe endlich gingen; als sie hinter ihnen die Riegel vorgeschoben hatte, trat sie an das Lager ihres Gastes, ließ sich neben ihn auf das Bett fallen und weinte bitterlich.

Aber dem Kämpen Thorgeir Havarsson war die Kunst nicht gegeben, Frauen zu trösten, und er unternahm nichts. Sie fühlte deutlich, daß der Gast ebensowenig ihre Tränen verstand, wenn sie weinte, wie ihre Rede, wenn sie mit ihm zu sprechen versuchte; er lag neben ihr an der Wand wie ein Stück Holz, mit starrem Gesicht wie einer, der darüber aufwacht, daß ein schrecklich großer Löwe in sein Bett gekrochen ist, während er schlief, bereit, ihn zu packen und aufzufressen, wenn er auch nur ein Auge bewegt. Schließlich entschloß sich die Frau, ihre Tränen zu trocknen. Dann riegelte sie die Tür auf und ging in die Nacht hinaus.

Die Bäuerin blieb ziemlich lange fort, und das Licht flakkerte trüb auf dem Halter; und als sie wiederkam, hatte sie eine jämmerliche, uralte Vettel bei sich; die konnte nordisch sprechen. Die Bäuerin hieß sie sich zu Thorgeir Havarsson auf die Bettkante setzen. Die Alte fragte zuerst, wie es ihm ginge, und dann nach seinem Namen und woher er käme. Er sagte, wie es war.

»Viel Mühe kostet es dich, armseliger Mensch, so weit über stürmische Meere zu fahren und dich in fernen Ländern durch Dornengestrüpp und Schlangennester zu kämpfen, nur um dort die Häuser einiger armer Leute niederzubrennen, von denen du nichts weißt, oder Bauern im Süden der Welt auf ihrem eigenen Landbesitz aufzuknüpfen und ebenso andere achtenswerte Menschen, die du nie vorher zu Gesicht bekommen hast und die dir nichts zuleide getan haben; doch was hast du vor, Thorgeir?«

Er sagte: »Ich bin ein Wikinger. Wir wurden von euren Herrschern gedungen, ihre Beschützer in der Normandie zu werden. Jedoch ist nicht zu verheimlichen, daß die Kämpfe anders ausgegangen sind, als in alten Geschichten erzählt wird, die ich von meiner Mutter und anderen guten Leuten in Island vernahm.«

Die Alte antwortete: »Es werden nur solche Geschichten sein, aus denen ich mir nichts mache; es ist die Eigenart der Skalden, sich am weitesten von dem zu entfernen, was der Wahrheit am nächsten ist. Doch Christus hat alle Menschen als Friedensmenschen geschaffen, wenn auch Landesherrscher und Helden uns stets umbringen möchten.«

Thorgeir antwortete: »Ich weiß nicht, wer du bist, Alte; ich werde deshalb nie zugeben, daß euer Christus klüger ist als Thorelf, unsere Mutter, oder mein Schwurbruder Thormod, der Kolbrunarskalde; und ich hoffe, daß wir, mein Schwurbruder und ich, uns nie dazu verleiten lassen werden, einem Frieden mit den Menschen zuzustimmen.«

Sie sagte: »Ich bin ein uraltes Weib in Rouen und du ein junger Mann aus dem Norden, und es kann sein, daß ich einem Toren wie dir zu geeigneter Zeit etwas zu erzählen wüßte. Für uns Leute in Rouen seid ihr nichts Neues: Hier habt ihr Nordländer lange Zeit hindurch die Küsten heimgesucht, um Menschenleben zu vernichten und Essen zu rauben; und wenn auch die Hiesigen sich zur Wehr setzten und euch in die Flucht schlugen, so fingt ihr immer wieder an, uns zu überfallen, sobald eure Anführer eine Handvoll Vagabunden zusammenhatten. Und als es so schien, als ob die Plage eurer Überfälle bei uns nie aufhören würde, ergriffen unsere Ahnfrauen ihre Maßnahmen. Statt den Nordländern zu gestatten, die Landsleute hier in alle Ewigkeit niederzumachen, opferten sich viele treffliche hiesige Frauen und zogen dieses Gesindel zu sich ins Bett und gebaren ihnen welsche Söhne; dazu entschlossen sich unberührte Bauerntöchter und edle Jungfrauen ebenso wie Freudenmädchen und Huren und auch die Witwen der Männer, welche die nordischen Männer erschlagen hatten: So schwand eure Mordlust in den Armen unserer Frauen. Selbst Popa, die Tochter König Karls, stieg ins Bett zu dem Seeräuber und Geächteten aus Norwegen, der Göngu-Hrolf genannt wurde und so dumm und feige war, daß er weder verstand noch wagte, ein Pferd zu reiten; sie machte einen Mann aus ihm und seine Söhne und Töchter zu Franzosen.«

Thorgeir sagte: »Warum stellen die Bauern von Rouen nicht nach Kriegsbrauch gegen uns Schlachtreihen auf, wenn sie Männer und Franzosen sind, und begegnen uns im Kampf mit welschen Schwertern, Mut und Grimm und erschlagen ihren König Rikard, wenn er ihnen verhaßt ist? Das wäre rühmlicher, als sich im Schutz der Nacht heranzuschleichen und uns mit Zaunpfählen zu mißhandeln oder uns in Fischernetzen zu verstricken oder uns mit Fleischbrühe oder heißem Harn zu verbrühen.«

»Der Troll hole euren Mut und Kriegerbrauch«, sagte die Alte, »und eure Mordtaten sollen allein die Narren loben, die ihr mit euch führt und eure Skalden nennt. Dir soll jetzt eine günstige Gelegenheit geboten werden, Thorgeir Havarsson, nämlich die, daß du hier ansässig wirst und meine Sohnestochter heiratest, die hier Hausherrin ist, seit ihr ihren Mann aufgeknüpft habt; sie hat heute abend deinen Kopf gerettet, als ihre Verwandten und Verschwägerten entschlossen waren, dich totzuschlagen; du hast dieser Frau mehrmals dein Leben zu verdanken.«

Thorgeir Havarsson blieb eine Weile nachdenklich, sagte aber dann: »Umsonst hätten gute Skalden berühmte Könige besungen und den Ruhm hochgemuter Kämpen gepriesen, so daß er niemals stirbt, wenn ich hier durch Liebschaften zermürbt und aufgerieben würde; etwas anderes hatten wir im Sinn an dem Tage, als wir uns von unserem Schwurbruder, dem Skalden Thormod, an der Furt trennten. Ich würde Thormod wenig Stoff zu einem Preislied liefern, wenn er erführe, daß ich im Bett gestorben wäre, ein Bauersmann in Rouen, bei Schweinen und Säuglingen, Kräuterchrist und Zwiebeln, wenn auch die Frau hübsch und tüchtig ist. Es würde für ihn kein Anlaß sein, von seinem Hof und seiner Liebsten zu gehen, um mich zu rächen. Die Welt wäre allzu fade, wenn es keine Helden mehr geben sollte außer in den Betten der Frauen.«

Die Alte sagte: »Es sieht dir ähnlich, dich so zu entscheiden, und es ist gut so. Hebe dich von hinnen, um den Taten nachzugehen, die einem Kämpen anstehen: Häuser in Brand stecken und für eure Seekönige und Herrscher alles erschlagen, was Atem hat, und dann die Welt beherrschen.«

Auf diese Worte hin erhob sich Thorgeir von seinem Lager, zog seine Schuhe an, obwohl er nicht gesund war, und fuhr in seinen Kittel.

Es fand kein großer Abschied statt zwischen dem Heißsporn und den Frauen von Rouen; die Bäuerin warf ihm einen Besen nach, als er aus der Tür humpelte; und die Alte gebrauchte diese Worte: »Dort geht der Aussätzige, der sicher eines Tages einen schmählichen Tod erleiden wird, von allen gehaßt und verlassen.«

Dreißigstes Kapitel

Svein war der Name eines Königs; er war ein Sohn Blauzahns und herrschte über Dänemark. Die Dänen nennen ihn in ihren Büchern Zwiebart, die Isländer aber Gabelbart; in englischen Büchern hat er den Beinamen Vatermörder. Vor vielen anderen Königen hatte er es zu seinem Ruhm vollbracht, gegen seinen Vater zu kämpfen und ihn zu erschlagen. Als Kind hatte Svein vom deutschen Kaiser das Christentum angenommen; später aber legte er den Glauben ab und wollte alle Christen umbringen, besonders die Priester.

König Svein erfuhr, daß England ein Land sei, in dem mutige Könige viel Ruhm ernten könnten. Er sammelte in Dänemark eine vortreffliche Flotte, führte sie nach England und begann das Land zu erobern.

Die Dänen kamen nach Ostengland; ein Teil der Mannschaft wurde an Land gesetzt, der andere blieb auf den Schiffen. Svein Blauzahnssohn war in vielen Dingen anders als König Thorkel Strutharaldsson; da Thorkel ein Seekönig war und sich stets nur auf Schiffen aufgehalten hatte, war er mehr ein Mann des Raubes als des Landgewinns; es kam ihm kaum in den Sinn, sich Länder zu unterwerfen, auch wenn er die Möglichkeit dazu hatte; und deswegen schröpfte er Adalrad, den König von England, um alles, was Geldeswert hatte, ließ sich aber nie in dessen Reich nieder. Hingegen war Svein mehr daran gelegen, Länder zu erobern anstatt zu plündern, und deswegen rückten seine Mannen unentwegt vor, um Städte und Grafschaften einzunehmen; sie gingen sofort daran, die Angelegenheiten der Leute zu regeln, wohin sie auch kamen, und Ratsherren und Priester, die sie antrafen, zu köpfen und zu verstümmeln; doch das Geld der Leute verschonten sie. Ziemlich viele Engländer kamen König Svein entgegen, um ihm ihre Ergebenheit zu bezeigen; sie sagten, daß sie lieber einen ausländischen heidnischen Vatermörder und geschworenen Feind der Christen zum König haben wollten als einen wahrhaft christlichen Einheimischen, der im Frieden Elfenbein schnitzte und sich im Kriege erbrach und Heere einzig gegen seine Untertanen aufbot.

Von König Adalrad ist zu berichten, daß er nicht von seiner alten Gewohnheit ließ, ausländischen Feinden gegenüber freigebig zu sein; und so wie König Thorkel früher von ihm gemünztes Silber erhalten hatte, soviel er verlangte, samt anderem Gut, so bekam auch dieser, der jetzt ins Land gekommen war, in den meisten Dingen seinen Willen. Wie gewöhnlich wurde König Adalrad zuerst von starkem Erbrechen befallen und hütete das Bett, während Svein eine Ortschaft nach der anderen in seine Gewalt brachte; als Adalrad die Sprache wiederbekam, ließ er bei König Svein anfragen, was er verlange, und teilte zugleich mit, daß ihm alles gewährt werde. Svein gab zur Antwort, daß er Britannien haben wolle.

König Adalrad hatte all sein Geld Thorkel ausgehändigt, und jetzt überließ er sein Reich König Svein; ihm war weiter nichts geblieben als Königin Emma und sieben Vögel aus Elfenbein. Einige mitleidige Fischer liehen ihm ein Schiff und brachten ihn samt seiner Königin nach Rouen; dort suchte er Jarl Rikard, seinen Schwager, auf und bat ihn um Hilfe.

Zu der Zeit unternahmen die Wikinger schon seit einer Weile keine Kriegszüge mehr, sondern lebten herrlich und in Freuden in Rouen, die einen in Burgen, die anderen auf Schiffen, als Landesverteidiger Jarl Rikards, und erhielten von den Bewohnern alles, was sie wollten, wie stets, wenn sie in den Dienst von Königen traten. Des Abends besuchten sie oft die Schenken und erzählten einander Geschichten von ihren Heldentaten und ihrer Tapferkeit in Schlachten in aller Welt, wie auch von Lebensgefahr bei Seefahrten und schließlich von ihren Erfolgen bei Königen und edlen Jungfrauen. Sie besuchten auch fleißig die Kirchen an den vielen hohen Festen und Feiertagen, welche die Priester einhalten; in welschen Büchern steht geschrieben, daß die Dirnen der Stadt stets dorthin strömten, um sich Kunden zu suchen, besonders an hohen Festen; es war auch ein großes allgemeines Vergnügen, vornehme Gräfinnen und Bischofskebsen wie auch löbliche Äbtissinnen anzuschauen, die sich mit bis in den Schoß bordierten Scharlachgewändern und edelsteinbesetztem Kopfputz dort großtaten.

Jarl Rikard nahm jetzt Verhandlungen mit den Wikingern auf und suchte für seinen Schwager Adalrad ihren Beistand zu gewinnen; sie sollten nach England fahren und König Svein Blauzahnssohn aus dem Lande jagen; er versprach ihnen viel Geld, wenn es ihnen gelänge, die Engländer wieder unter die Herrschaft Adalrads zu prügeln. Bei diesem Antrag runzelten einige Männer die Brauen und sagten, die Hurenhäuser seien viel feiner in Rouen als in England, die Kirmessen häufiger und besser besucht, der Wein sei süßer und der Gesang fröhlicher; und das Wetter so gut, daß hier im Hornung Gras wachse und die Kühe nicht aufhörten, Milch zu geben. Es gab auch andere in der Mannschaft, die nach alter Gewohnheit sich lieber auf große Taten einlassen wollten als ein Leben mit schlüpfrigen Vergnügungen und fettem Gras zu führen; sie sagten, es sei mit den Wikingern bergab gegangen, wenn sie sich dem Ruhm versagten und es vorzögen, sich über Gebühr bei Dirnen aufzuhalten oder brummende Mönche bei der Abendmesse anzuglotzen oder Viehweiden zu bewundern. Doch darüber waren alle einer Meinung, daß es nicht viel Ehre einbringen würde, Landesverteidiger eines so erbärmlichen Königs wie Adalrads zu werden; sie bezeichneten es als Dummheit, daß Thorkel der Lange es versäumt hatte, König von England zu werden, als er die Möglichkeit dazu besaß; sie meinten, den Schluß ziehen zu können, daß sie es in Svein Gabelbart mit einem hartgesottenen König zu tun hätten, da er sich nicht davor gescheut hatte, seinen Vater niederzumachen.

Und während sie hin und her überlegten, ob sie die Fahrt nach England antreten sollten, verging die Zeit, bis die Nachricht nach Rouen gelangte, die manch einem Anlaß zur Freude bot: daß nämlich König Svein Gabelbart an einer Krankheit gestorben sei; die Dänen seien fortgesegelt, und England sei ohne König. Auf Grund dieser Nachricht verpflichteten sich die Mannen aufrichtiger als zuvor, König Adalrad Beistand zu leisten; sie machten ihre Schiffe klar und hatten die Englandfahrt im Sinn.

Darüber ist weiter oben geschrieben worden, daß an dem Tage, als die Menschen in Canterbury verstümmelt und Alfegus venerabilis totgeschlagen wurde, neben dem Erzbischof ein Bursche mit zum Himmel gerichtetem Blick stand; er hatte ein hübsches Gesicht und schöne Augen. Damals trat der Mann, der die Folterungen leitete, Olaf der Dicke Haraldsson, vor und sagte, dieser Bursche sei zu mädchenhaft, um zu sterben, und wollte ihn schonen. Und als Alfegus zu Tode getroffen war, traten Wikinger heran, diesen Burschen in Augenschein zu nehmen, der bei dem heiligen Manne gestanden und bei dessen Peinigung gesungen hatte. Alle fanden den Burschen recht hübsch, und verschiedene Männer wollten ihn zur Frau haben. Als aber König Thorkel dieses Gespött hörte, sagte er, niemand solle sich unterstehen, diesen Jüngling zu demütigen. »Er soll in meinen Dienst treten, und ich werde sein Beschützer sein.« Von da an hatte König Thorkel den Burschen stets bei sich und teilte sein Zimmer mit ihm. Die Wikinger konnten den lateinischen Namen des Burschen, den er bei der heiligen Taufe erhalten hatte, nicht aussprechen, und sie nannten ihn Grimkel. Thorkel hegte großes Vertrauen zu dem Burschen und beriet sich mit ihm in vielen Dingen.

Nachdem Thorkel Christ geworden war, hielt er noch mehr von Grimkel, seinem Pflegesohn, und er befragte den Burschen nach den Dingen, die ihm früher unwichtig erschienen waren, besonders nach dem heiligen Christentum und danach, wer dort in Wahrheit die Macht ausübe und mit welchen Waffen. Wie dem Wikinger schien, stand der Bischof von Rom an erster Stelle, danach kamen die geringeren Bischöfe; sie alle verstanden sich auf Zauberei, lateinische Beschwörungen und andere Hexerei, gegen die Odin und andere alte nordische Götter machtlos waren, und hatten die Kraft, Feinde in den Bann zu tun und Könige auf den Thron zu heben; von dieser Kraft hatte Christus, der Schöpfer des Himmels, ihnen mitgeteilt, als er noch auf der Erde lebte und bevor er gemartert wurde. Es kam dem Wikinger darauf an, von Christus und dessen Dienern zu erfahren, wo wahre Worte aufhörten und unwahre begannen. Bis zu der Stunde, da sie Christen geworden waren, hatten die Wikinger nur gewußt, daß die Taten richtig und die Worte wahr waren, denen man mit Waffen oder mit Bestechung zum Siege verhelfen konnte, und daß andere Beweise für Worte und Taten allzu wenig taugten. Doch jetzt war den Zeugnissen von Heiligen die Neuheit zu entnehmen, daß die eine Tat recht und die andere Tat unrecht war, jedoch nicht auf Grund des Inhalts der Sache, sondern gemäß göttlicher Weisheit. Thorkel meinte, es bereite große Schwierigkeiten, daß nur die Bischöfe den Willen Christi deuten könnten in den Dingen und Fragen, an denen Heerkönigen am meisten gelegen sei, zum Beispiel, wie man im Kampf gegen Christen vorgehen solle und was vorliegen müsse, damit unschuldige Leute und andere hilflose Menschen verbrannt werden dürften; und auch, wann Christus es für recht und schicklich halte, Kirchen in Brand zu stecken.

Aus diesen Gründen äußerte König Thorkel den Wunsch, sich einen Bischof zuzulegen, der ihm in wichtigen Angelegenheiten zur Hand sein könne, um zu entscheiden, welche Vorbedingung Christus für Mord, Folterungen und Kirchenfrevel stelle sowie für das Hinschlachten wehrloser Menschen. Doch Erzbischof Hrobjart gab wenig auf die Notwendigkeit, einen Bischof für König Thorkel zu weihen; er sagte, es sei Christi Wille, daß Bischöfe über Länder herrschten und in Hauptkirchen Messen hielten und sich nicht auf See herumtrieben.

In der Stadt befanden sich armenische Bettler, die behaupteten, Priester und rechtmäßige Nachfolger der Apostel zu sein, die vor den Seldschuken aus ihrer Heimat fliehen hätten müssen; jenes Volk aber dient dem Propheten Mohammed. Die Armenier gehören weder dem byzantinischen noch dem römischen Christentum an, sondern dem georgischen. In einer Schenke in der Stadt begegneten die Wikinger einem armenischen Erzbischof; sie wollten ihn dazu bestechen, daß er ihnen Grimkel zum Bischof weihte, doch der Bettler machte Ausflüchte. Sie boten ihm zuerst Bier und Wein, dann Silber. Und als sie ihm schließlich leuchtendrotes Gold zeigten und der Erzbischof hörte, daß es echt klang, ließ er seine Kumpane herbeirufen, andere Wanderpriester, die in der Stadt waren. Alle diese Geistlichen verhielten sich lange ablehnend; sie sagten, es sei unerhört und frevelhaft, daß Christus vor Räubern und Gesindel vom Nordende der Welt Geheimnisse enthüllen solle. Doch als sie auf Kosten der Nordländer weiter becherten und das kostbare welsche Erz ihnen beim Trinken unablässig in den Ohren klang, kam es dahin, daß sie die Dinge leichter nahmen, so knapp an Geld wie sie waren; schließlich gaben sie nach.

Ketzern waren alle dortigen Kirchen verschlossen; es war verboten, ihnen Räume für irgendwelche heiligen Handlungen zur Verfügung zu stellen. So wurde Grimkel nur auf einem Marktplatz zum Bischof geweiht, umgeben von Pferden, Kräuterchrist und Zwiebeln wie auch von Schlachtschweinen und anderen Freuden, welche die Bauern auf den Markt gebracht hatten. Der Segen war kurz und der Gesang holprig, und Wikinger standen während der Handlung ringsherum Wache gegen Strolche und Hunde, welche die Geistlichkeit aufgehetzt hatte. Nach getaner Arbeit zogen die Wanderpriester mit ihrem Gold ab; und Thorkel schickte zuverlässige Leute zum Priesterrat, der Capitulum heißt, um zu bezeugen, daß die Weihe vollzogen sei und Grimkel Ring und Krummstab übernommen habe.

Im Kirchenrecht ist festgelegt, daß jeder in Bann getan wird, der ein Amt oder eine Weihe von einem Wanderbischof annimmt oder empfängt; dennoch konnten weder Gott noch Menschen, selbst nicht der Herr Papst, dessen Segen und heilige Amtshandlungen zunichte machen, sofern er ein echter Stellvertreter der Apostel war; daher vermochten weder das Capitulum noch die Prälaten Grimkel die Bischofswürde abzusprechen.

Einunddreißigstes Kapitel

Als nun Thorkel der Lange und seine Mannen in England landeten, trafen sie auf wenige Dänen, und es kam nur zu leichten Gefechten. Von Land her kamen ihnen Engländer entgegen, Priester und Laien, arm und reich, und weinten laut vor Freude, daß König Adalrad wieder ins Land gekommen war, und baten ihn, wiederum ihr König zu werden; sie sagten, sie hätten keinen König so lieb wie ihn, und meinten, er sei ihnen durch den Willen Christi von der Natur gegeben, besonders wenn er mit mehr Umsicht als bisher für sie sorgen wolle.

Davon ist weiter oben geschrieben, daß Adalrad ein so friedliebender König war, daß er keinem den Krieg erklärte außer seinen Untertanen, und auch nur dann, wenn er gezwungen war, die Pflege des Christentums bei ihnen zu fördern oder rückständige Steuern einzutreiben, nachdem er selber vorher all sein Geld ausgegeben hatte. Es gilt auch als sicher, daß ihm der Sinn so wenig nach Krieg stand, daß er sich erbrechen mußte, wenn er den Namen anderer Könige hörte, und sich ins Bett legte, wenn er sie in der Nähe wußte. Es machte ihm Freude, in seiner Burg zu sitzen und von dort nicht etwa Steine auf seine Feinde zu schleudern, sondern Emma, sein Ehegespons, zu betrachten, wenn sie durch die Säle schritt; er schnitzte ihr Vögel aus Elfenbein oder flocht für sie Silberdrähte. Er war davon überzeugt, daß Königin Emma die schönste Frau in der Christenheit und selbst darüber hinaus wäre. Er wollte all sein Hab und Gut hergeben und das Hab und Gut aller Engländer, seinen Grundbesitz und seine Schlösser sowie die Häuser und die Ländereien aller Engländer und damit Britannien selbst, nur um mit dieser Frau, die er von ganzem Herzen liebte, in Frieden leben zu können. Und deswegen ist Adalrad einer der ratlosesten Könige genannt worden, die je über England geherrscht haben.

Doch Adalrad hatte noch nicht lange in seinen Burgen gesessen und den Frieden genossen und Thorkel und dessen Mannen die Landesverteidigung übertragen, als wiederum eine Flotte von Osten über das Meer segelte; zu ihr gehörten mehr Schiffe, als man je auf England hatte zuhalten sehen. Dieses Heer nahm mit jedem, der ihm entgegentreten wollte, den Kampf zu Wasser und zu Lande auf; in diesem Kriegszug gab es große Kämpen und Draufgänger. Thorkel und seine Wikinger folgten dem Weg, der sich schon immer besser lohnte als zu kämpfen, nämlich es nicht darauf ankommen zu lassen, wenn sie auf eine starke Mannschaft trafen. Und als sie fragten, was für ein Heer sich gegen die Landesverteidigung König Adalrads stelle, kam die Antwort, König Knut Sveinsson aus Dänemark sei gekommen; die Dänen hätten ihn zum König von England gewählt, auf daß er das Reich übernehme, das sein Vater, der Vatermörder Svein Blauzahnssohn, sich in diesem Land erobert hatte; jeder, der nicht sogleich aufrichtiger Freund Knuts würde, sollte dafür Besitz und Leben verlieren.

Obwohl Thorkel der Lange keine Länder beherrscht hatte, war er auf See ein so mächtiger Mann, daß er verlangen konnte, mit allen einheimischen Königen gleichgestellt zu werden, wo auch immer er an Land ging; er nahm von niemandem Befehle in Dingen an, über die er selber bestimmen wollte. Jetzt war anscheinend der Mann nach England gekommen, der auf See keineswegs weniger Macht besaß als Thorkel Strutharaldsson. Und während vor der englischen Küste oder auf den Landzungen unbedeutende Gefechte zwischen Wikingern und Dänen ausgetragen wurden, hielten die Anführer der Wikinger lange Beratungen ab, ob man versuchen solle, England rückhaltlos gegen König Knut zu verteidigen, und wieviel man wagen könne.

Als noch darüber beratschlagt wurde und die Anführer keine Entscheidung fällten und König Thorkel keinen Befehl gab, da geschah es eines Abends spät, daß einer der Unterführer Thorkels des Langen, von so niedrigem Rang, daß er in den Büchern, die gelehrte Engländer über diese Ereignisse verfaßt haben, mit keinem Wort erwähnt wird, daß also dieser einige seiner Vordecksmannen aufforderte, in der Dunkelheit ein Boot auszusetzen und ihn zur dänischen Flotte zu rudern, die gegenüber lag. Und als sie bei der Flotte Knuts anlangten und die Wache der Dänen die Ruderschläge hören konnte und zum Anhalten aufforderte, da antwortete der Wortführer der Ruderer:

»Wir sind unbewaffnet.«

Die Wache fragte, was für Leute sie seien.

Der andere entgegnete: »Ich bin Olaf Haraldsson aus Norwegen, und wir bitten um freies Geleit zu König Knut Sveinsson.«

Die Wache auf den Schiffen des Königs leuchtete mit einer Laterne zum Boot hinüber und nahm die Insassen in Augenschein; sie sah, daß der Anführer viele Goldringe trug und drei Mäntel anhatte, mit zwei silbernen Gürteln gegürtet war und seine Füße in hohen, goldverzierten Schuhen aus Welschland steckten. Als die Wache diese Wahrzeichen sah und keine Waffen entdeckte, wies sie die Bootsbesatzung zur Burg König Knuts, die ein kurzes Stück landeinwärts stand.

Damals war König Knut Sveinsson achtzehn Jahre alt; er und Olaf Haraldsson waren fast gleichaltrig.

Sie waren verschieden geartet.

Olaf der Dicke war auf Schiffen aufgewachsen bei Salz und Teer, Gestank und Kotze, Läusen und Fäulnis, Schorf und Ausschlag, Scharbock und Krätze und dem übelriechenden Schweiß, der von Schiffsleuten ausgeht, weil sie sich lange nicht waschen. Er hatte keine andere Bildung genossen als die Lügengeschichten und unerschöpflichen alten Lieder, welche die Schiffsleute einander vortrugen, von Schlachten und Gefahren zur See, von großen Leistungen und Heldentaten, um sich der Langeweile zu erwehren und sich zu stählen, wie auch schlüpfrige Spottverse über Trollweiber im Norden der Welt und unzüchtige Reimereien über die Götter.

König Knut Sveinsson erhielt seine Erziehung an Königs- und Bischofshöfen, in Schlössern oder Burgen; in seiner

Jugend erlernte er die Künste, die sich für Männer von hohem Stand geziemten, Fechtkunst und ritterliches Wesen und Waffen oder Kleider nach Art vornehmer Leute zu tragen, gemäß der höfischen Sitte jener Barone, die dem Kaiser dienten. Von Kindheit an war er den Bischöfen zur Hand gegangen, die aus Bremen zu den Dänen geschickt wurden; sie ließen ihn nie aus dem Griff, obwohl Svein, sein Vater, dem Christentum abtrünnig wurde. Die Kleriker hatten Knut gelehrt, in lateinischen Büchern zu buchstabieren und bei der Messe im Chor mitzusingen; er konnte auch sein Gebet am Altar mit Tränen und Seufzern verrichten, sowohl genuflectens wie prostratus. Knut hatte helle Haut und Fischaugen, wie es bei diesem Volksstamm häufig ist, und langes gelbes Haar; er war ausgelassen bei Vergnügungen und vergoß Tränen am Altar; er war mit einem leichten blauen Gewand bekleidet und hatte seinen roten Mantel abgelegt; er trug reichbestickte Schuhe, war mit einem sarazenischen Krummschwert gegürtet, das in einer goldenen, kunstvoll gravierten und mit den schönsten Edelsteinen besetzten Scheide steckte; er trug lange Handschuhe aus Ziegenleder. Er saß mit seinen Kumpanen und einigen Sängerinnen beim Trunk, als Olf der Dicke mit schwerfälligem, wiegendem Gang in den Saal trat, ein fettnackiger Mann mit Schmerbauch, doch von jugendlichem Aussehen, plattfüßig und krummbeinig; die Mädchen brachen über diesen Gast in lautes Lachen aus, da er mit Ringen und Broschen, Nadeln und vielem anderem Schmuck behängt war und viele zerknitterte Mäntel übereinander trug, einige zu weit, andere allzu eng. Der König schlug mit der Einfassung seines Trinkgefäßes auf den Tisch und fragte, was für ein Suppengraf da käme.

Der Gast sagte: »Wir befehligen eine Wikingermannschaft in der Flotte König Thorkels des Langen, des Sohnes Strutharalds, und ich heiße Olaf und bin der Sohn Haralds des Grenländischen aus Vestfold in Norwegen. Mein Urgroßvater war Harald Struwelkopf, der ganz Norwegen zu eigen bekommen hat. Ich bitte euch, König, um eine Unterredung, wo uns keiner zuhört.«

Da ließ König Knut die Leute hinausgehen und warf sich seinen Mantel über und lud seinen Gast ein, sich an den Tisch zu setzen und zu trinken, »aber«, sagte er, »willst du nicht einige der Hüte lüften, die du dir einen über den anderen auf den Kopf gestülpt hast, Olaf, während du mit uns sprichst?«

Olaf der Dicke wurde über und über rot und sagte, daß er auf Schiffen aufgewachsen ist, daß es mehr aus Unkenntnis höfischer Sitte als aus Geringschätzung geschieht, daß er den Hutrand ins Gesicht hängen läßt, während er mit einem so vornehmen Mann wie König Knut spricht. Als er seine Hüte in Ordnung gebracht hatte, nahm er das Gespräch wieder auf und sagte:

»Wir, die Wikinger Thorkels des Langen, fahren auf zehnmal vierzehn und zwei Schiffen, und wir haben uns König Adalrad gegenüber verpflichtet, sein Land gegen euch zu verteidigen. Und obwohl es uns Wikingern stets eine Ehre ist, mit tapferen Kerlen zu kämpfen, wie sie in diesem Heer zu finden sind, das ihr hier aufgestellt habt, König, so habe ich es, kurz gesagt, satt, für andere Könige Länder zu unterwerfen. Ich bin bereit, meine Schiffe, über die ich bestimme, euch zu unterstellen und euer Gefolgsmann zu werden, wenn ihr uns etwas dagegen gewährt, das von euch anzunehmen uns eine Ehre wäre.«

König Knut fragte: »Wie denkst du dir den Handel, Freund?«

»Ich biete dir an, da ich denke, wortgewandt zu sein, die Mannen in der Flotte Thorkels zu bereden, zuerst heimlich, dann offen, und meine Vorschläge anzubringen: Es ist mein Wille, daß wir von Adalrad abfallen und eure Landesverteidiger werden. Ich weiß, daß es in unserer Mannschaft viele angesehene Leute gibt, die gute Freunde von euch werden wollen, wenn ihr ihnen Grafschaften oder Städte gebt, die sie für ihren Lebensunterhalt beschützen; doch manche werden sich mit barem Geld begnügen. Wir möchten eure Gunst lieber mit Frieden als mit Unfrieden gewinnen.«

Knut fragte, was Thorkel Strutharaldsson in dieser Sache vorhabe und ob er mit dem dänischen Heer kämpfen wolle in der Hoffnung, Adalrads Land und Königswürde zu erlangen; »oder bist du, Olaf, zu mir gekommen als Verräter an deinen beiden Oberkönigen, Thorkel und Adalrad?«

»Am liebsten möchte Thorkel euch Dänen eine Schlacht liefern«, sagte Olaf. »Dabei werden unsere Verbündeten alle Leute in England sein, die ihr Leben wert erachten, es zu verteidigen, sowohl Bauern wie Städter, Junge und Alte, Frauen und Kinder. Ich habe es selbst erlebt, daß es kein Kinderspiel für ein Königsheer ist, weder für ein ausländisches noch für ein einheimisches, mit dem Volk in England zu kämpfen, wenn es zur Verteidigung entschlossen ist; in einem solchen Kampf werden viele wackere Burschen unrühmlichen Waffen unterliegen.«

»Welche Belohnung verlangst du, Olaf, wenn es dir gelingt, die Flotte Thorkels von einem Treffen mit uns abzuhalten?« fragte König Knut.

»Ich erbiete mich, dir die ganze Flotte Thorkels dienstbar zu machen: Wir werden deine Landesverteidiger in England werden; und mein Leben steht dafür, daß es gelingt. Wenn dieser unser Plan Erfolg hat, werden alle damit zufrieden sein. Und als Belohnung bedinge ich mir von dir fünfzig schnelle Schiffe aus, mit denen will ich nach Norwegen fahren und mein Erbe antreten und dort König werden.«

Da sprang König Knut von seinem Sitz auf und stieß dabei seinen Bierkrug gegen die Kanne Olaf Haraldssons, so daß sie vom Tisch glitt, auf den Steinfußboden fiel und zerbrach; er packte den Griff seines Schwertes und sprach:

»Es ist doch unerhört, daß ungebildete und mittellose Bauernlümmel aus Norwegen sich einbilden, dazu geboren zu sein, Länder zu beherrschen. Es ist schwer zu unterscheiden, ob deine kindliche Torheit auf Kühnheit oder deine Kühnheit auf Torheit beruht, wenn du uns mit solchen Anliegen aufsuchst. Oder hältst du Knut Sveinsson für so entartet, daß ich einem Schiffsjungen ohne Sippe das Königreich Norwegen zum Geschenk mache, das Land, das mein Vater durch Tapferkeit König Olaf Tryggvason abgewann? Und aus Angst vor meinem Vater sprang Olaf über Bord. Du bist ein großes

Kind, Olaf, wenn du glaubst, aus eurer Furcht vor mir Nutzen ziehen zu können und dann fünfzig Schiffe für deine Gänsehaut zu bekommen und dazu die Herrschaft über Norwegen.«

Bei dieser Antwort verfärbte sich Olaf, und er erwiderte: »Ich habe nicht gesprochen, um mich mit euch zu verfeinden, König, sondern ich habe euch aufgesucht, weil ich euer ehrlicher Freund sein möchte. Ich habe auch keine Worte gebraucht, in denen Verrat an euch enthalten sein könnte; und ihr, König, mögt mir mein Kommen edelmütig zugute halten. Mag sein, daß unser beider Glück verschieden ist, doch um das eine möchte ich euch bitten: nie zu glauben, daß ich vor irgendeinem Menschen zittere«, und doch bebte Olaf Haraldsson ziemlich stark, als er dieses sagte; »und wenn ihr wollt, brechen wir dieses Gespräch ab, und entschuldigt bitte. Es wird niemand davon erfahren.«

Dann wünschte Olaf Haraldsson König Knut alles Gute, doch die Hand des Königs ruhte noch immer auf dem Griff seines Schwertes. Und als der Gast fort war, rief der König nach seinen Kumpanen; sie sollten hereinkommen und trinken, und auch die Sängerinnen.

Auf dem Steinfußboden lag die Kanne Olaf Haraldssons in Scherben.

Zweiundddreißigstes Kapitel

Die Vordecksmannen Olaf Haraldssons, die ihn zu Knut Sveinsson begleitet hatten, begaben sich zur Ruhe; er selbst aber konnte nicht schlafen. Er stand lange an der Reling seines Schiffes und betrachtete die kleinen Wellen, die sich im Schein des Abendsterns zur Flutzeit kräuselten und brachen. Und als er eine Weile in Gedanken versunken dort gestanden hatte, sah er, daß ein kleines Boot zum Schiff gerudert wurde; der darin war, sprach mit dem Wachtposten und verlangte, mit Olaf Haraldsson zu sprechen. Und als der Ankömmling auf Olaf zutrat, um ihn zu begrüßen, warf er den Kopf zurück, so daß seine Kapuze nach hinten fiel, und erhob die Augen gen

Himmel; sein Antlitz war dem Mond zugewandt: es war Bischof Grimkel.

Er sagte: »Ein Gast ist bei unserem Pflegevater Thorkel, und sie haben eine Unterredung. Es geht dabei um dich«.

Olaf fragte, wer der Gast sei.

Bischof Grimkel antwortete: »Ein Bote König Knut Sveinssons.«

Olaf fragte, welche Botschaft dieser Abgesandte Thorkel überbracht habe.

»Der Bote kam mit der Nachricht«, sagte der Bischof, »daß du dich entschlossen hast, meinen Pflegevater Thorkel zu verraten, und daß du eine Verschwörung gegen ihn anzettelst; es sei deine Absicht, so viele Schiffe in deine Gewalt zu bekommen, daß du nach Norwegen fahren und Knut das Land wegnehmen und seine Jarle erschlagen kannst.«

Olaf fragte, ob Thorkel einen Entschluß geäußert habe.

Grimkel sagte: »Zuletzt hörte ich, daß König Thorkel, mein Pflegevater, sagte, er werde es wahrlich nicht länger als bis zum Morgengrauen aufschieben, dich Hundesohn aufknüpfen zu lassen, doch früher wäre besser.«

Diese Mitteilung verschlug Olaf Haraldsson die Sprache, und er konnte sich eine Weile nicht rühren. Bischof Grimkel fuhr in seiner Rede fort.

»Da kam mir in den Sinn«, sagte er, »daß du, Olaf, derjenige warst, der mich verschonte, als ihr die Freunde Christi verstümmeltet und Hörner und Knochen auf den Körper des seligen Gottesfreundes Alfegi prasseln ließet.«

Und wie Bischof Grimkel da stand und gewohnheitsgemäß gen Himmel starrte und der Mond ihm ins Antlitz schien, ergriff Olaf der Dicke seine Hand und sprach:

»Sage deinem Freund Christus, Grimkel, daß ich mir jetzt nur noch von ihm allein Hilfe erbitte; ich werde jeden Rat befolgen, welchen er auch will, und mein Geschick in seine Hände legen, denn hier ist viel vonnöten.«

Grimkel blickte empor und flüsterte: »Ich hörte einmal zu«, sagte er, »als du die Mannschaft mustertest; unter den Leuten war ein Isländer, der als der dümmste Mensch in der

Flotte gilt; er redete dich mit dem Königstitel an. Ich weiß zwar nicht, was du selber davon gehalten hast, doch ich weiß, daß, wenn Christus den Menschen etwas prophezeit, er es vorzieht, durch den Mund von Dummköpfen statt von Weisen zu sprechen.«

»Wie kann ich, ein auf den Meeren herumirrender Bauernjunge aus Vestfold, wenn ich auch zwei Kastenfächer voll Silber habe und an Schiffen diese beiden kleinen morschen Boote und darauf siebzig arme Vagabunden, die sich in ihrer Verzweiflung mir angeschlossen haben – wie kann ich einem so mächtigen König wie Knut Norwegen entreißen?«

Bischof Grimkel sagte leise: »Wenn König Christus seine Allmacht kundtun will, braucht er dazu stets die Kraft eines Menschen, der schmächtiger und schwächer als andere ist; so zum Beispiel wählte er den Knaben David aus, den Riesen Goliath aus dem Weg zu räumen. Und Christus wird dich sicherlich zum König über Norwegen machen, wenn du ihm Treue gelobst.«

Olaf fragte, was nach dem Willen Christi jetzt getan werden solle.

Grimkel antwortete und sagte: »Man nennt mich den Hohn der Priester und den schlimmsten Abschaum, den man von Bischöfen kennt, da meine Pfründe und mein Bischofsamt nichts weiter sind als das Bett und der Teller Thorkels des Langen. Ich habe keinen Vater von geistlichem Stand und bin keines Apostels Nachfolger, es sei denn des betrunkenen Narren aus Armenien im Osten, der mir hinter Pferdeärschen auf dem Markt von Rouen Ölung und Salbung gab. Und dennoch kann niemand umstoßen, daß ich durch diese heilige und indelebile Weihe den hohen Herren ebenbürtig geworden bin, die nächst dem Papst durch den Segen Christi und die Eingebung des Heiligen Geistes über das Christentum und die Geistlichkeit herrschen. Und da ich der geringste der Brüder bin, die den Bischofstitel tragen, will mich Christus in Prophezeiungen und Wunderwerken den Auserwählten der Christenheit gleichstellen, deren Namen nicht vergehen, solange die Welt besteht. Da wir nun beide in schwieriger Lage sind, sollst du, Olaf, Buße dafür auf dich nehmen, daß ihr in England heilige Menschen verstümmelt und den edlen Mann mit Knochen geschlagen habt, der in den Augen Marias, Sunnivas und Belindas und anderer Lieblinge Gottes einer der mannhaftesten Menschen gewesen ist, seit Johannes der Täufer geköpft wurde; darum ist er ihr Gast im Himmelreich; du sollst sogleich in See stechen und nach Norwegen fahren, um das Gesindel zu bekehren, das dort wohnt: Und ich werde um Christi willen dein Bischof werden, und so kaufen wir uns vom ewigen Feuer der Hölle los.«

Dreiunddreißigstes Kapitel

Jarl Hakon Eiriksson war Statthalter der dänischen Könige in Norwegen, ein Schwestersohn Knut Sveinssons; in den Büchern wird er als einer der schönsten Männer im Norden beschrieben; sie waren fast im gleichen Alter, er und Olaf Haraldsson, als dieser in Norwegen landete. Hakon war ein Landverweser von der Art, daß ihn weder Ehrgeiz noch Gewalttätigkeit zu Ansehen gebracht hatten, sondern er war zu hoher Würde geboren.

Norwegen ist ein karges und dünnbesiedeltes Land. Dort hatten Bauernkönige seit Urzeiten in den Siedlungen kleine Reiche besessen; von einigen wurde gesagt, sie seien von fürstlichem Geblüt; andere waren Lehnsleute jenes Räubers aus Estland namens Olaf Tryggvason geworden, der einige Sommer lang das Land gebrandschatzt und sich dessen König genannt hatte. Die meisten konnten ihren Titel und ihren Besitz unter der Herrschaft der Jarle behalten, die von den dänischen Königen eingesetzt wurden, um im Land Steuern zu erheben, nachdem der estnische Schurke ins Meer gesprungen war. In den Abmachungen mit diesen Bauernkönigen war festgelegt, daß sie ihren Titel und ihre Besitzungen nur dann behalten sollten, wenn sie sich zu Untertanen des dänischen Königs erklärten. Diese Kleinkönige fühlten sich recht annehmbar behandelt und die einfachen Leute noch mehr;

denn es ist eine alte Sache, daß es den Völkern um so besser geht, je weiter die Könige entfernt sind und somit außerstande, sich Übergriffe, wie sie zu Königen gehören, gegen die Bevölkerung zu erlauben: Steuereintreibung und Beschlagnahmungen, Besetzungen und Aushebungen, Totschlag und Unzucht. Jeder pries es als das größte Glück, daß Knut, der dänische König, der Norwegen für sich beanspruchte, den Norden verlassen hatte und zum Unterdrücker ferner Völker auf den Britischen Inseln geworden war.

Und weil Hakon Eiriksson den Norwegern fernstand und das Land für einen noch ferneren Oberkönig ohne die Hausmacht der einheimischen Großen regierte, schätzten ihn die Landesbewohner sehr. Er ließ jedem seinen Willen in fast allen Dingen, und auf Grund solcher Freiheit war das Verhalten der Bevölkerung ganz von selbst friedlich; auch war Hakon ein lässiger Steuereintreiber, lag den Bauern mit Bewirtungen wenig zur Last und hatte nie großes Gefolge, sondern hielt sich fast ständig am Oslofjord auf, vergnügte sich dort mit allerlei Übungen oder Jagden oder sang aus Büchern mit den Priestern, die dort die Geschäfte des Erzbischöflichen Stuhls in Bremen versahen; am Oslofjord hatte sich nämlich das Christentum schon lange eingebürgert. Die Beliebtheit Hakons brachte es mit sich, daß er weder ein Heer noch eine Flotte nötig hatte.

Die Eltern Hakon Eirikssons, des Jarls von Norwegen, waren Christen; er war als Kind getauft worden; und deswegen erging es ihm nicht wie manchen Leuten, die, wenn sie als Erwachsene den Glauben annehmen, unter starken Schmerzausbrüchen ihre früheren Sünden gegen den wahren Gott bereuen und von solchem Glaubenseifer gegenüber anderen Menschen befallen sind, daß es viel besser war, als sie noch keine Reue empfanden. Hakon Eiriksson war nicht zuletzt deswegen bei den Bauern beliebt, weil er jeden an den Gott, der ihm zusagte, glauben ließ oder auch an keinen, wenn jemand es so wollte; den Norwegern waren um der Götter willen weder Augen ausgestochen, Zungen abgeschnitten, Glieder abgehauen noch Häuser niedergebrannt worden, seit es

Olaf Tryggvason nicht mehr gab. Hakon war ein ebenso guter Freund der Heiden wie der Christen, doch aus Liebe zu diesem Jüngling wollten alle seine Freunde Christen sein. Viele Häuptlinge erhofften sich bessere Zeiten von Christus als von anderen Göttern und ließen ihm Kirchen bauen oder schenkten Ländereien und Geld; deutsche Priester gingen im Auftrag des Bremer Erzbischöflichen Stuhls den ganzen Weg bis nach Rogaland im Norden und standen Pate und hielten Messen; sie nahmen aus den Siedlungen junge Männer mit nach Süden, die dortzulande Gottesgelahrtheit studieren wollten.

Olaf Haraldsson kehrte also heim in ein glückliches und friedliches Land; die Leute dort waren durchaus nicht unchristlicher als die Menschen im damaligen Europa überhaupt, abgesehen von den Bischofssitzen, Klöstern, Kaiserstädten oder Königshöfen.

In Büchern ist zu lesen, daß Olaf der Dicke im mittleren Norwegen landete. Gleich nach der Landung begab er sich nach Ringerike, um seinen Stiefvater Sigurd Sau Halfdanarson aufzusuchen; er wurde begleitet von Bischof Grimkel; die Mannschaft, knapp siebzig Mann, blieb zurück und bewachte seine beiden Schiffe.

Sigurd Halfdanarson war ein guter Landwirt und ein geschäftiger Mensch; er war einer der reichsten Leute in Norwegen hinsichtlich lebenden Viehs und der beste Ackerbauer; er besaß große und einträgliche Ländereien in vielen Bezirken, und alle Kleinkönige in Uppland und Gudbrandsdal waren ihm in dieser oder jener Weise verpflichtet. Sigurd Sau vereinnahmte nicht nur Pachten aus seinem Grundbesitz, sondern er besaß auch Kauffahrteischiffe, und die Kaufleute brachten ihm aus anderen Ländern Silber und Wertsachen und nützliche Dinge. Er hatte Olaf Haraldsson an Kindes Statt angenommen, als er dessen Mutter, Asta Gudbrandsdottir, heiratete; damals war Olaf ein kleiner Knabe.

Der Vater Olafs des Dicken, Harald der Grenländische, war bei einem Liebesabenteuer im Hause verbrannt worden. Er war einer jener nordisch sprechenden, doch der Herkunft nach allen Leuten unbekannten Vagabunden, die damals, aus fernen Ländern kommend, in Norwegen auftauchten und Anspruch auf das Land erhoben. Sie führten alle die gleiche Rede, nämlich daß sie Nachkommen von Harald Struwelkopf wären; ein Gewalttäter dieses Namens war sechs Menschenalter oder gut hundertfünfzig Jahre zuvor in Norwegen aufgetaucht. Dieser Verbrecher ließ siebzig Jahre hintereinander nicht davon ab, Bauern in Norwegen zu morden und die Siedlungen niederzubrennen; es gelang ihm, von den meisten angesehenen Leuten Geld oder Ländereien zu erpressen, wenn sie nicht auf die Britischen Inseln flohen oder entfernte Eilande zu besiedeln begannen. Er nannte sich König gemäß dem Brauch, der einigen Gelehrten zufolge in nordischen Landen geherrscht haben soll, daß nämlich derjenige Gewaltmensch, der die längste Ausdauer und den größten Erfolg bei der Abschlachtung des Volkes an irgendeinem Ort hatte, so heißen sollte. Die Ahnenreihe bis zu Struwelkopf genügte den Unruhestiftern, um zu behaupten, sie seien durch Geburt berechtigt, die Königsherrschaft über jedes Stück Norwegens auszuüben, das sie in ihre Gewalt bringen konnten, und das ganze Land sei ihr rechtmäßiges Eigentum, vorausgesetzt, es gelänge ihnen, es an sich zu reißen. Ein solcher Anwärter auf die Königswürde war Harald, der Vater Olafs des Dicken, doch war er bei keinem Unternehmen mit dem Glück des Erfolgs gesegnet. Asta, die Mutter Olafs, verheiratete sich um des Geldes willen mit dem Bauern Sigurd Sau Halfdanarson, und es wurde Sigurd als Großzügigkeit angerechnet, daß er das Erbe des Knaben auszahlte und zwei kleine Schiffe baute und sie dessen Zahngeld nannte.

Sigurd Halfdanarson setzte sich nie mit Waffengewalt durch, sondern verfuhr in jeder Sache mit Schlauheit und List; man nannte ihn einen Friedensmann und Leuteversöhner, aber er galt nicht als großzügig. Sein Geschlecht war seit altersher allenthalben im Land fest verwurzelt; mit der Verwandtschaft zugleich pflegte er gute Freundschaft mit den Großbauern, die im Gudbrandsdal und in Uppland Herrschaft ausübten; er hielt es nicht für unbillig, daß sie die Zustimmung ihrer Pächter einholten, um nach altem Brauch den Königstitel auf dem Thing zu erwerben oder ihn sich selber zu verleihen, wenn es kein anderer tun wollte, nicht zuletzt, wenn sie die Pachten, die er von ihnen zu fordern hatte, gewissenhaft entrichteten.

Sigurd Sau neigte wenig zu Neuerungen im Glauben und im Brauchtum; ihm war das Christentum zuwider, doch er ließ es auf sich beruhen, wenn nur seine Pächter oder Schuldner ihren Verpflichtungen pünktlich nachkamen. Er verehrte das Glied seines Zuchthengstes, der das beste und götterähnlichste aller Pferde und Frey geweiht war; dem Glied des Pferdes hatte er auf dem Hauswiesenhang einen hohen Felsen geweiht, der von einem hölzernen Zaun umgeben war. Im Frühling und Herbst ließ er dem Glied Opfer bringen, und zu Weihnachten ließ er auf dessen Wohl trinken. Es wird berichtet, daß Bischof Grimkel, als er diesen Felsen sah, um Christi willen von großem Kummer ergriffen wurde über diesen bösen Zauber und laut weinte.

Als Asta, Sigurd Saus Frau, ihren zwanzigjährigen Sohn nach acht auf Wiking verbrachten Jahren wiedersah, ließ sie das Haus säubern und mit Wandteppichen auskleiden, Wacholder verbrennen und ein Schwein schlachten; sie bereitete ihm in jeder Weise den großartigsten Empfang. Sie hieß König Olaf Haraldsson herzlich willkommen und küßte ihm Hände und Füße; dann führte sie ihn auf den Hochsitz und setzte sich an seine rechte Seite; Bischof Grimkel wies sie an, zu seiner Linken zu sitzen. Es ist anzunehmen, daß der Bauer Sigurd staunte, als ihm in seinem eigenen Saal der weniger ehrenvolle Platz dem Hochsitz gegenüber angewiesen wurde; er lachte darüber. Und als man eine Weile zu Tisch gesessen hatte, verkündeten Mutter und Sohn ihren Plan, daß Olaf Haraldsson König von ganz Norwegen werden solle; und jetzt brach der Bauer Sigurd in schallendes Gelächter aus.

Und als Olaf sah, daß sein Stiefvater glaubte, es handele sich nur um einen Spaß, wurde er bleich im Gesicht, legte sein Messer auf den Teller und sprach: »Hier werden solche Dinge in Angriff genommen, Bauer Sigurd, daß die besser daran tun, die nicht darüber lachen, und es ist mein fester Wille, König von Norwegen zu werden und dazu die notwendige Streitmacht zu werben, auch wenn sie in den Augen der Menschen vorerst klein zu sein scheint.«

Sigurd Sau verging jetzt das Lachen, und er fragte, wie es komme, daß ein junger bartloser Seefahrer ohne Verwandtenhilfe, der mit zwei kleinen schlechten Schiffen fahre, sich so etwas in den Kopf gesetzt habe.

Olaf antwortete: »Dazu trägt bei, daß, wenn auch der Reichtum meiner Verwandten verstreut ist, wir von keiner geringeren Herkunft sind als dieser, daß König Olaf Tryggvason mein Vetter und Harald Struwelkopf mein Urgroßvater war: Beide brachten ganz Norwegen in ihren Besitz. Ich habe nicht weniger als jeder andere, der unserem Geschlecht angehört, durch Geburt ein Recht auf dieses Erbe. Und wenn wir auch wenige Schiffe besitzen und unsere Mannschaft nur aus einer Handvoll ausländischer Habenichtse besteht, so habe ich doch einen Vertrag und ein Bündnis mit dem König abgeschlossen, vor dem Norwegen nur ein Laubblatt im Schnabel eines Vogels ist, und das ist Christus; ich habe gelobt, für ihn die Seelen der Menschen in Norwegen aus dem ewigen Feuer zu erlösen, und er will seinen Zauber und seine Wunderwerke und andere Großtaten dagegen geben, und als Wahrzeichen für diesen unseren Vertrag hat er mir Bischof Grimkel, seinen Sohn, gesandt, der in Rouen gesalbt und vom Heiligen Geist behaucht worden ist, um mich zu leiten und in diesem Lande erneut das Banner Gottes des Allmächtigen und meines Vetters Olaf Tryggvason zu erheben.«

Sigurd sagte: »Es war immer ungewiß, wieviel Söhne Harald Struwelkopf hatte; gewiß zeugte er siebzig Jahre lang in ganz Norwegen Kinder mit Mägden und Bettlerinnen, doch vornehme Frauen haben sich kaum mit einem so verlausten Mann ins Bett gelegt. Seitdem nennt sich jeder Lump, der in Norwegen zum Verbrecher heranwächst, seinen Erben oder Erbeserben; und die Leute lachen stets darüber, wie eben ich gelacht habe, wenn zur Abstammung keine Macht hinzukommt. Jedoch kann man nicht bestreiten, daß einige Männer, die ihre Schwierigkeiten und die anderer mit Mordbränden und Totschlägen beheben wollten, von Harald Struwelkopf abstammen, wie Olaf Tryggvason und andere Vagabunden, wie Harald der Grenländische, dein Vater, der bei einem Liebesabenteuer im Hause verbrannt wurde. So ungewiß aber die Herkunft der Leute ist, die mit Harald Struwelkopf verwandt sein wollen, so sicher weiß ich, daß die Herkunft des Weißen Christ noch ungewisser ist. Du wirst dich deutlicher ausdrücken müssen, damit ich verstehe, welchen Beistand und welche Waffenhilfe er euch erweisen will.«

Da erhob sich Olaf und hielt folgende Rede:

»Solche Hilfe hat mir Christus versprochen, wie wir sie nie von den Göttern erfahren haben, denen wir früher opferten: Er hat uns gelehrt, wie notwendig es für alle Menschen ist, die Seele vom Feuer und der Schlange zu erlösen. Und jeder König, der um Christi willen Kämpfe führt, wird nie vom Glück verlassen sein, wie wir Wikinger es waren, als wir ohne Eingebung des Heiligen Geistes und ohne gottgefällige Gründe in den Kampf gingen und die Stadtweiber uns mit Harn begossen. Christus wird mir die Mannschaft ausheben, die wir zu jeder Schlacht benötigen; dabei werden meine Freunde sein der Papst und der römische Kaiser und der Kaiser von Byzanz wie auch Rodbert Capet mitsamt der Schar der von Christus gesalbten Bischöfe und Erzbischöfe, weiter die große Zahl der Heiligen und Erzheiligen, Engel und Erzengel und anderer Himmelsbewohner, die jedem König, der einen christlichen Kampf führt, mit Streitwagen und Griechischem Feuer beizustehen pflegen. Auch wird ein König, der die Seelen des Volkes rettet, wahrlich im Himmelreich zu ewigen Ehren erhoben, auch wenn er selber fallen sollte. Die Norweger haben jetzt die Wahl, entweder von Feuer und Schlangen erlöst zu werden oder den Tod zu erleiden.«

Königin Asta Gudbrandsdottir erhob sich bei diesen Worten ihres Sohnes von ihrem Sitz; sie hatte rote Flecken auf Hals und Wangen. Sie ergriff das Wort und sprach:

»Ich wußte schon immer, Bauer Sigurd, daß du friedfertig bist, doch habe ich nicht gedacht, daß du feige bist. Von König Harald dem Grenländischen konnte das niemand sagen, obwohl er arm von seinen Wikingerfahrten zurückkehrte und es ihm nicht vergönnt war, sein letztes Feuer selbst zu bestimmen. Kurz und gut, ich möchte lieber mit einem armen Mann verheiratet sein, der sich in Gefahr begibt, um den Königstitel und Ruhm zu erwerben, auch wenn er im Haus verbrennt, als mit einem Schweinehändler, dem Heldensinn und Königsart lächerlich erscheinen, der Butter im Keller und Silber auf Kistenböden sammelt und wegen seiner Unfähigkeit das Glied Freys verehrt. Die Stunde ist gekommen, daß ich dir Bedingungen stelle, Sigurd: Du sollst mit deinem Geld, deiner Verwandtenhilfe und deiner Beliebtheit meinen Sohn zum König hierzulande befördern oder nie mehr in mein Bett kommen.«

Da sagte König Sigurd und lächelte dabei: »Mein bäurischer Sinn soll uns nicht im Wege stehen, Frau, daß wir den Willkommenstrunk für deinen Sohn leeren, wie es sich gehört. Das eine ist, Olaf, daß ich zu altern beginne und mich der Mut verläßt, Königin Asta, deiner Mutter, zu widersprechen, und das um so mehr, als sie stärkeren Rückhalt bekommen hat. Das andere ist, daß ich jetzt sicher zu erkennen glaube, daß der Gott, den du genannt hast, die Hand weit nach Hilfe ausstreckt, obwohl uns ein solcher Gott ziemlich zuwider ist im Vergleich zu König Frey, unserem Freund, der ein größeres Glied hat als andere Götter.«

Vierunddreißigstes Kapitel

Olaf hielt es nicht für erfolgversprechend, Jarl Hakon zum Nachteil Knuts zu erschlagen; mehr fürchtete er jetzt den Zorn der Bewohner des Landes, wenn ein so stiller und nachsichtiger Herrscher gewaltsam und ohne Verschulden vom Leben zum Tode befördert würde; er wußte auch, daß eine solche Tat von christlichen Fürsten im Ausland mißbilligt werden würde, doch nirgends so sehr wie beim Erzbischöflichen Stuhl in Bremen, der damals die päpstliche Gerichtsbarkeit über die nordischen Lande ausübte. Aber er hatte Späher ausgeschickt, welche die Bewegungen des Jarls verfolgen sollten. Es geschah zu gleicher Zeit, daß Bauer Sigurd Sau eine Reise durch das Gudbrandsdal und Uppland unternahm, um mit Erbhofbauern und anderen angesehenen Männern geheime Absprachen wegen des Beistands für den neuen Anwärter auf den Königsthron zu treffen, und daß Olaf erfuhr, daß Hakon aus Sogn auf dem Wege zum Winteraufenthalt im Süden zu erwarten sei und nur mit einem Schiff fahre. Olaf und seine Mannen brachten zwei Schiffe zu Wasser und fuhren nach Norden, um zu versuchen, Jarl Hakon zu fassen. Als sie gewahr wurden, daß das Schiff des Jarls zur Nacht in einem Sund ankerte, stellten sie ihm nach und fuhren heimlich in der Nacht zwischen Schären hindurch, bis die Jarlsmannen plötzlich bemerkten, daß zwei Schiffe in der Dunkelheit längsseits kamen und Feinde an Bord sprangen.

Dort nahm Olaf Haraldsson in der Nacht Jarl Hakon gefangen. Und als der Jarl fragte, welchem Räuber er in die Hände gefallen sei, nannte Olaf seinen Namen und sein Geschlecht sowie sein Vorhaben, König von Norwegen zu werden. Er stellte den Jarl vor die Wahl, sofort das Land zu verlassen und vorher einen Eid zu leisten, daß er ihm das Land nicht verwehren werde, oder zu sterben: Er erklärte, er würde den Jarl noch in derselben Nacht enthaupten lassen. Der Jarl war unerfahren und ziemlich empfindlich und nicht zu Großtaten aufgelegt, so daß von seiner Seite Olaf dem Dicken keine Schlacht geliefert wurde. Er leistete den Schwur, den Olaf verlangte, und nahm danach von ihm Unterstützung für die Fahrt an. Als es hell geworden war, stach der Jarl mit seinen Mannen in See.

Von Knut Sveinsson ist zu berichten, daß er König Adalrad jetzt das genommen hatte, was dieser noch besaß, nämlich Königin Emma. Das Geld Adalrads hatte sich Thorkel der Lange angeeignet und Svein Blauzahnssohn Land und Macht; jetzt nahm Knut Königin Emma zur Frau und jagte König Adalrad in die Wälder; dort wurden er und einige seiner Marschälle und Gefolgschaftsführer zu Wegelagerern; für ihren Lebensunterhalt stahlen sie von den Bauern Hühner, bis diese sie vertrieben; da floh König Adalrad auf eine Schäre und aß

Füchse und nagte Wurzeln, bis er starb. Als er verschied, war er nur noch König über sieben Vögel aus Elfenbein.

Als der Jarl Hakon Eiriksson in England gelandet war, suchte er gleich König Knut, seinen Mutterbruder, auf und teilte ihm mit: »Nach Norwegen ist gekommen ein krummbeiniger und furchtbar fetter Bauernbursche in einem blauen Mantel über einem roten, mit dem rechten Schuh auf dem linken Fuß und mit dem linken Schuh auf dem rechten Fuß; er fährt mit zwei alten Fährschuten und hat einige ausländische Landstreicher bei sich; er bildet sich ein, er könnte das Land unterwerfen.« Knut lachte und sagte, man solle den Frühling abwarten und dann Leute nach Norwegen schicken, um den Tölpel Olaf Haraldsson zu töten. Dann machte König Knut seinen Neffen zum Jarl von Northumberland; damit scheidet dieser aus der Geschichte aus.

In alten Geschichten wird erzählt: Als das Schiff Jarl Hakons sich gerade anschickte, den Bug vom Land abzuwenden, kam ein Mann in buntem Gewand auf das Heck und stieß mit seinem Speerschaft auf die Bordplanke nach Art von Königsmannen, die sich bei Hofe Gehör verschaffen wollen; die andere Hand legte er als Sprachrohr an den Mund und fragte laut, ob König Olaf Haraldsson so nahe sei, daß er ihn hören könne. Die Schiffsleute Olafs wunderten sich, wer der Mann sein mochte, der ihren Anführer mit »König« anredete. Sie antworteten:

»Gewiß ist der König hier.«

Da ergriff der Bunte das Wort wie folgt:

»Heil sei dir, König Olaf Haraldsson, der du ins Land gekommen bist, das Volk aus der Erniedrigung zu erheben und das Königreich Norwegen wieder zu errichten. Ich habe ein Gedicht über euch gemacht und möchte es vortragen, wenn ich dazu eure Erlaubnis bekomme.«

Bei solchen Begrüßungsworten wurde das Gesicht Olafs des Dicken merklich freundlicher; er sagte, ihm seien Gedichte ziemlich zuwider und nur schwer verständlich. »Doch«, sagte er, »wie heißt der Mann, der als einziger Mensch in Norwegen sich bereit fand, mich geziemend zu begrüßen?«

Der Bunte antwortete: »Ein Norweger bin ich nicht, auch wenn ich nordisch spreche: Ich bin ein isländischer Skalde. Und ich möchte annehmen, daß der König, der seit Yngvifrey als edelster in Norwegen geboren wurde, meinem Lob ein williges Ohr leihen wird.«

»Es ist sonderbar«, sagte Olaf der Dicke, »wo du mich bis auf den heutigen Tag nicht gesehen hast und mir kein großer Ruf vorausgeeilt ist und wir euch erst heute nacht gefangengenommen haben, daß du dennoch Zeit gefunden hast, über mich zu dichten. Doch von welchen Leuten in Island stammst du ab?

»Sigvat von Apavatn heiße ich«, sagte der Skalde; »ich bin der Sohn des Skalden Thord, der die meiste Zeit König Thorkel Strutharaldsson diente, eurem Anführer auf Wiking, und jetzt an einem kleinen Wiesensee sitzt und zusieht, welch merkwürdige Fische darin stehen, und bald sterben wird. Er hat mir eure Heldentaten als Stoff für Gedichte überlassen, und ich habe die Wörter dazu gegeben: In diesen Gedichten wird dein Name die Jahrhunderte überdauern. Willst du jetzt, König, dich herbeilassen zu hören, was mir die Vögel über dich zuzwitscherten, oder wirst du den Mehrer deines Ruhms mit euren Feinden fortschicken?«

Olaf befahl, daß das Jarlsschiff nicht ablegen solle, bevor er mit diesem Mann gesprochen habe, und ließ eine Strickleiter hinüberwerfen; da kletterte nun der Skalde Sigvat auf das Schiff König Olafs des Dicken. Er besaß kein anderes Gepäck als seinen goldbeschlagenen Speer und die Kleider, die er anhatte, einen roten, pelzverbrämten Mantel zuäußerst; er trug einen schönen Armring; er war ein lebhafter Mann und hatte braune Augen. Jarl Hakon Eiriksson saß auf dem Sitz des Steuermanns im Heck seines Schiffes und hatte sich in seinen Pelz gehüllt; er sah schweigend zu, wie der Skalde die Fahrzeuge wechselte.

Olaf Haraldsson begrüßte den Gast und fragte: »Warum verläßt du deinen Herrn jetzt, wo das Glück uns Königen so ungleich zuteil wird?«

»Weil ich von weissagenden Vögeln vernommen habe«, sagte Sigvat, »daß du dieses Land bekommen wirst. Und wir

Skalden sind die Stimme des königlichen Glücks und Herolde des Helden, der Länder erobert. Ich bitte euch nun um Gehör: Ich werde eure früheren Taten nicht weniger rühmen als die Ehre, die euch vom Schicksal zugedacht ist; und ich hoffe, euer treuer Begleiter werden zu dürfen.«

Olaf der Dicke antwortete: »Es sollte mich sehr wundern, wenn du an dem Tage mein treuer Begleiter bist, an dem es mir darauf ankommt, den Beistand eines Skalden zu haben, da du dich doch von diesem Jarl trennst, weil du siehst, daß er vertrieben wird; und doch ist er ein größerer König als ich und ein besserer Christ und einer der feinsten Männer im Norden und gehört einem so vornehmen Geschlecht an, daß er sein Amt von Knut erhielt. Ich kann mir denken, daß ein so edler Oberkönig wie Knut diesem Jarl eine höhere und bessere Stellung verschaffen wird, als ich sie je erringen werde, auch wenn er sich jetzt gedemütigt und bleich in seinen Pelz hüllt.«

Am Abend gingen sie an Land, um auf einem der Güter Sigurd Saus zu trinken; dort hörte Olaf der Dicke mit seinen Mannen das Prieslied an, das Sigvat Thordarson über Olafs fünfzehn Hauptschlachten gedichtet hatte. Als erste wurde die Schlacht genannt, durch die sich Olaf, als er im Alter von zwölf Jahren Gotland überfiel, die Gotländer untertan machte und sich dort festsetzte. Dann wurden seine Schlachten an verschiedenen Orten aufgezählt, über deren Lage man sich seitdem nicht einig ist; es wurde sein Sieg in Kennemerland gepriesen, das bei Friesland liegen soll; in dem Vers wird berichtet, daß reiche Bauern aus diesem Land den Schiffen Olafs zum Strand entgegenritten, um die Fahrensleute mit Geschenken zu bewillkommnen, doch Olaf schritt sofort zum Kampf mit ihnen und erschlug alle und raubte Gold und Silber. Dann wurde in dem Gedicht der Sieg Olafs in Canterbury gerühmt, über den englische Annalen melden, daß man fast alle Menschen verstümmelte und der ehrwürdige Alfegus mit Knochen und Hörnern mißhandelt wurde; den Anteil Olafs an dieser Tat umschrieb Sigvat mit den Worten: »Milder Fürst, du nahmst das mächtige Canterbury am Morgen.« Dann wurde in dem Gedicht von den Großtaten berichtet, als er die Ringmerer Heide mit dem Blut der Bauern rötete; es ist ja auch in der Dichtung üblich, die Bauern nur wie Ungeziefer zu erwähnen, das die Leute in ihren Hemden töten; weiter wurde berichtet, wie Olaf London zerstörte und englische Leichen die Themse hinunterschwimmen ließ. Und schließlich wurde in dem Gedicht die kühne Schlacht gepriesen, die Olaf am Hügel in Welschland schlug, als Chartres in Flammen aufging; in dem Vers wird von Olaf gesagt, daß er »den hohen Bau auf dem Hügel zusammenbrechen ließ«.

Das Preislied des Isländers über den milden Fürsten Olaf Haraldsson enthielt viel verworrene Kunde über die Lage der Länder und mehr als genug dunkle Fahrtenberichte, so daß keiner folgen konnte; auch waren nur wenige Männer lange genug in der Mannschaft, um alle die Stätten zu kennen, durch die Olaf gezogen war; sie wußten auch schwerlich die Namen der Orte, die sie auf ihren Raubzügen heimgesucht hatten; außerdem verstanden diese Vagabunden – die wenigsten kamen aus dem Norden, einige aus dem Westen oder von den Inseln, die meisten waren Ausländer – kaum gebundene nordische Sprache; doch wußten sie von sich, daß sie alle Kämpen und überragende Männer waren. Aus diesen Gründen fanden sie die Lobpreisung ihres Anführers durchaus nicht übertrieben, und das Gedicht schien ihnen sehr gut. Und Olaf der Dicke machte den Skalden Sigvat von dieser Stunde an zu seinem Gefolgsmann.

Fünfunddreißigstes Kapitel

In jenem Winter war Sigurd Sau viel unterwegs und führte viele wertvolle Dinge auf Packpferden mit sich. Da zeigte sich, daß dieser Bauersmann, der ohne Ruhm nur immer zu Hause gesessen hatte, über größeren Reichtum in barem Geld und an Kostbarkeiten verfügte, als ihn ein Wikinger durch Ruhmestaten in fernen Ländern während eines ganzen Lebens zu erringen vermochte.

Es fanden jetzt große Beratungen statt im Gudbrandsdal und in Uppland, wie auch am Oslofjord und im Fjordbezirk und andernorts, wo Sigurd Sau Freunde, Verwandte oder Vögte hatte; zuerst Gespräche unter vier Augen, dann Freundschaftstreffen und Trinkgelage; und als der Winter zu Ende ging, wurden die Bauern zu Thingversammlungen geladen. In einigen Bezirken gaben die Kleinkönige ihren Entschluß bekannt, den Königstitel abzulegen, wenn ihre Pächter dazu ihre Einwilligung gäben, und in den Dienst des edlen Mannes zu treten, der ins Land gekommen war, Norwegen nach dem Vorbild seiner dahingegangenen Verwandten zu einen und König darüber zu werden – in den Dienst Olafs des Dicken. Es regte sich kaum Widerspruch im Volk, zumal Könige, die selber auf ihre Macht verzichten wollen, schwerlich in ihrer Würde zu halten sind. Olaf ritt selbst zu vielen Thingen; die Leute bewunderten sehr sein vornehmes Aussehen, denn er trug viele bunte Gewänder, große Finger- und Armringe; er hatte einen Schmerbauch und kurze Glieder; den Freuden junger Leute war er abhold. Einige Bauern begrüßten seine Königswürde mit Händeklatschen, andere aber knurrten etwas in ihren Bart; auf die Bitte von Sigurd Sau gaben auch einige führende Männer ihm ihre Söhne zur Verstärkung und zur Zierde für die Mannschaft, die er aus dem Ausland mitgebracht hatte. Olaf ritt mit seiner Schar durch viele Siedlungen und ließ sich von verschiedenen angesehenen Leuten Treueide schwören; Bischof Grimkel stand stets neben ihm und hielt ein großes Kreuz vor sich und blickte gen Himmel; und es zeigte sich, daß überall dort, wo Sigurd Sau im Winter mit den Packpferden gewesen war, kein Widerstand gegen die Aufnahme Olafs zu spüren war. Wo immer er hinkam, erklärte Olaf, daß er die Menschen taufen lassen wolle gemäß dem Vorbild des Kaisers Carolus magnus und Olaf Tryggvasons, der Fürsten, die von allen ungelehrten Großen der Welt als die besten Förderer des Christentums gelten. Er gebot, den Kirchen mehr Geld und Grundbesitz als bisher zu schenken, und erklärte, daß Christus und ihm je die Hälfte der Ländereien und der beweglichen Habe in Norwegen gehören sollte; und

Grimkel nahm junge Männer zu sich und lehrte sie, das Signum crucis zu machen, das Credo und das Paternoster und den Psalter zu singen, und weihte sie dann zu Priestern. Olaf war strenger als selbst die Abgesandten des Bremer Erzbischöflichen Stuhls; er machte es zu seiner Botschaft, daß diejenigen, die den Glauben nicht annehmen oder unter ihm das Christentum nicht beibehalten wollten, dafür das Leben verlieren sollten. Er wetteiferte so sehr mit dem Bremer Stuhl um die Gunst Christi, daß er in wenigen Tagen in Uppland mehr Menschen taufte, als deutsche Bischöfe am Oslofjord in vielen Menschenaltern zu bekehren vermochten; er entkräftete somit die Meinung derer, die behaupteten, daß ein Dummkopf mit einem in Bann getanen Wanderpriester von Westen übers Meer nach Norwegen gekommen sei. König Olaf ahmte den Scherz vieler christlicher Herrscher nach, zwölf Gefolgsleute nach den Vordecksmannen Christi seine Apostel zu nennen; seine Leute nannte er nach den Königen aus dem Morgenland, die mit Gold, Weihrauch und Myrrhe gezogen kamen, um Dominum anzubeten.

Wie schon oft, so geschah es auch jetzt, daß, wenn auch ein König sein Reich verkauft, das Volk nicht so leicht zu verkaufen ist; hier und da im Lande sträubten sich die Bauern, sich den Neuerungen zu fügen, die ein Königswechsel mit sich bringt. Doch einerseits hatten die Landesbewohner diesen Olaf, den sie überhaupt nicht kannten, noch nicht stark genug hassen gelernt, und andererseits fehlte die Führung, die nötig gewesen wäre, um ein Heer gegen ihn aufzustellen, und wenn sich irgendwo eine kleine Mannschaft sammelte, so lief sie bald wieder auseinander. Doch je festeren Fuß der Kronanwärter im Lande faßte, um so härter ging er vor. Er kehrte bald wieder zu den alten Gewohnheiten aus seinen Wikingertagen zurück, spürte die Leute auf, von denen er annahm, daß sie ihm nicht ergeben seien, überraschte sie, köpfte sie oder verbrannte sie in ihren Häusern und eignete sich ihr Hab und Gut an; seinen Freunden gestattete er, ihm und seinem Gefolge Gastmähler zu bereiten.

In diesem Buch können die Berichte von den Mordbränden und Totschlägen Olafs des Dicken in Norwegen nicht aufgeführt werden; auch soll nicht versucht werden, die Saga König Olafs des Heiligen noch einmal zu schreiben, soweit keine Notwendigkeit besteht darzulegen, wie sich im Schatten der wichtigen Ereignisse in der Welt das Schicksal unserer beiden Kämpen aus den Westfjorden gestaltete, das wir vor längerer Zeit zu verfolgen begannen. Von Olaf wird nur das mitgeteilt, was mit deren Entwicklung zusammenhängt.

Nach norwegischem Recht waren König und Sklave in mancher Hinsicht gleichgestellt; Mordbrenner genossen weniger rechtlichen Schutz als andere Leute; und wenn ein König einen Mordbrand legte, wurde er geächtet und für vogelfrei erklärt nicht minder als ein Sklave; er wurde Mordbrenner genannt und hatte sein Leben verwirkt und seinen gesamten Besitz an Land und Geld.

Man weiß nicht, ob Unkenntnis des Gesetzes oder jugendliche Unbesonnenheit die Ursache dafür war, daß Olaf der Dicke in Norwegen mit Mordbränden begann, dem Verbrechen, das in diesem Lande auch einem König nicht erlaubt ist. Manche runzelten die Stirn, als dieser König, für den Sigurd Sau sie mit Bestechungen gekauft hatte und den andere auf Thingen als ihren Herrscher angenommen hatten, sich mit dreihundert Mann nach Romerike wandte und auf diesem einen Zug alles bewältigte: die Mächtigen, die das Land beherrschten, in ihren Häusern verbrannte und ihre Güter dazu verwendete, das Christentum zu stärken.

Und als sich diese Ereignisse herumsprachen, vereinbarten einige führende Männer ein Treffen, um zu beraten, was man unternehmen könne, nachdem ein solcher Brandschatzer nach Norwegen gekommen war. Es erschienen einige Häuptlinge, die den Königstitel trugen, darunter der König, der aus Romerike geflohen war, als Olaf dort brandschatzte, und die Könige aus dem Gudbrandsdal; da war auch der König von Hedmark und der von Hadeland. Ihr Treffen fand auf einem alten Thingplatz und Herrensitz in Hedmark statt, an einem Ort namens Ringsaker; er befand sich auf einer grasigen Anhöhe an dem großen See, der sich im Tal erstreckt und einst Heidsaevi hieß, den aber Snorri der Gelehrte Vatn genannt hat. Dort waren die meisten Häuptlinge aus dem Ostland zusammengekommen, die von Sigurd Sau keine Bestechungen angenommen und weder ihr Land noch ihren Titel verkauft hatten. Es waren Bauernkönige, die nie auf Wiking gewesen waren und kaum etwas von Kriegführung verstanden; sie besaßen nur die Kenntnisse, die in stillen Landstrichen zu erwerben sind; sie waren Könige, die wußten, wie man Eisen schmiedet, Bronze gießt und Silber treibt oder wie man hübsche Häuser zimmert, als wären sie von selbst entstanden; sie konnten auch Runen in Stäbe oder Drachen in Säulen schnitzen und in der Dichtung die Sitten preisen, die dem Menschen Ansehen auf dem Thing verschaffen und dem Toten Nachruhm, der ewig lebt. Sie sprachen langsam und bedächtig, doch kannten sie alle in Norwegen gültigen Gesetze; beim Bier erzählten sie zweideutige Geschichten vom Verkehr der Götter mit den Riesen und wußten von allerlei Begebenheiten aus dem Norden am Ende des Meeres zu berichten, wo die Trollweiber zu Hause sind.

Und als sie in Ringsaker zusammensaßen, faßten sie wegen der schlimmen Ereignisse im Lande den Entschluß, ein Heer gegen Olaf den Dicken aufzustellen, und bestimmten den Tag dafür; jeder König sollte dreihundert Mann zu diesem Heer beisteuern; wer Waffen besaß, sollte sie mitbringen, die anderen Schlaggeräte. Nachdem sie dieses beschlossen hatten, ließen sie Getränke hereinbringen und sprachen von angenehmeren Dingen; sie ließen den Becher die Runde machen, ehe sie schlafen gingen.

Von Olaf Haraldsson ist zu berichten, daß er, nachdem er Romerike gebrandschatzt hatte, zum Thing blasen ließ; dort traf er Anordnungen, und Grimkel begann, Landstreichern das Paternoster beizubringen. Als sie damit beschäftigt waren, erreichte Olaf aus Ringerike die Meldung, daß die Könige geheime Gespräche führten, um eine Verschwörung gegen ihn zustande zu bringen, und daß sie in drei Tagen in Ringsaker zusammensitzen würden. Olaf gab diese Nachricht sofort seiner Mannschaft bekannt und befahl, schnell zu handeln und nach Hedmark hinaufzureiten, nach Ringsaker, und die Könige zu überfallen.

Doch als sie ein gutes Stück Weg zurückgelegt hatten und sich der Thingstätte der Könige näherten, kamen einigen Männern in der Gefolgschaft Olaf Haraldssons, die in Norwegen geboren und aufgewachsen waren, ernste Bedenken; sie schreckten vor weiteren Mordbränden zurück, und einige waren mit den Königen verwandt; die Unzufriedenheit der Mannschaft nahm zu. Diejenigen, die Olaf am nächsten standen, sagten, daß es kein Verbrechen sei, Heiden zu verstümmeln oder in ihren Häusern zu verbrennen; andere aber waren nicht der Meinung, daß man die norwegischen Könige verbrennen müsse, nur weil Christus und nicht Thor den Himmel gebaut habe.

Als Olaf der Dicke erfuhr, daß es im Heer Gerede gäbe, beriet er sich erst mit seinen Vertrauten und berief dann auf einer Waldlichtung eine Versammlung ein, auf der er den Mannen Vorhaltungen machte; es wird berichtet, daß er der größte Überredungskünstler in Norwegen war, sowohl, wenn er mit jemandem unter vier Augen sprach, als auch, wenn er sich auf dem Thing Gehör verschaffte.

In seiner Rede legte er dar, wie alle großen Könige der Christenheit stets den rechten Glauben mit Feuer und Schwert verkündet hatten, und Carolus magnus, der vor Gott der herrlichste aller Kaiser sei, an einem Morgen vierzig Großhundert Sachsen enthaupten ließ, vorher jedoch alle im Namen des Vaters, des Sohnes und des Heiligen Geistes taufte und somit ihre Seelen vom Feuer und der Schlange erlöste. Er sagte, daß kaum etwas besser als Folter und Flammen geeignet sei, die Menschen Buße tun zu lassen und sie in lichte Offenbarungsträume zu führen, um die Freiheit zu schauen, die Christus den Menschen gegeben habe; und das besonders, wenn die Anführer der Bauern verbrannt, verstümmelt oder enthauptet würden. Er führte als Beispiel an, daß selbst die Säule des Christentums, Otto der Deutsche, Kaiser des Heiligen Römischen Reiches, nach Italien zog und den Antipapst Johann blendete und ihm Nase und Zunge abschnitt, damit der rechte Papst Sylvester eingesetzt und die Glorie Christi beträchtlich gemehrt werden konnte.

Nachdem er den Männern eingehend klargemacht hatte, daß es für ihn notwendig sei, das Christentum zu fördern, bat er Bischof Grimkel von Canterbury, seinen Freund, vorzutreten und das Wort zu ergreifen, den Mann, der durch echte Weihe und Salbung den Heiligen Geist empfangen hatte, der ihn befähigte, nächst dem Papst selber im Namen Christi zu sprechen; er forderte ihn auf, mit deutlichen Worten zu erklären, ob Christus in der Welt Totschlag und Feuertod abschaffen oder verbieten wolle, heidnische Könige und den Antipapst zu verstümmeln. »Oder«, sagte er, »auf welche Weise soll man sonst das Volk erlösen?«

Grimkel erhob das Kreuz und trat auf Geheiß seines Herrn einen Schritt vor und hielt in den Wäldern Norwegens eine Rede, die mit folgenden Worten in alten Büchern aufgezeichnet ist:

»Christus ist wahrlich der König, der über Könige und alle Menschen herrscht; doch die Stunde ist noch nicht gekommen, in der alle Könige Christus anerkennen. Aus diesem Grunde ist auch der Friede noch nicht da, von dem geschrieben steht, daß er so gut sein wird, daß die Toten erwachen, und so lang, daß die Menschen sich aus Schwertern Pflugscharen machen werden. Doch solange dieser Friede noch nicht geschlossen ist, gelten die Worte aller bedeutenderen Bischöfe und Kirchenväter und heiligen Lehrmeister, wie auch die Lehrsätze des Herrn Papstes – und Christus, der über das Jüngste Gericht und den Weltuntergang bestimmt, sagt es selber, wenn er das Schwert predigt –, daß es nicht klug und vernünftig gehandelt ist, solche Gesetze zu erlassen und ausnahmslos zu halten, die verbieten, jene Menschen zu enthaupten und jene Siedlungen zu zerstören, die sich der Erlösung der Seele widersetzen.«

Und Bischof Grimkel von Canterbury sagte weiter:

»Ich war zugegen, als Erzbischof Alfegus, mein geistiger Vater, von heidnischen Nordländern mit Knochen und Hörnern beworfen und meine Brüder, die mit mir in der Schule gesessen hatten, und auch meine jungfräulichen Schwestern zu Dutzenden verstümmelt wurden. Es naht der Tag, an dem den heidnischen Nordländern in ihrer Heimat das Maß gerüttelt und geschüttelt zugemessen wird, das sie uns in Canterbury zumaßen. König Olaf, mein geistiger Sohn, hat sich die Buße auferlegt, daß er jedes Menschenkind in Norwegen, König oder Sklaven, das die Erlösung der Seele ablehnt, Folter und Feuer erdulden lassen will; und für diese Art Sühne wird er am Ende der herrlichste König im Norden genannt werden.«

Olaf der Dicke und sein Heer kamen schneller vorwärts, als die Kunde von ihrem Kommen die Könige erreichte. Sie hielten sich in Wäldern versteckt und erreichten nachts Ringsaker; bevor sie sich ans Werk machten, empfingen sie den Segen Bischof Grimkels. Die Könige hatten außer den Dienern und Pferdeknechten keine Mannschaft; sie wachten in der Nacht davon auf, daß das Heer Olafs des Dicken die Häuser umzingelte.

Die Sonne war aufgegangen und schien auf See und Wald, als Olaf Haraldsson die Könige und andere angesehene Männer in Ringsaker auf den Hof hinausführen ließ. Die meisten waren im Nachthemd oder sonstwie wenig bekleidet. »Es war stilles Wetter«, berichtet Snorri. Olaf befahl, die Könige zu fesseln. Dann trat er an die Reihe heran und ließ sich von einem Ortskundigen Namen und Herkunft jedes einzelnen Mannes sagen. Einige Könige hatten Verwandte im Heer Olafs; diese setzten sich bei ihm als Fürsprecher für das Leben ihrer Verwandten ein. Einigen Häuptlingen nahm er die eidliche, durch Handschlag bekräftigte Versicherung ab, vor ihm landesflüchtig zu werden und nie nach Norwegen zurückzukehren; doch schonte er keinen, der mit ihm selbst verwandt zu sein glaubte. Andere erboten sich, ihm den Fuß zu küssen; diese behandelte er nach Belieben. Es gab aber auch angesehene Männer, die sagten, daß sie von einem hergelaufenen Strolch, Mordbrenner und Dieb, der ebensowenig Norweger sei wie der Este Olaf Tryggvason, keine Schonung wünschten. Olaf der Dicke befahl, diese Männer sofort wegzuführen und später aufzuknüpfen.

Dann nahm Olaf Haraldsson aus seinem Beutel die Dinge heraus, die ihm von allen die liebsten waren, die er auf den Britischen Inseln gekauft hatte und seitdem stets zur Hand hatte, nämlich seine Folterwerkzeuge. Er suchte die Männer aus, die er verstümmeln wollte, und gab Anweisungen, wie man die Könige zum Zweck der Folterung halten sollte. Vor den Peinigungen ließ Bischof Grimkel das Paternoster beten und das Psalterium beatae Mariae virginis singen, das ist der Psalm Unserer Lieben Frau. Und die Mannen Olafs wie auch die Hausleute und Mägde in Ringsaker sahen aus Stalltüren, von Treppen und aus Fenstern zu, wie dieser Fettwanst erhobenen Hauptes einherstolzierte – blauäugig, gelbhaarig und noch bartlos – und an die gefesselten und barfüßigen Könige Norwegens herantrat; die meisten hatten graue Haare und lange Bärte, vom Schlaf zerzaust. Dort blendete Olaf Haraldsson König Hrörek von Hedmark, wie es aus isländischen Büchern bekannt ist, und zog König Gudröd aus dem Gudbrandsdal die Zunge aus dem Mund und schnitt sie an der Wurzel ab; die Augen des einen und die Zunge des anderen legte er sehr sorgfältig in sein Handtuch, um sie zur Erinnerung aufzubewahren. Die Häuptlinge, die Olaf mit Worten getrotzt hatten, wurden in eine Scheune geführt. Dort sang Bischof Grimkel hinter seinem Kreuz den frommen Psalm Miserere mit sanftmütig gen Himmel erhobenem Blick, während an einem Querbalken die Schlingen befestigt wurden. Dann wurden die Häuptlinge aufgeknüpft. Und auf diese Weise wurde ganz Norwegen für Christus gewonnen. Im Walde dort nisteten Birk- und Auerhühner, und die Waldvögel schüttelten den Tau der Nacht von ihrem Gefieder, als König Olaf Haraldsson sich das Blut von den Händen wusch.

Der König befahl, Feuer an die Häuser zu legen, die an diesem Ort seine Feinde beherbergt hatten, und dann mit dem Bau einer Kirche zu beginnen.

Und als in Ringsaker wieder Häuser gebaut wurden und die Kirche errichtet werden konnte, verlegte man den Hof weiter oben an den See. Jetzt erhebt sich ein grasbewachsener Hügel an jenem Ufer, wo die Könige Norwegens hingerichtet wurden; Birk- und Auerhühner balzen im Gehölz wie einst; die Sonne glitzerte auf dem sich kräuselnden See, als ich dort eines Morgens im späten Frühling vorbeikam.

Sechsunddreißigstes Kapitel

Die Geschichte wendet sich jetzt nach Westen zum Isafjardardjup.

In Ögur gedieh ein größeres Glück, als man es je in den Westfjorden gekannt hatte, und auch in anderen Gegenden hätte man es umsonst gesucht. Seit der Gode Vermund Grund und Boden und andere Schätze beigesteuert hatte, um seinen Neffen Thormod der Thordis Kötludottir gleichwertig zu machen, und nachdem ihre Hochzeit stattgefunden hatte, vergaßen die Leute seine früheren Schandtaten und auch, daß er noch vor recht kurzer Zeit als Kumpan Thorgeir Havarssons ein Räuberleben geführt hatte; Vermund zahlte auch alle Bußen für die Taten, welche die Schwurbrüder gemeinsam begangen hatten und über die man an den Hornstranden geteilter Meinung war. Am Djup ist auch überliefert, daß Thormod all die Jahre, in denen er in Ögur wirtschaftete, den Leuten gut gefiel; niemand weiß davon zu berichten, daß er von da an die Bauern bedrängt noch in anderer Weise von sich reden gemacht hätte als durch äußerste Friedfertigkeit. Er schickte sich auch durchaus nicht an, Ansehen und Einfluß in der Gegend zu gewinnen, sondern lebte in Ruhe und Frieden auf seinem Hof und ließ sich kaum mit anderen Leuten ein; er hielt darauf, sich weder Freunde noch Feinde zu schaffen. In seiner Jugend war er, wie früher berichtet, bei Kampfspielen geschickter als die meisten anderen dort im Westen und ein recht lustiger Gesellschafter, doch seitdem er von den Wikingerfahrten an den Hornstranden zurückgekehrt war und die Schwurbrüder sich getrennt hatten, hatte er fast alle Übungen aufgegeben und besuchte auch keine Zusammenkünfte, wo man sich vergnügte. Die Leute sind auch sicher, daß in der ganzen Zeit, in der Thormod Kolbrunarskalde seine Wirtschaft versah, er es mit keiner anderen Frau als mit Thordis, seinem Eheweib, gehalten hat; das unerfahrene Mädchen, das aus Neugier des Nachts sein Fenster offenstehen ließ, war seinem Mann die innige Geliebte, die ihn mit Leib und Seele an sich fesselte. Und deshalb sprach man davon, daß sich im Westland Eheleute nie so lieb gehabt hätten wie sie.

Das Djup bekommt Licht von dem Licht, das nach alten Liedern Gimle, der südliche Saal des Himmels, ausstrahlt. Thordis Kötludottir zu Ögur herrschte in diesem Licht, wahrlich kein neugieriges Mädchen mehr, das des Nachts den Skalden gegen ihren Willen hereinließ, sondern eine geachtete Hausherrin in einer fruchtbaren Gegend; sie sprach beherrscht, doch mit Nachdruck; ihr Blick war fest, und aus ihren Augen leuchtete die Bläue des Himmels; ihr Haar war aschfarbener als in der Jugend, doch ebenso lang und dicht; und so sehr war ihre Haut von Sonne getränkt, daß die ganze Frau goldenes Licht um sich ausstrahlte, als hätte die Helle des Himmels selbst Aussehen und Körper einer Frau angenommen, und darum hat man in alten Geschichten immer geglaubt, daß solche Frauen im Schlaf ihre Gestalt wandeln und als Schwäne am Himmel fliegen.

Dieses goldene Frauenbild verehrte Thormod Kolbrunarskalde über alles, und danach zwei Töchter, die sie ihm geboren hatte; er benannte sie nach dem Mond und dem Abendstern. Es wird berichtet, daß er seine Frau und seine Töchter so liebte, daß er tagelang für nichts anderes Sinn hatte; er vermochte das Glück nicht genugsam zu preisen, das einem armseligen Menschen, der doch bald tot ist, in den Schoß fallen kann. Hingegen findet sich kein Wort darüber, daß er sich auf die Landwirtschaft verstanden hätte, obwohl ihm die meisten Arbeiten leicht von der Hand gingen, auf die er Mühe verwendete, und dessen ist man sich sicher, daß er in der Zeit, als er in Ögur in Glückseligkeit lebte, das Dichten und andere Gelehrsamkeit gänzlich vernachlässigte.

Eines Morgens früh während der Heuernte in Ögur, als die Leute aufgestanden waren und sich bereit machten, an die Arbeit zu gehen, schauten sie aus der Haustür; da bot sich ihnen im Hoftor ein unerhörter Anblick, auf den niemand gefaßt war; es war ein Menschenkopf. Der Kopf steckte auf einer Stange und blickte zum Gehöft hin. Es war ein großer Kopf, geschwollen und häßlich; er glich am ehesten einem abgebalgten Seehundskopf; die Lippen und die Nasenspitze waren abgefressen, und die Kiefer klafften grinsend; die Zunge war zwischen den Zähnen herausgezogen, die Augen geplatzt und eingesunken; das Haar von geronnenem Blut stark verschmutzt. Einen so trollhaften Kopf hatte noch niemand gesehen.

Und da sich alle Leute vor diesem Anblick entsetzten, holten Frauen den Sklaven Kolbak herbei und sagten, er solle sich beeilen, ehe der Hausherr und seine Frau aufstünden, diese Neidstange zu entfernen, die böse Menschen ihnen hingestellt hätten, Kolbak erwiderte, er sei zwar Sklave, doch sollten die Frauen sich lieber um ihre eigenen Arbeiten kümmern als um seine; »denn dieser Kopf«, sagte der Sklave, »gilt nicht mir, und ich werde ihn nicht abnehmen.«

Da traten die kleinen Mädchen aus dem Haus, um zu ihrem Spielzeug zu gehen. Der Sklave sagte: »Geht hinein, ihr Kleinen, und sagt eurer Mutter, daß im Hoftor ein Kopf steht, den nur sie allein beiseite schaffen kann, wenn sie will.«

Und als Thordis Kötludottir draußen auf dem Hofplatz bei ihrem Gesinde stand, am frühen Morgen mit einem goldenen Schimmer im Haar, fragte sie gleich, was man da für einen Kopf in der Nacht aufgestellt habe. Sie bekam keine klare Antwort, und niemand wollte diesen Kopf kennen. Sklave Kolbak ergriff das Wort.

»Da hat sich jetzt der Kopf eingestellt, Herrin«, sagte er, »über den du wirst entscheiden müssen, ob ich ihn eingrabe oder nicht, ehe dein Mann geweckt wird. Du hast jetzt noch die Wahl, ob du den Kopf eingraben lassen willst, ohne ihn zu fragen, oder ob du warten willst, bis er aufwacht: dann wird er sich zwischen deinem Kopf und diesem entscheiden.«

Die Bäuerin lachte darüber und sagte, daß, wenn es ein Schicksalskopf sei, sie nicht dazu geschaffen sei, einen solchen Kopf aus dem Weg zu räumen. »Es hat auch wenig Zweck, wenn ich ihn eingrabe, denn jedermann begegnet eines Tages seinem Schicksal; geht jetzt hinein, meine kleinen Goldschöpfchen, und weckt euren Vater und sagt ihm, daß der vor der Tür ist, der einmal kommen mußte; ich wußte schon immer, daß es ihn hierher verschlagen würde an einem milden Morgen wie diesem, wenn die Sonne aufs Djup scheint und die Eiderenten ihre Nester verlassen.«

Da gingen die Mädchen ins Haus zurück und traten an das Bett ihres Vaters; die ältere küßte ihn auf den Fuß, und die jüngere drückte ihm ihren Zeigefinger auf die Nasenspitze, und so weckten sie ihn. Er richtete sich im Bett auf, griff nach beiden Mädchen und hielt sie in den Armen; er fragte, was es gäbe.

»Vater«, sagte das jüngere Mädchen, »draußen ist ein Kopf an einer Stange, so häßlich, wie ihn noch keiner gesehen hat.«

»Was für ein Kopf?« sagte er.

Da antwortete das ältere Mädchen: »Ich glaube, Vater, es ist der alte Teufel, der am meisten von Gott mißhandelt und gepeinigt wurde, den sie festgebunden haben und den wir Midgardschlange nennen, und wenn er loskommt, geht die Welt unter.«

»Das sind große Neuigkeiten«, sagte Skalde Thormod und ließ die Mädchen aus den Armen, warf sich einen Umhang über und zog sich Schuhe an. Dann ging er hinaus. Und als er in die Tür trat, sah er, daß seine Frau und alle seine Leute auf dem Hofplatz standen; sie starrten diesen großen und häßlichen Kopf an; alle waren von dem Kopf stark beeindruckt und fragten sich verwundert, wie er dorthin gekommen sei. Bauer Thormod ging geradenwegs zur Stange, und als er den Kopf eine kleine Weile betrachtet hatte, sagte er:

»Den Kopf kenne ich genau, auch wenn mir sein ganzes Schicksal nicht bekannt ist: Es ist der Kopf Thorgeir Havarssons, meines Schwurbruders, der wieder zu uns gekommen ist.«

Und bei diesen Worten hob er den Kopf von der Stange und küßte ihn; die kleinen Mädchen brachen in lautes Weinen aus, als sie ihren Vater einen so schrecklichen Kopf liebkosen sahen. Thormod Kolbrunarskalde bat die Leute, junge wie alte, jede Aufregung zu vermeiden; er sagte, daß er diesem Kopf gewißlich den Empfang bereiten wolle, den er verdiene, und verlangte von seiner Frau ein feines Tuch, um ihn einzuhüllen; dann trug er ihn vorsichtig auf den Händen zu seinem Vorratshaus, das ein Stück entfernt am Hofplatz stand. Danach forderte er sein Gesinde auf, an die Arbeit zu gehen.

Als nun Thormod den Kopf in seinem Vorratshaus untergebracht, ihn in das Tuch eingehüllt und eine Weile mit ihm gesprochen hatte, schickte er seine Knechte in die Gegend, um zu erkunden, was für Leute an den vergangenen Tagen unterwegs gesehen worden wären oder was man von Schiffsankünften wüßte oder ob Fahrensleute das Land angelaufen hätten. Er erfuhr, daß man zwei Landstreicher gesehen hatte, die anscheinend von Osten her, über die Hochebenen kommend, das Gebirge überquerten; sie trugen zwischen sich einen Stock, an dem etwas Unförmiges hing, das wie das Hinterteil eines Schafs aussah; man meinte, daß sie es als Almosen bekommen hätten. Die Leute vermuteten, daß es die Kumpane Butraldi Brusason und Lusoddi, sein Geselle, waren, die ständig in den Westfjorden umherstreiften.

Sofort nachdem Thormod diese Nachricht bekommen hatte, brachte er sein Boot zu Wasser und fuhr nach Vatnsfjord, um mit dem Goden Vermund zu sprechen. Zu diesem Zeitpunkt war der Gode schon recht altersschwach, doch erkannte er seinen Neffen Thormod und ließ ihn sich neben seinem Sessel hinsetzen und fragte nach Neuigkeiten. Thormod erzählte ohne Umschweife vom Kopf Thorgeir Havarssons, den man vor der Tür in Ögur aufgestellt hatte, und fragte, ob Vermund etwas über die Männer zu Ohren gekommen sei, die diesen Kopf mit sich durch die Westfjorde geschleppt hätten.

Der alte Vermund sagte, daß dieser Kopf, den er da erwähnt habe, im Tode wie im Leben nur Böses brächte, und daß er selber wahrhaftig nicht befohlen habe, diesen Teufel durch die Westfjorde zu schleppen. Thormod fragte nach den Gesellen Butraldi und Lusoddi und wo solche Strolche wahrscheinlich zur Zeit Unterschlupf gefunden hätten. Vermund sagte, er halte es für das wahrscheinlichste, daß diese Männer das Land verlassen hätten und nach Grönland gefahren seien; »für Leute, die in den Westfjorden keine Aussichten haben, ist es das beste, dorthin zu ziehen.«

Thormod meinte, Vermund rede so, als ob ihm in bezug auf die Dinge, die sich hier zugetragen hätten, alles besser bekannt sei als ihm, Thormod, selber; »und ich möchte dich ersuchen, mich wegen dieser Sache nicht zu verhöhnen und zu verspotten; du weißt, daß es eine Zeit gab, in der ich gut befreundet war mit diesem Königsmann, dessen Kopf jetzt vor der Haustür in Ögur aufgestellt wurde.«

Vermund sagte: »Ich möchte meinen, daß es dir besser anstünde, dich dafür zu bedanken, daß ich dir die beste Heirat kaufte, von der man im Westland weiß.«

Thormod fragte, ob Vermund sicher wisse, daß diese Elenden, die er vorhin genannt habe, die Mörder Thorgeir Havarssons seien.

Vermund antwortete: »Ich weiß nicht, wer Thorgeir Havarsson den Kopf abschlug, auch liegt mir nichts daran, es zu erfahren; und ebensowenig weiß ich, ob Butraldi und Lusoddi den Kopf von Stromern im Nordland gekauft haben. Hingegen glaube ich sagen zu können, daß dieser Kopf jetzt den verdienten Lohn empfangen hat. Thorgeir war vom norwegischen König mit dem gefährlichen Auftrag hierhergeschickt worden, einige Bauern hier im Westen zu töten, die im vorigen Jahr dessen Kaufleute verprügelten und deren Ware zu dem Preis wegnahmen, den zu zahlen ihnen angemessen erschien; sie befolgten meinen Rat, nicht mehr zu zahlen. Uns Leuten in den Westfjorden tut es nicht weh, wenn König Olaf sich davon überzeugt, daß er uns nicht ohne Folgen Meuchelmörder auf den Hals schicken kann, die vor unseren Augen unsere Thinggenossen und guten Bauern umbringen, auch wenn ich jetzt alt und schwach bin.«

Über die Umstände beim Tode Thorgeir Havarssons wie auch darüber, an welchem Ort er sein Leben gelassen hat, werden von den Gelehrten kaum eindeutige Antworten zu bekommen sein; darin gehen die alten Bücher weit auseinander. Doch in einer Sache stimmen alle Wissenschaftler überein, und es werden weder Bücher geschrieben noch Geschichten erzählt, in denen bezweifelt wird, daß Thorgeir Havarsson im Schlaf geköpft wurde und nicht im Kampf fiel; und weiter steht fest, daß er sein Leben weder durch die Waffe eines Helden beendete noch durch die eines ehrenhaften Mannes, der sich einen guten Ruf oder Namen gemacht hatte; alle Bücher berichten übereinstimmend, daß Thorgeir von namenlosen, unbedeutenden Leuten umgebracht wurde und das Holz seiner Waffen und die Bretter aus seinem Schild als Brennholz gedient haben. Einige Berichte geben an, daß Köche in einem Hafen, wo Schiffe auf Segelwind warteten, ihre Kessel verließen, um Reisig zu suchen, und den Helden mitten am Tag schlafend in einer Hütte fanden; er benutzte einen Kloben Treibholz als Kopfkissen, und sein Hals lag entblößt auf dem Hauklotz, und das Kinn zeigte nach oben; den Köchen schien der Mann erstaunlich gut für einen Hieb zu liegen; sie traten heran und schlugen ihm den Kopf ab, wie er da schlief, brachen seinen Speer und seine Axt vom Schaft, spalteten den Schild und den Hauklotz, auf dem sie den Mann geköpft hatten, und verfeuerten das Holz unter ihren Kesseln; an diesem Tag brauchten sie weder Reisig zu sammeln noch Treibholz zu suchen. In alten Büchern steht auch, daß Stromer aus Grönland die Leiche Thorgeirs aufgeschnitten und sein Herz herausgezogen hätten, denn es reizte sie nachzusehen, wie ein solches Kleinod beschaffen sei, das weder vor dem Leben noch vor dem Tode erzitterte; man sagt, das Herz sei sehr klein und außerordentlich hart gewesen; und als die Köche das Herz lange betrachtet hatten, kochten sie es mit Grütze, teilten es untereinander auf und aßen es, um an Kraft und Tapferkeit zuzunehmen. Man hält es auch für sicher, daß König Olaf Thorgeir Havarsson nach Island schickte, um einige Isländer im Westland zu töten, bei denen der König etwas ausstehen hatte, und daß Thorgeir sich dem König verleidet hatte, weil er im Gefolge des Königs nie vor solche Aufgaben und Mutproben gestellt zu werden glaubte, die ihm angemessen schienen. Man meint, König Olaf habe Thorgeir nur deshalb nach Island geschickt, um Isländer zu töten, weil es ihm gleichgültig war, falls diese Fahrt Thorgeirs letzte sein sollte. Die Abgesandten König Olafs waren zu seinen Lebzeiten in Island wenig beliebt; ob sie nun friedlich oder unfriedlich auftraten, so hatten sie doch stets dasselbe Anliegen, nämlich isländische Häuptlinge dazu zu bewegen, dem König das Land abzutreten. Weiter wurde an den Hornstranden, den Jökulfjorden und am Djup erzählt, daß der Kuhtrinker Butraldi und Lusoddi, der Verräter an Thorgeir, seinem Herrn, die sich meistens auf Fischfangplätzen und an Häfen herumdrückten, von den Köchen Thorgeirs Kopf für Kleinholz kauften, ihn an einer Stange zwischen sich nach Westen zum Goden Vermund brachten und ihn fragten, womit er sie belohnen wolle. Einige Bücher melden, Vermund habe darauf geantwortet, daß er nicht der Empfänger dieses Kopfes sei, doch sollten ihnen Essen und andere Unterstützung gewährt werden, wenn sie einen geeigneten Platz für den Kopf gefunden hätten.

Zu der Zeit war Thorelf, die Mutter Thorgeir Havarssons, im Borgarfjord im Süden gestorben; doch sein Vetter Thorgils Arason saß auf Reykjaholar und mehrte seinen Reichtum. Thormod Kolbrunarskalde ritt also von Westen fort, um Thorgils aufzusuchen, und berichtete ihm, was sich ereignet hatte, nämlich daß sein Vetter Thorgeir Havarsson an einem Hafenplatz im Nordland geköpft worden sei, der größte aller in den Westfjorden geborenen Helden und ein Mann König Olaf Haraldssons, und daß Strolche den Kämpen im Schlaf ermordet, seinen Kopf nach Westen gebracht und in Ögur vor der Tür aufgestellt hätten.

»Es geht mich nichts an, wo der Kopf dieses Totschlägers aufgestellt worden ist«, sagte Thorgils Arason, »und das Glück von uns Verwandten unterscheidet sich darin, daß ich vor allem dadurch reich wurde, daß ich keine Menschen umbrachte. Ich werde mir auch im Alter nicht angewöhnen, das Land nach Leuten durchzukämmen, um sie totzuschlagen, auch wenn es an verborgenen Stellen einige geben mag, die wegen ihrer Faulheit unschwer zu töten wären; ich rate dir, meinem Beispiel zu folgen, guter Junge; geh nach Hause zu deiner Wirtschaft und werde dadurch reich, daß du Menschen das Leben schenkst.«

Als Thormod wieder zu Hause in Ögur war, ging er sofort zu seinem Vorratshaus, um den Kopf seines Schwurbruders

Thorgeir zu begrüßen. Und als er das Tuch vom Gesicht des Kämpen hob, erschien es ihm viel häßlicher als früher; ein übler Gestank verbreitete sich im Vorratshaus, und Schmeißfliegen hatten auf dem Kopf ihre Eier gelegt. Thormod bestreute ihn jetzt mit Salz, um einen so trefflichen Kopf vor liebevollen Besuchen des Geschmeißes zu schützen.

Es war schon so spät im Sommer, daß keine Schiffe mehr für dieses Jahr das Land verließen und Thormod zu Hause auf seinem Hof blieb. Im Herbst wurde er sehr still und mied die Gesellschaft anderer; er kümmerte sich kaum um die Dinge, die um ihn herum geschahen, war immer tief in Gedanken versunken; und wenn sich seine Frau ihm auf den Schoß setzte, strich er ihr geistesabwesend über das Haar. Er starrte seine kleinen Mädchen wie aus weiter Ferne an, wenn sie beim Spiel waren, oder mit Blicken, als sähe er seltsame Gestalten auf dem Meeresgrund vor sich; er nahm seine Töchter nicht mehr auf den Schoß. Er irrte ohne Ziel draußen und drinnen umher und faßte keine Arbeit an; er murmelte dunkle Gedichte vor sich hin. Manch eine Nacht, wenn andere Leute schliefen, stand er leise auf und ging ins Vorratshaus und sprach lange mit dem Kopf Thorgeir Havarssons.

Siebenunddreißigstes Kapitel

Der Sklave Kolbak besaß einen guten Hahn, der des Nachts sehr unruhig war. Dieser Vogel krähte abends um die Zeit, zu der man schlafen ging, und wieder um Mitternacht und dann in der Morgendämmerung; da krähte er lange, und vor Tagesanbruch war er hell wach. Wegen dieses Vogels konnte manch einer des Nachts nicht schlafen. In vielen Nächten, wenn der Skalde in sein Vorratshaus gegangen war, um das Gesicht des Helden einzusalzen, lag seine Frau wach im Bett und konnte wegen des Gekrähes des Sklavenhahns kein Auge zumachen.

Eines Morgens früh, als der Hahn lange gekräht hatte und Thormod im Vorratshaus war, bekam Thordis in Ögur es satt, wegen dieses Vogels nicht einschlafen zu können; sie zog ihre

Hausschuhe an, warf sich ihren Umhang über und eilte aus der ehelichen Schlafstube. Sie ging geradenwegs in die Dachkammer, in der Kolbak schlief, zündete die Leuchte des Sklaven an und weckte ihn.

Er richtete sich auf und fragte, was die Bäuerin wolle.

»Ich bin hierhergekommen, Kolbak«, sagte sie, »um den Vogel zu erwürgen, der uns zum Ärger jede Nacht kräht.«

Er sagte: »Der Vogel, von dem du sprichst, hat kein Recht mehr zu leben. Ich selber werde ihm den Hals umdrehen, wenn du es willst.«

Und nachdem sie dem Sklaven ihr Anliegen vorgetragen hatte und er darauf eingegangen war, blieb die Frau auf seiner Bettkante sitzen und weinte.

Der Sklave fragte, was ihr so großen Kummer bereite.

»Das ist es«, sagte sie, »daß meine Liebe zu Thormod, meinem Mann, so groß ist, daß ich Tag und Nacht nicht bei mir bin; es gibt keine so dringende Arbeit für mich, daß ich nicht, wenn ich seine Stimme von weitem höre, zu ihm hinlaufe und mich ihm zu Füßen setze. Du, Kolbak, der du in Irland Hochkreuze über den Bergen hast leuchten sehen, was für eine Arznei kennst du, um mich von dieser Qual zu befreien und ihn von seinen Fesseln?«

»Es sind sehr viele Jahre vergangen«, sagte Kolbak, »seit ich dich um das Glück einer Nacht bat, ehe Thormod mit den Leuten aus dem Vatnsfjord geritten kam, um dich zur Frau zu nehmen; doch du sagtest nein und erklärtest, daß deine Ablehnung weniger auf deiner Liebe zu ihm beruhe als darauf, daß du ihm vertraglich versprochen seist; du sagtest, das Kennzeichen einer guten Frau sei nicht, ihren Verlobten zu lieben, sondern ihn mit keinem anderen Mann zu hintergehen.«

»Ich bin zu dir gekommen«, sagte sie, »nicht, weil ich nur durch die Gesetze der Menschen gebunden bin, sondern weil ich ihn mehr liebe als alles Geschaffene und Ungeschaffene, das auf und unter der Erde zu finden ist.«

»Sprich, Herrin«, sagte er, »ich bin dein Sklave.«

»Von allen Menschen in den Westfjorden sind wir in Ögur mit dem größten Glück und anderen Gütern gesegnet, als wären die Götter eines Morgens hier herabgestiegen und hätten alles ringsum in Augenschein genommen, in der Luft, auf der Erde und im Meer; hier fließt Milch und Honig jedem Lebewesen in den Mund. Kein Wunder, wenn meine Töchter etwas vom Schein des Abendsterns haben, wo ihr Vater alle anderen Männer himmelhoch überragt wie ein vom Tau benetzter, behender und schlanker junger Hirsch, das Wunschbild der Leute, so daß ihm jedermann gerecht wurde, selbst als er in seiner Jugend an den Hornstranden als Wikinger sein Wesen trieb und die Frauen meinten, es gäbe in den Westfjorden keinen Mann als ihn. Sag mir, Kolbak, da du ein Ire bist, was hat wohl Josamak Dii Böses im Sinn, wenn er einer Frau soviel Glück verleiht?«

Kolbak antwortete: »Dennoch, Herrin, werden wohl alle sagen, daß, wie gut dein Mann auch von sich aus sein mag, er durch deine Gaben der Liebe noch besser geworden ist.«

»Das ist doch großer Unsinn«, sagte sie, »und ich hätte nicht gedacht, daß du ein so dummer Mensch bist, Kolbak, daß du nicht weißt, was für ein Kerker und Schlangengarten Frauenarme für einen Skalden und Helden sind. Ich bin der Ruhmestöter des Helden und des Skalden, die zarte Fessel, die dem Fenriswolf angefertigt wurde aus dem Lärm des Katzengangs, dem Atem des Fisches und dem Speichel des Vogels. Ich bin die Mauer, die den Skalden von lockenden Seefahrten und lärmenden Schlachten und der Gunst von Königen trennt und damit von jenem Tatenruhm, der niemals stirbt.«

Kolbak sagte: »Willst du, Herrin, daß ich eines Morgens hinausgehe, wenn er schlafen gegangen ist, und den Kopf aus seinem Vorratshaus wegnehme und tief in der Erde vergrabe?«

»Nein«, sagte sie.

Er fragte, weshalb sie es nicht wolle.

»Deshalb«, sagte sie, »weil dieser häßliche und verhängnisvolle Kopf, wie tief und heimlich wir ihn auch vergraben mögen, seinem Herzen am nächsten steht und dort vor allen anderen Köpfen herrschen wird, nicht nur vor meinem Kopf und den Köpfen anderer, von Männern am meisten begehrter

Frauen, sondern sogar vor dem Kopf jener bösen Frau selbst, die in der Finsternis der Unterwelt wohnt; und vor seinem geistigen Auge wird dieser Kopf um so höher steigen, je tiefer wir ihn in der Erde vergraben.«

»Was soll man dann tun?« fragte der Sklave.

»So übermächtig erscheint mir Thormods Kummer«, sagte sie, »daß ich alles daransetzen werde, um ihn von mir zu befreien.«

Nach diesen Antworten schwieg Kolbak lange, bis der Vogel wach war und in dem Verschlag zu krähen begann, in dem er unter dem Dachfirst wohnte; dort befand sich eine kleine Tür; und als der Vogel eine Weile gekräht hatte, sagte der Sklave:

»Tu, was du begehrst, Herrin, und zieh diesen Riegel von der kleinen Tür; dort wirst du den Vogel finden, den du hassest und tot sehen willst. Und weitere Ratschläge werde ich dazu nicht geben.«

Als die Bäuerin im Morgengrauen wieder ihre Bettstatt aufsuchte, war ihr Mann schon gekommen und hatte sich hingelegt; er war wach. Ihm schien, daß die Frau bleich und verweint aussah, und er fragte, wo sie sich in der Nacht so lange aufgehalten habe. Sie schlüpfte unter die Bettdecke; sie fror und war sehr schläfrig; sie antwortete und gähnte dabei.

»Ich ging hin«, sagte sie, »und brachte den Vogel zum Schweigen, der uns dauernd in der Nacht nicht schlafen ließ.«

Dann legte sich die Frau hin und war sofort eingeschlafen, er aber blieb wach und wandte seinen Blick lange Zeit nicht von ihr; ihr helles Har war dunkler als früher, ihr weißer Busen höher. War dieses die Frau, die ihn einst in einem unbekannten Fjord mit Flügelrauschen weckte, die zu ihm in die Halle trat, ihr Schwanenkleid auf dem Arm trug, den Skalden mit ihrem Stab berührte und ihn aufrief, ihr zu folgen, die Frau aller Frauen? Oder wer war sie, die hier in der Morgenkühle vor Kälte schaudernd in sein Bett kroch und sogleich eingeschlafen war mit einer unerklärten, halbgetrockneten Träne im Auge?

An jenem Tag ging der Skalde Thormod in die Dachkammer, wo der Sklave seine Werkstatt und unter der Dachschräge seine Bettnische hatte; er war bei jeglicher Arbeit sehr geschickt, und in der Kammer waren seine zahlreichen Werkzeuge und die Gegenstände, die er anfertigte: Teller und Schalen, Körbe und Schüsseln, Löffel und Trinkhörner und allerlei Gerät. Der Sklave lag auf den Knien und fügte Dauben zu einem Holzeimer zusammen; er hatte die Dauben aufgestellt und paßte die Reifen an.

Thormod betrachtete schweigend einige Gegenstände, die in Arbeit waren; dann setzte er sich auf einen Holzklotz. Er trug seine Axt bei sich, was er daheim sonst nicht zu tun pflegte; sie hing an einem Schulterriemen. Er nahm die Axt in die Hand und blickte eine Weile auf die Schneide. Der Sklave sah mit seinen Schielaugen auf, doch es war immer schwer auszumachen, wohin er blickte.

Der Bauer hob an zu sprechen: »Dir gehört der Vogel, der meiner Frau und uns beiden des Nachts den Schlaf raubt. Wer ein solches Tier hält, ist unser Feind. Nimm deine Waffen; gehen wir hinaus auf die Wiese und kämpfen wir.«

Kolbak schlug mit den flachen Händen von beiden Seiten auf den locker bereiften Eimer vor sich, und die Dauben fielen aus den Reifen zu einem Haufen auf dem Fußboden zusammen. Dann stand er auf.

Der Sklave Kolbak sagte: »Vor langer Zeit wurde ich einmal dazu verleitet, dir mit Waffen aufzulauern, Bauer, und diese Tat habe ich seitdem vielmals bereut; und in Irland hat man mich gelehrt, daß nur die Menschen dem Stahl vertrauen, die ein feiges Herz haben. Doch sollst du wissen, Herr, daß mir nie so wenig an meinem Leben gelegen war wie jetzt, und ich werde nicht um Schonung bitten, wenn es dich gelüstet, mich zu töten.«

Dann nahm er einen Hauklotz und stellte ihn Thormod Kolbrunarskalde vor die Füße; er legte sich auf den Boden mit dem Block unter seinem Nacken; sein Hals war frei, und das Kinn zeigte nach oben – »ich habe gehört«, sagte er, »daß so Thorgeir Havarsson geköpft wurde, und warum sollte unsereiner es besser haben als der Kämpe?«

Da warf Thormod die Axt hin und befahl Kolbak aufzustehen; er sagte, er habe keine Lust, seinen Kopf zu nehmen; »ich habe«, sagte er, »einstweilen von Köpfen genug.«

Der Sklave stand langsam vom Hauklotz auf, ohne ein weiteres Wort zu verlieren; er machte sich wieder daran, die Dauben aufzurichten und in die Reifen einzupassen, so daß der Eimer stand. Thormod sah ihm von seinem Sitz aus zu und schwieg. Schließlich stand er auf. »Es kann sein«, sagte er, »daß du recht hast; und daß Sklaven dieses Land erben werden, wenn wir in Vergessenheit geraten sind, Helden und Skalden; und meine Kinder von dir die Lehre empfangen werden, daß nur Feiglinge dem Stahl vertrauen. Und ich freue mich, dann tot zu sein, wenn die Weisheit von euch Iren den Lauf der Welt bestimmen wird.«

Und als Thormod Kolbrunarskalde dieses gesprochen hatte, verließ er die Dachkammer; er und der Sklave wechselten kein weiteres Wort.

Achtunddreißigstes Kapitel

Nun verging dieser Winter, und es ereignete sich nichts, außer daß Thormod an allen Dingen immer weniger Anteil nahm und niemand den Grund dafür kannte. Den Winter über begab er sich vor anderen zur Ruhe und schlief schon, wenn seine Frau zu Bett ging. Doch in manch einer Nacht, wenn es im Hause still geworden war und die meisten Leute in tiefem Schlaf lagen, wurde man gewahr, daß der Bauer sich ankleidete und hinausging; er begab sich da zu dem Vorratshaus, in dem er den häßlichen Kopf aufbewahrte und zu dem nur er den Schlüssel hatte; er saß die Nacht hindurch bei dem Kopf und streute ihm Salz in Nase und Mund und sprach zu ihm einige Worte, die keiner kannte. Nie kam er auf diesen Kopf zu sprechen, auch nicht darauf, welche Behandlung er ihm zugedacht hatte, und ob er ihm bei der Kirche ein Grab bereiten oder ihn ins Gebüsch oder Geröll werfen wollte; es fand sich auch niemand, ihn danach zu fragen.

Man glaubte auch so zu bemerken, daß die Bäuerin in Ögur aus irgendwelchen Gründen schweren Kummer litt; niemand vermochte zu sagen, welche Sorge die Frau bedrückte. Bleich und angegriffen goß sie des Morgens ihre Satten ab und ging am Tage verweint an ihre Webarbeit; die Leute wunderten sich um so mehr über ihre Schwermut, je deutlicher es gegen das Frühjahr mit jedem Tag wurde, daß die Bäuerin schwanger war.

Eines Nachts im Spätwinter geschah es, daß Thormod Kolbrunarskalde draußen gewesen war, um mit dem Kopf Thorgeir Havarssons, seines Schwurbruders, zu sprechen; und als er früher als sonst in die Schlafstube zurückkehrte, war das Bett der Eheleute leer und kalt. Er legte sich ins Bett und konnte nicht einschlafen; und als er eine ziemlich lange Weile wach gelegen hatte, kam die Bäuerin von draußen, zog die Schuhe aus, warf ihren Umhang ab und schlüpfte unter die Decke. Nun lagen beide, jedes für sich, wach und redeten nicht miteinander. Er hörte, daß die Frau leise weinte. Er begann zu sprechen.

»Schwere Wege, Frau?« sagte er.

Sie antwortete: »Nur solche, auf die mich meine Liebe zu dir getrieben hat, die mächtiger geworden ist, als ich es ertragen kann, ohne Kraft und Verstand zu verlieren.«

»Sonderbare Wege, Frau«, sagte er, »und noch sonderbarer deine Liebe zu mir, wenn es wahr ist, daß du nach Weihnachten schwanger geworden bist; bin ich dir doch das letzte Mal in den Schoß gefallen in der Nacht, bevor der Kopf Thorgeirs, meines Schwurbruders, hier während der Heumahd im Wiesentor stand; deine Niederkunft müßte bevorstehen, wenn deine Frucht von mir käme.«

»Tag und Nacht, seit ich dich auf dem Eis spielen sah«, sagte sie, »und du zu uns Frauen kamst und mit uns sprachst, habe ich keine Stunde verbracht, in der nicht dein Bild im Geiste vor mir stand; jede deiner Bewegungen war mir Erquickung, und jede Stunde, in der du so fern warst, daß ich deine Schritte nicht vernehmen konnte, war in meinem Herzen Nacht. Und welche Qualen ich auch litt, als du mich allein ließest, um mit

Thorgeir auf Wiking zu gehen, und von jener bösen Frau, die in der Unterwelt wohnt, gefangengehalten wurdest, so war es doch in den letzten Jahren viel schmerzlicher, dich hilflos in den Fesseln meiner Leidenschaft zu sehen, deinem Schicksal und deinem Ruhm entzogen.«

Er sagte: »Die Worte hat Brynhild, Budlis Tochter, gesprochen, daß es ein klügerer Rat ist, sein Vertrauen keinem Weib zu schenken, denn Weiber brechen stets ihr Gelübde, und daß ein Mann nie sicher wissen kann, wann eine Frau ihn aufrichtig liebt; da sind alle Eide Schall und Rauch und leere Worte.«

Sie sagte: »Das wagen wir Frauen zuallerletzt, auch steht dabei für uns am meisten auf dem Spiel, euch Helden und Skalden aufrichtig zu lieben, denn ehe wir uns dessen versehen, seid ihr fort aus unserem Schoß und eilt, um Königen Reiche zu erobern und in fernen Ländern Taten zu vollbringen, die leben sollen, solange die Welt besteht; und uns laßt ihr im Stich.«

Thormod sagte: »Das ist der Beweis meiner Zuneigung zu dir, Frau, daß ich mich meinem Ruhm entzog und als Bauer niederließ; allzu weit von mir haben sich inzwischen große Zeichen und Dinge und all jene Ereignisse zugetragen, die eines Gedichtes wert sind. Denn so sehr habe ich dich geliebt, daß ich mich bemühte, an keiner Sache teilzuhaben, die dir nicht gefiel; und weiter schien mir der Verlust unerträglich zu sein, wenn ich durch irgend etwas das Glück verscherzte, das du mir schenkst, oder wenn ich mich aufmachte, ein anderes Los zu suchen. Und dann hast du mir Töchter geboren; gewiß wurde mir anfänglich bange dabei, denn ich dachte, da ich durch deine Liebe weich wurde, würde ich durch ihre feige werden; und so erwies es sich auch: Wenn sie an deiner Brust lagen und ich das Spiel ihrer Zehen sah, während sie sogen, und später, wenn sie mich anlachten und ihre kleinen Ärmchen mir entgegenstreckten und Grübchen hatten an allen Gelenken, da war es eine Zeitlang so, als ob in mir die Kraft einschlummerte, die Völker besiegt und lachend in den Tod geht; bis ich den Kopf meines Schwurbruders Thorgeir Havarsson am Wiesentor erblickte.«

Und als die Eheleute im Morgengrauen ziemlich lange miteinander gesprochen hatten und sie ihre Ansichten nicht mehr weiter begründen konnten, hörten sie mit dem Gespräch auf und schliefen ein.

Nun rückte der Tag näher, an dem Thordis Kötludottir niederkommen sollte; und als die Zeit heran war, gebar sie einen schönen und wohlgestalten Knaben; der hatte feuerrote Haare und ein schiefes Auge. Thormod Kolbrunarskalde trat heran und betrachtete den Knaben; und nachdem er ihn lange angesehen hatte, begrüßte er den Knaben und hieß ihn willkommen: Er sei dazu bestimmt, über Länder zu herrschen, so über Island wie über Irland. Er murmelte einen Vers über das größte Ereignis, das sich damals in der Welt zugetragen hatte; König Brian sei zwar bei Clontarf gefallen, habe jedoch das Feld behauptet. Dazu lachte er, sagte weiter nichts und ging fort. Frauen wurden beauftragt, den Knaben aufzuziehen.

Die meisten berichten, daß Thormod Kolbrunarskalde am Abend dieses Tages sich wie andere Leute in Ögur zur Ruhe begab. Doch als er eine Weile in seinem Bett gelegen hatte und zu wissen meinte, daß die anderen schliefen, und als sein Lager unter dem Anflug leichter Träume warm wurde, da richtete er sich auf und stieg aus dem Bett, schlüpfte in seine Kleider und zog feste Schuhe an, warf sich einen dicken Lodenmantel um, nahm dann seine Waffen und ging hinaus. Es war spät im Sommer, und die Nächte waren dunkel, doch der Bauer kannte die Sprungsteine im Hofbach und hielt auf das Gebirge zu.

Am Morgen, als die Leute in Ögur aufwachten, war der Bauer nicht in seinem Bett; man konnte ihn auch auf dem Gehöft nicht finden. Der Tag verging, ohne daß er nach Hause kam, und niemand wußte, wo er war; sodann vergingen weitere Tage, und nichts war über den Bauern Thormod zu erfahren. Doch als man sein Vorratshaus weiter draußen am Hofplatz betrat, gab es dort den Schädel Thorgeir Havarssons zu sehen; er stand auf einem Sockel, mit großer Kunstfertigkeit geputzt; es war ein sehr schönes Stück. Noch lange danach hatten die Leute am Djup an diesem Kopf ihr Vergnügen, und es kam nicht dazu, daß Priester ihn beerdigten; so vergingen drei ganze Menschenalter, in denen dieser Kopf zum Hausrat in Ögur gehörte; er verbrannte, als das ganze Gehöft in den letzten Jahren des Gesetzessprechers Markus Skeggjason in Flammen aufging.

Neununddreißigstes Kapitel

In Grönland, so meint man, hat sich das menschenärmste Gemeinwesen der Welt befunden, denn dieses Land bewohnten Nordländer aus Island durch zwölf Geschlechter, bis sie ausstarben; der letzte Überlebende stürzte zu Boden und hatte den Geist aufgegeben und konnte nicht begraben werden; damals fehlten wenige Jahre am vollen Hundert, seit das letzte Schiff das Land angelaufen hatte.

Als Thormod Kolbrunarskalde auf der Suche nach den Mördern seines Schwurbruders Thorgeir Havarsson nach Grönland kam, bestanden dort seit einem Menschenalter nordische Ansiedlungen, und der natürliche Reichtum des Landes war im Vergleich zu später erst wenig angegriffen, und fast jedes Jahr wurde das Land von Schiffen angelaufen. Es gab eine östliche und eine westliche nordische Siedlung.

Es wird berichtet, daß Thormod, als er in die Ostsiedlung kam, den Mann aufsuchte, der dort in den Fjorden der angesehenste war und Thorgrim Trölli hieß; Neuankömmlinge pflegten den Häuptling aufzusuchen, der in der Siedlung den größten Einfluß hatte. Den Einheimischen kam es etwas sonderbar vor, als ein berühmter Mann von Osten aus Island ankam, der seinen Hof und die Glücksgüter am Isafjardardjup verlassen hatte und in Brattahlid an Land gestiegen war wie irgendein Schiffsmann, ohne anderes Gepäck als die Kleider am Körper und mit keineswegs großartigen Waffen; und es war sein Anliegen, zwei armselige Kerle aufzuspüren, die es wenige Jahre zuvor von Island nach hier verschlagen hatte, den Kuhtrinker Butraldi Brusason und dessen Gefährten Lusoddi; und er sagte, daß er nicht eher ruhen wollte, als bis er diese beiden Elenden umgebracht hätte.

Es wird berichtet, die Nordländer in Grönland seien keine großen Kämpfer gewesen, außer wenn sie darangingen, die Trolle abzuschlachten, die am Ende der Welt wohnten und die sie Skrälinge nannten; allzu gering erschien ihnen ihre Zahl, auch ohne daß einer den anderen erschlug; sie lebten in ständiger Furcht, daß es ihnen an Mannschaft fehlen könnte, wenn die Trolle sie ernstlich angriffen.

Thorgrim Trölli sagte, er sei wahrlich der Mann, der am besten über Wanderungen von Leuten in Grönland Bescheid wisse, mit Ausnahme des Bischofs von Gardar; und es sei nicht zu leugnen, daß zwei Männer von geringer Art aus Island hier angelangt seien, denen der Gode Vermund in Vatnsfjord die Überfahrt verschafft habe; auch sagte er: »Obwohl diese Männer wirklich nicht danach aussahen, als würden sie uns Grönländern schweres Unheil bringen, waren sie doch auch keineswegs so bedeutend und einflußreich, daß man verstünde, weshalb angesehene Bauern aus Island ihren Hof und ihr Glück daransetzen konnten, um sie bis nach Grönland zu verfolgen.«

Thormod antwortete: »In der Tat hätten wir es vorgezogen, Rache an trefflichen Männern und Helden oder an solchen Männern zu üben, die meinen Bruder im Kampf gefällt hätten; es ist ein größeres Unglück, als es Worte beschreiben können, daß gemeine Leute den Kämpen im Schlaf köpften. Doch wenn ein jeder so nachlässig seiner Pflicht nachginge, seinen Bruder zu rächen, und wenn ehrenhafte Männer ihre Augen vor Frevel und Unrecht verschlössen, es sei denn, angesehene, zur Thingfahrtsteuer verpflichtete Bauern oder andere bedeutende und führende Männer hätten diese Frevel und dieses Unrecht begangen, dann würden in den nordischen Ländern Übeltäter und Feiglinge emporsteigen und der Stoff für Skalden schwinden, wie auch der Schutz und die Sicherheit der Häusler und anderer, die wenig Gesinde haben; dann fehlte nicht mehr viel daran, daß unvernünftige Geschöpfe und keine Menschen mehr die Länder beherrschen.«

Thormod Kolbrunarskalde gab sich wenig mit der Bevölkerung in Grönland ab, auch wurde er nur selten von vornehmen Leuten bewirtet. Er kümmerte sich auch nicht um die Sommerarbeiten, die in Grönland unerläßlich waren: Man stand früh auf und ging spät schlafen und hatte bei der Heumahd nur wenig eisernes Gerät; manche schnitten die Halme mit ihrem Messer oder rupften sie mit bloßen Händen ab; einige bewachten des Nachts ihre kleinen Kornäcker und breiteten in Frostnächten Lodenstoff über die Ähren; andere wieder trieben Fische in flache Buchten und griffen sie mit Händen oder gingen mit Knüppeln auf Seehunde los. Und wenn ein Vormann Thormod danach fragte, welche Arbeit er sich auf den Höfen Thorgrim Tröllis auswählen wolle, so sagte er, er sei hier, um Ruhmestaten zu vollbringen, nicht, um Nahrungssorgen zu haben; dadurch machte er sich vielen Leuten in der Ostsiedlung sehr mißliebig. Die Vorarbeiter sagten, es sei Gesetz in Grönland, daß, wer nicht arbeiten wolle, auch kein Essen haben solle, und den Einheimischen sei mehr daran gelegen, ihre Ernährung zu sichern als Heldentum zu betreiben oder Preisliedchen anzuhören; in den Gesprächen mit dem Skalden klang ihre Verärgerung durch, und er hatte es schwer, unterzukommen.

Durch seine unablässigen Fragen nach Butraldi und Lusoddi erhielt Thormod Kenntnis davon, daß diese Herumtreiber den Grönländern ziemlich zuwider waren und bisher keinen festen Wohnsitz gewonnen hatten, zumal sie lieber betteln gingen, als sich den Leuten nützlich zu machen; einflußreiche Männer hatten sie im Frühjahr in die Westsiedlung bringen lassen, wo das Leben härter war und Bettler schneller umkamen als in der östlichen Niederlassung. Als Thormod in der Sache, die ihm am meisten am Herzen lag, nämlich der Rache für Thorgeir, Klarheit gewonnen hatte, wandte er sich der ganz anderen Frage zu, ob man wisse, wo in Grönland sich die Frau verborgen halten könnte, die andere Frauen übertraf, die Verbannte Vermunds in Vatnsfjord, die einen struppigen Sklaven aus dem Osten bei sich hatte. Doch als man fragte, wie diese Frau heiße, nach der er sich erkundige, da hatte er ihren Namen vergessen.

Thormod hat selber erzählt, daß er seinen ersten Winter in der Ostsiedlung in Grönland unter Entbehrungen und Krankheit verbrachte und das harte Leben zu spüren bekam, das die Menschen in diesem Land in jedem Winter ertragen mußten, weil dort in den letzten Wintermonaten stets Nahrungsmangel eintrat und nur wenige Dinge zur Verfügung standen, die zum Lebensunterhalt gehörten; beißende Kälte schmerzte die Menschen, und es gab wenig Feuerung; wenn im Lenzmonat das Heu ausging, stand das Milchvieh trocken, und viele Schafe verendeten, wenn sie auf verharschte Weiden getrieben wurden, und Kühe konnten im Stall nicht mehr aufstehen; man hatte nur alten Quark zu essen, wenn man sich nicht durch Fischfang versorgen konnte; man hatte zu wenig Fanggerät, und das Meer war an der Küste gefroren; es fehlte auch an Kleidung und Ausrüstung, um auf dem Eis auf Beute zu lauern; an Mehl für Brot und Brei bestand so großer Mangel, daß man Samen und Körner verschiedener Art in Gesträuch und Beerenheiden sammelte und kaute, um sich gesund zu erhalten; das größte Festessen bestand in altem Seehundsfleisch, doch diese Speise bekam man über, weil man nichts hatte, um sie genießbarer zu machen. Durch diese Entbehrungen im Winter magerten die meisten Menschen ab und wurden krank; in schlechten Jahren starben viele mit ihrem Vieh. Auch wurden in Grönland keine Weihnachten gefeiert, um so inbrünstiger rief man den guten Nikolaus von Bari an, den Heiligen, an den die Grönländer am meisten glaubten, nachdem Thor gestorben war; seine Kirche stand in Gardar auf Gebot des Herrn Papstes.

Selten kommt in Grönland früher als erhofft die Zeit, in der das Eis bricht, die Fjorde sich leeren und die Schiffahrt beginnt; doch schließlich ist es immer wieder soweit. Und als es Frühling wurde, bekam Thormod Fahrgelegenheit bei einigen Leuten, die mit Hab und Gut in die Westsiedlung zogen. Von einer Siedlung in Grönland zur anderen brauchte man sechs Tage mit einem sechsrudrigen Boot. Sie bekamen Gegenwind und trieben einen großen Teil des Sommers zwischen Land und Inseln umher und mußten sich durch Fischfang und Jagd ernähren; spät in der Heuernte erreichten sie die Westsiedlung. Hier wohnten weniger Menschen als im Osten, und das Leben war noch härter; hier fielen nackte Felsen steil ins Meer ab, und lange Fjorde lagen zwischen den Gletschern, so daß sich kein einziger Grashalm fand, und die Menschen in dieser Siedlung hatten den guten Nikolaus von Bari sichtlich nötiger als in der anderen, weshalb ihm auch unterhalb der Firnfelder auf Gebot des löblichen Herrn Papstes Kirchen errichtet wurden. Doch als Thormod Kolbrunarskalde sich nach den Kumpanen Butraldi und Lusoddi erkundigte, erfuhr er die Neuigkeit, daß sich diese Landstreicher Jägern angeschlossen hatten, die im Frühjahr nach Norderseta gezogen waren, um Walrosse und Wale zu erlegen, denn die Zähne dieser Großfische sind nach Gold und Elfenbein das beste Zahlungsmittel der Welt.

Norderseta haben die Grönländer die Gegenden genannt, die dem Großen Abgrund am nächsten liegen, wo es außer Eis und Finsternis nichs gibt und die Reifriesen wohnen. Bis zu den Orten in Norderseta, die den Siedlungen der Grönländer am nächsten waren, mußte man einen Monat weniger fünf Tage rudern; die Männer fuhren im Frühjahr und kamen im Herbst wieder, manche blieben den Winter über im Norden, um sich Einnahmen zu verschaffen, manche noch länger. Auf diesen Fahrten waren oft große Schwierigkeiten zu überwinden; viele kehrten aus Norderseta nicht mehr zurück; man hielt die Fahrten dorthin nur für die Sache verwegener Abenteurer oder armer Männer, die nichts zu beißen hatten. Doch wem es gelang, aus Norderseta heimzukehren, dessen Aufstieg war wohlbegründet.

Davon ist schon berichtet worden, daß nördlich an Norderseta angrenzend die Wohnstätten des Volkes von Trollen und Zauberern lagen, welche die Grönländer Skrälinge nannten, weil sie sich in solche Häute und Felle hüllten, die zu tragen die Nordländer für eine Schande hielten. Die Nordländer meinten, daß dieses Volk nicht von Menschen abstammte, und hielten es für vogelfrei; sie sagten, es sei ein Hohn auf menschliche Wesen, daß diese Ausgeburten Menschengestalt mit Augen und Nase und anderem Erschaffenen annähmen, als wären sie Menschen. Dieses Gesindel, wie die Grönländer sie nannten, fuhr im Sommer stets nach Osten ums Land, stellte auf Inseln und Schären Zelte auf und befaßte sich mit Walen und anderen Großfischen. Und wenn es bekannt wurde, daß diese Leute angelandet waren, ließen die Anführer der Nordländer zu den Waffen rufen und veranstalteten einen Kriegszug gegen sie und erschlugen sie. Gar bald erwarben die nordischen Menschen die Kenntnis über diese Leute, daß ihre Zauberkraft so groß war, daß sie weder zu Wasser noch zu Lande in Lebensgefahr gerieten; sie bezeichneten jedes Wetter als schön oder ebenso schön wie jedes andere und vergnügten sich nie besser als in den Stürmen, in denen die Nordländer erfroren oder ertranken; dieses Volk lebte stets im Überfluß, gleich, wie das Jahr ausfiel, und wiegte sich in Speck. Es veranstaltete üppige Gastereien unter sich, während die nordischen Menschen, kluge Leute und anerkannte Wirtschafter, alles Gute entbehren mußten und Hunger und Elend mit Verödung und Viehsterben ihre Siedlungen befiel und die Kinder bei der Geburt starben. Und wenn sich der Himmel verdunkelte mit heftigem Sturm und schwerem Schneefall und hartem Frost, dann setzte sich dieses Volk von Trollen in eine Burg aus Eis und sagte zu seiner Unterhaltung Tag und Nacht das Gedicht vom Mann im Mond vorwärts und rückwärts auf und kümmerte sich nie darum, ob das Unwetter längere oder kürzere Zeit dauerte. Besonders aber setzte es die Nordländer in Erstaunen, daß die Angehörigen dieses Volks keine Waffen besaßen und nichts von der Kunst verstanden, Menschen zu töten oder zu morden, sich hingegen umhauen ließen wie Strauchwerk und zusahen, wie ihre Wohnstätten in Flammen aufgingen, wenn ihre Zauberkraft ihnen nicht das Leben rettete.

Nun hatte Thormod über die Mörder Thorgeir Havarssons Auskünfte bekommen, wonach er weiter von ihnen entfernt zu sein schien als vorher und es größere Schwierigkeiten bereitete, sie zu treffen, als je zuvor. Und als er das erfuhr und in jenem Sommer keine Möglichkeit bestand, nach Norden zu fahren, begann er von anderen Dingen zu reden, bis er darauf zu sprechen kam, ob man die Frau kenne, die größer und stärker als andere Frauen in der Westsiedlung sei, jedoch weicher und angenehmer beim Männerspiel, und die auf Veranlassung des Goden Vermund aus den Westfjorden nach Grönland gegangen sei. Die Grönländer sagten, daß sie von einer Frau, die so großartig sei, wie Thormod behauptete, nichts wüßten, doch eine alte Frau aus Island wohne draußen auf der Landzunge bei den Seehundsklippen und koche den Tran, der jährlich dem Bischof in Gardar abgeliefert werden müsse, und ein krummer und finsterer Kerl gehe ihr zur Hand. Diese Frau hatte einen sehr sonderbaren Namen, denn sie hieß Sigurfljod, und den Kerl nannte sie Bauer Lodin, doch öfter Sklave Lodin, und diesen Leuten lag vieles besser als gewinnendes Wesen.

Es vergingen Tage und Wochen, in denen sich Thormod niedergeschlagen und ratlos in Anavik im Westen herumtrieb; wie schon früher fand er bei besseren Leuten keine Aufnahme und war infolge geringer Pflege und schlechter Ernährung die meiste Zeit krank. Er dachte lange über Dinge nach, von denen kein anderer etwas wußte, deshalb verschob er es immer wieder, auf die Landzunge zu gehen und die Frau aufzusuchen, die dort sein sollte. Jeden Tag ging er lange am Meer entlang und setzte sich auf die Steine am Strand und sah den Seehunden zu, die dort auf den Schären jungen, oder versuchte, aus dem Geschrei der Vögel Vorhersagen zu gewinnen. An jedem Tag bemerkte er, daß weit draußen auf der Landzunge jenseits des Fjords Rauch aus Felsen aufstieg. Er ging jeden Tag ein gutes Stück weiter landeinwärts als am Tag zuvor, ehe er umkehrte. Eines Morgens war er früh aufgebrochen, gegen Mittag kam er an das Ende des Fjords. Er bekam von einem Bauern Ziegenmilch zu trinken und saß danach lange auf der Einfriedung und überlegte, auf welcher Seite des Fjords er wieder seewärts gehen sollte. Das Ergebnis war, daß er auf der anderen Seite des Fjords in kaltem Gletscherschatten wieder hinausging und auf die Landzunge zuhielt, mehr aus übersinnlichem Zwang als aus eigenem Willen. Als er auf der Landspitze ankam, schien ihm die Abendsonne ins Gesicht. Gegen die Sonne gesehen zeichnete sich weißer Dampf gegen den Himmel ab, und mit dem Wind drang ihm starker Trangeruch in die Nase. Er war entschlossen, von da an nicht mehr umzukehren.

Zwischen nackten Felsen saß ein Mann an einer Feuerstelle; auf dem Feuer standen zwei Kessel; in dem einen ließ er Leber aus, in dem anderen Speck; das Feuer unterhielt er mit Tang und Treibholz. Dieser Mann hatte viele Jahre lang sich weder Bart noch Haare schneiden lassen, doch unter den buschigen Augenbrauen blitzten scharfe Augen wie bei einem Habicht. Sein schönes Messer, mit Blut und Speck beschmiert, lag auf einem Herdstein.

Thormord Kolbrunarskalde grüßte den Trankocher, gürtete sein Schwert ab und legte es auf einen Herdstein gegenüber, streckte sich dann im Geröll hin, denn er war müde vom Gehen; der Mann blickte vom Tran nicht auf.

Thormod fragte: »Welchen Mann liebt Kolbrun wohl in diesem Augenblick mehr als andere Männer?«

Da blickte der Mann auf, und seine Augen unter den starken Augenbrauen blitzten: »Das wirst du früh genug erfahren.«

»Wann denn?« fragte Thormod.

»An dem Tage«, sagte der Mann, »an dem die Waffe des Mannes, den sie nächst dir liebt, in deinem Herzen steckt. Aber was suchst du Wechselbalg in diesem Dreckloch?«

»Ruhm«, sagte der Ankömmling.

»Es ist mir neu, daß man um des Ruhmes willen in Grönland abgesetzt wird. Doch wen willst du umbringen?«

»Butraldi«, sagte Thormod, »und den Burschen, der ihn begleitet.«

Der Mann sagte und lachte dabei: »Da willst du dir den Kämpen vornehmen, welcher der klügste Mann und größte Brunnenpisser ist, der je in Island geboren wurde; der wird nach wie vor allen seinen Feinden überlegen sein. Er bekam am Djup und an den Stranden alle guten Dinge, die er verlangte, und er pflegte dort Milchspeisen zu essen, soviel er wollte. Hier hungern Menschen und Tiere fast jedes Jahr, und Butraldi und der andere erkannten bald, daß nach kurzer Zeit die nordischen Menschen an diesem Fangplatz ausgestorben sein werden und daß hier für untätige Menschen wenig zu holen ist. Doch in der Nähe der nördlichen Gletscher führt ein Volk ein so üppiges Leben, daß sie den Neugeborenen Seehundsspeck in den Mund stecken und ebenso den Toten, wenn sie den Vögeln gegeben werden. Butraldi und Lusoddi sind mit Jägern nach Norderseta fortgezogen, um sich diesem Volk anzuschließen.«

Nicht weit entfernt, im Schutze eines überhängenden Felsens, stand eine Hütte, aus Steinen geschichtet und von außen mit Tang abgedichtet; Walbarten dienten als Türpfosten. Als sie eine Weile miteinander gesprochen hatten, der Mann und der Gast, wurde die Tür der Hütte geöffnet, und durch die niedrige Tür trat gebückt eine Frau in einem Bärenpelz. Diese Frau war nicht nur groß von Wuchs, sondern sie hatte auch einen höheren Busen und war um den Leib und die Lenden viel üppiger als andere Frauen; sie hatte kohlschwarze Augenbrauen und wolfsgraues Haar, einen starken Nacken und kräftige Zähne und von allen Frauen die schönsten Augen; sie hatte ihren Rock unter dem Bärenpelz aufgeschürzt und ihre Waden waren stramm und ihre Knie viel gewaltiger als die anderer Menschen; beim Anblick dieser Frau wurde alles deutlicher, was in alten Geschichten über Hexen und Zauberinnen gesagt wird, die auf den nördlichsten Landzungen wohnen, an denen Männer angespült werden, wenn sie sich auf dem Meer verirrt und Schiffbruch erlitten haben. Sobald die Frau aus der Tür ihrer Hütte getreten war, ging sie geradenwegs zur Feuerstelle und nahm beide Waffen, das Messer des Mannes und das Schwert des Ankömmlings, die jede für sich auf einem Herdstein lagen, und befestigte sie an ihrem Gürtel unter dem Pelz.

Thormod stand auf und grüßte die Frau; sie fragte ihn nach Neuigkeiten und wer er sei, »und wie kommt es, daß ein so junger und schöner Mann seinen Bart nicht besser stutzen läßt, wenn er eine Frau besuchen geht?«

Vor der Frau nannte er sich Vigfus und sagte, er sei nicht nach Grönland gekommen, sich den Bart stutzen oder die Haare schneiden zu lassen. »Ich bin in Island am Djup geboren und aufgewachsen, und Butraldi Brusason und sein Knappe Lusoddi haben meinen Bruder getötet, und ich habe es nicht unterlassen wollen, sie zu verfolgen, als ich erfuhr, daß sie hierher geflohen sind; es ist meine Absicht, sie zu fassen und hier in Grönland zu erschlagen.«

Bei diesen Worten brach die Frau in lautes Lachen aus, daß es in den Felsen widerhallte und die Seehunde auf den Klippen wach wurden. Und als sie genug gelacht hatte, wandte sie sich an den Mann, der dort noch vor der Feuerstelle hockte, und sagte:

»Nun mußt du dich wohl verziehen, Sklave Lodin, und ich werde allein mit diesem Gast sprechen.«

Da ging der Sklave fort und sagte kein Wort dazu. Er war breitschultrig, ging etwas gebeugt, ein trutziger Mann; Thormod Kolbrunarskalde trat zu der Frau und küßte sie.

Frau Sigurfljod äußerte sich wie folgt: »Nun bist du, Thormod, da angelangt, wo man überflüssiges Gerede nicht gebrauchen kann. Und wenn auch die Frau gewiß fern ist, die vor langer Zeit den Knaben in ihr Bett nahm, der bei den Hunden schlafen sollte, so konnte ich doch stets hoffen, daß du schließlich hierherkommen würdest; und wenn auch nur noch mein Grabhügel auf der Landzunge bliebe, um dich zu begrüßen. Doch wie konntest du mich so lange vergessen?«

Er sagte: »Keine Nacht bin ich schlafen gegangen und keinen Morgen bin ich aufgewacht, an dem nicht dein Vogel auf dem Dach krähte.«

»Wir Frauen hören das Geschwätz von euch Männern immer gern«, sagte sie, »und am liebsten dann, wenn wir grau und dick werden; und in der Tat hatten wir früher manch gutes Beisammensein, obwohl ich keine schöne Frau bin.«

»Eine solche Frau warst du«, sagte er, »daß du mir stets im Wege standest, wenn es darum ging, eine andere zu lieben, und ob ich gleich mich der schönsten Walküre verband, so konnten wir doch kein Liebesglück empfinden wegen deines Bildes, das immer zwischen ihr und mir stand.«

»Es wird sich zeigen«, sagte sie, »ob die Frau, die du hier vorfindest, ein Muttermal hat, das einen Kenner zu einem Gedicht veranlassen kann.«

»Ich galt als der tüchtigste Bauer am Djup«, sagte er, »und an meiner Seite stand die Frau, deren Reichtum und Schönheit alle angesehenen Männer im Westland zu meinen Neidern machte. Doch im Hochsommer, wenn die Sonne des Lebens am heiteren Himmel den Skalden am frohesten anlachte und der betäubendste Duft aus der Erde aufstieg, konnte ich es nicht aushalten; ich mußte meine Knechte rufen und mich an die Snaefjallaströnd übersetzen lassen; und ich ruhte nicht, bevor ich in dem Fjord war, der der finsterste und schroffste der Jökulfjorde ist. Dort setzte ich mich auf eine grasbewachsene Mauer und hörte, wie der Bach, der einst an deiner Kammer vorbeifloß, das verfallene Gehöft unterspülte. Jahr für Jahr, immer wenn die Sommersonne am höchsten stand, suchte ich den kalten Fjord an den finsteren Felswänden auf, wo ich einst in Mittwinternächten mich krank in deinen Armen wand.«

»Ich forderte dich und Thorgeir am ersten Tag eurer Ankunft auf«, sagte sie, »hinzugehen und meinen Geliebten zu erschlagen; wahrlich können andere Frauen ihren Männern keinen größeren Gefallen tun.«

Thormod sagte: »Ich bin Vater von zwei Mädchen, welche die schönsten Augen und das weichste Haar am Djup und an den Stranden haben; ich muß immer an ihre kleinen Zehen denken, wenn sie an der Brust ihrer Mutter lagen und sogen.«

Die Frau sagte: »Es wäre mir leichter gefallen, Thormod, als Verbannte meines alten Freundes Vermund nach Grönland zu gehen, wenn uns ein Sohn vergönnt gewesen wäre. Und das sollst du wissen: Hätte ich mich selber mehr geliebt als dich, so hätte ich dich niemals aus den Jökulfjorden zum Djup gehen lassen. Gehörte mir doch deine ganze Leidenschaft und die Macht, die sie verleiht, als ich dich einer anderen Frau gab.«

»Nicht weniger liebte mich diese Frau als du, denn wo du mich batest, deinen Geliebten zu erschlagen, ging sie zur Nachtzeit in das Bett ihres Sklaven, damit ich währenddessen die Schuhe anziehen und weggehen konnte, um die Freiheit zu gewinnen, die Helden und Skalden hervorbringt.«

Vierzigstes Kapitel

Die Angaben darüber, wie lange sich Thormod in Grönland aufgehalten habe, gehen auseinander; einige Leute meinen, daß er dort drei Winter lang geweilt habe, andere geben sieben Halbjahre an. Das zu entscheiden ist hier nicht möglich, doch soll festgestellt werden, daß man das Zusammensein eines Mannes mit einer Frau, die er lange Zeit gesucht und schließlich gefunden hat, weder nach Jahren noch nach Stunden messen kann. Es mag auch sein, daß manchen Gelehrten sieben Halbjahre des Lebens mit einer Frau nicht länger vorkommen als anderen drei Winter. Hingegen stimmen alle Bücher darin überein, daß Thormod Kolbrunarskalde, als er endlich gerettet wurde, Grönland als graubärtiger, hinfälliger Mann verlassen hat, ob nun sein Aufenthalt lang oder kurz war.

Es wird berichtet, daß ihm in der ersten Zeit, die er auf der Landzunge zubrachte, manche Tage in Grönland gefielen, auch die, welche sich von seinem früheren Leben unterschieden, und obwohl sie die Ruhmestaten verzögerten, die er schon lange im Sinn hatte. Es wird auch berichtet, daß Frau Sigurfljod nichts unterließ, um ihren Gast den Gestank vergessen zu lassen, der von der Leberverarbeitung auf der Landzunge, den Kesseln, Feuerstellen und Fässern der Trankocher ausging. Bei seiner Ankunft holte die Hausherrin ihre Tücher und Wandbehänge hervor und brachte sie an; sie kleidete ihre Hütte aus und hängte einen Vorhang vor die Liegestatt; sie wies ihrem Gast den Hochsitz auf einem von der See gebleichten Walwirbel an und stellte auf beiden Seiten geschnitzte und bemalte Säulen auf. Auf dem Fußboden ließ sie Feuer anzünden und Badewasser heiß machen. Und als man sich zur Nacht rüstete, sprach die Hausherrin mit dem Sklaven Lodin und sagte schnippisch, er solle sein Nachtlager draußen bei seinen Tranfässern aufschlagen oder in einem der Schuppen, wo Walfleisch und Fische zum Trocknen hingen; und wenn ihm das nicht recht sei, solle er sich an die Steingrüfte lehnen, in denen man Vögel abhängen oder Haie verkäsen ließ. Und dem Gast schien es trotz des nahen Winters durchaus angebracht, daß Sklave Lodin, ein für Heldentum und Dichtkunst wenig veranlagter Mann, bei Anbruch der Nacht von seinem Sitz am Türpfosten aufstand und seinen Schlafsack in einen Schuppen schleifte, um dort inmitten gehärteter Fische und Streifen von Walfleisch zu schlafen.

Nach einiger Zeit bekam Thormod jene Krankheit, die durch den Mangel an Milchgerichten verursacht wird und alle nordischen Menschen in Grönland schwer plagte; sie verschlimmerte sich durch getreidelose Nahrung, da die Leute nicht einmal Brot aus schlechtem Korn hatten; und wenn sie welches aus wilden Samen buken oder Sandbrei kauten, verdarben sie sich die Zähne; sie zogen sich langwierige innere Leiden zu mit Mattigkeit, Abmagerung und Siechtum. Wie klug Frau Sigurfljod war und wie trefflich sie sich auf Sprachrunen verstand, ist daran zu erkennen, daß Thormod um so bereitwilliger ihren tiefgründigen Reden lauschte, je länger er bei ihr lebte; ihr zauberisches Geraune ersetzte ihm im dunklen Grönland all das Gute, das er früher genoß, als Glücksmensch am hellen Djup.

Von Frau Sigurfljod ist zu berichten, daß sie in Grönland so von Geheimnissen umwittert war, daß sie nicht in die Reihen der vornehmen Frauen aufgenommen wurde; dazu trug bei, daß sie sich wie eine Riesin benahm und sich wie die Trollweiber in Felle hüllte; der Frau hing auch an, daß sie wegen Grausamkeit gegen ihre Geliebten aus vielen Ländern in die Verbannung getrieben worden war, bis sie schließlich in einer Trankocherei auf einer Landzunge festsaß. Und obwohl sie Mangel an allen Dingen litt, welche die Wohlfahrt der Menschen ausmachen, und keine Kleider besaß, wie sie die dortigen Nordländerinnen aus Wolle herstellten, so wurde in Grönland doch offen davon gesprochen, daß sie ihre und des Sklaven Arbeitserträge dazu verwendete, sich Wertsachen zu kaufen, und daß sie eines Tages ein Schiff nach den nordischen Ländern besteigen würde, um ihre alte Heimat aufzusuchen.

In heiligen Schriften ist zu lesen, daß ein Mensch, der sein Fleisch an irgendeinen Ort fesselt und dem alles rundherum ein einziger Garten voller Früchte und Rosen zu sein scheint, eines Tages, wenn er lustwandelt und näher hinsieht, erkennt, daß der Garten nur eine glühende Wüste ist, wo es weder Wasser noch Schatten gibt, mit steinigem Boden, so daß kein Sperling auch nur einen Schnabel voll Nahrung findet. Doch ob eine solche Erkenntnis allmählich kommt oder eines Tages plötzlich den Menschen überfällt, darüber verlautet in diesem Büchlein nichts.

Die kurzen Sommer Grönlands schienen kürzer oder ganz und gar zunichte geworden zu sein; und der Bauer, der einst am Djup wohnte, wo das Glück blühte, hörte seine Stimme zwischen kalten Felsen in Anavik fragen, wo in aller Ewigkeit keine Blumen wachsen werden: »Warum bin ich hier?«

Eines Morgens schlug er auf seinem und der Hausherrin Lager die Augen auf und erblickte an seiner Seite ein Ungetüm, größer und aufgedunsener als irgendein Geschöpf, das dennoch die Gestalt einer Frau gewonnen hatte; und beim Aufwachen kam es ihm vor, als ob er in unwegsames Gelände und auf Irrwege geraten sei, von wo aus kein Weg mehr zu den Menschen führte, geschweige denn zu Königen, und als ob alle Schiffe hinter ihm verbrannt seien. Vom Abgrund der Hölle schwebten seine Gedanken hin zu fernen Stätten, wo Könige Männern Ruhm bereiten; und als er sich erhob, kamen ihm die Worte auf die Lippen:

»Was mag König Olaf heute seinen Skalden sagen?«

Sie wachte auf und fragte: »Was kümmert es dich?«

»Wird sich der König nicht wundern«, sagte er, »weshalb ich mein Gelübde nicht erfülle? Die Rache für Thorgeir verzögert sich, und mein Gedicht über den Helden und den König läßt auf sich warten.« X

E 1.Sp
8K

»Willst du also, daß ich dir nicht länger alles zugleich bin, die Rache für Thorgeir und der Königsruhm?« sagte sie.

Er antwortete: »In letzter Zeit bin ich abends bekümmert schlafen gegangen, und das deshalb, weil ich weiß, daß du eine Frau bist, um derentwillen ich das nicht beachte, was ich beachten sollte, und von dem es in alten Weistümern heißt: die Sache des Königs und des Things.«

»Was gehen dich dumme Könige und ihre unnützen Geschenke an«, sagte sie, »oder das Geschwätz der Bauern auf dem Thing?«

»Wir Skalden dürfen nicht einen Tag lang vergessen«, sagte er, »daß Helden Könige machen und daß Könige über Länder verfügen.«

»Verfüge ich nicht über dich, Skalde?« sagte sie.

»Ungerächt ist dennoch Thorgeir, mein Schwurbruder, obwohl du verfügst; und ein erbärmlicher Besitz ist es, über den du verfügst, solange ein so notwendiges Werk nicht getan ist. Ich werde nicht mit erhobenem Haupt vor König Olaf Haraldsson treten können, ehe nicht diese Tat vollbracht ist.«

»Nichts kommt dabei heraus, wenn du dich lieber von diesem König für Hunde und Raben in Stücke hauen läßt, als in dem Reich zu wohnen, das mir gehört«, sagte sie.

Er sagte: »Umsonst habe ich die Frau in Island verlassen, die mehr als andere Frauen den Glanz der Sonne hatte, und meine kleinen Töchter, die ich nach dem Mond und dem Abendstern benannte, wenn ich hier bis zum Lebensende in einer öden Hütte mit Tran beschmiert liegen und mich von Füchsen und Tang kümmerlich ernähren soll. Schlimm ist ein tatenloses Leben, doch weit schlimmer ein ruhmloser Tod, und ich will wahrlich alles daransetzen, die Mörder Thorgeirs aufzuspüren und zu töten, und danach im Dienst des Königs den Tod finden, der einem Skalden geziemt, gemäß dem mir bestimmten Schicksal.«

Sie sagte: »Mir gehört ein größeres und besseres Reich in Norwegen als Olaf Haraldsson.«

»Was für ein Reich?« sagte er.

»Das Reich, das sich auf mehr und trefflichere Helden stützt, die für mich kämpfen würden, wenn ich es will.«

»Das ist mir neu«, sagte er, »daß Helden bereit sind, für dich zu kämpfen, ausgenommen der Sklave Lodin«.

»In meinem Bett sind drei gewundene Narwalzähne versteckt«, sagte sie, »und ich hatte die Absicht, mit zweien die Überfahrt für Lodin und mich nach Norwegen zu bezahlen; mit dem dritten wollte ich uns eine Heimstätte im Fjordbezirk im Norden schaffen, wo ich geboren bin; dort hat sich mir im Traum ein Saal auf der Heide gezeigt. Es ist gewiß wahr, daß Lodin, mein Sklave, der Mann ist, der sich mir mit größter Treue in Liebe verbunden hat, und seine Anhänglichkeit und Geduld sind mir um so sicherer, je schlechter ich zu ihm bin, und am sichersten, wenn er das Schlimmste von mir erfährt. Ohne viel Worte zu machen: Ich habe nie einen besseren Mann als ihn gehabt, noch werde ich je einen besseren bekommen. Nun möchte ich dir anheimstellen, Thormod, hinauszugehen und den Sklaven Lodin zu erschlagen, und dazu werde ich dir Waffen geben. Dann werden wir beide, ich und du, heim nach Norwegen fahren, und dort wirst du erproben, auf was für Säulen mein Hochsitz auf der Heide ruht. Dann sollst du aus meiner Zauberkunst Nutzen ziehen und der berühmteste Held im Norden werden.«

Er sagte: »Ich will nichts, was mit Zauber erkauft ist, sondern nur das, was ich mit kämpferischer Kraft und Kunst erringe; ich will in der Schlacht eines Königs fallen, der Völker regiert, und nicht durch Zauberei oder andere Abscheulichkeiten siegen, wo immer es auch sei.«

Sie sagte: »Wahrlich wird mir jener König tot zu Füßen liegen, und du sollst nur erlangen, was ich dir erkaufe; wohl ist es wahr, daß ich keine Schildmaid von der Art bin, die ihr zu euren Küchenmägden macht, sondern ich bin wahrhaftig die Frau, die in der Unterwelt wohnt; um meinetwillen sollen alle eure lichten Schildmaiden zu Witwen werden und alle Könige fallen, denen ihr am meisten vertrautet; und wenn du auch bis an das Ende der Welt gehst, wirst du nur mir allein begegnen.«

An dem Tag war die Frau recht bedrückt. Am Abend rief sie den Sklaven Lodin herbei und befahl ihm, sein Lager bei ihnen in der Hütte aufzuschlagen.

Am nächsten Morgen, als Thormod aufgestanden und hinausgegangen war, sah er auf den Herdsteinen draußen vor der Tür zwei Waffen liegen, sein Schwert und das Messer Lodins, dieselben, die Frau Sigurfljod damals an sich genommen hatte. Ohne ein Wort nahm Thormod Kolbrunarskalde sein Schwert vom Herdstein und ging fort.

Einundvierzigstes Kapitel

Jetzt wird etwas ausführlicher von dem Volk berichtet, dessen Angehörige Inuiten heißen und das in Grönland Wohnstätten in den nördlichsten Fjordenden und auf Landzungen, auf Schären und Inseln besitzt. Gleich wenn das Land vom Meer aus ansteigt, erheben sich dort Hochgletscher, manche behaupten, bis nach Schweden, dem kalten, im Norden; doch menschliches Leben gibt es nicht. Man sagt, daß der Name, den dieses Volk sich selbst gegeben hat, dieselbe Bedeutung besitzt wie bei uns das Wort Mensch. Die Inuiten gehören zu den friedfertigsten und glücklichsten Menschen, von denen je in Büchern die Rede war. Sie haben keine Herden und nutzen keine Ländereien zur Heugewinnung und zum Ackerbau, doch sind sie so große Jäger, daß ihnen kein Schuß danebengeht. Sie fangen Eisbären in Steinfallen, und Rentiere treiben sie entweder in Gehege und schlagen sie dort tot oder vom Land weg ins Meer hinaus und erlegen sie dort vom Boot aus. Sie töten diese Tiere hauptsächlich wegen der Haut und der Zunge und des Lendenstücks. Sie schießen Meeresvögel mit dem Vogelspeer, und Fische treiben sie in Flachwasser und schießen sie dann mit dem Fischspeer. Sie fahren viel mit Hunden auf dem Meereseis; und wenn sie auf ein Loch im Eis stoßen, legen sie auf den Rand faulige Schwimmblasen oder Seehundsleber, und wenn ein Hai den Köder holt, erstechen sie ihn mit einer Lanze. Sie tragen Kleider, welche die Nordländer für schändlich halten und welche sich nur für Trolle schicken, nämlich Felle, und am Körper haben sie Vogelbälge. Sie fahren auf Einmannbooten, die in nordischer Sprache Keiplar genannt werden und mit solcher Zauberkunst gebaut sind, daß ihnen kein Hindernis etwas anhaben kann; sie besitzen auch Schiffe, die aus Häuten gefertigt und mit Frauen in Hosen bemannt sind; und auch hier kennt man keinen Fall, daß ein solches Schiff auf Grund gelaufen oder untergegangen wäre. Und deshalb ist es sprichwörtlich, daß dieses Volk keine Kenntnis von der Kunst hat, im Meer zu ertrinken. Es wird auch berichtet, daß die Inuiten, obwohl es in diesem Land schwerere Unwetter gibt als in irgendeinem anderen bekannten Land, jedes Wetter für gut ansehen und sich bei dem Wetter am wohlsten fühlen, das jeden Augenblick umschlägt; in diesem Land treten Fröste von der schärferen Art auf, und dennoch zieht sich niemand Erfrierungen zu; dort herrschen lang andauernde Stürme mit Schneefall und gefrorenem Boden, und dennoch haben wir nie gehört, daß von diesem Volk jemand draußen umgekommen ist. Bei diesem Volk wird Erde nicht zu den Urstoffen gerechnet; doch das Feuer nennt es seinen besten Freund nach den Göttern, an die es am meisten glaubt; das sind der Mann, der den Mond regiert, und die Mutter des Meergetiers, die im Meer herrscht; sie hat nur eine Hand.

Es gilt als sicher, daß die Inuiten, obwohl sie große Schützen und Jäger sind, kein Menschenblut sehen können, ohne zu weinen; ihnen sind die Kräfte und Beweggründe unverständlich, die dazu führen, daß andere Völker sich mit dem Töten von Menschen befassen; ihnen sind die Werkzeuge unbekannt, die von Leuten in anderen Ländern bei ihren Mordgeschäften benutzt werden. Die Inuiten haben starkes blauschwarzes Haar und einen nicht gerade kleinen Mund. Als sie durch Jäger, die nach Süden gegangen waren, von den Bräuchen der Nordländer erfuhren, die nach Grönland gekommen waren, und als diese die ersten Totschläge an Inuiten begingen, da fielen die Inuiten von einem Erstaunen in das andere über ein so widersinniges und nie dagewesenes

Tun, und sie benannten die Nordländer nach der Tätigkeit, die allein ihnen an deren Wesen auffällig erschien, und gaben ihnen den Namen Mordmenschen oder Menschenmörder zum Unterschied von den wahren Menschen, den Inuiten. Und da den Inuiten Mord und Totschlag gänzlich unbekannt waren, kannten sie auch weder Rache noch andere Nachspiele, die zur Gerechtigkeit gehören.

Die Nordländer machten es sich zur Pflicht, die Inuiten anzugreifen, wo immer sie diese fanden, ob sie nun von ihren Wanderungen in Gruppen erfuhren oder einen Mann allein unterwegs antrafen; und wenn sie deren Hütten oder lederne Zelte auf einer Insel oder Landzunge sahen, dann legten sie Feuer an ihre Unterkünfte oder zerstörten sie auf andere Weise und hieben jedes Menschenkind nieder. Und weil die Nordländer helle Haut, farbloses Haar und blasse Augen hatten, verlängerten die Inuiten deren Namen und nannten sie das weiße oder ausgeblichene Mordvolk oder die bleichen Mordbrenner.

Die Inuiten wohnen nicht der eine hier, der andere dort, sondern schließen sich zu Jagdgemeinschaften zusammen; im Frühjahr ziehen die Jagdhorden die Küste hinunter nach Süden zu den Fangplätzen, verweilen jedoch selten längere Zeit an einer Stelle; Ende des Sommers gehen sie wieder nach Norden; und die Stellen, an denen sie vorübergehend ihre Zelte aufschlagen, nennen sie Kochplätze.

Kurze Zeit, nachdem Nordländer einen Kochplatz in Asche gelegt und die Inuiten, die sich nicht in Felsschründen versteckt hatten, erschlagen und deren Ausrüstung nach Kräften zerstört hatten, geschah es, daß ein schweres Unwetter über sie hereinbrach und etwas eintrat, das bei Inuiten nie eintritt: Ihr Schiff kenterte vor einer Landzunge. Und da die Nordländer in Grönland sich nicht durch Schwimmen zu retten vermochten, kamen alle um, die da unterwegs waren, außer einem Mann, und der war aus Island gekommen, Skalde Thormod Bessason. Er konnte gut schwimmen und hielt sich eine Weile über Wasser, bis ihn eine Woge auf ein Tangpolster am Strand spülte. Er konnte für sich nichts weiter tun als schreien. Wenig später legte sich der Sturm. Die Reste der Jagdgemeinschaft, welche die Nordländer heimgesucht hatten, flohen mit einigen Hunden in nördlicher Richtung, um sicherere Fangplätze zu suchen, und fuhren in den Booten, welche die nordischen Männer übersehen hatten, als sie brandschatzten. Und als Frauen um die Landzunge ruderten, war Geschrei aus dem Tangpolster zu hören. Da fanden die Inuiten den Skalden Thormod, durch Kälte und Nässe zu Tode erschöpft, und sein heilgebliebenes Bein war gebrochen. Da nun die Inuiten die Gerechtigkeit nicht kannten, retteten sie den Skalden Thormod, ihren Feind, vor dem Tod und behandelten seinen Beinbruch mit Gesang. Sie gaben ihm heißes Seehundsblut zu trinken und dazu einen abgehangenen Vogel mit Federn; sie ließen Hunde auf ihm schlafen. Dort im Tangsaum waren auch viele tote Menschen, die Gefährten Thormods, angetrieben worden; die Inuiten steckten ihnen Seehundsspeck in den Mund und trugen dann die Leichen auf Felsen. Und obgleich die Gutmütigkeit dieses Volkes ihr Wissen und ihre Kenntnisse übertraf, so war ihnen doch klar, in welcher Gefahr sie schwebten, wenn sich bei ihnen ein bleicher Mordbrenner aufhielt, auch wenn dieser Mensch sehr krank und mitgenommen war; sie glaubten zu wissen, daß er, sobald es ihm besser ginge, aufstehen und sie erschlagen würde. Und jedes Mal, wenn sie Nachtlager bezogen, ließen sie ihn bei den Hunden liegen und unter der Obhut der Männer, die diese Tiere versorgten. Wenn es dunkel wurde, bellten die Hunde laut, und einige bissen sich heftig; recht grämlich war die Kurzweil an solchen Stätten. Thormod glaubte zu wissen, daß er keine andere Wahl hätte, als bei seinen Gastgebern zu bleiben, in welche Fernen sie auch zogen, oder aber allein zurückgelassen zu werden, ein hilfloser Mann des Todes in dieser Einöde. Es war Ende des Sommers. Sie rüsteten sich zur Fahrt, trugen alles Gepäck, neugeborene Kinder und Hunde auf die Frauenschiffe; die Männer aber, die einigermaßen bei Kräften waren, fuhren jeder für sich in seinem Boot; sie ließen ihre Boote oft kentern, um den Frauen ihre Liebe zu zeigen, so daß der Kiel lange nach oben zeigte; das war feine Sitte.

Thormod fand es unerhört, mit welcher Gemächlichkeit die Leute hier weite Reisen unternahmen. Da achtete niemand auf die Tageszeit; alle zottelten weiter wie das Volk, das einem mitunter im Traum erscheint: keiner hatte es eilig, keiner trieb an. Thormod verfiel in Dämmerschlaf, wenn er die Leute so ohne Mühen vorankommen sah, als ob sie eher Kinderspiele trieben als notwendige Arbeit verrichteten; oft war schon der Abend nahe, wenn man die Schiffe zu Wasser gelassen hatte und zum Aufbruch bereit war. Dennoch schoben sie sich mit jedem Tag weiter nach Nordosten und entfernten sich von den Siedlungen der Nordländer. So kurz waren ihre Tagereisen, daß sie, wenn sie knapp um eine Landzunge herumgerudert und in den nächsten Fjord gelangt waren, meinten, sie wären für diesen Tag weit genug gefahren. Die Frauen ruderten an Land, nahmen das Gepäck, Kinder und Hunde sowie Thormod Kolbrunarskalde aus den Booten, die sie mit dem Rücken auf den Strand schoben und abstützten, zelteten und bereiteten umständlich das Essen und verbrachten dann die Nacht dort; oder sie ruderten nahe der Küste weiter in den Fjord hinein auf dessen Ende zu; nach kurzer Fahrt jedoch nächtigten sie. Dieses Volk hielt sich stets unter Land und fuhr nie geradenwegs von Landspitze zu Landspitze; Seefahrt war ihnen unbekannt. Wenn sie nach tagelanger Fahrt das Ende eines Fjords erreicht hatten, begann auf der anderen Seite an der Küste entlang eine neue Fahrt. Wenn sie Jagdbeute machten, blieben sie einige Tage an demselben Kochplatz. Es kam vor, daß sie alle ihre Schiffe mit Gepäck über eine Landzunge hinter einer Bergkuppe in den nächsten Fjord zogen oder trugen. Die Frauen stellten am Kochplatz Zelte auf und benutzten ihre Ruder als Zeltstangen. Einige Männer forschten in der Gegend nach Füchsen und Hasen oder versuchten, einen Moschusochsen auszumachen; andere richteten ihr Augenmerk auf die Tiere des Meeres: Seehunde, Wale, Walrosse und Eisbären. An verschiedenen Stellen hatten sie Schuppen mit Vorräten, und am Kochplatz ließen sie stets einen Wal oder Seehund zurück, um auf jeden Fall etwas zu haben, wenn sie wiederkämen, sie oder andere Jägerhorden; doch Zähne und

Häute nahmen sie mit, auch viel Speck. Wenn sie unterwegs anderen Horden begegneten, herrschte große Freude, und alle blieben einige Tage und kochten Seehundsspeck, sangen ei und i und bereiteten sich ein Fest.

Es war ein großes Ereignis für die Jägerhorden, daß eine Gruppe, die nach Süden gezogen war, Thormod Kolbrunarskalde in ihrem Gepäck hatte. Dort hatte noch nie jemand einen bleichen Menschenmörder zu Gesicht bekommen; einige fragten, was für ein Geschöpf das sei und warum er bei den Hunden gehalten würde. Die anderen gaben über den Skalden Thormod die Auskunft, daß er vom Stamm der ausgeblichenen Inuiten wäre, jener, die außer Mord keine Tugend anerkennen; weiter erzählten sie, daß ein bleiches Mordvolk zu ihren Fangplätzen im Süden gekommen sei und alle Leute erschlagen habe, die es erreichen konnte, darunter einige Männer, die mit großer Kunst Hunde lenkten, und Frauen, die von allen am besten Speck ausließen. Es pries nun jeder sein großes Glück, daß ihn der Mann im Mond und die Mutter des Meergetiers vor einer Bekanntschaft mit den Bleichgesichtern bewahrt habe, die über die Kunde hinausging, welche weise Männer über sie in Gedichten zu vermelden wußten.

Thormod lag nachts bei den Hunden an verschiedenen Orten am nördlichen Ende der Welt, wo der Tod zu Hause ist; sein Leben war recht trostlos, und die Mörder des Kämpen Thorgeir Havarsson waren von seinen Waffen so weit entfernt wie je. Manche Stunde erfüllte die eine Sehnsucht seine Brust, den Tag erleben zu dürfen, wenn er auch jetzt weit entfernt zu sein schien, an dem er den mächtigen König aufsuchen würde, dem Thorgeir gedient hatte und der jetzt in Ehren über Norwegen herrschte. Und obgleich die Rache, die ihn dessen wert machte, vor den König zu treten, in weite Ferne rückte, trachtete er danach, einen solchen König mit einem Gedicht zu lobpreisen, das die Menschen durch die Jahrhunderte im Gedächtnis bewahren würden. Und wenn sich auch die Rache verzögerte, so schien es dem Skalden doch, daß es dafür in den Augen des Königs eine gewisse Entschuldigung gäbe, da er doch eine so weite Fahrt unternommen hatte, um die Mörder des Kämpen zu suchen; er bemühte sich, sein Gehör unempfindlich gegen das unaufhörliche nächtliche Gebell der Hunde zu machen, indem er König Olaf im Geiste verherrlichte und ihn wegen seiner Helden pries und sich jene Stunde vorstellte, in der er als Skalde in den Königssaal treten und sich vor seinem Herrn verneigen würde. Und während er diese Gedanken hegte, wuchs sein gebrochenes Bein zusammen, jedoch schief; er konnte schlecht damit gehen, zumal er nach dem Steinhagel auf dem Ögurberg auf dem anderen Bein lahmte.

Als sie einige Wochen lang nach Nordosten gezogen waren, kamen sie in schwieriges Gelände, wo Gletscher zwischen nackten Berggipfeln hinab ins Meer schreiten. Das Wetter wurde immer schlechter, und die Inuiten, durch Stürme aufgehalten, warteten oft tagelang; doch schließlich gelangten sie dorthin, wo sie zu Hause waren und ihre Wohnstätten hatten, steinerne Hütten auf Landzungen; einige hatten aus Steinen aufgeschichtete Dächer, andere hatten Walbarten als Dachsparren, zwischen denen Häute gespannt waren. Hier warteten ihre Daheimgebliebenen, alte Leute und Kinder, und eine Menge Hunde. Nun trugen sie ihre Schiffe an Land und fetteten sie sorgfältig sein; sie befestigten sie auf hohen Gerüsten, damit die Hunde sie nicht benagen konnten, dann überholten sie Häuser, Zelte, Schlitten und andere Ausrüstung für den Winter. Im Winter ist es bei ihnen Brauch, im Mondschein mit Hunden über eisbedeckte Fjorde bis weit aufs Meer hinauszufahren, um Seehunde zu fangen, wenn es das Wetter gestattet; an Seehunden und Walrossen hatten sie mehr Freude als Menschen anderswo. Einige beschäftigten sich damit, Tang auf die Unterkünfte zu tragen und danach Schnee; andere kleideten sie innen mit Häuten aus und stellten Feuergerät und Leuchten auf, denn es fehlte nicht an Speck und Tran als Brennstoff. In diesem Land leuchtet im Winter der Mond und nicht die Sonne, und deswegen gilt der Mann im Mond dort als der trefflichste Mensch; nach und nach verschwand aus den Tagen alles Licht der Sonne, bis es so weit war, daß man mitten am Tage nur für kurze Zeit die Hand vor Augen schimmern sah.

Um diese Zeit hatte Thormod Kolbrunarskalde das Vertrauen der Hunde gewonnen, so daß diejenigen von ihnen, die anfangs grimmig gegen ihn gewütet hatten, sich nicht mehr ganz so gebärdeten, als wollten sie ihn in Stücke reißen. Zugleich stieg sein Ansehen bei den Leuten, so daß sie ihm den ersten Platz unter den Tieren einräumten, die sich in der Obhut der mit ihrer Pflege beauftragten Ehrenmänner befanden. Sie zogen ihm warme Jacken und Hosen aus Seehundsfell an und gaben ihm Häute zum Zudecken und verwahrten ihn in einer Hütte, die bestimmt war für trächtige Hündinnen und altersschwache Hunde, die klug und so treu waren, daß es niemand übers Herz brachte, sie zu töten. Für kräftige Hunde wurden Schneehütten gebaut, oder man ließ sie im Freien einschneien; die Tiere wurden mit Stricken aus Tangstielen aneinandergebunden, denn das waren die einzigen Stricke, die sie nicht abfraßen. Und wenn es einige Tage hintereinander geschneit hatte, war es die Aufgabe der Menschen, die Hunde aus dem Schnee auszugraben und sie zu füttern. Einem so trefflichen Skalden wie Thormod schien das Leben gewiß recht langweilig, da er nichts hörte als das Brausen des Sturmes und das Gekläff der Hunde und auch am Tage kein Licht sah. Er hätte geglaubt, tot und in Nebelheim zu sein, hätte nicht vor seinem geistigen Auge das herrliche Bild König Olaf Haraldssons gestanden, des Herrn beider Schwurbrüder, und der Zukunftstraum, eines Tages wirklich ein Königsmann zu werden.

Zweiundvierzigstes Kapitel

Thormod Kolbrunarskalde verweilte also an diesem Ort, recht gut verpflegt mit Seehundsspeck und Blut und abgehangenen Vögeln, die dort mit dem Gefieder verspeist werden – und Schneehühner mit dem Kropf; doch hatte er lange Zeit keinen Umgang mit Menschen, denn die Inuiten hegten die Befürchtung, er würde sie gemäß dem Brauch seines Volkes umbringen, wenn er bei ihnen wäre. Oft vertrug er jedoch das

Essen nicht und war krank. Da geschah es eines Morgens bei kaltem Wind, wie er in Grönland häufig ist, daß er im Hundelager davon aufwachte, daß an seiner Liegestatt ein Mann mit seiner Tochter saß; sie machten Musik mit ei und i und einer Trommel; sie waren gekommen, um ihn zu besuchen, und bewirteten ihn mit heißer Seehundsleber, welche die Inuiten für einen besonderen Leckerbissen halten. Und nachdem sich Vater und Tochter der Gefahr ausgesetzt hatten, bei einem Menschenmörder zu singen und ihm etwas Gutes zu kochen, und er den Gesang angehört und den Leckerbissen gegessen hatte, da änderte sich das Verhalten der Jagdgemeinschaft gegenüber dem Gast sichtlich, und viele, die ihn nicht mehr beachtet hatten als einen Windhauch, schnitten ihm zum Zeichen ihres Wohlwollens ein Stück von ihrem Essen ab und richteten ihren Blick auf ihn. Am Abend wurde er in eine der Hütten geführt; es war ein Raum für sieben Familien, und hier wohnten dreißig Menschen bei Tag und Nacht. Da kam ihm das Mädchen entgegen, das ihn am Morgen mit einem Leckerbissen und mit Musik geweckt hatte, begrüßte ihn freundlich und bat ihn, sich zu setzen und sich mit anderen Menschen zu vergnügen. Dieses Mädchen hieß Luka. An dem Abend wurde nicht gerade wenig zur Trommel gesungen. Es schien nun so, als habe die Jagdgemeinschaft dem bleichen Mann die schlechte Nachbarschaft vergessen, die sein Volk ihr zuvor erwiesen hatte, und als man sich zur Nacht rüstete, wurde Thormod nicht mehr angewiesen, bei den Hunden zu schlafen, sondern er wurde eingeladen, in einen wunderschönen, bestickten und mit farbigen Lederperlen besetzten Schlafsack zu kriechen. Dann trat das Mädchen Luka hinzu und kroch zu ihm in den Schlafsack. In jenem Land benutzten eitle Mädchen gern Harnlauge zur Kopfwäsche und zu anderer Reinhaltung und wurden sorgfältig mit den Salben eingesalbt, die die Nordländer als Tran bezeichneten. Thormod Kolbrunarskalde ließ die Dinge auf sich beruhen.

Doch am nächsten Abend, als das Mädchen wieder zu ihm in den Schlafsack kroch, drehte er sich um und begrüßte sie nicht; und am dritten machte er sich so breit, daß sie nicht hineinkriechen konnte. Sie ging zur Wand und weinte. Ihm kam das sehr sonderbar vor. Andere Frauen gingen zu ihr und versuchten, sie zu trösten, und die Ehrenmänner, welche die Trommel schlugen, begannen laut ei und i zu singen und beugten sich nach vorn und weit nach hinten; einige drückten ihren Kopf gegen die Knie, während sie sangen. Der Inhalt des Liedes war, daß der bleiche Mordbrenner die Tochter eines Menschen nicht in seinem Bett haben wolle, daß der hochmütige Gast eine speckreiche Jagdgemeinschaft verschmähe; so wurde guten Menschen bitterer Kummer bereitet, eia, schämst du dich nicht, daß die Kiemen des an Land geworfenen Salms zittern, der eben noch mit Schwanzschlägen gesund im Strudel schwamm; eia, eia. Da standen alle, die schon schlafen gegangen waren, von ihrem Lager auf und stimmten traurig und schmerzlich klagend in den Gesang ein. Schließlich traten einige Männer vor und erboten sich, dem bleichen Mann ihre unverheirateten Töchter als Beischläferinnen zu leihen, wenn sie ihm tauglicher als dieses Mädchen erschienen; es gab auch welche, die ihm ihre Frauen leihen wollten, falls diese selber dazu bereit wären; und Luka sollte den Mann bekommen, den sie wollte. Doch als Thormod andere Frauen erblickte und zu wissen meinte, daß sie nicht anders riechen würden als das Mädchen Luka und daß der, welcher in einer Jagdgemeinschaft nicht mit einer Frau leben wolle, bei den Hunden liegen und mit Flohstichen aufwachen müsse, da hielt er es für das beste, sich der allgemeinen Pflicht zu unterwerfen, und sagte schließlich, daß das Mädchen Luka doch mit ihm in dem Sack schlafen solle, den sie selbst mit ihren Zähnen weichgekaut und außerdem mit herrlichen Perlen verziert hatte. Er sah ein, daß eine Frau, die einen so vortrefflichen Schlafsack besaß, in einer Jagdgemeinschaft sicher hoch angesehen war. Über diese Antwort war das ganze Volk froh, und jeder pries, so laut er konnte, den Mann, der den Mond zu seinem Kochplatz gemacht hatte; einige aber priesen die einhändige Mutter des Meergetiers. Das Mädchen wandte sich von der Wand ab, an der sie geweint hatte, zuerst mit gesenktem Blick, und wischte sich mit dem Handrücken die Tränen ab, dankbar dafür, daß er andere Frauen wirklich abgewiesen hatte, und wurde doch von Schluchzen geschüttelt. Und Thormod wurde weich, weil er eine Frau vorfand, die ihr Glück mit Tränen maß, wo er sich doch vordem von den tränenlosen Frauen getrennt hatte, welche von allen Frauen in nordischen Landen die hehrsten waren und im Felsen von Horn mit seinem Lebensei gespielt hatten. Er sagte, es mache wenig aus, was die Völker als Wohlgeruch ansähen. »Was dem einen Volk Wohlgeruch ist, ist dem anderen Gestank, und darum soll diese mein Gespons sein.«

Und die Zeit verging.

Nachdem Thormod Kolbrunarskalde aus den Siedlungen der Nordländer in diesen Zipfel der Welt verschlagen worden war, schien es ihm sonderbar, daß an Orten, wo er früher gelebt hatte, schlechte Jahre mit Hunger und Klagen, Tod und Viehsterben die Menschen bedrückt hatten, während hier, nördlich der Grenzen menschlichen Lebens, Überfluß an allen Dingen herrschte, die ein Volk zu den Glücksgütern zählt: Werkzeuge und Geräte, Häuser und Schiffe, Kleider und Schuhe, reichliches Essen, Nahrung für Licht und Feuer ohne Ende. Bei den Nordländern im Süden des Landes entstanden wenig Gedichte; die Skalden waren unbedeutend und ohne Schwung; doch hier waren die Gedichte lang und alle Leute Skalden; und wenn einer anfing und ihm ein Kehrreim auf die Lippen kam, stimmte die ganze Horde ein und hörte an dem Tag nicht mehr auf. Die Nordländer im Westen des Landes waren wegen der Unwetter zu Wasser und zu Lande in steter Lebensgefahr, doch hier zeigten harte Winter mit langen, schweren Stürmen und eisigen Frösten den Menschen keinen solchen Stachel; die Inuiten saßen dann im Kreis um den Specksteinkessel und waren mit ihrem Dasein nie zufriedener, als wenn ihre Häuser gänzlich eingeschneit waren, so daß in der Schneedecke unter dem Mond mit seinem Hof keine Spur von ihnen zu sehen war; nur mußten kräftige Männer sich ab und zu durch die Schneedecke schaufeln, um einen Abzug für den Rauch zu schaffen. Ihre Lampen brannten Tag und Nacht. Und in den Unterkünften der Inuiten herrschte unter dem Schnee eine solche Wärme, daß alle am Tag nackt umhergingen, nur daß sie um die Mitte eine kleine Fellschürze trugen. Da hatte jedermann eine Arbeit vor; die einen waren mit der Essensbereitung und mit Saubermachen beschäftigt, andere schnitten Stein und machten Gefäße oder bearbeiteten Knochen und fertigten Harpunen und andere Spieße an; wenn sie etwas herstellten, brauchten sie dazu keine Schneideisen, sondern schabten einen Knochen mit einem härteren Knochen; statt Nägel hatten sie Riemen, um ihr Werkstück zusammenzuhalten; wieder andere bearbeiteten Felle für Kleider mit Knüppeln oder Schabern oder mit den Zähnen; Frauen nähten Vogelbälge zu Unterkleidern zusammen, Walsehnen dienten als Faden, Hasenzähne als Nadeln; es gab auch Männer, die ständig Natureisen kalthämmerten, doch gab es an diesem Ort keinen Menschen, der auf Waffenruhm oder Fürstenherrlichkeit bedacht gewesen wäre. Und obwohl sich Thormod hier bei einem Volk befand, das friedlich und unter sich einig wie kein anderes war; und obwohl keiner dem anderen etwas zuleide tat, sondern ein jeder seines Nächsten Freund und Helfer war, und nur der Furcht erregte, der sich absonderte; und obwohl diese Leute in Glück und Wohlstand in einem Land lebten, das den Nordländern nur Not und Tod brachte; und obwohl dieses Volk über jede Fertigkeit verfügte, die man notwendigerweise besitzen muß, um in diesem Land sich eines guten Lebens zu erfreuen; und obwohl ihm alles Glück geschenkt war, das dem Speck entströmen kann und das viel sicherer und begehrenswerter ist als jenes, das aus dem Gold erwächst – so war doch dieser seltsame Gast, der sich nun endlich bei einem Volk aufhielt, das in seinem Land wahrlich seines Glückes Schmied geworden war, von alledem wenig erbaut. Und wenn Thormod Hand anlegen wollte, um sich in irgendeiner Arbeit zu versuchen, bekam er das Gerät oder Werkzeug, das man dort zum Werken oder zur Kunstfertigkeit benutzte, nicht in den rechten Griff, und doch war ihm, als er noch am Djup wohnte, alles spielend von der Hand gegangen. Die Sprache der Inuiten verstand er in derselben Weise, wie Hunde den Klang der menschlichen Sprache aufnehmen. Und wenn das Volk sich im Kreise hinsetzte, um seine Gedichte aufzusagen, und jedes Menschenkind sein Scherflein dazu beitrug, dann verschloß der Skalde seine Ohren vor ihrem Vortrag, so fest er konnte; er hielt alles für unbedeutend, was dieses Volk bedichtete, das, soweit man wußte, niemals Ruhmestaten vollbracht hatte; doch schien es ihm an Schwachsinn alles zu übertreffen, daß diesem Volk nie in den Sinn kam, welch vorzügliche Sache es ist, kraftvollen Herrschern und Königen oder anderen Großen untertan zu sein, die durch Siege in Schlachten oder durch bedeutende Eroberungen sich vor anderen auszeichnen, oder auch dadurch, daß ihnen Helden und Skalden Gefolgschaft leisten; auch kam ihm eine Bevölkerung sonderbar vor, in der es keine angesehenen Bauern gab, welche die Rechte der kleineren beschnitten. Er hat selber gesagt, daß ihn, als er bei diesem Volk weilte, Tag und Nacht nur der eine Gedanke bewegte, wie bedauerlich es sei, daß frei geborene Helden und Skalden sowie deren Könige nicht über die nötige Macht verfügten, ein so dummes und leidiges Volk auszumerzen.

Es wird berichtet, Thormod Kolbrunarskalde habe sich an diesem Kochplatz daran gewöhnt, heiße Seehundsleber zu essen. Doch erregte es ziemliches Mißfallen, daß Frau Luka dem bleichen Mann mehr Leckerbissen brachte, als andere Ehemänner in der Jagdgemeinschaft von ihren Frauen erhielten, oder daß sie ihn fütterte, während andere Männer ohne Hilfe essen mußten. Es wurde daher ein kluger Mann, der sich etwas auf den Mann im Mond verstand, zu den Eheleuten geschickt, um Thormod zu eröffnen, daß in einer Jagdgemeinschaft keine Frau ihren Mann mehr lieben solle, als andere Frauen ihre Männer liebten. Es gefiel der Horde auch nicht sehr, daß der bleiche Mann ständig trübselige Sprüche vor sich hin summte, wenn alle anderen sangen, und man wollte den Grund dafür wissen. Thormod sagte, es sei nur recht und billig, daß ihm mehr Seehundsleber zuteil werde als allen anderen, da er ein Mann Olaf Haraldssons sei, des trefflichsten Königs im Norden, und um seines Schwurbruders willen sei er diesem König ergeben und singe stets dessen Lob, gleich, was andere Leute sängen. Von dieser Rede verstanden die Inuiten kaum etwas; sie waren in der Länderkunde nicht ganz zu Hause und hatten noch nie etwas von Königen und Helden gehört, »oder«, fragten sie, »kann dieser Olaf vielleicht Hunde besser lenken als andere Männer?«

Nun währte dieser Winter ebenso lange wie andere; die Nacht begann zu schrumpfen, und Männer mit einer feinen Nase verkündeten, daß jetzt die Mutter des Meergetiers aus den fremden Meeren, wo sie ihren Kochplatz hatte, Tauwind zum Lande hauchte. Und als die Sonne ihre hellen Himmelshunde am Südrand des Gletschers entlanglenkte und der Mann im Mond, der Wächter der Mitternacht, schlafen gegangen war, da weckten die Leute ihre irdischen Hunde, kratzten den Schnee von den Kufen und fuhren los, um die Gaben zu holen, welche die einhändige Frau auf dem Eisrand bereitgelegt hatte.

Thormod blieb zu Hause in der Hütte und hatte größere Ruhmestaten im Sinn, als Seehunde und Walrosse zu erlegen. Und als ihm die Zeit allzu lang wurde, vertrieb er sie sich damit, Frauen zu verführen, die dort in der Hütte arbeiteten, während die, welche ihm nach Recht und Gesetz angetraut war, draußen auf dem Eis war. Dieses Verhalten rief Unzufriedenheit unter den Leuten hervor; die Frauen wurden aufeinander eifersüchtig, denn viele wollten gleichzeitig mit diesem ausgeblichenen Menschenmörder schlafen; die Männer waren tief betrübt, weil die Ehre verlorenging, die zu tragen sich für Frauen geziemte; es kam so weit, daß Frau Luka ihre Schwester, Jungfrau Mamluka, eines Abends unter dem Fell des Menschenmörders entdeckte. Und als Luka Mamluka unter dem Fell entdeckt hatte, wollte sie das Mädchen aufscheuchen, doch aus Gründen der Liebe wollte das Mädchen nicht aufstehen; da setzte sich die Frau an die Wand und brach in Weinen aus. Ihre Mutter kam hinzu und hockte sich neben sie und schluchzte aus Leibeskräften, und dann folgten die verwandten und verschwägerten Frauen, und es erhob sich ein lautes Geweine; aber das Mädchen wollte dennoch nicht unter Thormods Fell hervorkommen.

Es war Brauch bei den Nordländern, daß die Männer für vogelfrei galten, die Frauen anderer Männer verführten; doch, wie schon gesagt, dieses Volk kannte so etwas nicht. Hingegen gilt als sicher, daß, wenn auch die Inuiten niemals Rache übten, es bei ihnen doch eine unsühnbare Schuld gab, schlimmer als alle anderen Verbrechen, nämlich wenn ein Mann ohne Grund von seiner Frau ging und sie in Kummer zurückließ und sich vor ihren Augen mit einer anderen abgab. Auf dieses Verbrechen standen schwerere Strafen und härtere Bußen als auf jede andere Missetat, die sich in einer Jagdgemeinschaft zutragen konnte. Diese schreckliche Strafe besteht darin, daß man eine Schneeammer greift und ihr in den Schnabel pustet; damit bläst man sein Mißfallen an der begangenen Tat von sich; dann läßt man den Vogel dort frei, wo der Übeltäter wohnt, und alle Leute gehen fort. Von dem Tag an hat niemand mehr einen Blick für den Verbrecher, und er ist ausgeschlossen aus der Jagdgemeinschaft; er soll von da an allein sein. Und wer allein ist, ist ein toter Mann.

Die Zeit rückte heran, zu der man sich aufmachen und auf Sommerbeute ausgehen mußte; die Nächte wurden schon hell. Da wurde man eines Abends gewahr, daß sich ein Vogel in die Hütte verirrt hatte und in der Angst seines Vogelherzens mit den Flügeln gegen das Dach schlug. Das Erscheinen des Vogels ließ alle verstummen. Die Leute wurden von Furcht gepackt, standen eilends auf und verließen die Hütte; es entfernte sich auch Thormods Verwandtschaft, Frau und Schwägerin und die ganze Sippe sowie die anderen Frauen, die mit dem Gast befreundet gewesen waren; jeder nahm mit, was er gerade in der Hand hatte, und Thormod blieb allein im Hause zurück, mitsamt dem Vogel. Er blieb eine Weile sitzen und horchte, wie der Vogel mit seinen Flügeln von innen gegen das Dach schlug; er erwartete, daß die Horde wieder zurückkäme; doch das geschah nicht. Schließlich stand Thormod auf und öffnete dem Vogel die Tür; dieser flog, wie ihn gelüstete, den Weg, den der Mann im Mond und die Mutter des Meergetiers den Vögeln weisen. Thormod ging nun hinaus und rief, der Vogel sei fortgeflogen, doch niemand achtete darauf. Die

Nacht hindurch war es schon hell genug zur Arbeit. Auf dem Harsch um die Winterwohnungen war alles auf den Beinen; er glaubte zu sehen, daß man sich in dieser Nacht zum Aufbruch rüstete. Doch wenn er jemanden mit den Worten ansprach, die er von der Sprache der Inuiten gelernt hatte, traf er auf taube Ohren. Und wenn er jemanden berührte, um sich bemerkbar zu machen, ging der Betreffende schweigend fort; niemand sah zu Thormod hin, als wäre er unsichtbar. Es erging ihm wie vielen Männern; als ihn die Geliebten im Stich ließen, suchte er Schutz bei seiner Frau. Er ging dorthin, wo Luka arbeitete, und fragte, warum er kein Essen bekäme. Aber seine Frau sah und hörte ihn nicht; und als er sie anstieß, bekam sie einen Schreck, als ob plötzlich etwas Schmutziges vom Himmel gefallen wäre, klopfte sich eilends ab, ging fort und versteckte sich hinter mit ihr nicht verwandten Leuten. Niemand forderte ihn auf, sich fertigzumachen und sich den anderen anzuschließen. Und als die Leute ihre Habe beisammen hatten, zogen sie mit ihren Schlitten und Schiffen über das Eis in Richtung auf das Meer. Als er das Hundegebell und das Knarren der Schlitten aus immer größerer Ferne hörte, da begriff er, daß er ein toter Mann war. Er blieb die ganze Nacht wach und überlegte, was er unternehmen könnte, um sein Leben wiederzuerlangen. Als er am Morgen aus der Hütte trat, geschah es, daß die alten Leute, die im Winterlager geblieben waren, ihn weder kannten noch sahen, sondern vorbeiglitten wie Schatten; und auch für die Daheimgebliebenen, die sich an diesem Kochplatz den Sommer über um Hunde und Hausrat kümmern sollten, war er unsichtbar; ihm kam der Verdacht, daß in der Schar auch einige Leute waren, die aus irgendeinem Grunde selber Ausgestoßene und sozusagen tot waren. Die Hunde, die ihn früher im Winter gekannt hatten, wenn er ihnen Futter brachte, beschnupperten ihn nicht mehr.

Am nächsten Abend, als er in der leeren Hütte allein unter ein schlechtes, zerschlissenes Fell kroch und am Tage nichts anderes zu essen gehabt hatte als Reste aus Abfallhaufen, da überdachte er das traurige Schicksal des Skalden, der einer der größten Helden und Frauenliebhaber war, die es je im Norden gegeben hatte; nicht einmal die Hunde witterten ihn, den nördlich der Welt lebendig Begrabenen. Als er so dalag und prüfte, welche Möglichkeit es gäbe, wieder zum Leben zu erwachen und den Ruhm König Olafs zu preisen, von dem er glaubte, daß er mehr Macht und Würde besäße als andere Könige, da hörte er heiseres Hundegebell und das Sausen von Schlittenkufen draußen auf dem Harsch und danach vor dem Eingang das Rascheln von Fellen, das immer entsteht, wo Inuiten umgehen; und jetzt wurde die Platte von dieser Grabesöffnung gehoben, und ein Mensch stieg hinein, dorthin, wo der Skalde tot dalag, setzte sich an das Kopfende seines Lagers und legte den Mund an seinen Körper, und er erkannte am Atem, daß es das Mädchen Mamluka war, sein Verbrechen. Sie zog aus ihrem Busen heiße Seehundsleber und reichte sie ihm. Er glaubte die Worte des Mädchens zu verstehen:

»Gewiß sind wir nach Süden gezogen, fort von deiner Leiche; doch als die Nacht gekommen war und wir unsere Zelte aufgeschlagen hatten und alle schlafen gegangen waren, da blieb ich wach und wußte nur das eine, daß ich zu dir zurückkehren mußte, obwohl du tot bist. Denn ich liebe dich so, daß ich lieber bei dir, dem Gestorbenen, sein will als ohne dich.«

Sie blieb eine Weile im Dunkel der Nacht bei dem Skalden, gab ihm Leber zu essen und wickelte ihn in einen warmen Pelz; dann ging sie fort. Sie hörte nicht, was er zu ihr sagte, antwortete dem toten Mann auf keine Frage, doch war sie ihm in so schmerzlicher Liebe zugetan, wie es sie nur bei den Frauen der Menschen gibt; und fort war sie. Man hält es für sicher, daß das Mädchen Mamluka in dieser Weise drei Nächte lang die Frau des toten Thormod Kolbrunarskalde gewesen ist, indem sie aus dem Zeltlager zu ihm zurückkehrte, wenn die anderen eingeschlafen waren. Doch in der vierten Nacht kam sie nicht wieder und nie mehr danach.

Dreiundvierzigstes Kapitel

Jetzt wollen wir mit unserer Geschichte für dieses Mal die kalten Gegenden der Trolle verlassen und in nordische Lande heimkehren und von Ereignissen berichten, die sich dort in diesen Jahren zugetragen haben. In wenigen Worten ist zu sagen, daß man König Olaf Haraldsson vom Thron gestoßen hatte und er vor seinen Feinden aus dem Land geflohen war. Es gibt viele Darstellungen über die Vernichtung seines Königtums auf Grund der Zeugnisse, die Helden und Skalden in isländischen Büchern erbracht haben, aber es ist nicht möglich, sie hier wiederzugeben. Doch ist nicht zu verheimlichen, was nach Ansicht kluger Leute dabei am schwersten wog, nämlich die große Unnachgiebigkeit und Querköpfigkeit, mit der die norwegischen Bauern König Olaf begegneten, wenn er auch eine Zeitlang bei guten Häuptlingen im Inland in Ansehen stand und Erfolge errang bei jenen, die er gekauft und sich auf irgendeine Weise ergeben gemacht hatte. Die Bauern suchten unablässig nach einer Gelegenheit, den König zu stürzen, und ebenso die Häuptlinge, die Bauer Sigurd Sau dazu bewogen hatte, ihn zu unterstützen. Die Norweger achteten König Olaf Haraldsson nie höher als einen Mordbrenner, den ohne Bußgeld zu töten nach dem Gesetz jedem in Norwegen freistand, dem Sklaven wie dem freien Mann.

Da nun Olaf der Dicke sich in seiner Jugend den Brauch der Wikinger zu eigen gemacht hatte, in fernen Ländern Kühe einzupökeln, verfiel er, als er König geworden war, schnell wieder in seine alte Gewohnheit und unternahm Raubzüge gegen seine Nachbarn; in einigen der Bezirke, welche die schwedischen Könige mit Erlaubnis der dänischen Könige in Norwegen besteuerten, ließ er Rinder, Schafe und Ziegen wie auch Pelze rauben. Aus solchen Taten erwuchsen zwischen ihm und den schwedischen Königen Streitigkeiten, die niemals ganz beigelegt wurden, auch nicht, nachdem er und die schwedischen Könige sich verschwägert hatten, und so bewahrheitete sich das Sprichwort: Die erste Tat wirkt lange nach. Die schwedischen Könige, die sich die Herren des

Reichtums von Uppsala nannten, Olaf Schoßkönig und nach ihm Önund, sein Sohn, dem die Priester den Namen Jakob gaben, sie schmiedeten ständig Ränke gegen Olaf Haraldsson. Wegen seiner Raubüberfälle erachteten sie ihn für einen Dummkopf und versuchten, ihn zum Narren zu halten; sie waren nie zorniger, als wenn ihn jemand in ihrer Gegenwart König nannte.

Es war die Gepflogenheit der schwedischen Könige, die dänischen Könige und die Norweger gegeneinander auszuspielen; die ersteren hielten sich für die Oberkönige in den nordischen Ländern, waren es in Wahrheit aber nur dann, wenn sie zu beiden Seiten schwache Könige als Nachbarn hatten, die einander in den Haaren lagen.

Olaf der Schwedenkönig fand es unerhört, daß um die gleiche Zeit, als sein Namensvetter Olaf der Dicke in den in Norwegen liegenden schwedischen Schatzlanden seine Leute erschlagen und Vieh und Pelze rauben ließ, ihn noch andere Nachrichten über den dicken Mann erreichten, die von nicht geringerer Vermessenheit zeugten.

Olaf der Schwedenkönig hatte viele Kinder; einige davon waren außerehelich oder Kebskinder. Der König hatte seinen Töchtern in Götaland reiche Güter mit Äckern, Wäldern und Seen geschenkt, und im Frühling schickte er seine Töchter stets dorthin, in Begleitung derjenigen seiner Dienstmannen, von denen er annahm, daß sie besser als andere geeignet wären, mit Frauen umzugehen.

Nun brachten zur gleichen Zeit vornehme Männer aus Norwegen, Freunde der Schweden, die während des Sommers die Königstöchter behüten sollten, es zuwege, daß Olaf Haraldsson heimlich nach Götaland ging, um in den weitläufigen und wildreichen Wäldern, die es dort gibt, zu jagen, und daß er auf dem Hof der Königstöchter um Übernachtung bat; es verlautete, daß ein Graf aus dem Römischen Reich eingetroffen sei, um sich zu vergnügen; zu seinem Empfang wurde ein vortreffliches Gastmahl bereitet. Zwei Töchter des Schwedenkönigs waren damals erwachsen, die eine hieß Ingigerd, eine lichte und großgewachsene Frau, die ein Schwanenkleid besaß und flog, wenn ihr danach zumute war, um das Schicksal von Menschen zu bestimmen; sie war die eheliche Tochter des Königs und die beste Heirat in den Ländern des Nordens. Die kebsgeborene Halbschwester Ingigerds hieß Astrid; sie hatte dunkles Haar, war, wenn sie wollte, in geistreichen Reden jedem überlegen, aber dennoch sehr übellaunig und nachtragend; sie war eine kluge Frau und eine gute Zecherin, doch hielt man es für nicht wahrscheinlich, daß sie eine große Heirat in ein anderes Land machen würde. Nach Meinung einiger Leute war sie zwergwüchsig.

Die Schwestern stimmten darin überein, daß dieser junge König keinen geringen Eindruck in einem Kreise machen würde, in dem Häuptlinge nach ihren Ruhmestaten beurteilt wurden, da er aus eigener Kraft emporgekommen war und sich Norwegen durch Tapferkeit unterworfen und an einem Morgen fünf Könige getötet hatte; sie zählten ihn zu den Männern, die wirklich hochadlig waren, obwohl man ihn in Uppsala Kuhsalzer nannte. Am Abend trank man nach feinster höfischer Sitte zusammen auf das Wohl des Königs.

Als Olaf der Dicke am Morgen aufwachte, bat er Prinzessin Ingigerd um ihre Hand; sie nahm den Antrag höflich auf und unterbreitete ihn ihren Edelleuten, und diese versprachen, ihn bei König Olaf, ihrem Vater, in Uppsala vorzubringen. Olaf der Dicke nahm mit großer Wehmut Abschied von diesen Frauen, mit der größten jedoch von der Königstochter Ingigerd. Sie begleiteten ihn ein Stück Wegs und trennten sich von ihm auf einer Anhöhe, die einen Ausblick über die glitzernden Seen, goldenen Äcker und dunklen Wälder Schwedens bot. Dieser bleiche Bursche mit seinem anmaßenden und flüchtigen Blick, freudenarm und unkundig jedes Spiels, denn er hatte wenig von seiner Jugend gehabt, an Land schlecht zu Fuß, mit schwerem Gang, oben dick und unten dünn, mit hellem Flaum auf den Wangen und Arzthänden – dieser Bursche war zu dieser Stunde in den Augen zweier Königstöchter zum Helden eines Ritterliedes geworden. Ingigerd trat zu ihm und gelobte, alles daranzusetzen, ihren Vater für die Heirat zu gewinnen, die er vorgeschlagen hatte, und küßte ihn zum Abschied. Dann verabschiedete er sich von Prinzessin Astrid. Sie redete etwas weniger als sonst.

Er sprach diese Worte: »Welches Andenken willst du, Astrid, dem Bettler überlassen, der jetzt aus dem goldenen Frieden Schwedens in sein feindliches Land zurückkehrt?«

Sie löste eine goldene Spange von ihrem Hals und reichte sie ihm; er dankte für das Kleinod, raffte ihr Kleid am Halsausschnitt zusammen und befestigte es mit einer schlechten, wertlosen Spange als Gegengabe. Da sprach sie zu ihm die Worte, über deren Sinn man sich lange nicht einigen konnte; sie sagte:

»Die Frau, die dich zum Gespött macht, wird dich beherbergen, und die sich jeden Tag um dich sorgt, wird dir die Tür weisen; die dich hinterging, wird dein Leben erhalten, und die dich liebt, wird es vernichten.«

Dann ging König Olaf nach Norwegen.

Diese Nachricht deuchte dem schwedischen König viel schlimmer als die, daß der norwegische König ihm Menschen und Kühe totschlug.

Die Könige von Schweden sind stets mächtiger als die Könige von Norwegen gewesen, und das um so mehr, je weniger über sie vermeldet ist, und das liegt daran, daß isländische Bücher stets das Lob der norwegischen Könige gesungen haben. Die schwedischen Könige hielten dafür, daß jene ausländischen Räuber und Vagabunden ohne Sippe, die ständig in Norwegen zur Herrschaft kamen, weil sie behaupteten, dem Geschlecht Haralds des Haarschönen zu entstammen, den Königen von Uppsala nicht ebenbürtig seien, die wirklich ihr Geschlecht durch dreißig Glieder ohne ein einziges weibliches Glied auf Yngvifrey zurückführen konnten, und daß deshalb eine eheliche Verbindung nicht in Frage käme; die Schweden hielten es daher auch für ihre Pflicht, die norwegischen Könige unschädlich zu machen, besonders wenn sie ihnen gegenüber zu sehr auftrumpften mit ihrer Königswürde; es war noch nicht lange her, seit sich König Olaf von Schweden mit König Svein von Dänemark verbündet hatte, um Olaf Tryggvason zu töten. Es war ganz im Sinne der Schweden, wenn Norwegen arm und geteilt war und Kleinkönige es regierten, jeder in seinem Zipfel. Und aus diesen Gründen verschlug es König Olaf von Schweden die Sprache, als er erfuhr, daß eine Begegnung zwischen seiner Tochter Ingigerd und dem dicken Mann stattgefunden hatte.

Die Schweden besaßen Länder und Reiche im Osten, und schwedische Kaufleute reisten durch ganz Rußland bis hin nach Konstantinopel. Verwandte der Könige von Schweden waren dort im Osten Landverweser; sie regierten ein ausgedehntes Reich, doch gestattete ihnen der Kaiser in Konstantinopel nicht, einen höheren Titel als Knjas zu tragen. Um diese Zeit kämpfte dort im Osten Jaroslaw, der Sohn König Wladimirs des Heiligen, um die Macht im Lande; seine Gegner waren seine drei oder vier Brüder, und Jaroslaw hatte geschworen, keine Schonung walten und die Waffen nicht ruhen zu lassen, bis er sie alle niedergestreckt hätte. Als nun Knjas Jaroslaw bei seinem Kampf gegen seine Brüder in eine schwierige Lage geraten war und allzu geringe Unterstützung durch die einheimischen Fürsten erfuhr, deren Reiche tiefer im Inneren des Landes lagen, da schickte er Gesandte nach Uppsala, um seine Verwandtschaft mit den Königen von Schweden ins Feld zu führen; als Gegenleistung versprach er den schwedischen Kaufleuten für ihren Lebensunterhalt größere Vorrechte in Kiew und den Schatzlanden, wenn sie sich im Winter im Osten aufhielten. König Olaf von Schweden sagte, Jaroslaw sollte von ihm soviel Truppen bekommen, wie er wollte; er ließ durch seine Lehnsleute an den Küsten und auf den Inseln im Osten und Westen der Ostsee, die er beherrschte, zum Kriegszug aufrufen. Doch stellte er die Bedingung, daß Jaroslaw, wenn er seine Brüder besiegt hätte, Ingigerd Olafstochter zur Frau nehmen und sich mit ihr zur Hälfte in Macht und Länder teilen sollte, und daß Beauftragte des Schwedenkönigs Ingigerd begleiten sollten, um dort im Osten ihre Verwalter zu sein und ihr zur Seite zu stehen. Und so erhielt Olaf der Dicke bald nach seiner bereits vermeldeten Begegnung mit Ingigerd, seiner Verlobten, die Nachricht, daß das Mädchen Schweden verlassen habe und in Rußland Knjas Jaroslaw dem

Weisen anvermählt worden sei, dem Sohn Wladimirs des Heiligen.

Und folgendes trat ein: Als Olaf der Dicke sich von Prinzessin Ingigerd, die er mehr als andere Frauen liebte, schändlich betrogen und von ihren Verwandten in allen Dingen hintergangen fühlte, da verband sich ihm in Liebe ihre Schwester Astrid, die Kebstochter des Schwedenkönigs; und ein Beitrag zum Friedensschluß zwischen dem schwedischen und dem norwegischen König bestand darin, daß die Großen beider Länder sich für diese Heirat einsetzten; schließlich gab der schwedische König den Vorstellungen seiner Großen nach und überließ Olaf dem Dicken seine Kebstochter Astrid; doch kalt blieb die Liebe zwischen Schwiegervater und Schwiegersohn, und nach wie vor zeigten die Könige einander wenig Aufrichtigkeit; aber Mord und Raub nahmen ein Ende.

Nun ist davon zu berichten, daß zu dieser Zeit in Dänemark die Stellvertreter Knut Sveinssons das Land verwalteten; er selbst aber hielt England besetzt; im Auftrag Knuts regierte Jarl Ulf Sprakaleggsson, Schwager und vertrauter Freund des Königs. Dänemark erlebte damals sehr gute Jahre zu Wasser und zu Lande, und der Reichtum der Bevölkerung mehrte sich, wie es in allen Ländern der Fall ist, wenn die Herrscher fern sind und damit die Kriege. Nun ist anzunehmen, daß die Könige von Uppsala den Reichtum, der sich in Dänemark im Frieden anhäufte, mit neidischen Augen ansahen; und die schwedischen Bauern begannen zu murren und aufsässig zu werden, da ihnen die Steuereintreiber selbst in Friedenszeiten hart mitspielten und sie aufgerufen wurden, im Osten der Welt unbekannte Völker zu bekämpfen, wohingegen die Dänen neben ihnen in Reichtum und Wohlstand lebten. Zwischen schwedischen und dänischen Bauern, deren Ländereien aneinander grenzten, entwickelten sich engere Freundschaften, als gut war, und einige Häuptlinge dort wollten sich lieber unter dänische Oberhoheit stellen als dem schwedischen König untertan sein.

Während in Dänemark in Abwesenheit der Könige der Reichtum wuchs, verschlimmerte sich in gleichem Maße die

Not im Reich König Olaf Haraldssons des Dicken in Norwegen. Dort wurde alles Geld für den Unterhalt des Schutzheeres verbraucht, das der König stets gegen die norwegischen Bauern einsatzbereit haben mußte, sowie für die Förderung des Christentums und den Bau von Kriegsschiffen.

Als es dahin gekommen war, daß es in Norwegen kein Getreide mehr gab, und viele Leute im Lande, die bis dahin zwei Ziegen zu ihrem Lebensunterhalt besaßen, nur noch eine Ziege hatten, und die weitaus größere Zahl der anderen, die sich mit einer durchgeschlagen hatten, jetzt von keiner lebten und mit ihrem Anhang in die Wälder gezogen waren, um Rinde zu nagen oder Wurzeln zu graben, da schickte Olaf der Dicke seinem Schwiegervater, dem König von Uppsala, eine Botschaft, daß er gern von ihm Getreide und Fleisch beziehen wolle oder blankes Silber, um es bei ausländischen Kaufleuten gegen Lebensmittel einzutauschen. Er sagte, daß die Bauern nichts mehr hätten, um sein Schutzheer zu ernähren, viele am Bettelstab gingen und auf die Gutherzigkeit Christi vertrauen müßten und Almosenempfänger der Kirchen würden. Diese aber verfügten über viele fruchtbare Ländereien und Privilegien in Norwegen.

Die Schweden hatten selber nie genug Getreide und Fleisch, doch besaßen sie gute Bergwerke für die Erzgewinnung, und in den Ländern des Nordens konnten sie am besten von allen Eisen schmieden und hatten stets Waffen abzugeben, selbst wenn sie nichts zu essen hatten. Der König von Uppsala ließ seinem dicken Schwiegersohn ausrichten, er habe zwar weder Getreide noch Fleisch, um es den Norwegern zu schenken, doch in nächster Nähe liege ein Land, das Überfluß an Getreide und Vieh habe, und das sei Dänemark. »Und mit euch Seeräubern ist es bergab gegangen, wenn ihr hungrig zuseht, wie sich andere Leute vor eurer Haustür den Bauch vollstopfen. Man hat noch nie davon gehört, daß sich die Norweger so weit erniedrigt hätten, die Schweden um Essen zu bitten, und von uns ist in dieser Hinsicht nichts Neues zu erwarten; doch werde ich euch mit soviel Waffen und Schiffen unterstützen, wie ihr braucht, um den Wolf von eurer Tür zu vertreiben.«

Nach Ansicht der Geschichtsschreiber wurde der Sturz Olafs des Dicken vor allem dadurch verursacht, daß er, von seinem Schwiegervater dazu verlockt, die Dänen mit Krieg überzog. Er ließ alle Schiffe zusammenziehen, deren er habhaft werden konnte, bemannte sie mit Bauern, die in Norwegen mittellos geworden waren, und gab ihnen Walfleisch zu essen; dann segelte er mit günstigem Wind südwärts ums Land herum und hinüber nach Dänemark; dort fand er vom König von Uppsala ausgesandte schwedische Häuptlinge mit wenigen Schiffen vor, die ihm beistehen sollten. Kaum hatte Olaf Dänemark erreicht, als er auch schon seine alte Gewohnheit aus den Wikingerzeiten wieder aufnahm, über das Land herzufallen und das Vieh abzuschlachten und einzupökeln; dazu gab er die übliche Erklärung ab, es sei ein Schutzheer gelandet, um Dänemark aus der Knechtschaft zu befreien. Und da die Dänen auf nichts Böses gefaßt waren, erlitten sie anfänglich ziemlich große Verluste an Menschen und Rindern; doch dann boten ihre Anführer im Lande ein Heer auf und führten es in den Kampf; des weiteren sandten sie König Knut in England die Botschaft, daß ein Schutzheer aus Norwegen eingefallen sei und Dänemark befreien wolle; sie baten ihren Oberkönig, schnell zu handeln. Knut verlor keinen Augenblick, sondern zog in aller Eile ein riesiges Heer zusammen, alles englisches Kriegsvolk; er hatte erstaunlich viele und große und so gut ausgerüstete Schiffe, daß es die stattlichste Flotte war, die je nach den Ländern des Nordens gesegelt ist. Alle Schiffe waren über Wasser bemalt, und viele hatten vergoldete Steven und Segel mit blauen, roten und grünen Streifen. Als die Ankunft der Flotte im Öresund bekannt wurde, rüsteten die Schiffe des Schwedenkönigs eiligst zur Heimreise, und die Flotte Olafs des Dicken floh in Angst und Schrecken hinaus auf die Ostsee; dort gingen viele Schiffe in Stürmen unter, denn ihre Ausrüstung war keineswegs gut. Die Schiffe jedoch, die Häfen in Schweden anliefen und noch einigen Wert besaßen, nahmen die Schweden als Schuldenabzahlung, und einige stahlen sie. Die Schiffe aber, die in den Häfen verblieben und die zu rauben oder abzuwracken weder

Diebe noch Gewalttäter Lust verspürten, waren eingeschlossen und konnten nicht nach Norwegen entkommen, denn Knut lag mit seinem ganzen Heer im Öresund. Bis in den Winter saß das Heer Olafs des Dicken auf seinen Schiffen in Schweden und hatte nichts zum Lebensunterhalt, und die Schweden erwiesen ihnen keine Hilfe. Es endete damit, daß die norwegischen Bauern es für das beste hielten, ihre Schiffe zu verlassen und zu versuchen, zur Winterszeit durch Schweden zu Fuß nach Hause zu gelangen, und auch der König ließ sich herbei, diese Wanderung zu unternehmen. Anfänglich saß König Olaf zu Pferde, doch die Mannschaft verspeiste die Pferde des Königs; danach mußte er gehen wie andere Männer, wurde aber über Schluchten und Geröll getragen, denn er war schwerfällig und festen Boden unter den Füßen nicht gewohnt. Der Trupp der Norweger mußte sich plündernd durchschlagen, denn die Schweden leisteten ihnen noch immer keine Hilfe, sondern verprügelten sie wie Hunde, wo immer sie sie zu fassen kriegten, und einige machten sie zu Sklaven. Den Bauern, die barfuß heim nach Norwegen gelangten, blieb diese Wanderung noch lange in Erinnerung.

Jetzt stand Olaf fast ohne Mannschaft da, und es gelang ihm nicht, ein neues Schutzheer zusammenzuziehen, um Norwegen gegen die Bauern zu behaupten; und seine Flotte war verloren. In jenem Jahr bedrängten ihn die Bauern so sehr, daß er im Sommer wegen der Unruhen und des Aufruhrs im ganzen Land keine andere Wahl hatte, als sich noch einmal zu Fuß aufzumachen und mit seinem Anhang auf dem kürzesten Wege aus Norwegen zu fliehen, nach Osten über das Gebirge.

Als nun Olaf Haraldsson der Dicke vom Thron gestürzt worden war, da trat das ein, was mit ausgedienten Königen oft geschieht. Die meisten Menschen verlieren ihre Liebe zu ihnen, und besonders diejenigen, die ihnen zuvor in größter Liebe verbunden waren; so verhielt es sich auch mit Königin Astrid. Es schien ihr ein trauriges Leben, Norwegen über das Gebirge verlassen und mit ihrem vertriebenen und erniedrigten Gemahl und dem jungen, weinenden Sohn über Geröllhalden und spitze Steine stolpern zu müssen; das Gefolge bestand aus lauter Raufbolden, deren Dienste Olaf mit Silber erkauft hatte. Auch andere enge Vertraute König Olafs waren verschwunden, und am fernsten waren diejenigen, die ihn früher mit schönen Worten und höflichen Gesten am höchsten gepriesen hatten, wie der Skalde Sigvat von Apavatn, sein Hofmarschall; verschwunden war auch Bischof Grimkel von Canterbury, der Engländer, dessen Leben der König am Ufer der Themse gerettet und den er zu seinem Hofbischof, Beichtvater und Busenfreund gemacht hatte, gegen den Willen des Erzbischofs in Bremen und sogar des Herrn Papstes; sie alle waren fort. Autoren der alten Zeit haben angedeutet, daß König Olaf so wenig Freunde unter der Bevölkerung hatte, daß er sich und seine Königin und ihren Sohn während seiner Flucht aus Norwegen durch Diebstahl und Raub ernähren mußte.

Als Olaf Haraldsson mit seinem armen Anhang aus den Wäldern kam, die hoch oben zwischen Norwegen und Värmland liegen, da traf er auf die Abgesandten seines Schwagers, des Königs von Schweden, die gekommen waren, seine Frau Astrid und seinen und ihren Sohn in Empfang zu nehmen und sie nach Uppsala zu bringen.

Der König fragte: »Was habt ihr mir zugedacht, dem Schwager derer von Uppsala?«

Die Abgesandten antworteten: »Sorge du Narr selber für dich.«

Am Waldesrand trennte sich König Olaf von seiner Königin; doch ihren Sohn wollte er nicht herausgeben, denn er befürchtete, daß dessen Verwandte mütterlicherseits ihm etwas antun könnten, und er vereinbarte dort im Gebirge mit der Königin, daß er den Knaben mitnähme. Danach ritt Königin Astrid nach Uppsala zu ihren Verwandten.

Nachdem König Olaf mit seinem Sohn in Värmland eine Zeitlang von Tür zu Tür gezogen war, wanderte er hinab zur Küste und verschaffte sich mit dem Knaben einen Schiffsplatz bei Kaufleuten, die im Herbst heim nach Rußland fuhren.

Vierundvierzigstes Kapitel

Um diese Zeit landete nach zweijähriger Fahrt ein Schiff aus Grönland in Nidaros; eine solche Schiffsankunft bedeutete in Norwegen stets ein großes Ereignis, denn von einer Grönlandreise kehrten nicht alle Schiffe zurück. Und obwohl man von dort Wal- und Walroßzähne holte und im nördlichen Teil der Welt kein anderes Elfenbein zur Hand war, suchten die Kaufleute diese Gegenden ungern auf wegen des Treibeises und der Unbilden der Witterung mit größeren Sturzseen, als man sie von anderen Meeren kannte. Und als das Schiff das Land erreichte und die Besatzung im Schärengürtel Norwegens mit dem ersten Menschenkind sprechen konnte, erfuhren sie, daß sich im Lande eine Veränderung vollzogen hatte, daß König Olaf Haraldsson gestürzt worden und vor seinen Feinden nach Osten geflohen war und daß die meisten seiner Freunde sich gegen ihn gestellt hatten.

Diese Nachrichten bereiteten der Schiffsbesatzung großen Kummer, da diese Männer, die vor zwei Jahren mit Tauschwaren des Königs in See gestochen waren, in ein Land heimkehrten, das jetzt für den König Feindesland war; ihnen kam Norwegen vor wie ein Geschmeide, aus dem der schönste Edelstein verlorengegangen ist; umsonst schienen ihnen die Äcker zu blühen und die Wälder zu grünen, wenn sich die Menschen nicht mehr um ihren König scharten. Wie immer, so übersah man auch hier den Trost, daß stets der Mensch durch einen Menschen ersetzt wird und ein König durch einen König und besonders Geld durch Geld. Es trafen Nachrichten ein, daß König Knut Sveinsson von England mit seiner Flotte im Oslofjord vor Anker gegangen und es sein Anliegen sei, die Herrschaft über das Königreich Norwegen zu erlangen gemäß dem alten Brauch, daß Könige, die Dänemark regierten, auch Norwegen besitzen sollten ohne Rücksicht darauf, wer dort für eine Weile emporstieg. Beauftragte Knuts bereisten ganz Norwegen und beredeten die Häuptlinge, in seine Dienste zu treten, und boten den Lehnsleuten größere Gebiete und höhere Titel an, als sie vorher gehabt hatten, und

Vorrechte und Würden weit über die hinaus, die ihnen Sigurd Sau gegeben hatte, als er mit Packpferden durch das Land gezogen war. Den Häuptlingen wurden größere Aufsichtsbezirke und freiere Schatzungen als früher und der Beistand des englischen Heeres als Rückhalt zugesagt. Und angesehenen Leuten in Norwegen schien es um so begehrenswerter, sich Knut zu unterwerfen, je überzeugter sie davon waren, daß die Flotte der Engländer besser in der Lage sei, das anmaßende Bauernvolk im Zaum zu halten, als es die verhungerten Knechte König Olafs gewesen waren.

In einer Schenke in Nidaros kamen am Abend neugierige Bürger zusammen, um die Schiffsleute nach Nachrichten aus Grönland zu fragen und zu erfahren, was sie an wertvollen Dingen mitgebracht hätten. Unter der Schiffsbesatzung war ein heruntergekommener, hohlwangiger Mann; er war verkrüppelt, abgerissen und zerlumpt, hatte schlechtes Schuhzeug und hüllte sich in ein zerschlissenes Fell. Die Bürger fragten, wer dieser Lumpenkerl sei, ob es sich vielleicht um einen Lappländer oder Schneeschuhfinnen handele, und warum solche Menschen nicht in Grönland blieben. Die Schiffsleute antworteten, daß dieser Mann ein Isländer sei und nördlichere Gegenden als irgendeiner gesehen habe, mit eisigen Frösten und der längsten Finsternis, wenn man von der Grabesnacht absehe. Trolle hätten ihn auf einer Schäre nicht weit von der Westsiedlung in Grönland zurückgelassen; dort hätte er sechs Tage und Nächte unter einer Notfahne gesessen, ehe die Schiffsleute ihn fanden; seine Glieder seien fast abgestorben gewesen, und sie hätten ihm das Leben gerettet. Unbekannte Trolle hätten den Mann an der Küste von Norderseta aufgefunden und ihn nach Süden bis auf diese Schäre gebracht.

Es hat die Norweger immer belustigt, daß die Isländer ihre Sippen auf Könige zurückführen, und die Bürger von Nidaros fragten also diesen Ankömmling: »Welche Könige waren deine Ahnen, Isländer?«

Der Lumpenmann antwortete: »Die Kämpen König Olaf Haraldssons waren meine größten Gesippen, und ihr tapferster Mann stand mir am nächsten.«

Sie antworteten: »In der Schar Olaf Haraldssons des Dikken gab es nur Feiglinge und Bestochene, und hier in Tröndelag tut man am klügsten, den Namen von Mordbrennern und Dieben nicht in den Mund zu nehmen. Doch an deiner Hoffart kann man erkennen, daß du wahrhaftig ein Isländer bist, obwohl du bös mitgenommen aussiehst.«

Der Lumpenmann antwortete: »Wir Isländer sind die einzigen Norweger, die sich weder unterdrücken noch kaufen lassen.«

Sie lachten und sagten, es sei ein großes Wunder, wenn die Erde bei Windstille stiebe, »oder warum brüsten sich die Leute damit, daß sie auf den letzten Außenschären der Welt Hammeltalg schneiden?«

Der Lumpenmann sagte: »Es ist gewißlich wahr, daß wir unseren Weg nach Westen nahmen, als Harald Struwelkopf in Norwegen brandschatzte und wir Isländer wurden, und das deshalb, weil wir nicht in Gemeinschaft mit Menschen leben wollten, die sich um des Geldes willen prügeln und erschlagen lassen. Wir nahmen aus Norwegen kein Geld mit, sondern allein Dichtkunst und Heldentum und Geschichten von alten Königen; wir brachten nach Island das Haupt Mimirs und die Schüssel Bodn; ihr aber sitzt noch hier, stumpf, ohne Dichter, mit verdorbener Sprache und ohne selbsterworbenen Ruhm. Nie wird Norwegen zu Ruhm gelangen, wenn es ihn nicht von den Isländern empfängt.«

Sie sagten, es sei an der Zeit, daß der Ruhm, der den Norwegern von den Isländern zuteil werde, aufhöre. Die Isländer hätten in ihren Dichtungen und Geschichten aus der Vorzeit keine anderen Norweger als Gewalttäter und Gesindel gelobt, welches die Herrscher zusammengezogen hätten, um gegen das Volk loszugehen und es mit Füßen zu treten; die Isländer sähen nur die als Menschen an, die Leute haufenweise umbrächten. Die Bürger sagten, der Narr mit dem Königstitel, Harald Struwelkopf, vor dem die Isländer flüchteten, sei keineswegs schlimmer gewesen als der, den isländische Skalden am höchsten gepriesen hätten, nämlich Olaf der Dicke.

Da kam aus der Tiefe der Schenke aus einer Runde des Gastwirts ein vornehmer Herr nach vorn, gut gekleidet, schön gekämmt, schwarzäugig; er trug ein Schwert und einen Armring. Als er näher trat, verstummten die Ortsansässigen, die sich beim Met über den Isländer lustig gemacht hatten.

Dieser Hofmann ergriff das Wort. »Liebe Leute«, sagte er, »uns scheint, daß der Mann, den ihr mit euren Worten verhöhnt, mein Landsmann ist; ich bitte euch, seine wunden Füße anzusehen und in Betracht zu ziehen, welch schweren Weg dieser Mann zurückgelegt hat und auch, wie zerfurcht sein Antlitz ist; dieser Mann ist wahrhaft längere und rauhere Wege gegangen als ihr. Es mag auch sein, daß er mehr durchgemacht hat als manche, die hier hinter den Schären in Norwegen hocken, Menschen mit kleinem Gemüt aus engen Verhältnissen. Doch wer bist du, Isländer?«

Da erhob sich vom Biertisch der ärmliche, alte Mann, den die Bürger verspottet hatten; ein härener Sack war sein Unterzeug, darüber trug er ein schäbiges Fell; seine Füße waren in Lumpen gehüllt und wund, die weißen Knöchel schimmerten hindurch; er lahmte auf beiden Beinen. Einige Finger waren abgefroren, die übrigen nach innen gekrümmt; abgefroren waren auch seine Ohren, und die Nasenspitze war versehrt. Fast alle Zähne waren ihm ausgefallen, sein Schädel war weiß und kahl und sein Bart ergraut. Dieser Mann besaß weder Waffen noch Schild zu seinem Schutz, auch keinen Gegenstand, der Geldeswert besessen hätte. Und dieser Mann stand auf vor dem vornehmen Herrn, seinem Landsmann, der aus Gutmütigkeit für ihn ein Wort eingelegt hatte, und nannte seinen Namen und seine Herkunft.

»Ich heiße«, sagte er, »Thormod und bin der Sohn Bessis von den Westfjorden, und als wir jünger waren, nannten mich manche Leute am Djup und in den Jökulfjorden Kolbrunarskalde.«

Als er dieses gesagt hatte, ging der vornehme Herr auf diesen seinen Landsmann zu, umarmte und küßte ihn und hieß ihn willkommen: »Und ich heiße Sigvat und bin der Sohn Thords; mein Vater und ich haben viel für den Ruhm der Könige gedichtet, wenngleich man solchen Ruhm heute wie früher für vergänglich hält. Doch welches Schicksal haben dir die Nornen bereitet, Thormod, dessen Gedichte jedes Kind in Island kennt; mir scheint, die Schwestern haben dir ziemlich schlimm mitgespielt.«

»Ich war der reichste Bauer im Westen«, sagte der Skalde, und er lächelte, »und ich besaß die beste Frau am Djup, eine Walküre an Schönheit und Edelmut, und hatte mit ihr zwei kleine Töchter, die so flink die Zehen bewegten und so fröhlich lachten wie keine Kinder sonst in den Westfjorden; sie pflegten mich des Morgens zu wecken, indem die eine mir die Füße küßte und die andere ihren Zeigefinger auf meine Nasenspitze drückte.«

Der Skalde der Könige rief eine Kellnerein herbei, sie solle dem anderen Skalden und ihm Bier bringen und dazu gesalzenen Schweineschinken. »Und erzähle frei heraus, Skalde Thormod, von dem, worüber viele Leute gesprochen haben: von deinem Weggang aus Island.«

Dann ließ der Höfling die wunden Füße des Gastes waschen und verbinden. Thormod begann zu sprechen und schaute dabei auf seine Füße.

»Es war allen Leuten in Island bekannt, daß ich Blutsbrüderschaft schloß mit dem Kämpen, dessengleichen in den nordischen Landen nie geboren wurde; ich liebte ihn vor allen anderen Menschen, und wir liebten einander, wenn uns auch kein langes Zusammensein vergönnt war; wir Schwurbrüder hatten ausgemacht, daß nur unser beider Tod unseren Bund trennen sollte.«

»Wir haben von Thorgeir Havarsson gehört, doch begreife ich immer weniger, was für ein Mann dieser Kämpe gewesen ist, je mehr ich über ihn erzählen höre«, sagte der Skalde Sigvat.

Thormod sagte: »Er war ein Mann, in dessen Brust ein Herz lachte, nicht größer als eine Ebereschenbeere und doch so hart wie eine Eichel.«

Sigvat antwortete: »Er war wahrlich ein bewundernswerter Kämpe, doch was kannst du noch als Beweis seiner Trefflichkeit anführen außer seinem kleingewachsenen Herzen, Thormod?«

»Die Tatsache«, sagte Thormod, »daß der König, der von diesem Herzen Beistand erfuhr, der größte im Norden und in der ganzen Welt ist, und deshalb ist er gewißlich mein König geworden.«

Sigvat sprach so: »Ich glaube, den König, von dem du sprichst, ein wenig zu kennen; ich war sein Hofmeister und Vertrauter nicht weniger als zehn Jahre lang, und mancherlei wurde zwischen uns besprochen. Doch kann ich mich nicht daran erinnern, daß der König auch nur mit einem Wort auf den Lenker des kleinen Herzens zu sprechen kam, von dem du erzählst. Das Herz scheint auch nicht zum Sieg genügt zu haben, weder für seinen Besitzer noch für den, der von ihm Hilfe bekommen sollte, für König Olaf. Beide sind jetzt allzu tief gefallen, und manch einer meint, daß die Sonne längst nicht mehr so hell die Bergeshalden in Norwegen bescheint.«

Thormod antwortete: »Wahrlich ist Thorgeir im Königsdienst gefallen und noch immer ungesühnt, wenn auch viel darangesetzt wurde, ihn zu rächen; dennoch machte ich um Thorgeirs willen ein Gedicht über König Olaf Haraldsson, das bestehen wird, solange die Länder des Nordens bewohnt sind.«

Da sagte der Skalde Sigvat und lächelte dabei: »Das wissen wir Skalden nicht, welches Gedicht am längsten im Gedächtnis der Menschen bewahrt bleibt; ich habe auch einige Verse über König Olaf gedichtet.«

Thormod sagte: »Ich habe meinen Hof am Djup aufgegeben, wo der Schafbock in seinem Vlies geht und ein einziger Fisch einen Ochsen aufwiegt. Meine schwanenflügelige Walküre gab ich einem Sklaven. Und meine Flinkzehen, die mir mit ihren Augen mehr vertrauten als sonst jemand, ihnen hinterließ ich den Schädel Thorgeir Havarssons.«

»Ein schlechter Tausch ist es, auf Fürsten Lieder zu dichten, Skalde«, sagte Sigvat, »und andere Leute die größten und köstlichsten Fische fangen zu lassen, die es im Meer gibt; ich wäre nicht Skalde geworden, wenn ich die Aussicht auf so gute Fische gehabt hätte. Ich wurde Skalde nach dem Brauch meiner Väter, weil wir kein Geld hatten, und ich war ein armes

Pflegekind am Apavatn, wo wunderliche kleine Widerfloßler stehen und Dichtkunst im Kopf haben; wer von ihrem Kopf ißt, wird nie mehr derselbe Mensch.«

»Ich fuhr«, sagte Thormod, »nach Grönland gemäß meinem und Thorgeirs Schwur, um seine Mörder zu verfolgen, die zu erschlagen ich jedoch nicht die rechte Lust verspürte, denn der eine war ein Brunnenpisser, und der andere schleppte Läuse in die Häuser.«

Sigvat fragte, warum es Thormod nicht gelungen sei, diese Strolche zu töten.

Thormod sagte, daß ihm dieses Gewürm ständig entschlüpft sei. »Als ich an den Hornstranden suchte, waren sie fort zur Melrakkasletta; und als ich auf die Sletta kam, erfuhr ich von ihrer Fahrt nach Grönland; dann, als ich nach vielen Mühen in die Ostsiedlung gelangte, sollten sie in der Westsiedlung sein; doch in der Westsiedlung traf ich meine einstige Buhlin, die mich mit ihrer zauberischen Liebe umgarnt hatte, und diese Frau gewährte mir eine Zeitlang Schutz und Glück und Frieden, soweit das in Grönland möglich ist; doch die Mörder Thorgeir Havarssons entkamen nach Norderseta; ganz gewiß mischten sie sich dort unter die Trolle. Als ich mich schließlich von dieser grimmigen Frau losgerissen hatte, deren Zauber mich stets an den finstersten Orten betört hat, nahm ich meinen Weg nach den Außenschären im Norden, wo sich das letzte Saatkorn menschlichen Lebens findet, in der Hoffnung, daß es mir vergönnt sei, meine Rache zu vollstrecken, und ich schloß mich Leuten an, die sich damit befassen, Narwalzähne zu erbeuten und Trolle niederzumachen. Und als Trolle mein Leben gerettet und mein gebrochenes Bein und meine Erfrierungen geheilt hatten und mir die Ehre erwiesen, mich bei ihren Hunden hausen zu lassen, kam es mir so vor, als ob diese beiden Kerle, Brunnenpisser und Lausekropf, Hirngespinste von mir wären, und ich vergaß mein Anliegen, als ich mich nördlich von Norderseta befand; ich halte es für wahrscheinlich, daß die Mörder Thorgeirs jetzt unterhalb von Nebelheim in der neunten und schlimmsten Welt wohnen. Doch«, sagte Thormod zum Schluß, »ich hoffe, daß König Olaf, falls ich zu ihm gelange, mir die weiten Wege zugute halten wird, die ich bei großen Entbehrungen und langen Verirrungen zurückgelegt habe, wenn auch mein Vorhaben nicht ganz verwirklicht wurde: Nicht alle Menschen hätten bereitwillig eine solche Pflichtfahrt unternommen.«

Sigvat war sehr beeindruckt von den Dingen, die Thormod erzählte, und er stellte viele Fragen über Grönland und die Heimstätten der Trolle. Und Thormod berichtete viel von den Merkwürdigkeiten in diesem Land; daß es dort Geschöpfe in Menschengestalt gäbe, welche den Totschlag nicht als die höchste Tat ansähen und keine Ruhmestaten zu vollbringen verstünden; sie hätten auch weder König noch Herrscher, noch Bischof über sich und kennten weder Gesetzessprecher noch Thingbauern, auch keine besseren Leute außer dem Mann, der sich den Mond zum Kochplatz erwählt habe, und der einhändigen Frau, die auf dem Meeresgrund wohne. Zum Abschluß trug Thormod Sigvat und den anderen Leuten, die sich in der Schenke befanden, das große Lied vor, das er mit glühendem Herzen für König Olaf Haraldsson gedichtet hatte, als er an den Stätten weilte, die Allvater mit Reifriesen besiedelte, bevor er Erde, Meer und Luft schuf.

Sigvat und auch die anderen, die dort in der Schenke Met tranken, hörten sich das Gedicht an. Als Thormod geendet hatte, waren die Leute sprachlos über das Lob, das hier König Olaf Haraldsson gespendet wurde. Schließlich ergriff der Skalde Sigvat Thordarson das Wort.

»Das Lied ist wirklich recht gut«, sagte er, »viel besser als die Lieder, die ich auf diesen König gedichtet habe; doch die Sache hat einen Haken: Ein gutes Lied ist wenig wert, wenn es zu spät gedichtet worden ist. Das Lob, das einem anderen König gezollt wird als dem, der gegenwärtig das Land regiert, ist schlimmer als jedes Schweigen, auch wenn es gut gedichtet ist. Ein Lied über einen gestürzten König ist kein Lied. Ein Lied über einen siegreichen König, der gegenwärtig das Land regiert, das allein ist ein Lied. Und hier an seinem eigenen Königssitz ist dir Olaf Haraldsson heute ferner als damals, Skalde, als du in Grönland bei den Trollen saßest und kaum hoffen konntest, je vor sein Angesicht zu treten.«

Thormod sagte: »Thorgeir und ich haben oft darüber gesprochen, daß sich ein tapferes Herz in Sieg und Niederlage gleichbleibt. Und ich bin überzeugt, daß der König, der das Herz Thorgeir Havarssons beherrschte, das lebende wie das tote, am Ende wahrlich mehr Macht über seine Feinde besitzen wird als andere Könige, und daß sein Feldzeichen durch alle Zeiten stehen wird, auch wenn er fällt. Denn weder auf der Asenbrücke, die an den Himmel stößt, noch am Djup, wo ich mein Reich und mein Glück hatte, noch in Grönland bis hinauf nach Norderseta, wo die Fische wertvollere Zähne haben als anderswo, noch selbst nördlich von Norderseta, wo die Trolle hausen – nirgends ist Kraft und Ruhm als in der Brust, die ein tapferes Herz umschließt.«

Sigvat sagte: »Ich weiß, Thormod, daß du öfter als andere Männer in Lebensgefahr geraten bist wegen deiner übermächtigen Tapferkeit, die dich nicht davor zurückschrecken läßt, jeden von der Pflicht gebotenen Weg zu gehen. Es gibt viele Gefahren, in die ein kühner Mann geraten kann, doch ich möchte dich aus eigener Erfahrung vor derjenigen warnen, die schlimmer ist, als vor Grönland umhergetrieben zu werden und in Norderseta Schiffbruch zu erleiden: nämlich sich an einen Herrscher zu binden, so hervorragend er auch sein mag. Wer einem Herrscher die Treue hält, ist wahrlich schlimmer daran, als wäre er tot. Denn ein Herrscher ist ein Mann, der als erster an den Galgen geknüpft wird; und wo stehen dann wir, seine vertrauten Freunde, wenn unser Beschützer hängt! Und weiter: Ein Herrscher oder König ist stets bereit, seinem Feind die Macht und das Land zu überlassen und dazu sein ganzes Heer, besonders jedoch seine Helden; und sich zu verpflichten, seine Freunde und Anhänger, die ihm am treuesten dienten, heimlich zu ermorden. Ein Herrscher ist der einzige Mensch im Lande, dem es freisteht, zu seinen Feinden überzugehen, sobald er darin seinen Vorteil erblickt. Und wer seinem Herrscher treu ist, der ist der Gefahr ausgesetzt, von ihm vor anderen Leuten, besonders jedoch vor seinen Feinden, getötet zu werden. Über Thorgeir Havarsson, der tapferer war als die meisten Helden König Olafs, und ihm treuer ergeben war als andere Mannen, ist zu sagen: Als der König des Helden überdrüssig wurde, schickte er ihn nach Island mit dem gefährlichen Auftrag, Isländer zu töten; und diese Fahrt endete, wie sie angelegt war. Es ist klug, einen König zu verehren, solange die Bauern ihn auf dem Thron dulden. Doch wenn sein Thron wankt, tut ein Skalde gut daran, sein Lied auf den König zuzuschneiden, der von den Bauern eher geduldet wird. Und wenn ein Heer gelandet ist, das den Truppen des Königs überlegen ist, dann ist es klüger, gemäß dem Brauch guter Häuptlinge dem Heer der Ausländer seine Treue gegen Gold zu verkaufen, als das Lob eines verlassenen oder todgeweihten Königs zu singen.«

Thormod sagte: »Das hätte ich nicht gedacht, als wir in Island von Sigvat Thordarson hörten, daß du als erster deinem König, der mit der Tapferkeit seiner Kämpen Norwegen gewann, die Treue brechen würdest, als es mit ihm bergab ging; und gänzlich anders lautet das Lob der Rechtschaffenheit in alten Gedichten, die ich von meinem Vater lernte.«

»Freund«, sagte Sigvat Thordarson, »es geziemt sich nicht für Skalden, sich um Nichtigkeiten zu streiten; hingegen hat es mehr zu sagen, daß hierzulande die Bauern König Olaf in Bedrängnis brachten und ein fremder Fürst mit vierzehnhundert Schiffen ins Land gekommen ist und nach alter Gewohnheit alle guten Leute in Norwegen bestochen hat, damit sie ihn die Herrschaft ausüben lassen. Du befindest dich jetzt im Reich des englischen Königs und nicht im Reich König Olaf Haraldssons; das ist eine Tatsache. Und wenn ein Skalde oder ein Held in Norwegen diese Tatsache nicht begreift, dann kostet es ihn Leben und Glück. Danach mag jeder von Rechtschaffenheit halten, was ihm beliebt.«

Thormod sagte: »So also stehen die Dinge für einen fahrenden Gesellen wie mich, der ich Geld und Gut, Kinder und Liebe, Wiese und Acker weggegeben habe, um für meinen Bruder gerechte Rache zu nehmen, und Hände und Füße, Nase und Ohren, Haare und Zähne draufgezahlt habe, alles in der Hoffnung, die Freundschaft eines edlen Königs zu gewinnen, den Thorgeir für uns erwählt hatte; und du bist dieses

Königs Vorderstevenmann und trägst seinen schweren Armring und gehst in dem Purpur, mit dem er dich geschmückt hat; und ich muß aus deinem Munde das Gerücht vernehmen, daß der König den Tod dieses Herzens gewollt hat, dem ich Treue geschworen hatte und das so furchtlos war, daß die Erinnerung daran an Orten des Glücks und des Unglücks stets mein Lebensspender war, und am meisten dann, wenn mein eigenes Herz in Todesangst zitterte. Und lieber hätte ich in den Armen einer bösen Geliebten oder von Trollen mein Leben ausgehaucht, als ohne Speer und Schild solche üblen Nachreden anhören zu müssen.«

»Auch Kluge irren sich, Freund«, sagte der Skalde Sigvat, »und so auch du, wenn du meinst, ich spräche schlecht von König Olaf Haraldsson. Ich habe wirklich keinen besseren Freund als ihn gehabt. Ich behaupte, daß er die Zierde aller Könige gewesen ist, was die Freigebigkeit gegenüber seinen Freunden und die Arglosigkeit bei allen seinen Taten betrifft. Doch ist nicht zu verheimlichen, daß König Olaf wenig begabt und im gleichen Maße ungebildet war, auf Schiffen aufwuchs und von Kindesbeinen an für das Räuberhandwerk erzogen wurde. Er hat auch nie gelernt, sich auf festem Land zu bewegen, sondern behielt seinen Seemannsgang bei. Christliche Jarle und Bischöfe, die sich in südlichen Ländern Heere halten, dangen ihn und seine Gefährten dazu, für sie in der Normandie zu brennen und zu morden, tauften sie aber vorher, denn Christus will, daß Kämpen, die seinen Königen dienen, sich zum rechten Glauben bekennen. Und diese Lehre ist der Grund dafür, daß Olaf Haraldsson aus jeder schwierigen Sache nur zwei Auswege kannte: der eine Ausweg war Taufe, der andere Mord. Und wegen seiner Beschränktheit mußte er stets Männer zur Hand haben, die ihm sagten, wann getauft und wann geköpft werden sollte. Wir glauben jedoch, daß König Olaf richtig gehandelt hätte, wenn er selber einigermaßen gewußt hätte, was gut und was böse ist. Und sein kindliches Verhalten in allen Dingen brachte mich dazu, Olaf Haraldsson mehr als andere Menschen zu bemitleiden und zu lieben.«

Fünfundvierzigstes Kapitel

In Büchern ist angegeben, daß König Knut Sveinsson, nachdem er Dänemark verlassen hatte, um König von England zu werden, seinen und Königin Emmas Sohn, namens Hördaknut, zur Erziehung zu seinem Schwager und Busenfreund, Jarl Ulf Sprakaleggsson, geschickt habe. Diesen Jarl hatte er in Dänemark als seinen Verweser eingesetzt, um sein Reich zu schützen, während er abwesend war, um ferne Länder zu regieren.

Da aber Knut Sveinsson sich bei dieser Tätigkeit ziemlich lange in der Ferne aufhielt, begehrten die Dänen auf und erklärten, Dänemark sei ihr Eigentum und sie seien keines Königs Sklaven. Die Großen des Landes hielten es für bedenklich, daß niemand da war, der ein Heer anzuführen und nach guter Könige Brauch das Volk einzuschüchtern vermocht hätte. Und deshalb ließ Ulf Sprakaleggsson mit Zustimmung der Großen den Bauern Ländereien und Gerechtsame zuerkennen und erließ ihnen allerlei Frondienste; als Gegendienst bedang er sich von ihnen aus, daß sie seinen Ziehsohn Hördaknut, ein unwissendes Kind, als König anerkannten; und als der Handel abgeschlossen war, übernahm er selber alle Macht und Befehlsgewalt in Dänemark, ohne seinen Freund Knut Sveinsson zu fragen.

Nun gehen wir in wenigen Worten auf die Ereignisse ein, die sich in Dänemark zur gleichen Zeit zutrugen, zu der das englische Heer Olaf Haraldsson aus dem Öresund scheuchte und ebenso die schwedischen Schiffe, die der König von Uppsala als Köder oder Lockvogel geschickt hatte, um die Norweger in eine schwierige Lage zu bringen. Als die norwegischen Kuhsalzer verjagt worden waren und Frieden im Lande herrschte, suchte Knut die Leute auf, die sein dänisches Reich behüten sollten, und ritt von den Schiffen nach Roskilde, wo sich sein Schwager Ulf Sprakaleggsson und sein Sohn Hördaknut aufhielen; dort hatten Abgesandte des Erzbischöflichen Stuhls Bremen ein Kloster gegründet; in dieser Stadt erhob sich auch ein Dom, der dort lange gestanden hat, der heiligen Dreieinigkeit geweiht und Herrgottskirche geheißen.

Jarl Ulf Sprakaleggsson ließ für den Oberkönig und dessen Anführer ein großes Festmahl bereiten; von seiten der Dänen war eine stattliche Schar gekommen, um Knut Sveinsson zu bewillkommnen, der sich jetzt auf Grund des Sieges, den er über König Adalrad von England und Königin Emma davongetragen hatte, den Beinamen Knut der Mächtige oder der Große zugelegt hatte. Jarl Ulf war damals der reichste Mann in Dänemark und sein Festmahl für Knut entsprechend üppig; hier ist nicht der Ort aufzuzählen, was dort aufgetischt wurde.

Nordische Bücher berichten von Ulf Sprakaleggsson, daß er von heftiger Sinnesart war, tatkräftig in seinem Reich und ein hervorragender Edelmann in Wort und Tat. Am Abend spielten die Freunde Schach, König Knut und Jarl Ulf; der König war nicht bei der Sache und machte einen falschen Zug, oder, wie Snorri sich ausdrückt, er tat einen Fehlgriff; er wollte seine Figur zurücknehmen und statt dieses Fehlgriffs einen anderen Zug machen. Das aber mißfiel Jarl Ulf; er warf die Figuren um, stand auf und ging fort. Bald darauf ging man schlafen.

Wie sich das Verhältnis zwischen den Schwägern im folgenden gestaltete, darüber gehen die Darstellungen beträchtlich auseinander. Wir werden in diesem Buch den Berichten den Vorzug geben, die in englischen Annalen aus den Jahren, in denen diese Ereignisse stattfanden, mit sorgfältigen Lettern niedergeschrieben sind; dazu veranlaßt uns die Tatsache, daß zu jenem Zeitpunkt Knut englischer König war und man verpflichtet ist, die Reden seiner Geistlichen und Beschützer zu hören, die ihn in keiner Weise herabsetzen wollten; und zweitens scheinen manche der isländischen Berichte über diese Ereignisse zweifelhaft, da sie im Gedächtnis von Geschichtenerzählern und kundigen Frauen eines fremden Volkes sechs volle Menschenalter lang durcheinandergeraten waren, ehe sie aufgezeichnet wurden.

Es wird berichtet, daß Knut einen Burschen aus Norwegen namens Ivar als Leibwächter und Kammerdiener hielt; es war eine Gewohnheit von Herrschern, daß sie auf keinen Fall Leute aus dem Volk in ihrer Nähe haben wollten, das sie regierten; sie glaubten bei diesen ihres Lebens nicht sicher zu sein infolge der Abneigung, die das Volk gegen Herrscher hegt. Und weil Knut Sveinsson wußte, wo seine Feinde waren, hatte er weder Dänen noch Engländer in seiner Kammer. Als der König am Abend zur Ruhe gegangen war, befahl er seinem Kammerdiener aufzustehen, zu Jarl Ulf Sprakaleggsson zu gehen und ihn zu töten. Der Mann zog sich eilends an und ging hinaus, kam aber nach einer Weile zurück und sagte, der Jarl sei mit den Bischöfen zur Abendmesse gegangen. Dann löschten sie das Licht und legten sich schlafen. Doch als es Mitternacht geläutet hatte, richtete sich König Knut im Bett auf und weckte seinen Diener; er befahl Ivar, sich Schuhe anzuziehen und hinauszugehen und Jarl Ulf Sprakaleggsson zu töten. Ivar ging in die Nacht hinaus und blieb lange fort, kam jedoch schließlich wieder zurück und sagte, Jarl Ulf sei ausgegangen, seine Buhlin draußen in der Stadt zu umarmen; dort seien im Vorraum zwei Löwen gewesen, aus deren Augen und Rachen Feuer loderte, und im Vorgarten achtzehn grimmige Hunde, um die Löwen zu bewachen. Nun gingen sie schlafen, der König und Ivar der Norweger; doch als die Nacht bald zu Ende war, wurde König Knut wieder wach und rief seinen Diener und sagte, daß jetzt die Tageszeit heranrücke, zu der die Jarle von ihren Buhlinnen heimkehrten; er solle hingehen und dem Jarl auflauern und ihn töten. Der Kammerdiener rieb sich den Schlaf aus den Augen und ging hinaus; da krähten die Hähne in der Stadt. Es verging eine ziemliche Weile, bis der Norweger Ivar wiederum in die Schlafkammer des Königs trat und mitteilte, die Sache stehe schlecht: Jarl Ulf sei nach Hause zu seiner Frau, der Schwester Knuts, gefahren; sie hätten ihre Bettkammer von innen verriegelt, und vier Kammermädchen schliefen sittsam im Vorraum, und jedes Mädchen würde von einem von Waffen starrenden Ritter bewacht. Da wurde zum erstenmal in der Herrgottskirche ad matutinum geläutet. König Knut sagte, die Norweger seien ein Volk, das nichts Gutes verdiene, und sie hätten es sich selber zuzuschreiben, wenn sie mehr als andere geprügelt würden. Dann schliefen sie den Rest der Nacht.

Am Morgen stand der König früh auf und ging, die heilige Messe in der Herrgottskirche zu hören; zur gleichen Zeit betrat auch Jarl Ulf, sein Schwager, die Kirche. Sie begrüßten sich freundlich und traten in den Chor; sie saßen nebeneinander beim Altar und lauschten der Messe. König Knut pflegte dem frommen Gesang mit schmerzlichen Seufzern und heißen Tränen zuzuhören. Wenn das Stillgebet in der Messe beginnt, ist es eine schöne Tugendübung guter Menschen, niederzuknien und das Gesicht mit den Händen zu bedecken, wenn Christus herabsteigt und im Brot seine Wohnung nimmt; das nennen die Priester transsubstantionem. Da beugte sich König Knut der Große zu seinem Busenfreund und legte ihm eine Hand auf die Brust, um sein Herz zu fühlen, und flüsterte ihm dabei einige heilige Worte aus dem Psalter ins Ohr, und bei diesen Worten stieß er mit der anderen Hand dem Jarl einen Dolch zwischen die Rippen in die Brust und durch das Herz; Jarl Ulf Sprakaleggsson war sofort tot.

Ein wie trefflicher Mann nach dem Urteil von Bischöfen und Erzbischöfen und des Herrn Papstes und besonders in den Augen des Weißen Christs selber König Knut gewesen ist, beweist die Tatsache, daß vordem und nachdem niemand, der den Titel eines Herrschers von Dänemark trug, berühmter war als er; er war der dritte König in der gesamten Christenheit, der den Beinamen magnus getragen hat, das ist in unserer Sprache der Große. Jarl Ulf wurde leise durch die Chortür hinausgetragen, und die Bischöfe führten die Messe zu Ende; dann wischten Bräute Christi das Blut vom Steinfußboden auf, und Priester reinigten die Herrgottskirche mit ihrem Segen; es war, als wäre nichts geschehen.

Am selben Tag ließ Knut der Große sich seinen Sohn Hördaknut vorführen und verabreichte dem Burschen auf dem Markt vor den Augen der Bauern mit einer Rute eine gehörige Tracht Prügel, nahm ihn dann auf den Schoß, küßte ihn und sagte, daß er neben ihm auf dem Hochsitz sitzen solle. Und in nordischen Büchern heißt es, daß alles Volk in Dänemark König Knut zuströmte und ihm in Liebe anhing, nachdem dieses getan war. Der König fand andere Landverweser, die

Dänemark für ihn regierten; sie gehören nicht zu unserer Geschichte.

Jetzt ist von Thormod Kolbrunarskalde zu berichten, der, von Entbehrungen in Grönland hart mitgenommen, nach Norwegen gelangt war. Als Isländer in Nidaros sahen, wie traurig es um den Skalden, ihren Landsmann, bestellt war, gewannen sie eine betagte Bauersfrau, eine gute Ärztin, dafür, den Mann zu heilen; er war den Rest des Sommers in ihrem Haus bettlägerig; seine Knöchel heilten, und die inneren Leiden ließen nach, die er sich durch absonderliche Ernährung zugezogen hatte, als er in der Trollwelt lebte. Als er wieder aufstehen konnte, lahmte er allerdings sehr, denn beide Beine waren beschädigt; auch wuchsen ihm weder Haare noch Zähne, auch nicht Finger und Zehen, die ihm abgefroren waren; auch sonstige Schönheit der Jugend wurde nicht wiedergeboren. Die Kleider, die er trug, ziemlich schlechte, waren milde Gaben mitleidiger Menschen. So stand er im Herbst mittellos da, und die Isländer waren mit ihren Schiffen aus der Stadt verschwunden. Aus Nidaros verschwunden war auch der Edelmann Sigvat, der Skalde der Könige.

Als Thormod versuchte, mit den Einheimischen zu sprechen und die Norweger mit guten Dichtungen zu unterhalten, kam er damit bei der Bevölkerung schlecht an. Es war die Zeit in Norwegen, da die Leute Wert auf südliche Lebensweise legten und mehr Gefallen an Geschichten von heiligen Männern und Frauen fanden, die Wunder vollbracht hatten, und lieber Choräle hörten als daß sie ihr Gedächtnis mit Begebenheiten belastet hätten, die sich bei den Leuten aus Hrafnista, den Halfsrecken und den Völsungen oder anderen hervorragenden Menschen der Vorzeit abgespielt hatten. Die Norweger meinten, man solle die endlosen Reimereien sein lassen, die da ein Bettler aus Island herunterleierte. Und als der Skalde Edelleute und reiche Schiffsreeder am Hafenplatz aufsuchte und sich erbot, sie zu unterhalten, da zogen die Großen es vor, Zwerge aus dem Süden zu mieten, die sie mit Zauberkunststücken unterhielten. Als Thormod sich bereit erklärte, den Leuten das grönländische Preislied über König Olaf und seine

Kämpen vorzutragen, da sagten alle wie aus einem Munde, daß Olaf der König sei, dessen Lob sie am allerwenigsten hören wollten, und daß es in Norwegen keinen angesehenen Mann gäbe, der sich keinen Vorteil oder keine Ehre davon verspräche, wenn er in den Dienst des englischen Königs träte. Alle guten Norweger bewunderten lauthals Knuts Reichtum an Schiffen, nachdem er mit einer englischen Mannschaft und vierzehnhundertundvierzig Schiffen gelandet war, deren Segel blau und rot gestreift waren. Sie hielten den Skalden nicht für gescheit, der fortgelaufene Könige besang, und meinten, derjenige binde sein Glück an einen Fuchsschwanz, der sich nicht einem König anschließe, der über ein unschlagbares Heer verfüge, wenn es auch die Art vornehmer Leute sei, vorübergehend an die Macht gekommenen Königen zum Munde zu reden, solange sie sich zu halten vermochten. Thormod blieb nichts anderes übrig, als von Haus zu Haus zu wandern und für seinen Lebensunterhalt die Arbeiten zu verrichten, die mehr für ein langes Leben als zur Erlangung von Ruhm geeignet sind, nämlich den Bauern die Schweineställe auszumisten oder Ziegen auf die Weide zu führen. Und durch welche Taldörfer in Norwegen auch immer Thormod Kolbrunarskalde sich schleppte, überall schloß man aus seinen Lumpen und dem Gebaren, das Krankheit und Hinfälligkeit einem armen Mann verleihen, daß man hier einen Jämmerling vor sich habe; Strolche und Bettler verlachten ihn und nannten ihn verrückt, junge Burschen schrien ihm nach. Und da er Skalde und Wettkämpfer in Reykjaholar und Vatnsfjord, Augenweide der Frauen in den Westfjorden, Wikinger an den Hornstranden und Glücksmensch am Djup gewesen war, kam es ihm sonderbar vor, wenn er sich mit der erfrorenen Hand über den kahlen, ohrenlosen Kopf strich oder ein Büschel weißer Haare aus seinem Bart zog.

Weil nun Thormod Kolbrunarskalde in seiner Dichtung hervorhob, daß jede Kraft und Macht edel und löblich sei, die etwas – sei es im Himmel oder auf Erden – zu entscheiden vermag, und so auch besonders die Menschen, die über Völker bestimmen wie die Götter über die Welt und die Gestirne, kamen ihm starke Zweifel, ob es gerecht sei, daß er für seine Treue zu Thorgeir Havarssons König Ställe ausmisten und Schweine hüten mußte; er war sich nicht mehr sicher, ob er alte Kunde richtig verstanden hatte, wenn er weiterhin zwei Kämpen pries, die tief gefallen waren: Der eine war auf einem Hauklotz im Nordland abgeschlachtet, der andere lebend in die Verbannung geschickt worden. Immer öfter mußte der Skalde daran denken, über welche Kraft und Macht Knut Sveinsson verfügte, der mit den besagten unzähligen Segeln ins Land gekommen war und ein größeres Reich erworben hatte als irgendein König im Norden, soweit man weiß. Es kam so weit, daß der Skalde verleitet wurde, das Preislied für König Olaf zum Lobe König Knut Sveinssons umzudichten und die gewaltigen Siege zu rühmen, die dieser König in England über König Adalrad und in Dänemark über Jarl Ulf errungen hatte und auch, daß er sich Norwegen unterwarf, wozu allein der Ruf seiner unter gestreiften Segeln fahrenden Flotte genügte.

Nun schickte König Knut auf Schiffen mit englischem Geld seine Schatzmeister, die mit vornehmen Norwegern unter vier Augen reden sollten; er selbst setzte sich mit einem großen Heer auf Seeland in Trelleborg im Süden fest. Man hält es für sicher, daß ein isländischer Kaufmann Thormod Kolbrunarskalde auf seinem Schiff nach Dänemark brachte mit der Begründung, ein so vortrefflicher Skalde werde bei den Bauernkerlen in Norwegen wenig Ruhm ernten, und Zuflucht und Heimat fänden Männer wie er nur bei den Königen, die über viele Völker zugleich herrschen.

Trelleborg ist von ausländischen Baumeistern unter Anleitung von Knuts Vater, König Svein Blauzahnssohn, mit Hilfe römischer Rechenkunst angelegt worden. Dorthin verschleppten Knuts Leute die Kriegssklaven, die sie auf dem Festland und den Inseln zusammentreiben konnten, und unterhielten und bildeten dort Mannschaften aus, die sie für Kriegszüge in andere Länder benötigten. Svein hatte dort den Heerbann zusammengestellt, mit dem er nach England fuhr, König Adalrad zu schrecken. Jetzt lag in Trelleborg die englische Schutztruppe Knuts, die er im Jahr zuvor eingesetzt hatte, um Olaf Haraldsson erzittern zu lassen. Dort standen innerhalb der Mauern dreißig sehr hohe Holzhäuser, und auf dem Belt vor der Flußmündung schaukelten eine Menge Schiffe; sie waren über Wasser schön bemalt.

Als Thormod Kolbrunarskalde an das Tor kam, sagte die Wache, daß Habenichtse in der Nähe von Königsschlössern vogelfrei seien, besonders wenn sie so hinkten, daß sie kriegsuntauglich seien – »und es ist unerhört, wenn ein Bettler einen König wie Knut sprechen will, den größten Helden seit Carolus magnus, der sich mit dem römischen Kaiser, dem Kaiser von Byzanz und sogar mit dem Herrn Papst vergleichen kann; doch wo sind die Kleider und Waffen, mit denen du vor solch einen König treten könntest?«

»Ich bin ein isländischer Skalde«, sagte der Gast, »und ich opferte Kleider und Waffen, meine Knöchel, meine Nase, meine Ohren und meine Zähne, die früher hochnäsige Kerle angrinsten, und mein Haar, einst die Wonne der Frauen, um mir den nötigen Ruhm zu erwerben und um Helden aufsuchen zu können, die mit Kraft und Weisheit die Welt regieren. Ich habe meinen Bauernhof in die Hände eines Sklaven gegeben und auch meine Frau, die sich auf Schwanenflug verstand, und meine Töchter, die so flink ihre Zehen bewegten wie keine Kinder sonst in Westisland. Ich bitte euch, gute Leute, dem König mitzuteilen, daß ich kältere und dunklere Länder als sonst jemand aufgesucht habe, über tobende Meere gefahren bin und bei Trollen nördlich von der Menschenwelt gelebt habe; daß ich im Fahrwind der Mondbraut ein kunstvolles Preislied bewahre, so groß und gut, wie es nicht einmal der Herr Papst selber seinem Herrn darbringen konnte, dem König Christus, von dem die Trolle meinen, er habe seinen Kochkessel auf dem Mond stehen.«

Ein Wächter antwortete:

»König Knut wird heute abend keine aussätzigen Bettler vorlassen, da ihn der Skalde Sigvat Thordarson aufgesucht hat, den wir soeben in den Saal geleitet haben, der Hofmeister König Olaf Haraldssons; er trägt einen Zobelpelz und goldbestickte Schuhe und ist auf dem Weg nach Rom; er ist sicher ein viel größerer Skalde als du, obwohl wir Hofleute wahrhaftig mehr Spaß an Affen und Zwergen und Pfeifern haben als an allen Isländern der Welt.«

Von dem Festmahl, das Knut Sveinsson in Trelleborg auf Seeland veranstaltete, als er Dänemark und die dazugehörigen Länder zurückerobert hatte und zur Abreise aus dem Land rüstete, wird in diesem Buch kein Bericht gegeben. Doch kundige Leute erzählen, daß der Skalde Sigvat Thordarson von Apavatn in Grimsnes an dem Festmahl teilgenommen habe; er sei in einen schönen Pelz gekleidet und mit einem kunstvoll gestichelten Schwert gegürtet gewesen und habe viele goldene Fingerringe und so wertvolle Armringe getragen, wie sie nur von mächtigen Königen und Bischöfen zu erlangen sind. Es wird angenommen, daß Sigvat bei diesem Festmahl das Gedicht vorgetragen habe, dessen Kehrreim besagt, niemand unter dem Himmel rage höher empor als König Knut, »Knut zum Himmel reichte«. In diesem Gedicht wird erzählt, wie Knut aus dem Osten die Nachricht erhält, daß in seinen Reichen in den nordischen Ländern sich die Dinge zum Schlechten wenden: Die Feinde, von denen er am wenigsten befürchtete, nämlich Olaf der Dicke und dessen Anhänger in Norwegen, vom Volk entmachtet, hingegen diejenigen in Dänemark zur Macht gekommen, denen er am meisten mißtraute, nämlich seine Schwäger und Freunde. In dem Gedicht wird nicht erwähnt, wie Knut König Olaf aus Dänemark verjagte, um so mehr aber wird Knut dafür gelobt, daß er mit einem Heer aus England kam, um Dänemark vor den dänischen Bauern zu schützen: In diesen Ländern zeigte sich etwas, heißt es in dem Gedicht, das dem König um vieles schlimmer schien als die Macht seiner Freunde und Feinde zusammengenommen, und das war die Anmaßung der Bauern, welche die Länder, die sie bebauten, besitzen und selbst regieren wollten; Sigvat nennt in seinem Gedicht ein solches Verhalten »Raub der Dänen«. Aus diesem Gedicht wird deutlich, daß nicht Feigheit, sondern Unlust der Grund war, weshalb Knut keinen Kriegszug gegen seinen Feind Olaf Haraldsson noch gegen seinen Freund Jarl Ulf Sprakaleggsson und seinen Sohn Hördaknut unternahm, die ihm Dänemark entrissen hatten. Erst als er erfuhr, daß die Bauern im Begriff stünden, die Dinge in diesen Ländern selbst zu entscheiden, und ihm die Herrschaft der Bauern allein schlimmer erschien als die Macht seiner Freunde und Feinde zusammengenommen, da brach er mit vierzehnhundertundvierzig englischen Schiffen auf, um den Bauern in Norwegen und Dänemark zu zeigen, daß er von allen sterblichen Königen am höchsten zum Himmel ragte und Gott am nächsten und ein so großer Freund Christi und dessen Mutter war, daß er, ohne vom Herrn Papst getadelt zu werden, sogar seinen vertrauten Freund in der Messe am Hochaltar ermorden durfte, während der transsubstantio panis. Und immer wieder, wenn eine Tat des Königs angeführt wird, verkündet der Kehrreim, Knut sei der König, der allein unter dem Bogen des Himmels zu sehen ist, »Knut zum Himmel reichte«.

Als das Festmahl zu Ende war, kehrte Knut aus den nordischen Ländern zurück und begann England zu regieren. Und der Skalde Sigvat Thordarson hatte genug Geld im Beutel, um sich Pferde kaufen zu können, wenn er aufs Festland kam. In jenem Herbst ritt er über die Alpen nach Rom.

Sechsundvierzigstes Kapitel

Olaf Haraldsson verließ mit seinem Sohn Magnus Schweden und reiste im Herbst mit Kaufleuten nach Osten bis nach Kiew in das Reich des Großknjas Jaroslaws des Weisen und dessen Großknjasin Ingigerd von Schweden; dort gedachte er Hilfe zu suchen.

Die Stadt erhebt sich auf dem südlichen Ufer des Dnepr, wo der Fluß sehr breit ist, fast wie ein Meer. In jenem Land wachsen Butterblumen so groß wie Brotlaibe. Hier eroberten sich anfänglich kriegerische schwedische Kaufleute die Macht und unterwarfen das Volk, das dort weite Ebenen und Wälder bewohnt. Großknjas Wladimir der Heilige, der Vater Jaroslaws des Weisen, hatte das Christentum aus Konstantinopel angenommen; auf sein Gebot hin sollten alle Menschen, die er zur Botmäßigkeit zwingen konnte, Christen werden. Im Gebiet von Kiew hießen früher die einheimischen Großen und Fürsten Bojaren oder Bogatyre. Gegen die einheimische Bevölkerung führte Wladimir einen langen und blutigen Krieg und wurde dabei von ausländischen Königen unterstützt, sowohl vom Kaiser von Byzanz als auch von seinen schwedischen Verwandten. In diesem Krieg wurden viele Ortschaften erobert und bekehrt, und die Männer Wladimirs, die im Kampf fielen, wurden vom Patriarchen heiliggesprochen und waren schon im Sterben selig, ohne im Fegefeuer warten zu müssen; ihre Schädel galten als die größten Kostbarkeiten, da durch sie viele Zeichen und Wunder geschahen.

Am Ufer erhob sich eine stattliche Königsburg mit einem Obstgarten darum und hohen Türmen; dort standen ständig Wachen, die nach Kumanen und anderen Feinden Ausschau hielten, die aus der Ebene oder den Fluß hinunter heranrükken konnten, denn diese Landstriche waren ihrem Herrscher nie ganz ergeben. Innerhalb der Stadtmauern gab es auch ein Mönchskloster, eines der besten, die es je in diesem Teil der Welt gegeben hat; es besaß einige Kleinode, an denen jeder Christ Gefallen finden mußte; an erster Stelle ist ein Finger des heiligen Stephanus protomartyr zu nennen, ein Finger, von dem Gelehrte gesagt haben, daß er der beste Schutz gegen Mangel an Brotaufstrich und sehr erfolgreich gegen die Heuschrecke sei, außerdem auch wirksam gegen Wucher von seiten der Juden; dieses Kloster hatte ferner in seinem Besitz den heiligen und unversehrten irdischen Leichnam des gesegneten Königs Wladimir, des Vaters Jaroslaws; diesem Leichnam entströmte vielfältige Rührung der Herzen mit großer Herrlichkeit und Wundertätigkeit und Wohlgeruch weithin; im Besitz des Klosters befanden sich des weiteren die Köpfe von mehr Menschen, die für die Heilige Weisheit gefallen waren, als andere Klöster in jenen Gegenden besessen haben, und diesen Köpfen waren zahlreiche Wundertaten zum Wohle der Bevölkerung zu verdanken; viele Leute kauften Kerzen und ließen sie vor diesen Köpfen für ihr und ihrer Nächsten Seelenheil brennen.

Auf Geheiß des löblichen Herrn Patriarchen, den man im Osten an Stelle des Papstes gesetzt hat, hatte Jaroslaw der Weise es unternommen, der Heiligen Weisheit eine Kirche zu errichten, die dort lange gestanden hat und in diesem Teil der Welt zu den wichtigsten Kirchen gerechnet wurde; für diesen Bau mußten ungeheure Mittel aufgebracht werden; den Menschen wurde dringend ans Herz gelegt, Almosen und andere Gelder, die sie entbehren konnten, zum Gedenken an Heilige und Blutzeugen zu spenden, jeder für seine Seele und die seiner Verwandten, und manch einer wurde durch Spenden an die Heilige Weisheit gebenedeit und auch dadurch, daß er vor den Totenköpfen Kerzen brennen ließ.

Es wird berichtet, als Olaf Haraldsson mit seinem Sohn Magnus im Herbst nach Kiew kam und Jaroslaw aufsuchte, habe der Knjas den des Landes vertriebenen König von Norwegen nicht kennen wollen, der da ins Land gelaufen kam und sich weder seines Geschlechts noch seiner Macht rühmen konnte; der Mann hatte zudem schlechte Schuhe an, sein Kittel wies viele Fettflecke auf, und sein Sohn besaß überhaupt keine Schuhe. Der Knjas hielt es auch für unangebracht, daß jemand seine Freundschaft suchte, der früher sein Nebenbuhler gewesen war; er sagte, er wolle als aufrechter Freund eines so trefflichen Königs wie Knuts des Großen keinen Mann ernähren und beherbergen, den dieser König als Landesverräter ansähe. Er sagte auch, daß er nicht deshalb seine vier Brüder unter großen Mühen im Kampf getötet habe, um später ausländischen Vagabunden Land in Kiew zu geben. Doch gab er Olaf die Erlaubnis, er dürfe, wenn die Kaufleute zum Winter ihre Schiffe aufgezogen hätten, mit ihnen in die Bezirke gehen, die von schwedischen Kaufleuten für ihren Unterhalt besteuert wurden, während sie in Kiew ihren Winteraufenthalt nahmen.

Man sagt, kein Freier bedeutet Frauen so wenig, auch wenn sie ihn schmählich abgewiesen oder treulos hintergangen haben, daß sie ihm nicht dennoch günstiger gesinnt seien als anderen Männern, und das um so mehr, je älter sie würden, und bereit, ihm nach Kräften Hilfe zu gewähren, wenn er in schwieriger Lage sei. Also sagte Königin Ingigerd, sie werde veranlassen, daß Olaf Haraldsson in Kiew geziemend behandelt werde und den Platz am Hofe einnehme, den er selber einnehmen wolle; sie ließ ihm Kleider geben und stattete ihn so aus, wie es sich für einen Edelmann gehörte. Ihr Schwestersohn Magnus, sagte sie, solle mit den Kindern des Knjas aufwachsen.

Zu dieser Zeit war die nordische Sprache in Kiew nicht üblich, außer bei der schwedischen Schutztruppe, die dort ständig in Sold stand und die Aufgabe hatte, die Bevölkerung zu bekämpfen und sie dem Großknjas gefügig zu machen. Die Gelehrten und Mächtigen in der Stadt sprachen Griechisch, das man für die Hauptsprache der Welt ansah, und nur Arme und Aussätzige gebrauchten die Landessprache. Kaum jemand am Hofe Jaroslaws geruhte, Olaf Haraldsson anzusprechen, und er war wenig angesehen; ihn befielen Kummer und Harm wegen seines Mißgeschicks, weil ihn niemand beachtete und nur die Frau ihm aus Mitleid Almosen zukommen ließ, die ihn einst mit Lug und Trug am tiefsten erniedrigt hatte. Es wurde ihm leid, daß kein Mensch Lust verspürte, ihm zuzuhören, wenn er sich entschloß, den Mund aufzumachen, und das um so mehr, als er wußte, daß er in seiner Sprache einer der beredtsten Menschen war und vor versammelter Menge gute und glaubhafte Reden zu halten und von Heldentaten bei den Wikingerfahrten und von anderen Abenteuern zu erzählen vermochte.

Es erging ihm nun so, wie es in vielen Geschichten berichtet wird, daß sich nämlich seine Gedanken immer mehr dem Herrscher zuwandten, der zu seinen Freunden am aufrichtigsten ist und mit der größten Geduld ihre Worte anhört, wenn sie in einer schlimmen Lage sind, und das ist Christus der Himmelskönig, der am Jüngsten Tag über die Menschen richten wird. Olaf stattete jetzt Gotteshäusern immer häufiger Besuche ab, um mit den Heiligen und Aposteln zu sprechen, die bei Christus in höchstem Ansehen stehen, und mit den heiligen Jungfrauen und den Führern der Engelschar; er legte sein Schicksal ganz in die Hände dieser heiligen Mächte, während er unter Tränen dem leiernden Gesang der Mönche lauschte; dieser ist im griechischen Glauben stark mit Schwermut und Klagen gemischt. Denn in diesem Teil der Welt wird das Christentum von nicht besonders guten Freunden des römischen Stuhls bestimmt, die, wie schon gesagt, im Griechischen Metropoliten genannt werden, und über ihnen stehen Archimandriten und Patriarchen, und alle sind vom Herrn Papst mit dem Bann belegt worden, so wie er von ihnen mit dem Bann belegt wurde. Doch Olaf Haraldsson kannte den Unterschied zwischen diesem Christentum und jenem seines alten Freundes Bischof Grimkel von Canterbury nicht; ihm war Griechisch in jeder Hinsicht soviel wie Latein.

Olaf führte jetzt lange Gespräche mit den Mönchen, deren Sprache er verstand, und hörte zu, wenn sie erstaunliche Geschichten erzählten, hervorragend und wunderbar durch Wahrzeichen, Offenbarungen und bedeutungsvolle Gesichte der Heiligen, und dabei mit großer Geschicklichkeit in ihren Bärten Läuse fingen. Dank dem Überfluß an Heiliger Weisheit begriff König Olaf, welche zärtliche Umarmung Christus den Menschen bietet, die ihr Königtum vertan haben, und wie geduldig er sie aufzurichten sucht, wenn sie sich ihm fügen, wobei er stets eines Menschen Bitte achtet, sei er nun Kaiser oder Vertriebener. Olaf sprach oft mit den Mönchen darüber, wie schrecklich es sei, land- und mittellos, Almosenempfänger fremder Leute und aller Welt verleidet zu sein, und daß Jaroslaw in keiner Weise seine Dienste annehmen und ihm kein Land zum Lebensunterhalt geben wolle, weder zur Beaufsichtigung noch zur Plünderung, wie er es von Kindheit an gewöhnt war. Und je mehr Olafs Herz durch das Zeugnis bedeutender Wundergeschichten gerührt wurde und je kälter ihm Jaroslaw und der Hof begegneten, um so größeres Wohlwollen glaubte er von Kaiser Christus zu erfahren.

Man sagte, Königin Ingigerd habe angeregt, daß Olaf Haraldsson, ihrem ersten Geliebten, in Kiew ein Platz eingeräumt würde, wo er mehr Ansehen genösse, als Jaroslaw, ihr

Ehegespons, ihm zuzugestehen bereit war. Und dank ihrer Mithilfe wurde er angewiesen, im Kloster zu wohnen und mit den Menschen umzugehen, die sich dort in der Stadt Gott zu frommem Lebenswandel verpflichtet hatten. In Gottes Gesetzen aber steht, daß kein weibliches Wesen durch die innere Tür eines Klosters gehen darf, außer der Königin des Landes.

Ingigerd Olafstochter war hochgewachsen, licht und stolz wie die Frauen des Schwanengeschlechts, von denen einige wenige in den nordischen Ländern gesehen worden sind, doch keine je anderswo. Sie ging oft den Königinnenweg in das Kloster, um mit ihrem Schwager Olaf über die Nachrichten zu sprechen, die aus den nordischen Ländern kamen, denn ihre Gedanken weilten ständig dort. Und wie sie so eingehend redeten, brachte sie ihre Entschuldigung gegenüber Olaf vor, nämlich die, daß ihren Verwandten dreißig Glieder männlicherseits hindurch Uppsala gehört habe und sie Männern ohne Herkunft nicht trauten, die in Norwegen aus eigener Kraft emporkamen und sich den Königstitel zulegten; daß ihnen die Zahl der Beispiele zu groß war, wie schnell solche Könige in Norwegen getötet wurden, sobald ein starker Mann Lust verspürte, sie anzugreifen. Dennoch meinte sie, daß ihre Schwester Astrid, die Tochter einer Magd, nicht schlechter verheiratet sei als sie selber. Sie sagte, daß es gewiß eine königliche Tat gewesen sei, seine Brüder aus dem Wege zu räumen, wie es ihr Gemahl Jaroslaw der Weise getan habe; hingegen sei es für sie keine Ehre, daß Jaroslaw außer ihr noch vier Frauen habe und daß er es zudem mit sieben Kebsweibern treibe. Sie hielt es auch für besser, aus eigener Kraft in einem entzweiten Reich für einige Zeit an die Macht zu kommen und früh im Kampf zu fallen, als dem Namen nach über Kiew zu herrschen und sich wegen des Kaisers in Konstantinopel nicht König nennen zu dürfen, sondern nur Knjas. »Und die dunkeläugigen Klatschweiber in Konstantinopel, nackt bis zum Bauch, lachten über mich und schrien, hier sei eine Schildmaid des Riesengeschlechts, und mich hätte wohl eine Bärin gesäugt.«

Um jene Zeit sammelten Mönche mit größtem Eifer alle Köpfe von Heiligen und Blutzeugen aus der Schar jener, die Bojaren und Bogatyre im Kampf gegen König Wladimir den Heiligen erschlagen hatten, als dieser das Volk zur Taufe zwang. Die Mönche beabsichtigten, ganz Rußland, Großbulgarien und andere Königreiche dazu zu bewegen, Pilgerfahrten nach Kiew zu unternehmen, um die seligen oder gesegneten Heiligen zu verehren, die dort dank der Gnade Gottes blühende und fruchtbringende Köpfe hatten. Jedem, der um der Heiligen Weisheit willen diesen Köpfen in Kiew bares Geld opfern wollte, wurde Vergebung seiner Sünden und vielfache Milderung im Fegefeuer versprochen, wie auch Heilung von Wunden und Geschwüren, gute Gewichtszunahme der Mastkälber und erfreuliches Gedeihen der Rüben, wie auch Ruhe vor Kriechtieren und Kumanen, jenem blutrünstigen Volk, das Menschenfleisch ißt. Und jeder Landstreicher, der auf seinem Wege auf den annehmbaren Kopf eines Mannes oder einer Frau stieß, hob ihn auf und ging in das Kloster und bekam dafür von den Mönchen Rübenmus mit einem Happen Fleisch zur Erhöhung seines Wohlbefindens.

Als nun dieser nordländische König, arm und zugrunde gerichtet, ins Kloster gesteckt wurde, da fragten ihn die Mönche, welche Arbeit er verrichten könne, wenn im frommen Gesang eine Pause eintrete, da der Höllenfürst Satan, der Nebenbuhler Christi, wie er genannt werde, sich mit großer Verschlagenheit an Müßiggänger heranmache. König Olaf meinte, daß man ihm Geschicklichkeit zu mancherlei Arbeiten nachsage, wie Anfertigung von Schreinen und Elfenbeinschnitzerei, »doch«, sagte er, »als wir auf Wiking waren, war ich am berühmtesten wegen meiner Arzthände.« Da stellte es sich heraus, daß er in seinem Beutel, von dem er sich nie trennte, kleine Messer, griffige Zangen und Ahlen verwahrte, und er sagte, daß er, als er mit einer Schutztruppe England und die Normandie und schließlich Norwegen verteidigte, sich mit diesen Werkzeugen einen guten Ruf erworben habe, indem er den Aufrührern die Augen ausstach oder die Zunge herausriß oder Gefangene und Geiseln verstümmelte. Als sich die Mönche diese Gerätschaften angesehen hatten, vereinbarten sie mit Olaf, er solle die Köpfe der Blutzeugen und anderer Heiliger bearbeiten: das Fleisch von den Knochen lösen, die Augen ausstechen, die Zunge herausreißen, das Weiche aus der Mundhöhle entfernen und dann die Schädel blankreiben. Diese altehrwürdigen und blütentragenden Heiligenschädel, die Quelle vieler großartiger Wunder, wurden in der Kirche der Heiligen Weisheit in Kiew bis zu den Tagen Bischof Sigurgeirs aufbewahrt, wo wir sie sahen, als wir dieses kleine Buch in großer Bedürftigkeit zusammenschrieben.

Siebenundvierzigstes Kapitel

Die Gelehrten haben viel darüber geschrieben, daß König Knut Sveinsson seinen Vasallen in Norwegen mehr Macht und Vorrechte gab, als sie früher besaßen, so daß sie jetzt stärker als vordem zu sein glaubten und stark genug, um in Gebieten, die von Schweden beansprucht wurden, Herrschaftsrechte auszuüben. Es ging ihnen wie anderen, die einen mächtigen König über sich haben: Sie meinten, sein Reich würde ewig bestehen, und unter seinem Schutz stünden ihnen alle Wege offen. Schließlich fand der Schwedenkönig Önund, daß es vor der Tür seines Hauses etwas eng wurde. Ihm schien, daß die Norweger sich jetzt allzu breit machten, nachdem sie einem englischen König unterstanden, der mehr Macht, Truppen und Schiffe besaß als früher die norwegischen Könige.

Doch da König Önund Olafsson von Schweden die Schwester Knuts zur Frau bekommen hatte, hielt er es für geraten, in der Auseinandersetzung mit den Norwegern vorsichtig vorzugehen, weder geradezu noch übereilt. Er überlegte, auf welche Weise er mit den Norwegern fertig werden könnte oder wieviel Knut daransetzen würde, Norwegen zu behaupten oder zurückzuerobern, wenn es ihm entglitte; er äußerte, daß ihn im vorigen Jahr die Vernunft im Stich gelassen habe, als er dem von den Bauern bedrängten Olaf dem Dicken allzu wenig Beistand leistete, besonders weil jetzt fast alle Anführer der Bauern sich einstweilen Knut unterworfen hatten. Er hielt es für besser, einen unbedeutenden Burschen neben sich in Norwegen zu haben als einen mächtigen englischen König.

Als nun immer mehr Vögte König Önunds Beschwerde über Übergriffe seitens der Norweger führten, hatte König Önund es schließlich satt, und er verabredete ein geheimes Treffen mit jenen Häuptlingen, deren Teilnahme an der Beratung er für gut hielt. Ihre Pläne wurden vor der Bevölkerung geheimgehalten. Im Herbst geschah es dann, daß König Önund Leute mit Silber in den Osten nach Rußland schickte mit dem Auftrag, Olaf Haraldsson den Dicken aufzusuchen und ihm anzubieten, ihm Pferde und Geschirr zu kaufen, damit er im kommenden Winter den Osten verlassen könnte; ihn sollte an der Ostküste der Ostsee eine Flotte erwarten, die ihn zu Astrid, seiner Frau, bringen würde. In jenem Herbst war ein Jahr vergangen, seit König Olaf nach Kiew gekommen war.

Am selben Tag, an dem die Sendboten der Schweden diese Dinge bei Großknjas Jaroslaw vorbrachten, ging Königin Ingigerd, wie sie es gewohnt war, in das Kloster, um mit König Olaf, ihrem Schwager, zu sprechen. Er war gerade bei der Arbeit und hatte eine Zange in der Hand, um Fleisch vom Gaumen eines Heiligenkopfes zu zupfen; im Haus dort wurde viel Weihrauch gebrannt zur Erbauung der Menschen und um den Leichengeruch zu verdrängen. Die Königin setzte sich Olaf dem Dicken gegenüber und sah eine Weile zu, wie der König mit großer Geschicklichkeit die Kiefer des Heiligen auseinanderklappte. Sie war in wenig guter Stimmung. Die Königin äußerte sich so:

»Gäste sind von Westen aus Schweden in unseren Hof geritten«, sagte sie, »und bringen folgende Botschaft: Du sollst mit ihnen den Osten verlassen und dich wieder mit meiner Schwester Astrid zusammentun. Doch wirst du dir erst die Herrschaft in Norwegen erkämpfen müssen, und für die Heerfahrt will Önund in Uppsala, mein Bruder, dir alle Landstreicher, Bettler und Diebe zur Verfügung stellen, die im Schwedenreich auf beiden Seiten der Ostsee aufzutreiben sind. Im Reich meines Bruders ist ein schlechtes Jahr, und allerorten ist es leicht, Leute für einen Kriegszug zu werben, in Estland wie auf Ösel oder Gotland oder in Schweden selbst; ihnen wird reiche Beute in Norwegen versprochen.«

Olaf Haraldsson hörte sofort auf zu arbeiten und legte den Heiligenkopf mit dem Werkzeug zwischen den Kiefern beiseite.

Dann sagte er: »Ich ersehe daraus, daß hier einige Dinge geschehen sind, die, wenn sie wahr sind, nicht wenig bedeuten, obgleich du sie mir nicht gerade wohlwollend mitteilst.«

Sie antwortete: »Dann sag mir, welche Notwendigkeit du siehst, die Hand meiner Schwester Astrid zurückzugewinnen.«

»Sollten wir dazu berufen sein, das norwegische Reich wiederzuerrichten«, sagte er, »dann geschieht das wohl nach dem Willen Christi und nicht der Menschen; doch ich hatte mir einstweilen ein anderes Werk vorgenommen, das ich für Gott vollbringen wollte. Und ich habe nicht vergessen, Ingigerd, daß ich doch in deinen Augen ein kleiner Mann war, als ich damals Norwegen regierte, und du mich schmählich behandeltest, indem du dich mit diesem vielfachen Hurenkerl eingelassen hast, dem Meuchler seines Geschlechts, obwohl du doch durch dein eigenes Jawort mit mir verlobt warst; diesem aber wird es nie gelingen, den Königstitel zu tragen. Oder warum sollte ich dir heute lieber sein, wo ich nicht über Völker herrsche, sondern nur über diese verwesten Köpfe?«

Sie sagte: »Aus Rachsucht willst du mich jetzt dafür strafen, daß ich ein Wildfang war, gerade den Kinderschuhen entwachsen, als du um mich anhieltest und selbst nur ein Seefahrer warst; aus kindlicher Unerfahrenheit geschah es, daß ich mich mit dem verheiratete, der ein größeres und berühmteres Reich besaß. Heute weiß ich, je größer das Reich eines Königs ist, um so weniger hat eine Frau teil an seiner Liebe. Ich will lieber mit einem Mann befreundet sein, der für die Mönche Köpfe aus der Verwandtschaft armer Leute putzt oder Köpfe, die Mörder den Bischöfen für Kohlsuppe verkauften, als mit einem König verheiratet, der über ein feindliches Land herrscht. Wir beide, du und ich, sprechen dieselbe Sprache und haben eine Hautfarbe, was in der Verbannung zwei Menschen zu einem Volk macht. Meine Schwester Astrid hat unsere einheimischen Jarle zum Brettspiel und Bescheidtun, wie es ihr beliebt; dabei war sie von jeher unbedarft, gewachsen wie eine Sennerin, die im Butterfaß stampft und Butterklumpen macht; und sie hat das Grinsen einer Kellnerin. Gehst du fort, dann stehe ich einsam und verlassen da, und die Erde unter meinen Füßen ist bis in die Wurzeln verbrannt.«

Da sprach König Olaf: »Was Christus will, soll gewagt werden, und Königreiche sind nicht billig zu erwerben; was die Frauen angeht, so nehmen wir die Dinge, wie sie kommen. Eine Frau ist auch mehr geehrt durch die Freundschaft eines Königs, der, statt Totenköpfe zu putzen, lebenden Menschen den Kopf abschlägt. Christus hat mir gewiß für die Zukunft große Taten zugedacht, wenn sich die Nachrichten bewahrheiten, die du mir gebracht hast.«

Da sprach Königin Ingigerd: »Es könnte sehr wohl geschehen«, sagte sie, »daß du das Reich gewinnst, das Christus dir gibt, doch niemals Norwegen, und daß du in das Bett kommst, das Christus dir bestimmt, doch nie in das von Astrid, deinem Notnagel. Unser beider Tage werden von nun an so trübe sein, wie wir es selbst verschuldet haben.«

Bei diesen Worten kamen der Königin die Tränen; sie stand auf und ging ohne weiteren Gruß davon und schloß die Tür hinter sich. Olaf Haraldsson der Dicke aber wischte Fleisch und Blut von Zange und Ahle und Stichel und den kleinen Messern und lobte Jesus den Herrn.

Es ist zu berichten, daß der Schwedenkönig Önund in den Ländern, die er auf der anderen Seite der Ostsee besaß, ein Schiffsheer aufstellen ließ, das für Olaf Haraldsson den Dikken bestimmt war, wenn er an die Küste käme. Im Winter brach Olaf mit prächtigem Gefolge von Osten auf; sie spannten Pferde vor die Schlitten und fuhren über Eis und Schnee; sie wurden von einer Wächterschar begleitet, die das Silber bewachte, das sie mitführten. Die Jarle des Schwedenkönigs, die die Reise leiteten, hatten sich gegenüber ihrem Herrscher verpflichtet, Olaf stets mit dem Königstitel anzureden.

Als sie an die Küste kamen, erwartete sie dort ein Schiffsheer, zur Ausfahrt bereit; die Schweden erklärten, daß König Olaf diese Mannschaft befehligen solle. Es war ein buntgewürfelter Haufen; dort waren versammelt geächtete Verbrecher und viele Sklaven, deren reiche Herren sie im Hungerjahr nicht ernähren wollten, wie auch allerlei zerlumptes Volk und Barbaren, dazu Strauchdiebe, die in den Wäldern zusammengetrieben wurden wie Wölfe. Sie bekamen den einen Tag harten Stockfisch, den anderen Brei zu essen. In der Mannschaft gab es keinen einzigen Christen; die meisten verstanden nicht einmal die nordische Sprache. König Olaf wurde von den Häuptlingen, den Vögten des Schwedenkönigs an Land und auf den Inseln, festlich empfangen, mit glänzenden Festmählern und geziemenden Geschenken. Das war ein anderes Leben als vor noch nicht langer Zeit, da er als Fahrgast von Kaufleuten nach Osten fuhr und seinen barfüßigen Sohn an der Hand führte und niemand die beiden beachtete.

Zu jener Zeit hatte das Christentum im Osten noch nicht festen Fuß fassen können; die Vögte der Schweden widersetzten sich der Steuereinziehung von seiten des Papstes wie des Patriarchen. Nur alte Kaufleute hatten, als sie im Ausland waren, die vorläufige Taufe genommen, und einige hatten dem heiligen Basilius von Kappadozien Bethäuser errichten lassen, nachdem sie sich zur Ruhe gesetzt hatten. Gute Schweden waren Thor treu, und das Volk, das nicht nordisch sprach, glaubte am meisten an den Gott, der Jumala genannt wurde und einen schönen Stab in der Hand hielt; seine weiteren Vorzüge können hier nicht dargelegt werden.

König Olaf hatte sich, wie oben geschrieben, zu einem engen Vertrauten Christi entwickelt, nachdem er aus seinem Reich vertrieben worden war, so daß er kaum ohne Schmerzen den heiligen Gottesdienst, den Gesang in Griechisch oder Latein sowie den Klang der Glocken entbehren konnte. Und doch wußte er ohne Bedenken die Schliche Christi zu schätzen, der seinem Diener ein hundheidnisches Heer gegeben hatte, um den wahren Glauben nach Norwegen zu bringen. So froh er über diese Streitmacht war, so gern sahen es in diesem Notjahr die Häuptlinge im Osten, daß der Schwedenkönig dort Diebe und Arme und anderes Gesindel an Land und auf den Inseln zusammentreiben ließ, um sie auf Schiffen fortzubringen und westlich der Ostsee abschlachten zu lassen.

In gotländischen Büchern ist nachzulesen, daß König Olaf Haraldsson auf dieser Fahrt mit seinem Schiff Gotland anlief. Ihm wurde ein besserer Empfang bereitet als damals, da er im Kindesalter auf einem Raubzug dort landete und von den Inselbewohnern so geschlagen wurde, daß nicht weniger als ein besonderes Preisgedicht nötig war, um seinen Sieg über die Gotländer zu verherrlichen. Die Bevölkerung Gotlands war noch nicht christianisiert. Jetzt gebot König Olaf, daß die gesamte Schiffsmannschaft von ihrem Sold Geld für eine Kirche auf Gotland spenden sollte; die Einheimischen schenkten Olaf zwölf Widder als Gegengabe und versprachen, eine Kirche zu bauen und zu gegebener Zeit einen Priester anzustellen. In diesem Land zog Olaf eine Verstärkung aus Armen und Dieben zusammen; die Werbung geschah unter denselben Bedingungen wie im Osten: daß die Mannschaft, sobald sie nach Norwegen käme, sich alles nehmen dürfte, was sie vom Land verlangte, und es nach Wikingerbrauch unter sich aufteilen sollte.

Olaf Haraldsson ließ die Mannschaft, die er aus dem Osten mitgebracht hatte, auf dem Mälaren ankern; der Schwedenkönig kam zur Flußmündung, um sich mit ihm zu treffen; er war umgänglich und leutselig und hatte viel zu berichten: Die größte Neuigkeit war, daß Knut den Norden endgültig verlassen hatte und die Bauern in Norwegen sich großtaten und alles allein bestimmen wollten, doch zum Glück fehlte es ihnen an Köpfen, denn Knut hatte ihre Anführer gekauft, und sie hatten keine Aussicht auf den Sieg, wenn sie es mit einem tapferen Heer zu tun bekamen. Weiter hatte der Schwedenkönig Erkundigungen eingezogen, wo Olaf in Norwegen Hilfe erwarten könnte, wo er Verwandte und Freunde hätte; er hatte insgeheim Boten zu ihnen geschickt, und sie erklärten sich bereit, ihm Beistand zu leisten, wenn er mit einer ansehnlichen Mannschaft heranrückte, um das Land gegen die Bauern zu verteidigen. Da die Könige darin übereinstimmten, daß Olaf noch zuwenig Truppen hatte, um Norwegen zu befreien, erhielt er von seinem Schwager die Erlaubnis, in ganz Schweden alles Volk zusammenzuziehen, das ihm zu folgen bereit wäre; der König versprach, seinen Schwager bei dieser Werbung zu unterstützen. In Schweden herrschte große Not; Bettler zogen scharenweise umher und machten Wälder und Schären unsicher. Im Auftrag der Könige wurden Boten ausgeschickt, diese Leute für den Heerzug nach Norwegen zur Verteidigung des Landes zu sammeln; es wurde zugesagt, daß diesem Heer in Norwegen alle Dinge von Wert gehören sollten, deren es habhaft werden könnte, auch die Höfe der norwegischen Bauern. Wie zu erwarten, schien es vielen Männern, daß hier von den schwedischen Machthabern die schönste Heerfahrt angeboten würde. Es wurden mehr Strauchdiebe, Rindenesser und Räuber zusammengezogen, als man es je erlebt hatte. Die gemeinen Leute bekamen Brei, die Angeseheneren der Mannschaft Salzfisch, die Anführer Fleisch. Waffen wurden vorläufig nicht ausgegeben, damit sich die Leute nicht selber umbrächten, denn es kam oft zu Streitereien in der Mannschaft, die aus allerlei Gesindel bestand und in der einer des anderen Sprache nicht verstand. Die Befehlshaber begnügten sich damit, Kisten voller Waffen zu zeigen, die gegen die Norweger gebraucht werden sollten; die Leute hatten schlechte Kleider und umwickelten ihre Füße mit Birkenrinde, bis es im Frühling wärmer wurde. Auch in der Mannschaft, die in Schweden zusammengezogen war und die ihm folgen sollte, fand Olaf keine Christen vor, denn es sollte noch ein Menschenalter vergehen, bis das Christentum in Schweden Einzug hielt. Jedoch hatten die Könige von Uppsala dem Namen nach den Glauben angenommen, um sich mit Königen im Süden und ausländischen Fürsten verschwägern zu können und Freunde des Herrn Papstes zu heißen; in Uppsala stand ein Freystempel, der größer und prächtiger war als jede Kirche, die es damals in den nordischen Landen gab. Alle Gelehrten sagen aus, daß die Könige von Uppsala nach Kräften das Christentum von den Schweden fernhielten; sie wollten in ihrem Land Ruhe haben, wie sie in früheren Zeiten in Schweden geherrscht hatte, und machten Unruhestiftern und Ausländern notfalls Zugeständnisse, um dem Land Frieden zu erkaufen und nichts weiter.

König Olaf kam es sonderbar vor, daß ihm, nachdem er auf Einladung seiner Schwäger und in voller Freundschaft mit ihnen in Schweden eingetroffen war, zwar alle Strauchdiebe Schwedens, gescheiterte Kleinbauern, Lausekerle, Ausländer und viel anderes heidnisches Volk zur Verfügung gestellt, priesterliche Dienste aber ganz und gar vorenthalten wurden. Als er beim König von Uppsala deswegen Klage führte, erhielt er zur Antwort, die Bischöfe seien überzeugt davon, daß König Olaf in Kiew mit Irrlehrern und Ausgestoßenen Umgang gehabt habe, die dem Patriarchen von Konstantinopel gehorchten, doch auf jenem Christentum liege der Kleine Kirchenbann, wie auf dem Herrn Papst der Große Kirchenbann des Patriarchen. Kein Priester des Erzbistums Bremen werde es aus Furcht um sein Seelenheil wagen, für König Olaf die Messe zu singen, es sei denn mit ausdrücklicher Erlaubnis des Herrn Papstes. Darauf deutete auch hin, daß ihm zwar seine Schwäger mit größerer Liebenswürdigkeit als früher begegneten, seine königliche Gemahlin aber nichts dergleichen tat; sie kam nicht zu den Schiffen geritten, ihn zu besuchen. Als die Mittwinternacht nahte – so heißen die heidnischen Weihnachten bei den Schweden –, wurden auf Veranlassung des Königs von Uppsala große ausgeschlachtete Rinder an die Küste gebracht, wo die Zelte Olaf Haraldssons standen, dazu Fässer voll Met; doch fern war der König vom Schoß Königin Astrids, seiner Ehefrau; es wurde ihm zugemutet, Weihnachten mit seiner Mannschaft am Strand zu feiern und nicht am Königshof von Uppsala; als er dieses zur Sprache brachte, gingen die Königsmannen der Schweden nicht darauf ein. Schließlich gab sich Olaf mit dieser Lage nicht zufrieden, sondern machte sich mit einigen Gefolgsleuten auf den Weg und ritt zum Königshof; er versuchte, seine Gemahlin Astrid zu sprechen, ehe sich andere Leute einmischten. Als er an den Königshof kam, erfuhr er, daß Königin Astrid in der Metschenke sitze. Ihr wurde mitgeteilt, daß ein Gast an den Hof gekommen sei und mit ihr sprechen wolle, auch, welchen Eindruck dieser Gast auf die Leute mache. Sie sagte, man solle ihn in eine abgelegene Stube der Schenke weisen; dann ging sie zu ihm. Als sie ihren Gemahl Olaf erkannte, begrüßte sie ihn höflich, jedoch etwas verwundert, und fragte nach Neuigkeiten aus dem Osten und zu welchem Zweck er hierhergekommen sei.

König Olaf antwortete: »Ich hätte nicht gedacht, daß du deinen Herrn und Gemahl nach Neuigkeiten glaubst fragen zu müssen oder nach den Dingen, die dazu geführt haben, daß du abends in der Bierstube sitzt und dein Gemahl gekommen ist, dich zu besuchen, der einst in Kummer von dir gehen mußte.«

Königin Astrid sagte: »Es hätte dir längst bekannt sein müssen, Olaf, daß wir Uppsalatöchter greifbare Dinge mehr schätzen als Zukunftsträume. Es ist uns Schwestern wenig daran gelegen, Könige zu Ehemännern zu haben, die aus ihrem Land vertrieben wurden. Uns stehen viele gute Zecher zur Verfügung, die uns abends Bescheid tun können; darunter sind Edelleute, die in Schweden über Länder herrschen, die so gut sind wie ganz Norwegen, auch wenn du es besäßest; Königen geben wir uns zu eigen wegen der Länder, die sie regieren, und nicht aus Leidenschaft oder wegen des Ruhms, den euch die Vögel weissagen. Und da meine Schwester Ingigerd dir einen Korb gab, weil du nur mit einem Bein in Norwegen standest, weshalb sollte dann ich dir die Treue halten, wo du mit keinem Bein im Lande stehst, ein krummbeiniger Fettwanst von den Schiffen draußen? Ich gebe dir den Rat, erst Norwegen zu erobern, ehe du mir wieder unter die Augen trittst.«

Achtundvierzigstes Kapitel

Nun wollen wir nicht gänzlich unterlassen, das Schicksal Bischof Grimkels des Englischen zu verfolgen, nachdem er ohne König und in Feindschaft mit Knut in Norwegen dastand und der Erzbischöfliche Stuhl in Bremen ihn nicht anerkennen wollte.

Solange Olaf Norwegen beherrschte, konnten die Oberhäupter der Christenheit nicht bestimmen, wen er zu seinem Hofbischof machte; wie andere norwegische Könige nach ihm, so war auch Olaf wenig geneigt, sich irgendwelchen Weisungen aus Bremen zu fügen.

Als aber die Norweger Olaf aus dem Land getrieben hatten und Knut mit englischem Geld und großen Versprechungen alle Macht in Norwegen gekauft hatte und alle Großen Norwegens zu besten Freunden der Engländer geworden waren, je nach der Höhe der Bestechungsgelder und des zu erwartenden Gewinns, da gerieten jene Freunde Olafs in arge Bedrängnis, denen aus irgendeinem Grunde nicht die Möglichkeit geboten wurde, ihn zu verraten; und zu denen gehörte Bischof Grimkel. Die Bischöfe Knuts ernteten jetzt den Acker ab, den Grimkel gepflügt und besät hatte, und die Bremer nahmen ihren Teil; alle gottesfürchtigen Leute in den nordischen Ländern wurden ebenso schnell zu Grimkels Gegnern und Verleumdern wie zu geschworenen Feinden König Olaf Haraldssons; die meisten Gottesmänner wollten diesen Grimkel mit dem Bann belegen lassen, einige ihn überfallen und totschlagen. Und da Grimkel infolgedessen seines Lebens nicht mehr sicher war, hielt er sich eine Zeitlang in Norwegen verborgen. Als er erfuhr, daß der Schwedenkönig sich anschickte, Olaf wieder nach Norwegen zu kaufen, überdachte er seine Lage und entschloß sich, ein Schiff zu besteigen und mit Kaufleuten nach Welschland im Süden zu fahren; dort schloß er sich Pilgern an und war zu Weihnachten schon jenseits der Alpen; gegen Ostern trafen sie in Rom ein.

Bischof Grimkel war gekleidet wie ein Armer und hatte einen Stab in der Hand. Es wird berichtet, daß er in seinem

Beutel keine Kleinodien, sondern nur einen alten faulen Käse hatte, wie man ihn in den nordischen Landen herstellt, der von allen Dingen in der Christenheit am meisten stinkt, so daß Diebe und Räuber und andere Totschläger dem Pilger, der etwas so Abscheuliches mit sich führt, vor allen anderen aus dem Wege gehen.

In jenem Jahrhundert strahlte in fernen Gegenden der Welt der goldene Glanz Roms stärker denn je; damals gelangte das apostolische und allgemeine Christentum nicht nur nach Polen im Osten, sondern auch in die nordischen Lande bis hin nach Island und nach Grönland im Westen: Die entlegensten Völker achteten Rom fast wie das Himmelreich und nannten die Stadt die edle Herrin der Welt, strahlend in weißen und jungfräulichen Lilien, wie es in den Gesängen der Pilger heißt: O Roma nobilis orbis et domina albis et virginum liliis candida.

Zur gleichen Zeit, als die Pracht Roms am Rande der Welt am hellsten leuchtete, herrschte dortselbst schmerzlichster Kummer, wie zuverlässige Geschichtsschreiber bezeugen; es war noch nicht lange her, daß binnen zwei Jahrzehnten zwölf Päpste durch Giftmischer und Meuchelmörder, ihre Nebenbuhler, ins Grab gesunken waren; einige wurden zuerst geköpft und dann an den Füßen aufgehängt; dabei sind jene noch nicht gezählt, die geblendet wurden, denen man die Nase oder die Zunge abschnitt oder die ihr Leben in Kerkern und Schlangengruben beschlossen, oder die rücklings auf einen Esel gesetzt wurden und denen so reitend auf der Straße Glied für Glied abgeschlagen wurde; es war auch vorgekommen, daß der Herr Papst, wenn die Pilger von Norden kamen, außerhalb der Mauern auf dem Monte Mario, wo die Pilger niederzuknien pflegten und angesichts der Heiligen Stadt ihr Gebet verrichteten, mit den Füßen nach oben am Galgen hing, und der Kopf des Herrn Papstes war neben dem Galgen auf eine Stange gesteckt. Damals hatten Räuberbanden, bald ausländische, bald einheimische, viele Menschenalter lang Rom in ihrer Gewalt: Grafen von Kampanien, Grafen von Tuskulum, Sabiner Grafen, Pfalzgrafen, die sich Konsuln und

Senatoren Roms nannten; und nach ihnen Guelfen und Ghibellinen, Orsini und Colonna und viele andere Unheilstifter. Diese Banden hatten die Stadt zum größten Teil zerstört, die alten Tempel und Tore, Denkmäler, Kastelle und Mauern in Steinbrüche verwandelt und aus den Steinen Verteidigungsanlagen gegeneinander gebaut; alten Marmor zermahlten Kalkbrenner und vermischten ihn mit Mörtel; der Jupitertempel war ein Pferdestall; auch alle Statuen und Bildwerke Roms waren längst zertrümmert; Rom war zum größten Teil nichts als grasbewachsene Ruinen und Weideland, und wenn die Fehden aussetzten und für eine Zeit Ruhe eintrat, weidete dort Vieh auf den Bergen, Ziegen, Schweine, Schafe und Rinder; dann regten sich auch die Bauern aus Kampanien und erhielten die Erlaubnis, auf ihren Schultern und auf ihren Eseln Steine fortzutragen, um sich aus alten Tempeln und Palästen Kuhställe zu mauern. Und obwohl in Rom mehr Kirchen als anderswo standen, meinen Geschichtsschreiber, daß es zu jener Zeit in keiner Kirche einen silbernen Kelch gab, außer in der apostolischen Basilika, bis Papst Innozenz, der dritte dieses Namens, einhundertundsiebzig Jahre später jeder Hauptkirche in Rom eine Mark zusteuerte, damit sie einen soliden Kelch erwerben konnte. Gelehrte waren in Rom ausgestorben und die Schulen verfallen, es gab in der Stadt keinen Menschen, der Orgel spielen konnte, und man hielt es für schön und nachahmenswert, daß Petrus selber außer dem Fischfang keine Kenntnisse besessen hatte und doch Himmelspförtner geworden war.

Zu jener Zeit gingen in Rom viele Krankheiten um, so daß in manchen Jahren nur wenige der Pilger, die aus fernen Ländern in die Heilige Stadt gezogen waren, ihre Heimatländer wiedersahen, und mitunter kehrte nicht einer zurück. Nirgends in der Welt gab es damals soviel Schmutz, Fäulnis, Aussatz, Leichengestank und Armeleutegeruch wie in dieser Stadt. Dennoch meinen gelehrte Männer, daß der Gestank, der von dem Käse ausging, den Bischof Grimkel aus dem Norden mitnahm, den Einwohnern Roms keine Besserung brachte, eher das Gegenteil.

In jenem Jahrhundert gab es für einen Menschen ohne Geld kein schwierigeres Unterfangen, als vom apostolischen Herrn empfangen zu werden; einem jeden wurden Briefe von der Hand des Papstes oder der Kurie verweigert, wenn er keinen vollen Geldbeutel hinhielt. Es zeigte sich auch schnell, daß die Kardinäle, die im Rat des Herrn Papstes saßen, wichtigere Geschäfte hatten, als einem zu Fuß gehenden Bischof aus dem Norden der Welt die Wege zu ebnen; die Torwärter lehnten es schroff ab, einen Bischof zum Apostel Petrus vorzulassen, der so wenig auf sich hielt, daß er für seine Reise nicht einmal Söldner gemietet hatte, deren Aufgabe es war, ihn vor Räubern und Übeltätern zu schützen, und der außerdem nicht besser roch als die Leichenhaufen in der Stadt, auf die man die Körper der an der Seuche Gestorbenen warf.

Von Grimkel wird berichtet, daß er ein Mensch war, der alle Blicke auf sich lenkte, von hohem Wuchs und wohlgestalt; sein Antlitz war von der Art, wie Heilige und Gottes Auserwählte gewöhnlich gemalt werden, von trauriger edler Blässe und von langem schwarzem Haar umwallt, und seine Augen hatten den Glanz des schwarzen Edelsteins carbunculus, den die Skalden ein Weltwunder nennen; er richtete noch immer seine Augen in Verzückung gen Himmel wie damals in seiner Jugend, als er neben dem seligen Erzbischof Alfegus gestanden hatte.

Als nun Grimkel öfter als einmal vergeblich zum Hof des Papstes gegangen war und von den Palastwachen unverschämte Antworten bekommen hatte, da öffnete er eines Tages seinen Beutel, so daß der Gestank herausfuhr, und nahm eine blanke Silbermünze hervor, reichte sie dem Torwärter und sagte, daß Grimcetillus, Hofbischof des Königs Olaf Haraldsson, aus Norwegen gekommen sei und den Papst zu sprechen wünsche. Dann ging er fort.

Eines Tages, als Bischof Grimkel in seiner Herberge saß und gemäß seiner Gewohnheit unter großer Rührung seines Herzens sang, kam ein Sendbote aus dem Hof des Herrn Papstes mit der Mitteilung, daß an diesem Tage Bischof Grimkel Gelegenheit geboten werde, vor die Augen des Stellvertreters

Christi und Nachfolgers Petri zu treten, des Papstes Johannes, des neunzehnten dieses Namens, am Hof des apostolischen Herrn, Laterano, um dort sein Anliegen vorzubringen.

Papst Johannes der Neunzehnte, der mit seinem weltlichen Namen Romanus hieß, war ein römischer Laie aus dem Geschlecht der Grafen von Tuskulum; zugleich war er höchster weltlicher Machthaber Roms, Konsul und Senator; er hatte nie die Priesterweihe empfangen, auch nicht in der Schule buchstabieren gelernt oder lateinisch die Messe zu singen; er sprach nur die Bauernmundart, die man lingva volgare oder vernaculum nennt. Johannes hatte sich eines Tages mit Bestechungsgeldern und der Hilfe des deutschen Königs, der Konrad hieß, den Papststuhl gekauft; Konrad mußte Johannes gegen andere Räuber zur Macht verhelfen, und Johannes mußte Konrad zum Kaiser des Heiligen Römischen Reiches salben.

Als Bischof Grimkel von Canterbury im päpstlichen Hof über viele Gänge in das salutatorium des apostolischen Herrn geführt worden war und auf einem alten und ausgetretenen Steinfußboden unter einem von Spinnweben mit gewaltig großen Spinnen überzogenen römischen Gewölbe sein Glück versuchte, da hatte dort auf dem Hochsitz Papst Johannes in einem goldbestickten roten Mantel mit seinen ehrenwerten Kardinälen Platz genommen, die er in seiner Nähe zu haben pflegte; in einer Ecke hockte ein deutscher Mönch, der als einziger Mann am päpstlichen Hof eine Feder zu führen wußte; dieses Amt hatte er von Kaiser Konrad erhalten, um Papst Johannes zu beraten und seine Taten zu lenken und besonders, um die Kammer im Auge zu behalten, das heißt den Raum, in dem die Schätze aufbewahrt wurden; er führte den Titel camerarius.

Die gottgefälligen Oberhäupter saßen auf hochbeinigen Stühlen in altrömischem Stil, mit hoher Lehne und schmalen Sitzen. An den Wänden standen steinerne Gefäße und hölzerne Schreine und Becher und Trinkschalen aus Konstantinopel; an einer Wand stand auch ein lectulus oder Ruhebett mit einer Sarazener Decke aus Brokat und einem Baldachin darüber. Hinter dem Thron stand ein Kruzifix aus Kupfer, gestiftet von Irland, nachdem Barbaren alle Bildwerke und Statuen in Rom zerstört hatten. Auf diesem Kreuz waren in Silber getriebene biblische Geschichten dargestellt; in der Mitte des Kreuzes konnte man dominum in seinem kaiserlichen Prachtgewand mit segnenden Händen erblicken, und auf seinen Schultern standen zwei Engel; sicut sein Haupt in paradiso wohnte, so wartete zu seinen Füßen auf Erden ein göttliches Paar, Apostel Johannes und sancta virgo, die beide aus wahrer Liebe das Hinscheiden des Herrn am meisten betrauert haben.

Nun geschah beides zugleich: Denen in curia erschien das heiligenbildähnliche Gesicht Grimkels; und ein fürchterlicher Gestank stieg ihnen in die Nase. Grimkel kniete demutsvoll vor dem Papst nieder und küßte ihm den Fuß. Als der Herr Papst hatte sagen lassen, der Gast solle den Mund aufmachen, da redete Bischof Grimkel den allerheiligsten Vater und curiam mit diesen Worten an:

»Ich, Grimcetillus, der erbärmlichste Priester in Gottes Christenheit«, sagte er, »möchte den apostolischen Herrn zuerst darum bitten, daß du dir ins Gedächtnis rufst, wie Bösewichter an den Ufern der Themse Geistliche steinigten; da bat ich den ehrwürdigen Alfegus, dem ich als junger Bursche zur Hand ging, während Knochen und Knorpel auf seinen gebrechlichen Körper prasselten: ›Möchte mein Meister mir nicht erlauben, mich vor ihn zu stellen und die Schläge aufzufangen, die ihm zugedacht sind?‹ – und das ist mein Anfang. Dem zunächst ist anzuführen, daß ich mich fünfzehn Jahre lang in gottgefälligem Dienst am Rande der Welt, nämlich in Norvegia, durchgeschlagen habe, als Hofbischof König Olaf Haraldssons, der dort früher regierte. Kein Mann war je in diese Gegenden gekommen, der die Messe singen konnte, bevor wir darangingen, diesen Wilden, die bei Wölfen und Drachen wohnen, das Christentum zu verkünden. Wenn jetzt auch mein König aus dem Lande vertrieben ist, so möchte ich doch den hochwürdigsten Herrn Papst darum bitten, daß die armen Diener des Herrn, die bisher Gott am meisten vertrauten, nicht in die Wälder getrieben werden, wo sie Wurzeln graben oder Rinde nagen müssen, und daß anderen Gottesmännern nicht das Los mancher ihrer Brüder zuteil werde, die jahrelang mit wilden Tieren und Drachen pro Christo gerungen haben. Ich bitte den apostolischen Herrn, in Betracht zu ziehen, daß König Olaf und ich in Norwegen in zwei Sommern mehr Menschen taufen ließen als die Bischöfe, die seit hundertundfünfzig Jahren Norwegen für den Bremer Stuhl verwalten. Wir errichteten dort dreihundert Kirchen, und König Olaf gab Christus in Norwegen Land mit großen Einkünften und außerdem sein ganzes Herz und seine Seele und seinen Leib. Nächst der Bitte um Sicherheit meines Lebens ist es meine Supplikation, daß ich vom Papst die verbriefte Bestätitung erhalte, wonach ich den Bremer Bischöfen gleichgestellt und berechtigt bin, die Apostel in Norwegen an den Orten zu vertreten, wo ich den Glauben gepredigt habe.«

Während dieser Rede gähnte der apostolische Herr und kratzte sich, spuckte aus, schnaubte und sagte dann in seiner Mundart:

»Entsetzlich schlecht riecht dieser Mann, doch wovon brabbelt der Kerl?«

Nun besprachen sie sich eine Weile, der Papst und die Kardinäle; und der Herr Papst war recht schwierig. Schließlich sagte ein Kardinal, der engste Vertraute des Papstes, daß Christus sich gewiß nicht viel Gutes davon verspreche, wenn die Kirchen in Norwegen Holzeinschlag und Jagd besäßen; es dürften keine großen Opfergaben von seiten der Ungeheuer und Drachen zu erwarten sein, mit denen dieser Mann fünfzehn Jahre lang gerungen hatte. »Hier scheint dem Papst etwas nicht zu stimmen«, sagte dieser Kardinal, »wenn er jetzt zu hören bekommt, daß ein anderer König Norwegen regiert als unser Freund Knut, König von England, der Norwegen von seinem Vater geerbt hat: Unseres Wissens ist kein anderer König je in Verbindung mit diesem Reich genannt worden. Der apostolische Herr sagt, es werde nie geschehen, daß er seinen Freund Knut, der Norwegen besitzt, hintergehe oder namenlose Könige in dessen Reich unterstütze; Papst Johannes werde auch nicht vergessen, daß, als er seinen deutschen Freund Konrad zum Kaiser krönte, Knut als einziger von allen bedeutenden Königen bereit war, unsere Ehre zu verteidigen und nach Rom zu eilen, um uns zu helfen; und dafür erhielt Knut von uns viele Privilegien für seine Bischöfe und versprach als Gegenleistung einen reichlichen denarius aus seinen Ländern, den er auch gewissenhaft erbracht hat. Wir werden Knut nichts antun, was dazu führen könnte, daß aus England kein Peterspfennig mehr kommt.«

Da sagte Grimkel, König Olaf Haraldsson würde in diesem Sommer mit einem unbesiegbaren Heer von Osten erwartet, um Norwegen zu erobern, und das Land würde kaum verteidigt werden, da Knut heimgefahren sei, um England zu regieren. »Und«, sagte Grimkel, »wie sollen dann die Bremer Bischöfe und Anhänger Knuts Hilfe erhalten, wenn König Olaf ins Land gekommen ist, sich für seinen Kummer zu rächen? Wäre es da nicht günstig, wenn jemand in der Nähe wäre, der sowohl einen Brief des Papstes hätte als auch ein vertrauter Freund Olafs wäre, um den Zorn des Königs zu besänftigen, wenn er daranginge, seine Feinde aufzuknüpfen?«

Jetzt besprachen sich die Kardinäle eine Weile und erkundigten sich einer beim anderen, wer dieser Olaf sei, der König Knut Sveinsson in der Hand zu haben glaubte und dessen Hofbischof dieser Pilger zu sein behauptete. Niemand in curia hatte bisher den Namen König Olaf Haraldssons gehört, und sie wußten nicht recht, wie sie sich stellen sollten, bis der deutsche Mönch das Wort ergriff, der von allen Klerikern im Haus des Herrn Papstes am besten Bescheid wußte; er sagte folgendes:

»Dieser Olaf gehörte zu einer Bande von Seeräubern aus Skandinavien, die von ausländischen Königen angeheuert wurden, für sie zu kämpfen. Er gehörte zu der Schar, die der Jarl von Rouen kaufte, um die Kirche von Chartres niederzubrennen. Dann brandschatzte er lange in Norwegen, doch jetzt ist er in die Schatzlande der Konstantinopolitaner und des Patriarchen, unseres Feindes, geflohen, um mit Irrgläubigen zu leben. Nach den Gesetzen Gottes ist er auf Grund seines Verhaltens im Bann. Doch«, sagte der deutsche Mönch und sprach mit dem Papst weiter in vernaculo, »der Bursche Grimcetillus, dessen Reden an Beleidigungen Christi grenzen, empfing Mitra und Krummstab von armenischen Ketzern hinter Pferdeärschen in Rouen.«

Als der apostolische Herr dieses hörte, schlug er heftig auf die Armlehnen und sagte, das geistliche Otterngezücht, das die Weihe von Ketzern empfange, solle im selben Kessel schmoren wie die Geldfälscher; »doch«, sagte er, »hat dieser Narr in seinem Beutel vielleicht Fleisch von giftigen Tieren und Drachen, wie er sie fünfzehn Jahre lang in Norwegen niedergemetzelt hat?«

Ein Kardinal übersetzte Grimkel die Worte des apostolischen Herrn wie folgt:

»Der apostolische Herr hat erfahren«, sagte er, »daß georgische Ketzer aus Armenien dich im Welschland allzu dicht neben Pferden geweiht haben, o Grimcetille; jeder Geistliche ist mit dem Bann belegt, der die Weihe von Wanderbischöfen erhält. Doch welche Antworten und Gründe kannst du vorbringen, um aus dieser schwierigen Lage herauszukommen, Sohn?«

Ein kluger englischer Kleriker hat geschrieben, daß es weder auf die Berechtigung noch die Beweise noch die Beweggründe einer Sache ankomme, wenn man mit dem Stellvertreter Christi spreche, ebensowenig wie wenn man mit Christus selbst spreche; denn Christus ist nicht nur der Verstand der gesamten Schöpfung, sondern auch Anfang und Ende aller Beweise und Beweggründe; und was er von den Menschen verlangt, ist nicht ihre Weisheit und Gewandtheit im Glaubensstreit; allein der Wert unserer Gabe, umgerechnet in gemünztes Silber oder anderes Gut, das uns an die erschaffene Welt bindet, dies und nichts anderes hat Gewicht, wenn Menschen mit Christus sprechen. Und es mag sein, daß Bischof Grimkel irgendwoher diese Weisheit hatte. Denn nachdem die Kardinäle ihn eine Weile getadelt und ihm Sack und Asche anbefohlen hatten, hob dieser Pilger von neuem zu reden an, wie hier folgt:

»Wenn«, sagte er, »Staub und Asche sich noch erkühnen sollen, mit dem Herrn zu sprechen, wozu doch der Patriarch Abraham die Erlaubnis bekam, so ist damit zu beginnen, daß den Menschen nicht bekannt ist, wo der löbliche Apostel Petrus zur Schule gegangen ist oder wo der erhabene Fischer, vor dessen Füßen ich mich bald auf dem Boden krümmen werde, Tonsur und Weihe empfangen hat, und der Welt ist es durchaus nicht verborgen geblieben, daß der Heilige Geist spazierengegangen war, als der große Erhalter des Christentums auserkoren und auf den apostolischen Stuhl gehoben wurde« – und jetzt fiel Bischof Grimkel dem Herrn Papst zu Füßen, lag ausgestreckt auf dem Steinboden, bekreuzigte sich weinend und seufzend, bis er sich mit diesen Worten auf die Knie erhob: »Hier bestätigt sich die heilige Lehre und Predigt, daß das Lob domini in dem Gnadenbeweis, den der menschliche Verstand am wenigsten erwartet, am erhabensten ist und seine Allmacht am größten; und in Wort und Tat ist von allen Päpsten seit Gregorio magno derjenige der beste geworden, der ohne Weihe und Schule sprach. Und deswegen bitte ich den apostolischen Herrn und die ehrenwerten Würdenträger in curia, in Betracht zu ziehen, daß der armselige acolutus, der umgeben von Pferden Ring und Krummstab empfing, als außer Kräuterchrist und Zwiebeln keine Reliquien zur Hand waren, dennoch König Olaf Haraldsson zum heiligen Glauben bekehrte und danach ganz Norwegen.«

Bei diesen Worten hob Bischof Grimkel seinen Käse aus dem Beutel und legte ihn dem Papst zu Füßen; dann setzte er ein Messer an den Käse, und eine Unmenge Geld in Gold und Silber quoll wie eine Flut Maden aus dem Käse; das Geld war sowohl gut wie blank.

»Euch fließt hier«, sagte Grimkel, »mein verspätetes erstes Opfer aus dem Bistum in Norwegen zu, mein und König Olaf Haraldssons Gold und Silber.«

Angesichts solcher Wahrzeichen verschlug es dem apostolischen Herrn wie auch seinen Kardinälen die Sprache, und der Papst und die Kardinäle stiegen von ihrem Hochsitz herab und legten sich auf den Boden, um das Geld anzusehen. Der

Mönch Kaiser Konrads, der die Feder führte und die Schatzkammer verwaltete, sagte, daß es gegenwärtig wirklich keine Möglichkeit gebe, einen Fahrenden oder vagum den geistlichen Herrschern Norwegens gleichzustellen, den Bremer Bischöfen oder den Bischöfen Knut Sveinssons, des Königs von England, der in den Augen Gottes und der gesamten Christenheit der wahre Eigentümer Norwegens sei. »Doch das soll man dir, Grimkel, verbriefen«, sagte er, »daß der Bremer Stuhl und andere rechtmäßige Stellvertreter der Apostel dir keinen Schaden zufügen dürfen und du von ihnen weder in den Bann getan noch zu Tode gebracht werden darfst, sondern daß sie ihren armen Bruder, der guten Willens ist, anerkennen und ertragen sollen, bis sich herausgestellt hat, wer nach Christi Willen die Macht in Norwegen erhalten soll.«

»Doch an dem Tage«, sagte der Mönch, »an dem König Olaf Haraldsson nach Gottes Willen Gewalt und Herrschaft über dieses Land erringt oder durch umfassende Beichte und Buße zu Ansehen gelangt, besonders aber durch einen ungewöhnlichen Tod, der als Martyrium gelten kann, so daß die himmlischen Engel ihre Freude daran haben und Klerikern und allen Leuten klar wird, daß dominus jenen auserwählt hat und für ihn mit großartigen Wahrzeichen Zeugnis ablegt, zur selben Stunde soll Bruder Grimcetillus nach Verdienst erhöht werden zu der Würde, die ihm gebührt.«

Neunundvierzigstes Kapitel

Traubenkirsche heißt der Baum, der als letzter in Norwegen blüht; Birke und Linde und andere Bäume bilden Samen, ehe die Nächte im Frühjahr am hellsten sind, doch die Traubenkirsche setzt erst spät im Sommer Früchte an. Olaf Haraldsson brauchte viel Zeit, seinen Feldzug aus Schweden vorzubereiten, die Mannschaften zu verstärken, seine Stellung zu sichern, Streitigkeiten zwischen seinen Leuten zu schlichten und verschiedene notwendige Dinge zu ergänzen. Er ließ seinen Freunden und Verwandten in Norwegen die Mitteilung zukommen, sie sollten ihrerseits heimlich ein Heer ausrüsten, und wenn er im Sommer von Jämtland aus über das Gebirge nach Westen zöge, sollte ihm dieses Heer entgegenziehen; alle Vorbereitungen sollten getroffen sein, wenn die Traubenkirsche in Blüte stand. Das war das Zeichen.

Obwohl die Botschaften an König Olafs Anhänger in Norwegen geheim bleiben sollten, zeigte sich auch hier, daß oft unter Feinden ein Freund ist, und so erfuhren Olafs Gegner ebenfalls von den Absichten des Königs. Sobald sich diese Neuigkeiten herumsprachen, wurden die Bauern unruhig; sie glaubten zu wissen, wenn es Olaf gelänge, erneut im Lande Fuß zu fassen, würde er bald dieselbe Richtung einschlagen wie einst; Brände und Morde, Folterungen, Plünderungen und andere Gewalttaten würden beginnen; sie nannten Olaf Haraldsson einen Übeltäter, der nach den Gesetzen, die seit Urzeiten auf allen Thingen des Landes galten, vogelfrei sei. Nach wie vor lautete der Schwur der Bauern, daß sie diesen König nach dem Gesetz bestrafen würden, sobald sie ihn zu fassen bekämen.

Nun ist von Thormod Kolbrunarskalde zu berichten, daß er, aus Dänemark kommend, in Norwegen anlangte und von einer Gegend in die andere wanderte, um angesehene Leute aufzusuchen, die sich vielleicht besonders ausgezeichnet hatten. Er erkundigte sich, wo Kämpen zu finden wären, die in Schlachten heldenmütig gestritten hätten; über einige wollte er eine Strophe dichten, über andere ein ganzes Gedicht und ein Preislied über die, welche dessen würdig wären. Aber in den nordischen Ländern kam die Zeit heran, in der führende Männer nicht so sehr auf Tapferkeit und Heldenmut angewiesen waren wie auf die Gunst von Königen und Bischöfen; es schien ihnen ratsamer, Lehnsmänner mächtiger Könige zu werden oder sich von der Last jenes christlichen Ungeheuers freizukaufen, das auf deutsch Sünde heißt, als Skaldenlob zu erwerben. Und lahme Herumtreiber wurden nicht herbeigerufen, um mächtige Könige zu preisen. Dem Skalden kam oft der Gedanke, ob nicht sein Schwurbruder Thorgeir Havarsson der letzte Held des Nordens gewesen sei, wenn man von König Olaf Haraldsson absah, den Kleinbauern vom Thron stießen.

Der Bettelmann hörte von dem Gerücht, daß König Olaf Haraldsson im Sommer aus dem Osten zu erwarten sei, um Norwegen aus der Schmach zu erheben; diese Kunde gab seinen Beinen, die einst in Grönland erfroren waren, neues Leben: In ihm regte sich die Hoffnung, daß die nordischen Länder die Fesseln abschütteln würden, in die man sie geschlagen hatte, wenn der König der Schwurbrüder mit einem unbesiegbaren Heer zurückkehrte und sein Erbe anträte; dem Skalden war zumute, als ob von Osten ein König mit einer Ruhmessonne herannahte, der den Göttern heilig sei. Jetzt eilte er, obwohl er hinkte, durch Wälder und Wiesen, von einem Bezirk zum anderen, in Richtung auf Tröndelag, denn dort sollte der König, wie er erfahren hatte, zur Zeit der Traubenkirsche über das Gebirge kommen. Und als er in die tiefen und langen Täler Norwegens kam, wo die Wege lange Strekken an Flüssen und Seen entlangführen und die Berge näherrücken, die die Grenze zwischen dem südlichen und dem nördlichen Teil des Landes bilden, da kam es ihm so vor, als ob Wege und Stege belebter seien als sonst; es waren meistens arme Leute, die ihr Hab und Gut auf den Schultern trugen, Arbeiter und Bauern; einige führten Packpferde am Zügel; gewöhnlich gingen sie zu zweit, doch nie mehr als fünf zusammen, stets mit Abstand, und wenn sie sich begegneten, kannten sie sich nicht und sprachen kaum miteinander; doch abseits von der Straße waren noch mehr Leute unterwegs und führten ihre Pferde oder trugen Lasten durch Wälder und über Hochflächen. Diese Leute schienen alle in ihren eigenen Angelegenheiten zu reisen, nicht in denen irgendeines Herrn. Und als Thormod sie ansprach, antworteten sie knapp; der eine sagte, er sei mit seinem Hausrat auf dem Umzug, der andere wollte mit seiner Arbeit Butter oder Mehl verdienen; es waren auch viele Salzsieder und Lachsfänger unterwegs und auch Heringsfischer und Jäger auf dem Heimweg von den Fangplätzen.

Eines Tages, als sie vom Gebirge heruntergekommen waren, wandte sich ein Salzsieder an Thormod Kolbrunarskalde und sagte:

Was für ein Bettler bist du, der in letzter Zeit allzuoft unseren Weg kreuzte, wohin geht deine Reise?«

Thormod erwiderte: »Ich bin ein isländischer Skalde auf der Suche nach eurem König.«

Der Salzsieder antwortete so: »Es ist sonderbar, daß die Isländer jetzt einen Mordbrenner über sich haben wollen, das Volk, das vor Harald Struwelkopf aus Norwegen floh.«

Thormod antwortete: »Noch sonderbarer ist, daß die Norweger keine Herrscher haben wollen, die ihnen durch Heldentum Ruhm und Ehre verschaffen.«

Der Salzsieder erwiderte: »In Norwegen hat es verschiedene Könige gegeben, und nützlich waren uns allein diejenigen, die wir für gute Ernten und Frieden opferten.«

Thormod sprach: »Von meinem Vater und anderen guten Leuten in Island habe ich fast alle Dichtung gelernt, die es in nordischer Sprache gibt, und niemals habe ich sagen hören, daß andere Menschen diesem Land Ruhm und Ehre gebracht haben als die Könige, die hier lebten und ihre Feinde mit Feuer und Schwert bekämpften, sowie ihre Helden; sie sind es, die in der isländischen Dichtung am meisten gerühmt werden, wenn auch nur wenige für ein langes Leben geboren wurden, nicht aber Lachsfänger und Salzsieder.«

Ein armer Bauer sagte: »Die Mühle, die mein Großvater auf seiner Hauswiese errichtete, zerstörte Jarl Hakon Sigurdarson. Mein Vater baute eine zweite Mühle; die zerstörte König Olaf Tryggvason. Auch ich baute eine kleine Mühle, als ich jung war, die brannte König Olaf Haraldsson nieder, als er uns Romsdalsbauern überfiel.«

Ein Mann von jenseits des Waldes sagte: »Ich besaß drei Kühe hinter den Wäldern; die Königsmannen salzten sie alle ein und nannten es ihre Steuer.«

In der Schar befand sich ein würdevoller Greis mit blühender Gesichtsfarbe; er sprach: »Ich hatte mir mit großer Mühe einen tiefen und klaren Brunnen gemauert, als König Olaf

Haraldsson mit seinen fünfzehn Heerführern unter dem Kreuzeszeichen hier erschien; drei hatten den höchsten Titel, er nannte sie seine drei heiligen Weisen aus dem Morgenlande; zwölf nannte er seine Apostel nach jenen großen Bauern, die Christus folgten; sie traten alle heran, die Heerführer und der König selbst, und pißten in meinen Brunnen.«

Ein Heringsfischer sagte: »Großen Kummer müssen wir Norweger erleiden, seit wir aufhörten, unsere Herrscher zu opfern, und Walfleisch zu essen begannen.«

Thormod faßte den Knüppel eines Bauern an, lachte und sagte: »Was vermögt ihr Armen, die ihr mit Stöcken in den Stahlhagel der Königsmannen gehen wollt?«

Der Bauer erwiderte: »Im Krieg zieht den kürzeren, wer dem Stahl vertraut.«

Solche Reden machten Thormod begreiflich, daß ihm für die Begegnung mit dem König eine andere Begleitung dienlicher wäre. Als er nach Tröndelag kam, stieß er überall, wohin er sich auch wandte, auf Leute, die keineswegs danach aussahen, als hätten sie den gleichen Weg wie er. Aus jeder Schlucht und Bodensenke sprangen Scharen hervor und versteckten sich hinter Bäumen und Felsen oder stiegen auf undeutlichen Waldwegen, Sennhüttensteigen und Viehpfaden herab. Sie schienen alle ein und dasselbe Ziel zu haben. Fast alle trugen sie ungepflegte Bärte und hatten das Haar unter den Kittelkragen gesteckt. Es waren auch junge Männer dabei, mit Flaumbart, schlechten Schuhen, sonnengebräunt, laut im Gespräch. Aus den Packsätteln ragten Keulen, Spaten und Forken, dazwischen sah auch ein und der andere Speer hervor. Wenn die Nacht kam, legten sich die Männer schlafen, wo sie gerade waren, einige auf die nackte Erde, und deckten sich mit einem härenen Sack zu. Die ganze Mannschaft bestand aus Christen, und am Morgen kamen Priester mit erhobenem Kreuz in das Lager geritten. Sie läuteten die Glocken zum Zeichen, daß die Männer aufstehen und der heiligen Messe lauschen sollten. Sie schärften ihnen ein, solange Christus lebe, nie die Morde, Brände und Räubereien des Verbrechers zu vergessen, der jetzt mit einem ausländischen Heer auf Norwegen zuhalte, um erneut mit Feuer und Schwert zu hausen. Sie sagten, daß hier eine einheimische Truppe versammelt sei, zahlreicher, als man sie je in diesem armen Land erlebt habe, und daß diese große Zahl von gutem Nutzen sein werde; sie forderten die norwegischen Bauern auf, Widerstand zu leisten und die Räuberbande zu verjagen. Snorri verweist folgendermaßen auf die Worte des Bischofs, der dort im Namen Christi zu den norwegischen Bauern sprach: »Es gilt«, sagte der Bischof, »dieses Gesindel für Adler und Wolf niederzumachen und jeden dort liegen zu lassen, wo er erschlagen wurde, wenn ihr nicht vorzieht, ihre Leichen ins Gebüsch oder Geröll zu werfen.«

Fünfzigstes Kapitel

Im Norden von Tröndelag liegt das Veratal vor den Wäldern, die zwischen dem Land des norwegischen Königs und Jämtland liegen; dort treffen vielbefahrene Wege zusammen; Rinnsale und Bäche strömen vom Gebirge herab; Berge und Anhöhen neigen sich zu breiten Talgründen mit Wäldern, Äckern und einem Fluß. Dort weiden Lämmer zwischen Büschen, und Kühe liegen wiederkäuend bei alten Hügelgräbern. Mitten im Tal steht ein Bauernhaus, dahinter ist Wald, dort wachsen Espe und Ahorn, Birke und Linde, auch die Traubenkirsche; auf den Wiesen blüht der gleiche Löwenzahn wie in Island. Der Ort heißt Stiklestad. Es ist die Ansicht gelehrter Männer, daß in Talkesseln, wo die Landschaft in der Weise zu einem Ruheplatz abfällt wie die Sitzreihen in einem griechischen Theater, oft die Ereignisse eintreten, die das Schicksal von Königen entscheiden: In diesen Talgründen ist König Olaf Haraldsson gefallen, am Tage nach dem Ende dieses Buches. Und als wir, die wir es zusammentrugen, eines Tages tausend Jahre später in das Veratal kamen und im Osten die blauen Hochflächen sahen, von wo der König ohne Priester und Skalden, von Freunden und Liebsten verlassen, doch von einem ausländischen heidnischen Heer unterstützt, seinen letzten Weg nach Norwegen nahm, da blieben die Steine in Stiklestad stumm, und von der Geschichte König Olafs lebte nichts weiter als das Säuseln der Blätter im Wind.

Jetzt soll von dem Abend vor dem Fall König Olafs berichtet werden, als sich zu Stiklestad unter dem heiligen Kreuz das Bauernheer gesammelt hatte und die Mannschaft des Königs vom Gebirge herabströmte: Da war auch ein isländischer Skalde ins Veratal gekommen, um nach dem König zu suchen, den er sich erwählt hatte. Aus den Büchern ist nicht zu ersehen, welch weissagender Geist den Skalden erahnen ließ, daß es diesem König, den niederzumachen sich jetzt die Bauern Norwegens anschickten, beschieden sein sollte, der einzige König im Norden zu werden, der Knut den Mächtigen an Ruhm und Preis überragt: Sein Lob ist im Himmel nicht minder groß geworden als auf Erden; vor ihm haben sich nicht nur irdische Herzöge und Kaiser, Bischöfe und Päpste verneigt, sondern auch Heilige, Blutzeugen und Jungfrauen, wie auch alle himmlischen Mächte, Erzengel, Throne, Herrschaften und Cherubim. Niemandem ist jedoch König Olaf so ans Herz gewachsen wie isländischen Skalden, und Beweis dafür ist, daß in der ganzen Welt nie ein Buch über Könige, auch nicht über Christus selber, geschrieben worden ist, das sich auch nur halbwegs mit dem messen kann, welches Snorri der Gelehrte verfaßt hat und das »Geschichte des heiligen Olafs« heißt.

Der Skalde Thormod Bessason humpelte durch das Veratal und überlegte, wo in der Schar der Königsfeinde er anfragen sollte, um das Abendessen zu bekommen, das der Zeit, die jetzt heranrückte, angemessen war. Am Flußufer hatte man Zelte aufgeschlagen und Feuer angezündet; dort waren Ärzte um ihre Kessel versammelt, um Kräuter zu kochen. Da vertrat ein Mann Thormod den Weg; er war graubärtig, hatte eine schlechte Joppe an und den Schlapphut tief ins Gesicht gezogen; er sah in allen Stücken aus wie die anderen Bauern, die zum Aufgebot gehörten; doch als er sprach, kam die Stimme Thormod nicht unbekannt vor.

»Hier in der Nähe ist eine Frau«, sagte der Joppenmann, »sie hat erfahren, wo du bist, Thormod, und möchte mit dir sprechen.«

Thormod fragte, wo die Frau stecke. Der Joppenmann sagte, Thormod solle ihm folgen. Am Fluß hockte eine Frau in einem Fellkittel und kochte auf einer Feuerstelle Kräuter; sie hatte ein trollhaftes Aussehen und größere Augen als andere Frauen. Diese Frau erhob sich und begrüßte Thormod freundlich; aber als sie ihn küssen wollte, wich er zurück und sagte, daß er sie ganz gewiß nicht kenne. »Doch wer bist du, und warum bist du hier?«

Sie sagte: »Ich bin Kolbrun, deine Liebste, die dein Lebensei bewahrt, von Grönland gekommen, um meinen Nebenbuhler und den König von euch Schwurbrüdern, Olaf Haraldsson, erschlagen zu lassen und Lebenskräuter für die Männer zu kochen, die das tun.«

Er sagte: »Das wird für dich schlimm ausgehen.«

»Wir wissen nicht genau, für wen es am Ende am schlimmsten ausgeht«, sagte die Frau. »Doch ich mache dir das Angebot«, sagte sie, »deinen König zu schonen, wenn du sein Gedicht auf mich abwandeln willst.«

»Welchen Dichterlohn hast du mir für das Gedicht zugedacht?« fragte er.

Sie antwortete: »Auf der Heide habe ich ein Haus mit geflochtenem Dach und zwei Geißen« – und dabei reichte sie dem Gast eine Schale voll Ziegenmilch.

Er sagte: »Ich habe einen großen Hof am Djup besessen, wo es mehr Güter und Licht gibt als anderswo auf der Welt: Heilbuttgründe im Meer, Herden auf den Bergen. Mausgraue Kühe mit vollem Euter aus dem Besitz der Wassergeister trotten bei Sonnenuntergang zur Melkhürde. Dort liebte ich einen Schwan, so schön, wie keine Königin je geboren wurde. Auf der Hauswiese dort habe ich von zwei kleinen Mädchen Abschied genommen. Alles habe ich einem ausländischen Sklaven überlassen wegen des Ruhms, der höher steht als jeder Besitz, und wegen der Lobpreisung, die der Skalde ausersehen ist, einem mächtigen König und dessen Helden darzubringen, so daß sie bei Göttern und Menschen erhalten bleibt, während die Jahrhunderte vergehen. Und jetzt, wo ich alles über Bord geworfen habe aus Treue zu dem Herzen, das als einziges in der Welt keine Furcht kannte, und zu dem König, der dieses Herz befehligte, und ich endlich in die Nähe meines Königs gelangt bin, da bietest du mir eine Hütte auf der Heide und zwei Zicklein.«

»Nie«, sagte die Frau, »wird der König, den du suchst, in Norwegen das Reich gewinnen, das ich besitze.«

Auf diese Worte gab er keine Antwort, dankte aber für die Bewirtung, die ihm die Frau hatte zuteil werden lassen, humpelte dann davon und hielt auf das Gebirge zu, um den König der Schwurbrüder aufzusuchen, von dem er kraft seiner dichterischen Sehergabe wußte, daß er der berühmteste und herrlichste und gepriesenste aller Könige des Nordens sein würde, während die Jahrhunderte vergehen.

Da kam die Abenddämmerung heran. Als es dunkel geworden war, rief die Herrin den alten Lodin, ihren Sklaven, herbei; er saß nicht weit entfernt inmitten einer Schar von Bauersleuten; sie schnitten Knüppel zurecht, einige schnitzten Pfeile.

Sie sagte: »Es ist uns zu spät eingefallen, den Bettelmann aufzuhalten, der viel Schaden stiftet und Verrat gegen uns übt und der Skalde Olafs des Dicken ist. Doch was schlägst du vor, wie wir mit ihm verfahren sollen?«

»Ich bin es nicht gewöhnt«, sagte Sklave Lodin, »um Rat gefragt zu werden, wie du mit deinen Bettelleuten verfahren sollst.«

Sie sagte, das sei wahr – »ich war dir nie eine gute Köchin und noch weniger eine gute Frau«, sagte sie, »und daran ist der Mann schuld, der eben wegging.«

»Ich bin dein Sklave, Herrin«, sagte er.

»Es ist an der Zeit, daß es ein Ende hat, wenn es wahr ist«, sagte sie und zog etwas unter ihrem Gürtel hervor und reichte es ihm. »Hier ist mein Messer, und nun geh hin und komm nicht in mein Zelt, bevor du mir nicht auf seiner Schneide das Todesblut Thormods des Kolbrunarskalden zeigen kannst. In der Stunde wird es sich erweisen, ob du ein Mann oder ein Sklave bist.«

Einundfünfzigstes Kapitel

Thormod Kolbrunarskalde wandte sich vom Gebiet der Aufrührer ab und suchte im Gebirge auf seinen König zu stoßen. Die Bauern hatten Kunde vom Heer Olaf Haraldssons und wußten, daß er in der Nähe war. An dem Tag waren die Packsättel abgenommen, die Kisten geöffnet und Waffen an die Mannschaft des Königs ausgegeben worden. König Olaf hatte befürchtet, daß seine Mannen unter sich nicht Frieden halten würden, wenn sie Waffen bekämen, ehe die Schlachtreihen aufeinander zugingen. Einigen Männern, die sich im Gebirge die Füße wund gelaufen hatten, wurden Schuhe ausgehändigt; manche, die kein Hemd besaßen, um damit Norwegen zu betreten, erhielten einen Kittel. Jetzt, wo sie in Norwegen angelangt waren, hegten die Leute auf Grund des königlichen Versprechens große Hoffnungen auf Speise und Kleider und wertvolle Dinge.

Thormod war noch nicht lange gewandert, da traf er auf die Vorposten des Königs; sie sprachen die Mundart, die im Osten üblich war; als aber ein Mann hinzukam, der nordisch sprechen konnte, fragten sie Thormod nach Namen und Anliegen. Er sagte, wie es war: daß er ein isländischer Skalde sei und König Olaf Haraldsson aufsuchen wolle, um ihm ein Gedicht darzubringen.

Ein Mann sagte: »Uns wurde befohlen, jeden Mann, der hier in Norwegen in der Landessprache nicht nach Worten sucht, wie einen Verräter an seinem Land und König zu behandeln.«

Der Wachmann, der nordisch sprach, antwortete und sagte: »Es ist kein Befehl ergangen, wie mit einem isländischen Skalden zu verfahren ist, der darum nachsucht, dem König ein Gedicht vorzutragen; doch was meint ihr, Kampfgenossen?«

Ein dritter Wachmann sagte: »Ich halte es für einen guten Rat, an diesem Bettler unsere Speere zu erproben, die wir heute abend bekommen haben.«

Es kamen noch mehr von Waffen starrende Königsmannen herbeigelaufen, um diesen Skalden anzusehen, und einige traten heran und befühlten ihn, ob er ein Messer oder anderes gefährliches Werkzeug bei sich trüge, und sie entdeckten schnell, daß er nur seinen Wanderstab mit sich führte. Einige Anführer kamen näher und fragten den Gast nach den Kriegsvorbereitungen der Norweger, ob sie eine starke Mannschaft hätten und was für Waffen sie trügen. Thormod erzählte frei von der Leber weg, daß er jenseits des Gebirges unkriegerische und schlecht ausgerüstete Mannschaft gesehen habe; ihr fehle alles, was im Kriege den Sieg herbeiführen könne; niemand besitze dort eine Waffe von der Art, wie sie in der Dichtung gerühmt werden, hingegen seien viele Keulen und Knüppel zu sehen gewesen, wie auch Kolben und Balken. »Es ist eine Tollkühnheit«, sagte er, »wenn weiches, dem Erdboden entsprossenes Holz den Stahl der Könige zum Kampf herausfordert.«

Die Sache endete damit, daß Wachleute mit Thormod Kolbrunarskalde dorthin geschickt wurden, wo der König sein Zelt aufgeschlagen hatte. Dort erhob sich auf einer mit Heidekraut bewachsenen Anhöhe ein alter Steinhügel, und das Königszelt stand am Fuße des Hanges; der Hügel zeichnete sich gegen den Himmel ab. Um das Lager des Königs waren starke Wachringe geschlagen; die Pferde der Königsmannen waren in Schluchten und Senken auf der Weide, Gepäck und Sattelzeug war auf freiem Feld gestapelt. Die gesamte Mannschaft hatte nichts, dessen sie sich rühmen konnte, außer den Waffen, die sie am Tage bekommen hatte; sie sah ganz so aus wie das Bettelvolk, das in schlechten Jahren von Haus zu Haus zieht; da gab es keine Ritter mit vergoldetem Zaumzeug, die feurige Hengste zügeln und berühmte Schwerter schwingen, noch Kämpen, die in die Schildränder beißen und brüllen und sich in jeder Weise großtun, um die Leute zu ängstigen, auch keine würdevollen Lehnsmänner, die sich in der Wertschätzung und Gunst eines mächtigen Königs sonnen.

Nun kam einer nach dem anderen heran, um Thormod nach seinem Begehr zu fragen, und alle machten sich über den armen Kerl lustig, der in der Nacht vor der Schlacht geradenwegs aus dem feindlichen Heer hergekommen war und sich nicht fürchtete und nach dem König selber verlangte. Sie sagten, der König habe in dieser Nacht anderes zu tun, als sich das Geschwätz von Bettlern aus Island anzuhören, und meinten, es sei wichtiger, wenn er ihnen von den Schweinen in Norwegen erzählte, ob sie fett wären oder ob die Ochsen gut im Futter stünden – »wir haben den Gerstenbrei der Schweden satt.« Da hatten auch einige Männer sagen hören, daß in Norwegen Frauen leicht zu haben seien, und sie hatten für die nächste Nacht dort im Land ein weicheres Lager im Sinn, als sie es letzthin gehabt hatten; sie wollten lieber Zoten und Witze erzählen als einen so erbärmlichen Landstreicher vor ihren König führen. »Doch«, sagten sie, »warum bist du auf beiden Beinen lahm?«

»Deshalb«, sagte er, »weil das die einzige Heilung für einen Menschen ist, der vorher nur auf einem Bein lahm war.«

Während sie mit dem Bettler, ihrem Gast, große Reden führten, ging ein Anführer mit einer kleinen Schar vorbei und sprach die Mannschaft an; er erkundigte sich, ob jeder habe, was er brauche; alle Männer bejahten es, doch einige mit Zaudern. Dieser Mann sagte: »Morgen abend werdet ihr es noch besser haben.« Der Mann war nicht groß, jedoch ziemlich dick und etwas schwach auf den Beinen; er hatte volle Wangen und einen schütteren roten Bart; er trug einen blauen Mantel aus gutem Stoff, der war zerknittert, voller Roßhaare und Lehm; dazu eine hohe russische Pelzmütze und sehr schmutzige Stiefel; am Gürtel hatte er ein Schwert, und die Scheidenspitze ragte unter dem Mantelsaum hervor. In alten Büchern ist jedoch zu lesen, daß König Olaf die Kunst, ein Schwert zu führen, nicht erlernt hatte; darin war er dem Asenthor ähnlich; dennoch trug er stets ein Schwert gemäß fürstlichem Brauch. Der König hatte sein Haar und seinen Bart lange nicht scheren lassen; sein Gesicht bedeckte getrockneter Schweiß, vermengt mit Staub.

Als es Thormod aufging, daß er König Olaf Haraldsson vor sich hatte, da trat er näher und sprach laut und deutlich folgende Worte:

»Ich bin der Skalde Thormod Bessason aus Island, der Schwurbruder deines Kämpen Thorgeir Havarsson, und ich bitte euch um Gehör, Herr, um euch ein Gedicht vorzutragen.«

Der König fragte, wer der Bettler wäre, der da den Mund aufmachte. »Zu den Trollen mit den isländischen Skalden«, sagte er, »in ihnen habe ich mich am meisten getäuscht, und ich habe genug von ihrer Prahlerei. Doch«, sagte der König, »wo ist heute nacht derjenige von ihnen, der den Mund am vollsten nahm von wegen Treue und Ergebenheit, wenn ich sie am meisten brauchen würde, Sigvat Thordarson von Apavatn?«

»Die Nachricht bringe ich dir, König, von deinem Freund Sigvat, daß er nach Rom gegangen ist, sich zu vergnügen; ihm schien der Ausgang der Schlacht ungewiß, die euch jetzt bevorsteht. Doch ich habe beschwerliche Wege zurückgelegt, um zu euch zu kommen.«

Der König warf einen Blick auf ihn und sagte kurz: »Welche Wege bist du gegangen?«

Thormod sagte: »Mein König, ich habe viel darangesetzt, um zu euch zu gelangen. Ich gab meinen Hof in Island auf und verließ Frau und Kinder, die ich so liebte, daß ich Tag und Nacht kein Auge von ihnen lassen konnte, und übergab alles einem ausländischen Sklaven in der Hoffnung auf den Ruhm, der Skalden durch einen Fürsten zuteil wird, wie du einer sein sollst, befähigt, die Welt zu regieren; und deshalb ging ich zuerst nach Grönland und dann dreieinhalb Jahre lang über die Menschenwelt hinaus nach Norden, um zu versuchen, euren Kämpen Thorgeir Havarsson zu rächen, den größten, den ihr je in eurem Reich gehabt habt.«

»Mir wird nicht klar, wovon der Mann faselt«, sagte der König, »und es ist unerhört, wie anmaßend ihr isländischen Bettler seid; doch wer«, sagte er, »ist denn der beste Kämpe, den wir in unserem Reich gehabt haben?«

Thormod antwortete: »Dein Hauptkämpe Thorgeir Havarsson, der das furchtloseste Herz von allen Männern besaß, die je in nordischen Ländern geboren wurden.«

»Er ist wohl verrückt, der arme Kerl, der hier solches Zeug daherredet«, sagte der König, »wir können uns wirklich nicht entsinnen, jemals diesen Namen gehört zu haben; doch es mag sein, daß irgendein isländischer Narr mit diesem Namen zu unserer Mannschaft stieß, als wir noch auf Wiking waren.«

Nach diesen Worten ging der König fort, um sich wichtigeren Dingen zuzuwenden.

Und als der König seine Mannschaft an verschiedenen Stellen besichtigt und allen Männern, die ihm begegneten, freundliche Worte gesagt hatte, ließ er in der Nacht zu einem Treffen blasen, rief seine Dolmetscher hinzu und sagte, er wolle vor der gesamten Mannschaft sprechen, ehe man sich zur Ruhe begebe. Die Männer, die noch nicht schlafen gegangen waren, scharten sich am Waldrand zusammen, um die Rede des Königs zu hören. Olaf Haraldsson sprach folgendermaßen:

»Gute Leute«, sagte er, »euch allen sei kundgetan, daß das Land, dem unser Kriegszug gilt, Norwegen heißt; gewiß werden manche von euch von diesem Land gehört haben, wenn auch kaum einer von euch es je erblickt hat. Jetzt rücken wir an und werden dieses Land in Flammen aufgehen lassen.

Dieses Land Norwegen, das hier liegt, war mein, Olaf Haraldssons, Erbe, gemäß unserem angestammten Herrscherrecht. Als es Übeltätern gelungen war, sich dieses Land zu unterwerfen – einen Teil nahmen Steuererpresser, die sich Kleinkönige nannten, den anderen ausländische Gewalttäter wie Knut Sveinsson, der sich Oberkönig nannte –, habe ich es ihnen wieder abgejagt, einesteils mit Tapferkeit und Heldenmut, andernteils mit List und Verschlagenheit. Mein Helfer in allen Dingen war Kaiser Christus der Magdsohn, der das Himmelreich regiert; ich weiß wohl, daß er euch kaum bekannt ist, doch ich werde, sobald dazu Muße ist, euch klarmachen, daß er eine viel bessere Schlagwaffe besitzt als der Gott Jumala, der nur einen einfachen Stab ganz ohne Querholz trägt; und obwohl er gewiß nicht eine in jeder Hinsicht so schöne Gestalt hat wie Jumala, so hat er doch Jumala das eine voraus, daß er von keinem Manne im Mutterleib gezeugt wurde, wie Jumala von Kumala gezeugt wurde, sondern von einer unberührten Jungfrau geboren wurde dank der Taube vom Himmel, die gelehrte Männer die Heilige Weisheit nennen. Weiter will ich den Schweden in unserem Heer, die Freunde Thors sind, kundtun, daß der Weiße Christ, der mein Helfer in Norwegen war, der größte Kaiser ist; denn als sein Pfahl, den gelehrte Männer Kreuz nennen, in den Tagen Karls des Großen unten in Sachsen an dem Hammer Thors gemessen wurde, da haben gut sehende und ihre Worte abwägende Leute bezeugt, daß Christi Kreuz neunmal höher als Thors Hammer war und zwölfmal schwerer; diese Kenntnis holten Mönche für mich aus lateinischen Büchern. Doch nachdem ich den Norwegern diesen Pfahl, der so trefflich war, gebracht und ihnen Frieden und Glück erkauft hatte, und nachdem ich mit einem Heer in Dänemark eingefallen war, um Kühe einzusalzen, weil das Vieh wenig Nutzen abwarf, und nachdem ich Gotteshäuser bis hinauf nach Rogaland im Norden hatte bauen lassen, damit man im ganzen Land Gesang und Glockenklang und Paternoster hören konnte und die Riesen sich in den Abgrund stürzten – wer erhob sich da aus dem Grase? Bauernkerle und Fischerleute; sie empörten sich auf Geheiß unserer Feinde mit rasender Gewalt gegen ihren Herrn.

Gute Leute, jetzt haben schwedische Herrscher, meine Schwäger, mir mit euch eine starke und mutige Mannschaft gestellt, um das Land zurückzuerobern; wir sind hier mit fünfzig Pferdelasten Stahl angetreten, während die Norweger nur ihre Stöcke haben; ihr heißt jetzt die Landesverteidiger des Königreichs Norwegen, und es ist an der Zeit, die Häuser der norwegischen Bauern in Asche zu legen. Es ist mein Befehl, daß ihr kein Lebewesen, das in Norwegen Lebenshauch atmet, verschont und daß ihr keinem Menschen Gnade erzeigt, bis ich alle Macht über das Land habe. Und wo ihr einen Bauern mit seinen Leuten seht, auf dem Acker oder auf der Wiese, auf offener Straße oder im Boot, geht ihnen zu Leibe; und wenn ihr eine Kuh seht, macht sie nieder; jedes Haus, legt Feuer daran, und jede Scheune, laßt sie in Flammen aufgehen; jede Mühle, stürzt sie um; jede Brücke, zerstört sie; jeden Brunnen, pißt hinein, denn ihr seid die Befreier Norwegens und seine Landesverteidigung; und alles, was ihr zu Recht oder zu Unrecht an euch bringen könnt, Totes und Lebendes, Milch und Fleisch und Geld, alles soll euch als Beute gehören; nur Gold gehört dem König allein.

Und nichts soll vor euch bestehen können, bis ihr mir Norwegen zu Füßen gelegt habt.

Gute Leute, gehen wir nun daran und lassen wir Norwegen in Flammen aufgehen. Und wenn wir es niedergebrannt und gesengt und verheert haben, werde ich meine Vorderstevenleute ernennen und den Männern Erbhöfe und Titel schenken, die sich bei der Arbeit am meisten hervorgetan haben, mit der wir im Morgenrot beginnen werden. Dann werden einige von euch Jarle und Hersen sein, andere Grafen und Barone, manche Aldermen und Lords, schließlich auch Knjase und Bogatyre; ihr werdet ebensoviel Nutzen und Gewinn vom Land Norwegen haben wie ich und noch anderen Besitz, und alle werden wir an einem Tisch sitzen, um uns zu vergnügen. Doch das will ich mir von euch zuerst erbitten, auch wenn ihr Heiden seid, daß ihr mir nicht übelnehmt, wenn ich dem Kaiser ein wenig die Treue halte, der die Römer und anderes Gesindel zur Hölle jagte im selben Augenblick, als er an den Galgen gebracht wurde; als Gegengabe will ich euch eure Götzen lassen: Jumala sollen diejenigen dienen, die auf seinen Stab vertrauen; und die Anhänger Thors sollen nach Belieben ihren Hammer verehren; und so ein jeder den Stock oder Stein, an der er glaubt; doch darum bitte ich euch, daß Christus nicht hinter Jumala und Thor zurückstehen soll, denn es kommt sehr darauf an, daß dieses Schutzheer den nötigen Segen des Herrn Papstes in Rom und des löblichen Vaters Patriarchen in Konstantinopel erhält; ebenso die Huld der Kaiser, Könige und Herzöge, die über die Länder im Süden herrschen; besonders jedoch die Barmherzigkeit Christi, der alle diese Fürsten zu seinen Dienern gemacht hat.

Und wenn wir Norwegen niedergeworfen und das Gesindel ausgerottet haben, das sich dort gegen seinen König erhebt, werden wir das Land von neuem bebauen und Burgen und Kastelle mit hohen Türmen errichten und Schiffe bauen und in der ganzen Welt auf Wiking fahren; wir werden größere Äcker besäen, als es sie vorher in Norwegen gab, und fettere Herden besitzen, und für die Arbeit kaufen wir Sklaven aus anderen Ländern, die uns aufrichtig ergeben sind, bis wir sie freilassen und ihre Kinder mit unseren Kindern gleichstellen; wir werden durch ganz Norwegen gepflasterte Straßen legen lassen und im Wagen fahren wie König Odin; wir werden Marktflecken und große Städte bauen mit prächtigen Häusern und Münstern, Roßmärkten, Schlächtereien und wunderbaren Hurenhäusern; wir werden Sarazener Teppiche und gestichelte Schwerter kaufen, Pfeffer aus Indien, Gold und Elfenbein aus Afrika und Seide aus dem Morgenland. Wir werden der Heiligen Weisheit in Nidaros eine Kirche errichten, die an Pracht nur von der Hagia Sophia selbst übertroffen wird, und auf ihren Altären sollen in güldenen Schreinen größere und bessere Heiligenköpfe aufbewahrt werden als sonstwo in der Christenheit.«

Zweiundfünfzigstes Kapitel

In diesem Buch soll nun weiter nichts mehr über die Schwurbrüder Thorgeir Havarsson und Thormod Bessason zusammengetragen werden, die zu den größten und berühmtesten Helden in den Westfjorden gehörten; auch der Bericht über ihren König Olaf den Dicken neigt sich seinem Ende zu. Andere uns überlegene Gelehrte haben sich darangesetzt, den Ruhm des Skalden Thormod und König Olafs von der Stunde an zu mehren, da beide am Morgen nach dem Schluß dieser unserer Geschichte entseelt zu Stiklestad lagen. Die Heiligenlegende von König Olaf hebt an, als Bischof Grimkel der Englische, sein Busenfreund, aus Rom zurückkehrte und den Leichnam des Königs, den Bauern ins Gebüsch geschleift hatten, über die Köpfe der Bremer Bischöfe und der norwegischen Christenheit emporhob und im Namen des Herrn Papstes für heilig erklärte. Von seiten der Kirche fehlte es jetzt nicht an wohltönenden Totenmessen mit der päpstlichen Botschaft, daß dieser in aller Ewigkeit, so im Diesseits wie im Jenseits, der wahre König Norwegens sei in nomine Jesu Christi domini nostri.

Zugleich wurde auch kund, daß Bischof Grimkel durch ein Wort des Herrn Papstes mit dem Bremer Stuhl ausgesöhnt und Landesbischof geworden sei, um Gottes Christenheit in Norwegen vorzustehen. Und wie immer, so geschah es auch hier, daß diejenigen, die Königen die letzte Ehre erweisen, auch die Geschichte ihres verflossenen Lebens gestalten und für heutige und künftige Geschlechter die Heiligen bestimmen.

Thormods des Kolbrunarskalden Tod zu Stiklestad haben isländische Sagaschreiber in unsterblichen Büchern lobend gewürdigt, damit der Nachruhm des Skalden ebenso lange leben möge wie der des Königs, den er suchte und fand.

In dieser letzten Nacht unserer Geschichte, als das Heer schlafen gegangen war und die Männer sich allenthalben im Walde unter ihren Schilden niedergelegt und ihre Füße mit Moos und Laub bedeckt hatten, konnte der König nicht einschlafen. Man nimmt an, daß die Ansprache, die er am Abend gehalten hatte, weniger sein eigenes Gemüt aufgeheitert habe als das der Mannschaft, die ihm Gefolgschaft leistete; viele Ausländer schliefen in der Hoffnung ein, daß sie mit Hilfe Christi, Thors und Jumalas und des Stahls, den angsterfüllte Menschen über die Götter stellen, ganz Norwegen unterwerfen und die Norweger erschlagen würden, die nicht ihre gefügigen Sklaven werden wollten. Doch in Erwartung der großen Stunde fanden nicht alle Schlaf; da und dort konnte man Männer sehen, die zwischen den Liegenden mit ausgestreckten Beinen barfuß im Grase saßen, gähnten und sich kratzten oder zum Zeitvertreib an Wurzeln aus ihrem Felleisen knabberten in der Nacht vor dem Tod.

In dieser Nacht hatte der König niemanden bei sich als einen russischen Diener, der nicht nordisch sprechen konnte. Diesem Burschen allein hatte der König bisher vertraut. Doch als er sich niedergelegt hatte und meinte, daß der Bursche wach sei, ließen ihn Geschichten von Königen nicht los, die in der Nacht vor großen Ereignissen von ihren Dienern ermordet worden waren. Da ihn der Schlaf floh, erhob er sich aus seinem Schlafsack und ging aus dem Zelt.

Über dem Steinhügel hinter dem Königszelt stand der untergehende Mond, und die obersten Steine des Hügels zeichneten sich gegen den Himmel ab; dem König schien es, als säßen drei Männer oben auf dem Hügel mit erhobenen Schlagwaffen: Kreuz, Hammer und Stab. Wie er da in der Nacht vor seiner Zelttür stand, blickte er zu diesen Männern hin und sprach:

»Ich möchte glauben, daß dort die Brüder Jumala, Christus und Thor mit ihren Waffen sitzen.«

Ein Wächter kam näher, trat vor den König und fragte: »Sagtet ihr etwas, Herr?«

»Es hatte nichts zu bedeuten«, sagte der König, »doch gern hätte ich heute nacht die Weissagung eines Vogels. Allerdings hatte ich auch keine, als ich Norwegen das erste Mal eroberte und mit zwei knarrenden Schiffen und einigen scharbockskranken Männern kam. Der Sommer geht zu Ende, und mir ist kalt, wenn ich des Nachts so liege und keinen Gefährten habe, dem ich vertrauen kann; doch war es nicht so, daß hier am Abend ein isländischer Skalde vorbeihumpelte und uns sprechen wollte? Wo mag er jetzt sein?«

Der Wächter sagte, wenn ihn die Leute nicht zum Spaß erschlagen hätten, so müßte er in der Nähe sein.

Da wandte sich der König vom Wächter fort und ging hinter seinem Zelt einige Schritte den Hang hinauf; der Mond berührte jetzt fast die obersten Steine des Hügels. Der König legte sich auf die Erde; sein Herz war schwer. Schließlich richtete er seine Blicke auf den Hügel und sprach:

»Hügelbewohner«, sagte er, »wie ihr auch heißen mögt! Haltet nun diesen ruhmlosen Mordbrenner bei der Hand, welcher der Hilfe von Kämpen und des Dienstes von Priestern ermangelt, ohne Frauenliebe und Skaldenlob, ohne Freunde, einsam und verlassen ist: euer Name gilt mir nichts, euer Trost alles.«

Und als er sich am Fuß des Hügels eine Zeitlang im Gras gewunden hatte, da sah er wenige Schritte entfernt im Schatten eines Felsens einen Mann sitzen, der ihn betrachtete und Ohrenzeuge seiner Angst war. Sie blickten sich eine Weile an.

Dann sagte der Mann: »Dieses Loch bewohnen nur Füchse.«

Der König fragte: »Wer bist du?«

Der Mann antwortete: »Ich bin der isländische Skalde.«

»Willkommen, Skalde«, sagte der König, »habe ich vorhin recht gehört, daß du über mich ein Lied gedichtet hast?«

»Es stimmt«, sagte der Mann, »ich habe dem besten Kämpen im Norden und euch, seinem König, ein sehr kunstvolles Lied gedichtet. Dieses Lied erkaufte ich mit meinem Glück und meiner Sonne und meinen Töchtern Mond und Abendstern; mit meiner Schönheit und Gesundheit, mit Hand und Fuß, mit Haar und Zähnen; und schließlich mit meiner Geliebten, die die Tiefen bewohnt und mein Lebensei verwahrt.«

»Verkürze deinem König die Zeit, Skalde«, sagte Olaf Haraldsson, »und trage jetzt in der Nacht hier am Steinhügel dein Heldenlied vor.«

Der Skalde antwortete, doch etwas zögernd: »Ich kann mich auf das Lied nicht mehr besinnen«, sagte er, stand langsam auf, humpelte auf seinen Knüppel gestützt davon und verschwand hinter dem Hügel.

Da war der Mond untergegangen, und die Nacht umhüllte Tal und Höhe zu Stiklestad – und auch die spätblühende Traubenkirsche.

Nachwort

Im isländischen Original trägt das vorliegende Buch den Titel *Gerpla*. Dieses Wort ist eine Neuschöpfung des Autors Halldór Laxness und eigentlich unübersetzbar. Es ist vom Ausdruck garpur, Held, abgeleitet und bedeutet etwa so viel wie Heldenbuch, Heldengeschichte, Heldenlied.

Büchertitel wie *Gerpla* haben in Island Tradition. Für viele der mittelalterlichen Isländersagas gibt es solche Kurztitel, die fast wie Kosenamen verwendet werden: *Egla* für *Egils saga, Grettla* für *Grettis saga* und so weiter. Wenn Laxness seinem Roman einen solchen Titel gibt, stellt er ihn damit in diese mittelalterliche Tradition und erweckt gleichzeitig den Eindruck, bei dem Buch handle es sich um etwas Vertrautes, Altbekanntes.

Da sich diese Bedeutungsnuancen des Originaltitels nicht ins Deutsche übertragen lassen, wurde in Absprache mit dem Autor für die Neuausgabe der deutschen Übersetzung der Titel *Die glücklichen Krieger* gewählt. Zweifellos trifft die Ironie dieses Titels das Gemeinte weitaus besser als der Versuch einer wortgetreuen oder erklärenden Übertragung des Ausdrucks Gerpla.

Doch nicht nur der Titel des Buches verweist auf die mittelalterliche Saga-Tradition. Der ganze Text ist eine Neuschöpfung im Stil der alten Sagas und sowohl die meisten der auftretenden Personen als auch die Hauptzüge der Handlung sind aus der mittelalterlichen Überlieferung bekannt. Der Autor nennt gleich zu Anfang seine Hauptquelle, die *Große Schwurbrüdersaga (Fóstbroedra saga)*. Daneben hat er vor allem die Saga von Olaf dem Heiligen aus Snorri Sturlusons *Heimskringla* benützt, sowie andere Sagas und verschiedene mittelalterliche Geschichtswerke.

Natürlich geht Laxness frei mit diesem Material um. Obwohl er sich ganz bewußt der für die alten Sagas typischen Stil- und Ausdrucksmittel bedient, ist sein Roman keinesfalls die sklavische Nachahmung einer Isländersaga, sondern eher eine Anti-Saga. Der Text trägt zwar, zumindest auf den ersten

Blick gesehen, das äußere Gewand einer Saga, doch seine Aussage ist eine ganz andere und weithin ins genaue Gegenteil verkehrt. Hier wird das Heldentum nicht verherrlicht, sondern als blutrünstige Mordlust und hemmungslose Gier nach Macht und Besitz entlarvt. Die Schwur- oder Blutsbrüder Thorgeir Havarsson und Thormod Bessason geraten schon früh in Konflikt mit ihrer Umgebung, weil sie diesem Heldenideal nacheifern, das so gar nicht in die bäuerliche Welt, in der sie aufwachsen, passen will. Es ist ein literarischer Mythos, dem sie schon als Kinder verfallen, was auch ganz konkrete Vorteile hat, kommt die Heldenpose doch ihrer Arbeitsscheu sehr entgegen. Nachdem die beiden jungen Helden eine Zeitlang eine der ärmsten Gegenden Islands unsicher gemacht haben, trennen sich ihre Wege. Thorgeir geht ins Ausland. Er nimmt an den Raubzügen skandinavischer Wikinger in England und Frankreich teil und nimmt ein erbärmliches Ende; er fällt nicht ruhmreich im Kampf, sondern wird von herumstreunendem Gesindel im Schlaf umgebracht. Thormod, der Dichter, der die Frauen liebt, hat inzwischen ein glückliches Leben als wohlhabender Bauer und Familienvater geführt. Nach dem Tod Thorgeirs zieht jedoch auch er in die Fremde, um den Schwurbruder zu rächen und dessen Heldentaten zu besingen. Nach einer unglaublichen Odyssee, die ihn bis ins entfernteste Grönland führt, trifft er schließlich in Norwegen mit König Olaf Haraldsson zusammen. Doch diese Begegnung am Vorabend der Entscheidungsschlacht, in der sie beide fallen werden, beraubt Thormod seiner letzten Illusionen. Er muß erkennen, daß er sein Lebensglück falschen Idealen geopfert hat, und als der König ihn darum bittet, das Preislied vorzutragen, das er auf ihn und seinen Hauptkämpen Thorgeir Havarsson gedichtet hat – da kann Thormod sich nicht mehr an sein Preislied erinnern.

Halldór Laxness begann die Arbeit an seinem Roman *Die glücklichen Krieger* im Herbst 1948, nachdem er kurz zuvor *Atomstation* beendet hatte, und wie *Atomstation* ist auch dieses Buch ein Buch gegen den Krieg. Der historische Stoff und die sich mittelalterlich gebende Form und Sprache lassen die aktuellen Bezüge nicht so leicht erkennen, doch sie sind reichlich vorhanden. Der Glaube an Macht und Gewalt, das blinde Vertrauen auf einen Anführer, das Schachern der Mächtigen, die Ängstlichkeit, die Feigheit und der Sadismus der sich heldenhaft gebenden Führer – all das hatte man im Zweiten Weltkrieg ganz ähnlich, oder noch schlimmer, erfahren müssen. Wenn Laxness die nordischen Krieger als ausgesprochen unansehnliche, rachitische Gestalten schildert, so ist das einerseits eine Korrektur der Heldendarstellung in der mittelalterlichen Literatur Islands und andererseits gezielte Kritik an der Rassenideologie der Nationalsozialisten. (Die Redekunst König Olafs verweist auch auf die großen Demagogen der dreißiger und vierziger Jahre unseres Jahrhunderts.)

Der Autor sagte in einem 1972 veröffentlichten Interview über *Die glücklichen Krieger:* »Der Stil ist keineswegs die Hauptsache an *Gerpla*. Ich wollte mit diesem Buch ein altertümliches Kunstwerk für ein modernes Publikum schaffen ... Ich wollte Personen behandeln, die es zu allen Zeiten gegeben hat, Menschen, die immer nach einer allgemeingültigen Wahrheit suchen; und die nach ihrem König suchen. Solche Menschen werfen ihr Glück und ihren Seelenfrieden weg – für eine Idee, die anderen absurd vorkommt. Doch was soll der Mensch machen, der seinen König und die Wahrheit, die dieser König verkündet, gefunden hat? ›Im Krieg zieht den kürzeren, wer dem Stahl vertraut‹ – das ist der Grundgedanke in der Geschichte, der Standpunkt eines gesunden Menschen, wie zum Beispiel des Bauern, der das Feld bestellt, als er diese schrecklichen Leute durch das Land ziehen sieht, Helden wie die Schwurbrüder Thorgeir Havarsson und Thormod den Kolbrunarskalden. Selbstverständlich verweist das auf unsere heutige Zeit und auf alle Zeiten. Ich habe nie dem Stahl vertraut. Die Kritik am Ideal des Helden schien mir schon immer sehr wichtig, wegen der Illusionen, die sich die Menschen bei seiner Definiton machen. In bestimmten Abschnitten der Entwicklung primitiver Kulturen nimmt das Ideal des Helden den wichtigsten Platz ein. Das Ideal des Helden ist eine zweischneidige Sache, zumindest moralisch gesehen. Aber selbstverständlich sehen wir diese Dinge anders als es die Verfasser der Eddalieder taten.«

Im selben Interview äußerte Halldór Laxness auch die Ansicht, der Roman *Die glücklichen Krieger* lasse sich nicht in andere Sprachen übersetzen. Damit hat er insofern recht, als sich die stilistische Nähe dieses Textes zu den Werken der altisländischen Sagaliteratur in anderen Sprachen gar nicht oder nur sehr unvollkommen nachahmen läßt. Das Isländische hat sich, von der Aussprache abgesehen, seit dem Mittelalter kaum verändert; auch heute kann jeder Isländer einen normalisierten Text des 14. Jahrhunderts lesen und verstehen. Wenn also ein moderner isländischer Autor typisch mittelalterliche Stilemente und Ausdrucksweisen verwenden will, so kann er dies tun, ohne befürchten zu müssen, sein Text werde unverständlich. Im Deutschen haben wir keinen unmittelbaren Zugang zur Sprache unserer mittelalterlichen Literatur und deshalb läßt sich mit unserer heutigen Sprache auch nicht so einfach ein Werk des Mittelaltes nachahmen.

Bruno Kress, der Übersetzer dieses Bandes, war sich dieser immensen Schwierigkeiten wohl bewußt und hat, wie ich glaube, das beste aus der gegebenen Situation gemacht. Seine Übersetzung, die erstmals 1977 erschien, bleibt nahe am Original und bewahrt vieles von dem etwas trockenen, lapidaren Stil des isländischen Textes. Während das Original den Isländersagas nachempfunden ist, orientiert sich die deutsche Übersetzung an den älteren deutschen Übersetzungen der Isländersagas. So entsteht auch im Deutschen der Eindruck, es handle sich um einen altertümlichen Text, und zumindest auf den, der diese älteren Sagaübersetzungen kennt, übt die Übersetzung eine ähnliche Wirkung aus wie der Originaltext auf den isländischen Leser.

Für den Neudruck in der Halldór-Laxness-Werkausgabe habe ich diese Übersetzung revidiert, ohne jedoch größere Eingriffe in den Text vorzunehmen. Eine grundsätzliche Entscheidung war, den isländischen Ortsnamen, die Bruno Kress ins Deutsche übersetzt hatte, wieder ihre ursprüngliche Form zu geben; hier war keine Konsequenz zu erkennen und die

Häufung von heimeligen deutschen Ortsnamen wirkte stellenweise fast wie einem Heimatroman entnommen. Auch bei den Personennamen habe ich einige Übersetzungen, die zu seltsam hybriden Formen geführt hatten, wieder durch das isländische Original ersetzt. Natürlich habe ich auch Übersetzungsfehler korrigiert und Auslassungen im Text ergänzt. Darüber hinaus habe ich nur ganz wenige Änderungen vorgenommen; ich habe mich dabei auf die Stellen beschränkt, wo die deutsche Übersetzung extreme – und nicht vom isländischen Original vorgegebene – Stilbrüche aufwies, oder wo Ausdrücke allzu viele unerwünschte oder unliebsame Assoziationen erweckten.

Seit dem Erscheinen der isländischen Erstausgabe von *Gerpla* im Jahre 1952 sind fast vierzig Jahre vergangen. Die 1977 im Aufbau-Verlag erschienene Übersetzung war rasch vergriffen und wurde außerhalb der DDR kaum zur Kenntnis genommen. Wenn das Buch jetzt erstmals einer breiteren deutschsprachigen Öffentlichkeit zugänglich gemacht wird, dann in der Hoffnung, daß dieser große Roman des isländischen Nobelpreisträgers endlich auch bei uns das Echo finden möge, das er verdient hat.

Hubert Seelow

HALLDÓR LAXNESS

Werkausgabe im Steidl Verlag

Wenn Sie uns schreiben, senden wir ihnen gerne einen ausführlichen Autorenkatalog über Halldór Laxness und über die von Hubert Seelow im Steidl Verlag herausgegebene Werkausgabe des isländischen Nobelpreisträgers sowie einen Editionsplan über die Erscheinungsweise der weiteren Bände.